VALENTINA MORELLI

Kloster, Mord und Dolce Vita – Tod in Santa Caterina

AF197648

Weitere Titel der Autorin:

Aus der Serie »Kloster, Mord und Dolce Vita« als E-Book und digitales Hörbuch lieferbar:

Tod zur Mittagsstunde
Der Tote am Fluss
Ein geheimnisvoller Gast
Eine Leiche aus gutem Hause
Eine rätselhafte Beichte
Gruß aus dem Jenseits
Rezept für einen Mord
Eine Stimme für den Tod
Verrat im Vatikan!
Das Geheimnis des toten Malers
Mord im letzten Akt
Das Schweigen der Äbtissin
Isottas letzter Wille
Sein letztes Abendmahl
Alte Geheimnisse schlummern tief
Das mörderische Manuskript
Der gestohlene Mönch
Das Rätsel des Klosterkellers
Die brennende Heilige
Die Wege des Herrn
Der Tote in der Krippe

Über die Autorin

Valentina Morelli schreibt seit vielen Jahren Romane. Mit »Kloster, Mord und Dolce Vita« setzt sie der Heimat ihres Herzens ein Denkmal und fängt das unvergleichliche Lebensgefühl unter der Sonne der Toskana ein. Krimis sind für sie ein Mittel, zutiefst menschliche Geschichten zu erzählen.

VALENTINA MORELLI

Kloster, Mord & Dolce Vita

Schwester Isabella ermittelt

Tod in
Santa Caterina

Folgen 1–3

Lübbe

Die Bastei Lübbe AG verfolgt eine nachhaltige Buchproduktion. Wir verwenden Papiere aus nachhaltiger Forstwirtschaft und verzichten darauf, Bücher einzeln in Folie zu verpacken. Wir stellen unsere Bücher in Deutschland und Europa (EU) her und arbeiten mit den Druckereien kontinuierlich an einer positiven Ökobilanz.

Vollständige Taschenbuchausgabe
der bei Bastei Lübbe erschienenen E-Book-Ausgabe
»Kloster, Mord und Dolce Vita – Folge 1–3«

Umschlaggestaltung: Christin Wilhelm, www.grafic4u.
de unter der Verwendung von Motiven von
© shutterstock: Loboda Dmytro | TMP - An Instant of Time |
Misao NOYA | NorSob | uElena | Artiste2d3d
Satz: hanseatenSatz-bremen, Bremen
Gesetzt aus der Adobe Garamond Pro
Druck und Verarbeitung: Books on Demand GmbH, Norderstedt

Printed in Germany
ISBN 978-3-404-19265-6

Sie finden uns im Internet unter luebbe.de
Bitte beachten Sie auch: lesejury.de

Kloster, Mord und Dolce Vita –
Die Serie

Benvenuto a Santa Caterina! In dem malerischen Dorf im Herzen der Toskana lebt, arbeitet und betet Kloster-Schwester Isabella. Doch wie aus heiterem Himmel muss sie plötzlich in einem Mordfall ermitteln! Von da an macht es sich die neugierige Nonne zur Lebensaufgabe, die großen und kleinen Verbrechen der Dorfbewohner aufzuklären. Carabiniere Matteo ist froh über diese himmlische Hilfe, denn schließlich hat er als einziger Polizist von Santa Caterina alle Hände voll zu tun …

Über diese Folgen

Folge 1: Tod zur Mittagsstunde
Es ist Mittag im Kloster von Santa Caterina – und Schwester Isabella wundert sich: Die Glocken läuten nicht zum Gebet. Als Isabella der Sache nachgeht, macht sie eine furchtbare Entdeckung: Schwester Raffaela liegt leblos im Hof des Klosters. Die lebensfrohe Nonne muss vom Glockenturm gestürzt sein. Aber war es wirklich ein Unfall, wie die Mutter Oberin felsenfest behauptet? Und was hat die Zahl zu bedeuten, die neben der Toten in den Staub gemalt ist? Gemeinsam mit dem jungen Carabiniere Matteo ermittelt Isabella auf eigene Faust und kommt schon bald einem dunklen Geheimnis auf die Spur … Jetzt hilft nur noch göttlicher Beistand!

Folge 2: Der Tote am Fluss
Der alte Landstreicher Gaetano und sein treuer Hund Caesar sind gern gesehene Gäste in Santa Caterina. Doch eines Tages entdeckt Carabiniere Matteo den liebenswürdigen Mann in seinem Bauwagen am Fluss – kaltblütig erschlagen! Das Dorf ist fassungslos: Wer konnte solch einer freundlichen Person derart Schlimmes antun? Und wo ist der Hund abgeblieben? Auch Schwester Isabella ist tief betroffen, als sie von dem Mord hört. Gemeinsam mit Matteo geht sie den Spuren nach. Und entdeckt, dass Gaetano nicht der war, der er zu sein vorgab …

6

Folge 3: Ein geheimnisvoller Gast

Der himmlische Friede im Kloster von Santa Caterina ist gestört: Bauarbeiten in dem alten Gemäuer machen eine stille Einkehr so gut wie unmöglich – und auch mit der neuen Nonne Donna stimmt etwas nicht! Davon ist Schwester Isabella fest überzeugt. Doch bevor sie herausfinden kann, welches Spiel Donna spielt, wird diese ermordet. Mitten im Kloster! Die Nonnen sind entsetzt und fürchten um ihr eigenes Leben. Wird Schwester Isabella den Mörder finden, bevor ein weiteres Unglück geschieht?

Die Protagonisten

Schwester Isabella
Die Ordensschwester ist 35 Jahre alt und heißt mit bürgerlichem Namen Isabella Martini. Schon früh wusste sie, dass sie Nonne werden möchte, und trat in ein kleines Nonnenkonvent in Kalabrien, im Süden Italiens, ein. Nachdem dieses geschlossen wurde, verschlägt es sie nach Santa Caterina, wo sie durch das Lösen von Kriminalfällen ihre wahre Berufung findet. Sie öffnet sich dem Dorf und dem weltlichen Leben – und fängt ganz nebenbei auch noch Verbrecher.

Matteo Silvestri
Schwester Isabella hilft dem 29-jährige Carabiniere des Ortes bei seinen Ermittlungen – oder ist es eher andersrum? Als Polizist ist Matteo noch unerfahren und wird von Isabella unter ihre Fittiche genommen.

Äbtissin Filomena
»Der Herr gibt es, der Herr nimmt es.« – Nach dieser Maxime lebt die 63-jährige Äbtissin Filomena. Noch nie hat man sie ohne Habit gesehen. Ihr gesamtes klösterliches Leben hat sie in Santa Caterina verbracht, und sie wird es auch hier beenden. Dem Schutz des Klosters und »ihrer« Nonnen hat sie sich mit Leib und Seele verschrieben.

Duccio Lenzi

Duccio Lenzi ist Bürgermeister des Dorfes und versteht sich als Patron von Santa Caterina – großzügig, fördernd, aber auch unnachgiebig, wenn ihm etwas nicht passt. Seiner Meinung nach muss nicht immer alles an die Öffentlichkeit gelangen – doch Schwester Isabella sieht das leider allzu oft anders …

VALENTINA MORELLI

Kloster, Mord & Dolce Vita

Schwester Isabella ermittelt

Tod zur Mittagsstunde

Lübbe

»Che merda, bei dieser brütenden Hitze schickt man nicht mal einen Esel aus seinem Stall!« Schwester Maria Alessia fluchte und gab sich gar nicht erst die Mühe, ihre wilden Schimpftiraden vor Äbtissin Maria Filomena einzustellen. Auch nicht, als diese ihr erst einen strengen Blick und dann Möhrengrün ins Gesicht warf, damit sie endlich Ruhe gab.

Maria Isabella grinste in sich hinein – wenngleich ihr selbst die Knochen wehtaten und sie das Gefühl hatte, dass sich ihr Rücken beim Unkrautjäten und Ernten der überreifen Tomaten durchbog. Außerdem schwitzte sie unter dem dicht gewebten Habit im Schweiße ihres Angesichts.

Die Sonne des toskanischen Frühsommers war gnadenlos. Ganz besonders zur Mittagszeit, wenn sich sogar die spärlichen Schatten der Olivenbäume zurückzogen und die Schwestern bei der Gartenarbeit gänzlich ungeschützt waren. Schnaufend warf Maria Isabella einen Blick auf ihr linkes Handgelenk … und sah nichts. Natürlich, ihre Armbanduhr hatte sie in ihrer Zelle auf dem Nachttischschränkchen liegen lassen, gleich neben ihrer zerlesenen Bibel, die sie von ihrer Großmutter zur ersten Heiligen Kommunion geschenkt bekommen hatte. Es war ein ganz besonderes Buch. Nicht kostbar im herkömmlichen Sinne, aber für sie von unschätzbarem Wert, ein Erbstück ebendieser Oma, deren Namen sie trug: Maria Estrella. Sie war eine stolze

Frau gewesen, die niemals eine andere Meinung hatte gelten lassen als die eigene. Und schon gar nicht hatte sie es sich nehmen lassen, ihr diese Bibel zur Heiligen Kommunion zu schenken.

Isabella wusste dieses Geschenk mehr als zu schätzen. Und das nicht nur wegen der zehn Fünfzigtausend-Lire-Scheine, die ihre Oma zwischen die Seiten gesteckt hatte und die auf Isabella wie ein Geldregen heruntergeprasselt waren, als sie sich das Buch verkehrt herum über den Kopf gehalten hatte.

Diese Bibel war ein Familienerbstück, und das bereits seit fünf Generationen.

Isabella liebte dieses alte in mattschwarzes Leder gebundene Büchlein, mit den so edel aussehenden goldverzierten Seitenrändern auch, weil dieses Geschenk sie in ihrem Glauben gestärkt hatte. Nicht, dass er hätte gestärkt werden müssen. Der Glaube zu Gott war immer schon in Isabella verankert gewesen. Aber die Ergebenheit, am Richtigen festzuhalten, das hatte dieses Geschenk oder vielmehr der darin niedergeschriebene Inhalt bewirkt. Bereits als junges Mädchen wusste sie, was das Schicksal für sie bereithalten würde, stand ihre Zukunft förmlich zwischen dem Ledereinband dieses Buches geschrieben. Es gab nie eine Alternative. Nie einen anderen Lebensplan.

Daran konnte auch diese – möge Gott ihr verzeihen – teuflische Hitze nichts ändern. Zu dumm nur, dass sie nicht wusste, wie lange es noch bis zur wohlverdienten Mittagspause dauerte.

Aus der Küche konnte sie bereits den Kohleintopf von Schwester Maria Hildegard riechen, der so herrlich nach Thymian und frischem Knoblauch duftete. Ihr Magen wollte gar nicht mehr aufhören zu grummeln. Und auch gegen ein Gläschen Chianti aus eigenem Anbau hätte sie nichts einzuwenden. Wer hart arbeitete, durfte auch Wein trinken. Da waren sich alle Schwestern einig.

Sie wischte sich den Schweiß von der Stirn und sah zum Himmel. Sie musste gegen die Sonne anblinzeln.

Maria Isabella war ziemlich gut darin, sich am Stand der Sonne zu orientieren. Das hatte sie bei den Scautismi gelernt, den Pfadfindern. Und nach ihrer Einschätzung war die Mittagszeit schon weit fortgeschritten.

Warum läuten die Glocken nicht?

»Was sagt denn die Uhr?«, fragte sie die neben ihr kauernde Schwester Alessia, die aufgrund ihrer Körperfülle noch mehr unter der anstrengenden Tätigkeit bei dieser Hitze zu leiden hatte. Aber die Äbtissin war gnadenlos und forderte Gleichheit für alle. Selbst der ältesten unter ihnen, Schwester Immaculata, wurde ein Besen in die Hand gedrückt, um den gepflasterten Turmhof zu fegen. Und zu fegen gab es im Kloster immer etwas.

Unaufhörlich wehte der Wind den Sand des Strandes durch die Luft, trug ihn viele Kilometer mit sich, bis zu den Klostergemäuern, wo er sich in einer feinen Staubschicht niederließ – sofern man ihn gewähren ließ. *Der Sand hat seinen eigenen Kopf,* pflegte die Äbtissin zu sagen. Isabella kam es eher so vor, als hätte stattdessen die Äbtissin ihren eigenen Kopf.

»Warum?« Schwester Alessia schnaubte missmutig auf. »Bist du etwa schon müde? Es wird gearbeitet, bis die Glocken läuten.«

Isabella nickte kurz. Schließlich kannte sie die Regeln. Doch sie hielt inne. »Aber sie läuten nicht.«

»Weil es noch vor zwölf Uhr ist«, mischte sich die Äbtissin ein und rupfte ein dickes Büschel Löwenzahn aus der Erde.

»Sieh nach!«, forderte Isabella die Nonnenvorsteherin auf, die sie überrascht ansah. Maria Filomena war es nicht gewohnt, Befehle zu erhalten. Dennoch hob sie den linken Arm und schaute erst auf die Uhr, dann Isabella ins Gesicht. Mit großen Augen. Langsam richtete sich ihr Blick wieder auf die Uhr. Zunächst ungläubig, dann irritiert.

»Wie spät ist es?«, hakte Isabella nach.

»Gleich halb eins.«

Nach und nach hielten die umstehenden Schwestern in ihrer Arbeit inne und warfen sich fragende Blicke zu.

»Aber …«, sagte eine.

»Kam mir gleich so lange vor«, murmelte eine andere.

Mit einem Mal drehten sich alle Köpfe langsam in Richtung des kantigen Glockenturms, der erhaben über ihnen ragte. Und stumm. Vor allem stumm.

»Wer hat Dienst?« Die Vorstehende hatte einen vorwurfsvollen Ton angeschlagen.

»Schwester Maria«, sagte Maria Alessia sofort.

»Welche Maria?« Maria Filomena stöhnte missmutig. Mit zusammengekniffenen Augen betrachtete sie Maria Alessia. Die Gereiztheit war ihr nicht zu verübeln. Der Zufall wollte es so, dass die Hälfte der hier ansässigen Schwestern Maria mit Vornamen hieß. Der wohl heiligste Name, dem man einem Mädchen verpassen konnte. Oder aber, den man sich selbst geben konnte, wie es Tradition bei vielen Schwestern war, die in das Klosterleben eintraten. Immer wiederkehrende nervende Verwechslungen waren somit an der Tagesordnung, was die Äbtissin dazu bewegt hatte, mehr und mehr auf die ersten Namen zu verzichten und die Mitschwestern mit Zweitnamen anzureden.

»Maria Raffaela«, erwiderte Maria Alessia kleinlaut.

»Typisch«, platzte es aus der Äbtissin raus. »Hat sich bestimmt wieder am Grappa vergriffen. Dabei weiß doch jeder, dass es eine Sünde ist, vor der Mittagsruhe zu trinken.«

Eine der umstehenden Schwestern bekreuzigte sich.

Soweit sich Isabella daran erinnern konnte, stand nichts dergleichen in der Bibel. Weder im Alten noch im Neuen Testament. Aber sie ging nicht darauf ein, sondern streckte ihr Kreuz durch und stemmte die Hände in die Hüften.

»Ich geh mal nachsehen«, erklärte sie den anderen. »Vielleicht gibt es ja Probleme mit dem Seil.«

Zustimmendes Gemurmel.

Es kam immer wieder vor, dass sich das Glockenseil verhakte und deshalb nicht mehr geläutet werden konnte. In diesem Fall konnte eine helfende Hand sicherlich nicht schaden.

Der Weg zum dreiundvierzig Meter in die Höhe ragenden Glockenturm führte sie durch den mit Gemüse- und Kräuterbeeten übersäten Innenhof, vorbei an den Hühnerställen, aus denen es munter aufgackerte und gurrte, weil die Tiere dachten, es gäbe was zu fressen. Für das Federvieh waren Frauen in schwarz-weißer Schwesternrobe gleichbedeutend mit Futter. Manchmal beneidete Maria diese Tiere um ihr einfaches Gemüt. Sie mussten weder Unkraut jäten noch darüber nachdenken, ob man vor dem Mittagessen etwas Wein trinken durfte.

Als sie um die Ecke der Stallungen bog, fiel ihr Blick auf die von Arkaden umgebene Steinbank, die im Schatten des Glockenturms stand.

Darauf saß Immaculata. In sich zusammengesunken. Daneben der Reisigbesen, mit dem sie sich an diesem Morgen unter den Argusaugen der Äbtissin davongeschlichen hatte.

Isabella sah sie besorgt an. Die alte Frau bewegte sich nicht. Vorsichtig trat Isabella an sie heran und stupste sie. Erst zaghaft. Als immer noch keine Regung zu erkennen war, etwas fester. Schwester Immaculata kippte einfach zur Seite.

»Bitte nicht!«, entfuhr es Isabella. Vor Schreck hielt sie den Atem an, als ein inbrünstiges Schnarchen ertönte.

So laut, dass die Brust der alten Frau bei jedem Atemstoß erzitterte.

Erleichtert trat Isabella näher an sie heran, sah in das von Falten zerfurchte Gesicht. Sie spielte kurz mit dem Gedanken, sie zu wecken, entschied sich dann aber dagegen. So, wie sie dasaß, das Kinn auf die Brust gelegt, hatte sie beinahe etwas

Kindliches. Wer konnte ihr da böse sein, dass sie mal ihre Pflicht vernachlässigte.

Behutsam hob Isabella Immaculatas linken Arm aus der Sonne und legte ihn auf deren Schoß, damit sie sich keinen Sonnenbrand einfing.

Das bedeutete wohl, dass das Kehren des Innenhofs an ihr hängen bleiben würde, wenn sie nicht wollte, dass die alte Schwester Streit mit der Äbtissin bekam.

Doch zunächst musste sie sich um die Glocken kümmern. Sie vermutete, dass Schwester Raffaela im Turm versuchte, das Schlamassel zu lösen, also setzte sie ihren Weg dorthin fort und freute sich sogar, denn sie mochte diesen Ort. Die Höhe des Turms bot ihr eine Möglichkeit, näher an Gott zu sein.

Natürlich war Gott immer bei ihr, aber dort oben eben noch ein Stück näher.

Wäre es nicht so heiß gewesen, hätte sie die Gelegenheit genutzt, um ganz nach oben zu steigen. Vom Plateau der Turmspitze aus hatte man einen atemberaubenden Blick weit über San Commaditás terrakottafarbene Dächer, über den sich dahinschlängelnden Serchio bis zum beinahe unnatürlich wirkenden Azurblau des ligurischen Meeres. Auf der anderen Seite wellte sich eine Myriade von Hügeln bis zum Horizont, bedeckt von Weingärten und Olivenhainen, die zum Großteil dem Kloster gehörten.

Sie war schon lange nicht mehr am Strand gewesen und versprach sich, dieses Versäumnis schnellstmöglich nachzuholen. Was war das Leben schließlich wert, wenn man nicht die Wunder dieser Welt genoss.

Mit gerafftem Rock tappte sie auf den Glockenturm zu. Sie schaffte drei Schritte, bis sie erneut innehielt. Da war etwas, das ihre Aufmerksamkeit weckte. Ein Schatten auf dem Boden. Nein, kein Schatten. Eine Gestalt. Schwester Isabella wusste es zunächst nicht einzuordnen. Als hätte jemand einen Lumpen

Kleider achtlos da hingeworfen. Doch dann erkannte sie ihren Fehler. Es waren keine Kleiderlumpen. Es war ein Mensch.

Sie versuchte, das Bild einzuordnen, während sie näher herantrat. Dann wusste sie endlich, was sie da vor sich hatte – oder vielmehr wen.

Sie sah Raffaela vor sich auf den Pflastersteinen liegen. Das rechte Bein und der Hals in einem ungewöhnlichen Winkel verdreht. Ihre Augen standen offen, und es schien, als würde sie sie klagend ansehen. Einst sprühten diese Augen voller Leben und Glanz. Doch nun waren sie trüb und leer.

Das Gesicht glich einer verzerrten Maske.

Es war nicht das erste Mal, dass Isabella von einem toten Menschen angestarrt wurde.

Aber sie würde sich niemals an diesen Anblick gewöhnen.

Kapitel

2

»Sie ist tot.« Der Mann im hellblauen Kurzarmhemd nickte so vehement, dass das weiße Bandelier auf und ab ging und ihm die tiefblaue Schirmmütze weit in die Stirn rutschte. »Sie ist eindeutig tot.«

»Gut, um das festzustellen, hat es aber nicht die Carabinieri gebraucht.« Schwester Isabella stand mit verschränkten Armen zwischen dem jungen Mann mit der Schirmmütze und der toten Raffaela und musterte ihn.

»Ich verstehe noch immer nicht, warum Sie hier sind«, gestand Isabella.

Es gab momentan allerdings so einiges, was sie nicht verstand. Sie wollte noch immer nicht wahrhaben, dass Schwester Raffaela nicht mehr unter ihnen weilte. Erst gestern noch hatten sie gemeinsam die Laudes zum Morgengebet miteinander verbracht, bevor sie getrennte Wege gegangen waren. Raffaela zu ihrem Dienst auf der Piazza, wo sie den Klosterstand auf dem Caterina-Markt betreute, und Isabella hatte den frühen Anbruch des Tages genutzt, um eine ausgiebige Runde durch die Weinberge zu joggen.

Dass sie jetzt nicht mehr lebte, schien ihr so … unwirklich.

Sie waren nicht die besten Freundinnen, aber sie mochten und schätzten sich. Raffaelas Tod war ein schwerer Verlust für das Kloster. Sie war eine von ihnen gewesen, und die Treue zu Gott und der Gemeinschaft stand über allem.

»Ich kann die Skepsis von Ihren Augen ablesen, Schwester. Aber glauben Sie mir, meine Anwesenheit ist unabdinglich. Wenn jemand auf diese Weise zu Tode kommt«, sein Blick richtete sich auf den Glockenturm, »muss ein Fremdverschulden ausgeschlossen werden. Da ist es völlig normal, dass der Notarzt auch die Polizei verständigt.«

»Und wo ist der Notarzt?«

Der Polizist senkte das Kinn und sah dann wieder zu ihr auf. »Nun, es ist ja nicht so, dass es hier um Leben und Tod geht.« Er versuchte sich an einem Lächeln, das kläglich scheiterte. »Es gab einen schlimmen Unfall auf der Via Statale 12. Ein Lkw und ein Reisebus ... es kann dauern, bis ein Rettungswagen hier ist.«

Isabella hörte ihm nur halbherzig zu. Sie stand noch immer zu sehr unter Schock.

Gleich nach dieser schrecklichen Entdeckung war sie in den Gemeinschaftsraum geeilt, um den Rettungsdienst zu verständigen.

Erst hatte sie die Feuerwehr am Apparat, weil sie vor Aufregung die falsche Nummer gewählt hatte. Auf die Frage hin, wo es denn brenne, war sie so perplex gewesen, dass sie einfach aufgelegt hatte. Erst dann war ihr die Nummer des Rettungsdienstes eingefallen. Wenngleich sie sich fragte, was dieser noch ausrichten sollte, denn in diesem Punkt hatte Matteo Silvestri recht. Schwester Raffaela war tot. Daran könnten auch ein Dutzend Notärzte nichts ändern.

Mit Filomenas Hilfe hatte sie zumindest dafür sorgen können, dass nicht alle Schwestern zum Turm gerannt kamen und ihnen so der Anblick ihrer toten Mitschwester erspart blieb. Nur Schwester Immaculata saß noch immer auf der Bank und schlief. Schwerhörigkeit konnte manchmal doch ein Segen sein.

Während sie telefoniert hatte, war die Äbtissin so gnädig

gewesen und hatte eine Decke über den Körper der Toten gelegt.

Isabella starrte die Konturen an und konnte noch immer nicht fassen, dass unter dem Tuch tatsächlich Schwester Raffaela lag. Eine der wenigen Personen, mit denen sie ihr Leben und ihren Glauben teilte. Gerade einmal achtzehn Schwestern bewohnten und bewirtschafteten das altehrwürdige Kloster Convento di Nostra Cara Regina Maria. Dann korrigierte sie die Zahl um eine Person nach unten und sprach ein stilles Stoßgebet für Schwester Raffaela.

Dabei spürte sie den Blick des Carabiniere Matteo Silvestri auf sich ruhen.

Der sah ihr wohl ihre Nachdenklichkeit an und nahm die Schirmmütze ab. »Wissen Sie, ich kannte Schwester Raffaela auch. Vom Markt.« Er nickte versonnen. »Hin und wieder hat sie mir einen selbst gebrannten Grappa ausgeschenkt. Der ist wirklich fantastisch.« Er führte seine geschlossene Hand zum Mund, deutete einen Kuss an und öffnete sie wie eine Blume. »Ein Gedicht.«

»Den können Sie kaufen. In unserem Hofladen.«

Matteo Silvestri schüttelte unwirsch den Kopf, als könnte er selbst nicht fassen, worüber sie sich da gerade unterhielten. In seine Züge schob sich der Anflug von Ernsthaftigkeit.

»Glauben Sie, dass es ein Unfall war? Dass sie sich – womöglich im angetrunkenen Zustand – beim Läuten der Glocken zu weit über die Balustrade gebeugt hat und dann …« Er ließ das Ende seines Satzes unausgesprochen. Doch wieder hob sich sein sanftmütig geschnittenes Kinn und senkte sich, als würde er in Gedanken Maria Raffaelas Absturz nachverfolgen.

Isabella dachte darüber nach. Sie hatte sich bis zum Eintreffen des Carabiniere dieselbe Frage gestellt. Immer und immer wieder. Schwester Raffaela hatte gern mal einen über den Durst getrunken und sich nicht um die passende Tageszeit geschert – ganz egal, ob man nun etwas darüber in der Bibel lesen konnte oder nicht. Sie wusste nicht, wie arg es um ihr kleines Alkoholproblem gestanden hatte. Doch nie hatte sie ihr gegenüber den Eindruck vermittelt, so viel getrunken zu haben, dass sie sich nicht mehr unter Kontrolle hatte.

»Schwer vorstellbar«, sagte sie schließlich. »Zumal das Glockenseil im Inneren des Turms hängt.« Sie hielt kurz inne, weil ihr wieder etwas eingefallen war. »Außerdem hatte es ja gar nicht geläutet. Deshalb war ich doch auf dem Weg, um nach dem Rechten zu sehen.«

Der Polizist nahm ein in dunkles Leder gebundenes Büchlein zur Hand, klappte es auf und zog einen Kugelschreiber aus seiner Brusttasche. »Sie haben Schwester Raffaela also gefunden.«

»Ja, genau hier.« Unnötigerweise richtete sich ihr Finger auf die Leiche. Sie sah dabei zu, wie er sich Notizen machte.

Dann warf er einen Blick auf sein Handy und schrieb eine Zahl in das Buch.

Sie hob ihre Brauen an. »Was machen Sie denn da?«

»Ich schreibe mir die Temperatur auf, für den Polizeibericht.«

»Und wozu soll das gut sein?«

Er zuckte mit den Achseln. »Das machen wir halt so. Als sie die Tote gefunden haben, ist Ihnen da noch irgendetwas Merkwürdiges aufgefallen?«

Isabella blinzelte gegen die Sonne an, als sie ihm in die Augen sah: »Sie meinen außer der Leiche auf dem Boden.«

»Si.«

Sie wollte schon verneinen, als sich plötzlich ein Bild in ihre Gedanken schob, das sie in all dem Trubel verdrängt hatte. Da war tatsächlich etwas.

»Schwester? Alles in Ordnung mit Ihnen?«

Erst jetzt wurde sie sich darüber bewusst, dass sie den Mann noch immer mit großen Augen anstarrte. Langsam nickte sie, nur um im nächsten Moment heftig den Kopf zu schütteln. Überhaupt nichts war in Ordnung! Und weshalb war ihr das zuvor nicht aufgefallen? Sie brauchte Gewissheit, dass die Fantasie ihr keinen Streich spielte.

»Was machen Sie da?«, fragte Matteo, als sie in die Hocke ging und behutsam die Decke wegzog. Sie zwang sich dazu, den Blick nicht abzuwenden, während sie so pietätvoll wie möglich Raffaelas Leichnam freilegte.

»Der Arm«, sagte sie schließlich. »Sehen Sie sich die Hand an.«

Es war schlimm, noch einmal Raffaelas Anblick ertragen zu müssen.

Matteo beugte sich neben sie, dann verstand er. »Sie hat den Zeigefinger ausgestreckt. Es sieht aus, als würde sie auf etwas deuten.«

Isabella nickte. Tatsächlich war es ihr bereits ganz am Anfang aufgefallen. Dieser merkwürdige Winkel, in dem Raffaela lag. Er resultierte nicht nur aus dem Sturz. Sie musste noch einen kurzen Augenblick gelebt und den Finger ausgestreckt haben.

Sie konnte sehen, wie Silvestri sich so platzierte, dass sein Blick der Richtung des Fingers folgen konnte.

Sie rollte kaum merklich die Augen. Dabei war es doch offensichtlich. Schwester Raffaela deutete auf den Glockenturm. Die Frage war bloß: warum?

Um uns mitzuteilen, dass sie vom Turm gestürzt war? Das war augenscheinlich. Nein! Isabella verwarf den Gedanken. Das musste einen anderen Grund haben.

Während sie dem Carabiniere dabei zusah, wie er die Position der Hand ganz genau studierte, fiel ihr etwas ins Auge. Sie beugte sich ein Stück über Schwester Raffaela – tunlichst darauf bedacht, sie nicht zu berühren. Tatsächlich erkannte sie etwas im sandigen Staub, der die Pflastersteine dort bedeckte, wo Schwester Immaculata noch nicht gekehrt hatte. Unmittelbar unterhalb der Position, wo Raffaelas Arm verweilte.

»Signore …« Sie musste sich räuspern, da ihr Hals auf einmal ziemlich trocken war. »Signore Silvestri. Schauen Sie doch, unter der Hand. Dort im Staub.«

Der Carabiniere sah erst sie an, dann die besagte Stelle. »Mia Madre«, entfuhr es ihm.

Isabella schloss eine Sekunde lang die Augen. Er erkannte es also auch.

Behutsam hob er Raffaelas Handgelenk an und legte es ein paar Zentimeter weiter nach oben ab.

Nun war es offensichtlich.

»Sie hat etwas gezeichnet.« Die Stimme des Polizisten klang ungewöhnlich rau.

»Einen Kreis«, erwiderte Isabella, verbesserte sich aber sogleich. »Nein, eine Zahl.«

»Eine neun.«

»Oder eine sechs. Je nach Blickwinkel.«

»Sie haben recht. Aus Sicht der Toten definitiv eine sechs. Aber was hat das zu bedeuten?«

Isabella blieb ihm eine Antwort schuldig, während sie die Züge der Toten musterte.

Raffaela war eine schlanke Frau mit weichen Zügen und gelocktem mahagonibraunem Haar, das unter dem verrutschten Velan geradezu hervorquoll.

Matteo machte sich eifrig Notizen in sein Büchlein, und sie konnte sehen, wie er versuchte, die Sechs ganz genau nachzuzeichnen. Ihre Stirn legte sich skeptisch in Falten. Ein Foto wäre womöglich die bessere Beweissicherung gewesen.

Als er mit seinem Werk zufrieden schien, sah er sie bedeutungsvoll an. »Wofür könnte die Sechs stehen?«

Sie blieb ihm weiterhin eine Antwort schuldig, doch in ihrem Kopf ratterte es. Isabella hatte kein ausgeprägtes Zahlenverständnis. Aber sie wusste, dass die Sechs die kleinste zusammengesetzte Zahl mit verschiedenen Primfaktoren ist, außerdem die vierte hochzusammengesetzte Zahl und die vierte Dreieckszahl. Ebenso wusste sie, dass ein Würfel aus sechs gleichen Flächen besteht und dass Gott die Erde in sechs Tagen erschaffen hatte. Sie dachte an das Hexagramm, einen Stern aus sechs Strahlen, der aus zwei übereinandergelegten gleichseitigen Dreiecken besteht. Der Davidstern, das Symbol des Judentums.

Ihr stockte der Atem, als ihr eine weitere Assoziation mit der Zahl Sechs im Gehirn herumspukte: Sechshundertsechsundsechzig. Laut Offenbarung des Johannes die Zahl des Antichristen.

Isabella bekreuzigte sich hastig und ging die Fakten durch. Schwester Raffaela war vom Glockenturm gestürzt. Das war eindeutig. Aber wie und warum? Oder war sie nicht gestürzt und hatte sich gar auf diese schaurige Weise das Leben genommen? *Nein!* Das war für Isabella nicht vorstellbar, schließlich war Raffaela die Ehe mit Gott eingegangen, und bei gläubigen Katholiken galt Selbstmord als schwere Sünde. Vielleicht war es ein Unfall? Doch was hatte sie da oben zu suchen gehabt? Hatte sie womöglich auch die Aussicht genießen wollen? Die Luft war süß und klar, kein Wölkchen trübte den Blick. Diese Option lag also durchaus im Bereich des Möglichen. Andererseits fiel man nicht einfach so vom Turm. Der gemauerte Aufsatz war brusthoch, man musste schon auf den Zinnen balancieren, um von dort herunterzufallen, und Isabella sah keinen einzigen Grund, der diesen Verdacht rechtfertigen würde.

Nein, die Antwort des Rätsels lag vor ihr im Staub.

Die gezeichnete Sechs hatte etwas zu bedeuten. Etwas dramatisch Wichtiges. Schließlich galt ihr Raffaelas letzter Gedanke. Und das schloss Isabellas Ansicht nach beide Optionen aus.

Aber es gab noch eine andere Möglichkeit …

»Mir ist einfach nicht klar, was Schwester Raffaela uns damit mitteilen wollte.« Matteos Stimme stoppte ihr Gedankenkarussell.

»Ich weiß es auch nicht«, gestand sie. »Aber eines können wir mit Sicherheit festhalten.«

»So, und was?«

Sie sah ihn scharf an.

»Es war Mord.«

Kapitel

3

Obwohl Isabella erst seit wenigen Monaten im Convento di Nostra Regina della Pace lebte, liebte sie die Beständigkeit, die dieses beschauliche Kloster zu etwas ganz Besonderem machte.

Dabei war es hier an diesem Ort so gänzlich anders als in ihrem ersten Kloster, einem kleinen Nonnenkonvent in Kalabrien. Dort hatte sie zwölf Jahre gelebt und war felsenfest davon ausgegangen, in diesem Kloster alt zu werden und zu sterben – wie ihre weitaus älteren Mitschwestern. Doch die hatten Isabellas Wunsch wörtlich genommen und waren tatsächlich im Lauf der Jahre der Reihe nach verstorben, bis Isabella eine der wenigen Verbliebenen war. Leider kamen auch keine neuen Novizinnen mehr hinzu, sodass der Konvent irgendwann vom Vatikan aufgelöst wurde und Isabella ihre neue Heimat in Santa Caterina fand.

Gott war ihr dabei immer nahe gewesen. Bereits als Kind hatte sie seine Anwesenheit gespürt. Doch erst im Orden der Comunità delle suore di Nostra Regina della Pace hatte sie ihre wahre Heimat gefunden. Das Leben in der Abtei gab ihr noch einmal ganz anders Gelegenheit, mit Gott und sich selbst in Berührung zu kommen. Zuvor hatte sie höchstens bei ihren allmorgendlichen Laufrunden die Stille erlebt, nach der sie sich so sehr gesehnt hatte. Doch im Kloster war diese allgegenwärtig, wie sie es bereits in jungen Jahren als Novizin in Kalabrien erfahren durfte.

Schon immer hatte sie ihre eigene Vision von Gott, ihre spezifische Vorstellung davon, wie man ihm begegnen musste, um ihm ganz nahe zu sein.

Im Kloster erlebte sie, wie Glauben bei jedem anders funktionierte. Sie beobachtete ihre Mitschwestern, lernte von ihnen, wie sie mit Gott umgingen – wie auch sie womöglich von ihr lernten.

So wichtig ihr die enge Gemeinschaft war, wesentlich für ihr inneres Seelenleben war gleichbleibend der heilige Ort. Die Stabilität einer Gottesstätte. In einem Kloster zu wohnen, es zu gestalten, wie es Schwestern vor ihr seit Jahrhunderten auf dieselbe Art getan hatten, hatte etwas beinahe Mythisches. In Kalabrien war sie eins mit dem Kloster gewesen, und sie konnte es kaum erwarten, so auch im Konvent in Santa Caterina zu empfinden und das Gefühl mit den Schwestern zu teilen.

Sie mochte nicht alle Schwestern gleichermaßen, aber sie liebte sie dennoch. Ausnahmslos und vorurteilslos.

Schwester Raffaela kannte sie nicht lange genug, um wirklich sagen zu können, wie tief sie für sie empfand. Sie mochte sie, hatte sie als angenehmen Menschen schätzen gelernt, in dessen Nähe sie sich gerne aufhielt.

Empfand sie Trauer über Raffaelas jähes Ableben? Zweifellos. Doch als Gläubige wusste sie, dass sie nun an einem guten Ort war. Gleichwohl verspürte sie den Verlust einer Schwester, die in dieser kleinen Glaubensgemeinschaft eine schmerzlich klaffende Lücke hinterließ. Sie hatte für sie gebetet, gemeinsam mit den anderen bei den Stundengebeten. In der Kirche, in den Gärten, allein in ihrer Zelle. Denn manche Dinge ließen sich eben nur mit sich selbst und Gott ausmachen. Zumal sie der Gedanke nicht mehr losließ, dass Raffaela keines natürlichen Todes gestorben war. Der junge Carabiniere Matteo Silvestri war trotz der Beweislage skeptisch geblieben. Er hatte es nicht direkt ausgesprochen, aber sie hatte es seinen Augen angesehen.

Und diese Skepsis hatte auch sie unsicher werden lassen.

Bildete sie sich womöglich alles nur ein? Zog sie die falschen Schlüsse? Sie war Ordensschwester. Nicht Sherlock Holmes. Doch um diese Fragen beantworten zu können, musste sie die Aufklärung selbst in die Hand nehmen. Und was lag näher, als hierfür ein wenig in Raffaelas Habseligkeiten herumzustöbern?

Es war ein schwerwiegender Entschluss, und Isabella hatte lange mit sich gerungen. Die Zelle einer Ordensfrau ist gänzlich privat und darf von anderen nur in einem Ausnahmefall betreten werden. In erster Linie sind ihre Zellen der ganz persönliche Ort der Begegnung mit Gott. Und wie alle anderen Schwestern berücksichtigte Isabella dies. Bis zu diesem Moment.

Schlechtes Gewissen hin oder her: Raffaela war tot und nun an einem Ort, an dem irdische Bedürfnisse keine Rolle spielten. Wohl auch nicht das Bedürfnis von Privatsphäre. Außerdem schnüffelte sie aus gutem Grund herum. Waren ihre Befürchtungen berechtigt, hätte Raffaela genau das gewollt. Warum sonst hätte sie im Augenblick ihres Todes mit dem Finger in den Staub einen letzten Hinweis gemalt. Unglaublich, dass dieser Matteo sich so sehr sträubte, das Offensichtliche zu sehen.

Doch sie konnte nicht so ohne Weiteres Schwester Raffaelas Zelle aufsuchen. Sie musste den richtigen Zeitpunkt abpassen, wollte sie nicht bei der Äbtissin in Ungnade fallen.

Im Convento di Nostra Regina della Pace herrschte ein streng geregelter Tagesablauf, in dem sich genau festgelegte Essens-, Arbeits- und Gebetszeiten miteinander abwechselten.

Das Kloster erwachte in aller Herrgottsfrühe zum Leben, weit vor dem ersten Krähen des Leghorn-Hahns, noch ehe die Sonne ihre zaghaften, tastenden Fühler über die bilderbuchhaften sanften Hügel bis zu den Dächern des Klosters streckte.

Ebenso kam das Kloster weit vor Anbruch der Dunkelheit

zur Ruhe. Spätestens um acht Uhr hatten sich alle Nonnen in ihre Zellen zum Nachtgebet zurückgezogen.

Isabella wartete bis neun, um ganz sichergehen zu können, und stahl sich dann mäuschenstill hinaus durch den angenehm kühlen Flur bis zu Raffaelas Kammer. Ihr Herz klopfte hart und schnell in ihrer Brust, als sie die Hand auf den kalten Messinggriff legte. Die Tür war unverschlossen, jedoch musste sie sie ganz langsam aufziehen und dabei anheben, damit sie nicht zu laut knarzte.

Die Wände des Klosters waren zwar dick, hatten aber dennoch Ohren.

Sie schlüpfte durch den schmalen Spalt und zog die Tür ebenso leise hinter sich zu.

Auch wenn die Nacht noch nicht gänzlich angebrochen war und ein wenig Tageslicht durch die beiden schmalen Bogenfenster hereinfiel, knipste Isabella das Licht der Zelle an, um sich ausführlich umschauen zu können. Auf den ersten Blick war nichts Ungewöhnliches zu erkennen.

Der Raum war ebenso spartanisch eingerichtet wie ihre eigene Zelle. Ein Waschbecken, aus dessen Hahn nur kaltes Wasser kam. Dazu ein dunkler Holztisch mit einem Stuhl, ein schmales Holzbett, das weitaus gemütlicher war, als es aussah. Unter dem Fenstersims stand eine zweckmäßige Kommode aus Kirschholz.

Zudem besaß Isabella einen kleinen Fernseher, der an der Wand über dem Bett hing. Die Fernbedienung lag auf dem Nachttischschränkchen neben dem Bett – auf Raffaelas Bibel.

Isabella betrachtete alles eingehend. Die Nachttischlampe, das noch halb volle Wasserglas neben der Lampe.

Die Wände waren kahl. Kein Bild war aufgehängt, nur ein kleines bronzenes Kreuz hing über dem Türrahmen.

Während sie sich ausgiebig umsah, dachte sie über ihre tote Mitschwester nach. Sie wusste nicht allzu viel über sie, hatte aber stets das Gefühl, dass die anderen Schwestern sie sehr gemocht hatten. Gut, hin und wieder eine verbale Auseinandersetzung, meist mit der herrischen Schwester Hildegard. Aber darüber hinaus war es ein umgängliches Miteinander mit Schwester Raffaela gewesen. Warum nur hatte es solch ein unrühmliches Ende mit ihr nehmen müssen?

Sie ging auf die Kommode zu und betrachtete die Porzellanfiguren, die vor einem gehäkelten Platzdeckchen drapiert waren. Es waren die Abbilder heranwachsender Kinder mit übergroßen Augen, roten Pausbäckchen und übertriebenen Grübchen. Sie waren allesamt bunt bemalt und wirkten nicht nur wegen ihrer altmodischen Kleidung aus der Zeit gefallen. Isabella zählte sie durch. Es waren neunzehn Stück an der Zahl. Sie betrachtete die Figuren eingehender. Eine Skulptur stellte zwei Kinder auf altmodischen Schulbänken dar, auf denen Schiefertafeln lagen. Eine andere zeigte ein speckiges Mädchen mit kurzem Rock und Kniestrümpfen, das sich einem Vogel zuwandte, der neben ihm auf der Bank saß. Ein Rotkehlchen.

Sie waren nett anzusehen, trafen aber überhaupt nicht Isabellas Geschmack.

Ihr Blick fiel auf die Schubladen darunter.

Kurz rang sie mit sich, ob sie es wirklich wagen sollte, die intimen Habseligkeiten durchzuwühlen. Aber das Gefühl, das Richtige zu tun, gewann schließlich die Oberhand. So zog sie Schublade um Schublade auf und tastete sich durch den Inhalt. Doch sie fand nichts weiter als Raffaelas Wäsche und zwei Flaschen Klostergrappa. Die eine war noch verschlossen, die andere zu drei Vierteln leer. Aus einem Impuls heraus öffnete Isabella die angebrochene Flasche und roch daran. Der starke Alkoholgeruch ließ sie das Gesicht verziehen. Schnell legte sie die Flasche zurück und schob die Schublade wieder zu. Noch einmal betrachtete sie die Porzellanfiguren und hob eine an. Sie war vielleicht fünfzehn Zentimeter hoch und schwerer, als sie aussah. Sinnierend wiegte sie sie hin und her, betrachtete sie aus Mangel an weiteren Ideen, wonach sie noch suchen könnte, von allen Seiten. Unter dem Sockel las sie die Prägung:

Manufactura Mazza, Lucca

Der Name war ihr nicht unbekannt. Die Keramikmanufaktur Mazza war ein regionaler Familienbetrieb, der regelmäßig auf dem Caterina-Markt seine Produkte anbot. Mazza war für sein hochqualitatives Geschirr weit über die Region hinaus bekannt. Dass dort auch derartige Figuren hergestellt wurden, war ihr hingegen neu.

Sie wusste nicht, dass Schwester Raffaela eine Liebhaberin dieser Objekte gewesen war, fand es aber auch nicht abwegig, da sie für den Marktdienst eingeteilt gewesen war und sich vermutlich im Laufe der Zeit mit den Betreibern des Keramikstandes angefreundet hatte. Sie runzelte die Stirn. Über Geschmack ließ sich bekanntlich nicht streiten.

Eine gewisse Enttäuschung machte sich in ihr breit. Sie wusste nicht, was sie erwartet hatte. Aber in Raffaelas Zelle war nichts, was auch nur den Hauch einer Spur hätte darstellen können. Wie sollte sie so ihr Todesrätsel entschlüsseln?

Vorsichtig stellte sie die Figur exakt an die Stelle, von der sie sie angehoben hatte. Die zu finden war leicht, weil ein sauberer Kreis sich von der Staubschicht abhob.

Genau da fiel ihr etwas auf. Direkt neben der Figur gab es noch einen weiteren kreisrunden Abdruck. Dieser war nicht ganz staubfrei, aber längst nicht mit so einer dicken Schicht bedeckt wie der Rest der Kommode. Das konnte nur bedeuten, dass vor wenigen Tagen hier ebenfalls eine Figur ihren Standort gehabt haben musste. Also waren es zwanzig an der Zahl. Aber wo war sie nun?

Sie betrachtete den Abdruck ganz genau, als würde er allein dadurch sein Geheimnis preisgeben, weil sie es wollte. Er tat es natürlich nicht. Beim Anblick der Staubpartikel musste sie an die in den Sand gemalte Sechs denken. Ihr Herz wurde schwer. *Raffaela, was wolltest du uns bloß damit mitteilen?*

Sie zuckte zusammen, als es hinter ihr aufknarzte.

»Was machst du hier?« Der scharfe Tonfall zerriss die Stille. Panisch fuhr Isabella herum, und es verschlug ihr den Atem, als sie Schwester Hildegard im Türrahmen stehen sah. Ihr Blick war feindselig und misstrauisch.

»Was hast du in Raffaelas Zelle zu suchen?«, fragte sie noch einmal. »Das sag ich der Äbtissin!«

… wurde Schwester Raffaela, mit gebürtigem Namen Raffaela Carla Russo, geboren in Bologna, tot im Kloster Convento di Nostra Regina della Pace aufgefunden. Die Identität des Opfers ist somit klar feststellbar. Beim Auffinden der Leiche waren es einunddreißig Grad, exakter Zeitpunkt des Eintreffens: zwölf Uhr vierundfünfzig. Entdeckt wurde die Leiche von Schwester Isabella, gebürtiger Name Isabella Martini, auf dem Vorplatz des Glockenturms. Der Leichnam wies schwere Kopfverletzungen auf. Als vermutliche Todesursache scheint der Sturz vom Glockenturm als faktisch.

Ein Unfall ist sehr wahrscheinlich, Fremdverschulden nicht offensichtlich, kann jedoch zum jetzigen Zeitpunkt des Ermittlungsstandes nicht ausgeschlossen werden. Des Weiteren muss auch Suizid in Betracht gezogen werden.

Sonstige Auffälligkeiten: …

»Hm …« Matteo Silvestri hörte auf zu tippen.

Er fächerte sich frische Luft mit einer Broschüre über Einbruchschutz zu und spürte, wie das Hemd unangenehm am Rücken klebte. Wie sehr er dieses Berichteschreiben hasste.

Mit kleinen Augen starrte er das leere Feld im elektronischen Formularbogen an, das ihn blinkend dazu aufforderte, ausgefüllt zu werden.

Sonstige Auffälligkeiten …

Er könnte es sich natürlich einfach machen und die Botschaft, die Schwester Raffaela augenscheinlich kurz vor ihrem Tod im Staub hinterlassen hatte, einfach verschweigen. Kein Hahn würde danach krähen – von Schwester Isabella einmal abgesehen. Aber die würde es nie erfahren. All der Papierkram, den er sich damit ersparen würde. Und selbst wenn er seine Vermutungen – oder vielmehr die von Schwester Isabella – im Bericht erwähnte, hieß das noch lange nichts. Schließlich war es Sache der Staatsanwaltschaft, einen strafrechtlich relevanten Hintergrund zu erkennen. Und so wie Matteo den zuständigen Staatsanwalt bisher kennengelernt hatte, erkannte der nur, was er erkennen wollte.

Er ließ sich zurück in den altersschwachen Drehstuhl fallen, der dies mit einem wehen Aufächzen quittierte. Er musste den Stuhl unbedingt ölen. Resigniert verschränkte er die Arme hinter dem Kopf und betrachtete die kahlen Wände seines schmucklosen Arbeitsplatzes, an dem er sich noch immer nicht so recht heimisch fühlte.

Die Polizeistation war kaum mehr als ein Büro mit veralteter Ausstattung und einer kleinen Arrestzelle, die im Laufe der Jahre, in denen sie nicht benutzt wurde, als Abstellkammer für kaputte Möbel und noch älteres Computerinventar zweckentfremdet wurde.

Sein Vorgänger Paolo Maggiore hatte nicht viel Wert auf Raumgestaltung gelegt und bevorzugte allem Anschein nach eine praktische Nüchternheit. Obwohl Matteos Dienstantritt in Santa Caterina bereits über ein Jahr zurücklag, war er noch immer nicht dazu gekommen, es sich im Polizeipräsidium gemütlicher einzurichten.

Es musste ja nicht gleich eine Komplettsanierung sein.

Ein neuer Anstrich. Ein, zwei hübsche Bilder, vielleicht gerahmte Hochglanzfotos seiner Lieblings-Alfa-Modelle. Und natürlich ein neuer Bürostuhl. Vielleicht einer dieser Chefsessel mit Armlehnen und gepolsterter Nackenstütze. Aber der bloße Gedanke an das Ausfüllen der Flut an Anträgen und Formblättern lähmte seinen Tatendrang.

Er verwarf diese Gedanken und versuchte, sich auf das Protokoll zu konzentrieren, das er endlich fertigbekommen wollte.

Was hatte er denn wirklich gesehen? Eine tote Frau, die irgendetwas in den Staub gekritzelt hatte, was mit gutem Willen als eine Zahl zu erkennen war. Nüchtern betrachtet war das nun wirklich nichts, was man in einem offiziellen Polizeibericht erwähnen musste. Diese Zahl oder was auch immer es darstellen sollte, konnte genauso gut rein zufällig entstanden sein … beim Sturz … oder so. Schwester Isabella interpretierte da vermutlich viel zu viel hinein und hatte ihn mit ihrer Verschwörungstheorie angesteckt.

Und überhaupt: Er konnte und wollte sich einfach nicht vorstellen, dass jemand eine Nonne tötete. Nicht in dieser Welt und schon gar nicht in einer beschaulichen Kleinstadt wie Santa Caterina. Basta!

Noch einmal ließ er seine Augen halbherzig über den halb fertigen Bericht fliegen und erschauderte angesichts seines schlechten Schreibstils.

Aber es war auch viel zu heiß zum Arbeiten, ja, sogar zu heiß zum Denken. Vielleicht sollte er sich doch endlich der Renovierungsanträge annehmen. Ein Traum wäre eine Klimaanlage. Oder zumindest ein Deckenventilator, den er auch aus eigener Tasche bezahlen würde.

Himmel, er war Polizist, kein Schriftsteller. Wie sehr er diesen Part der Polizeiarbeit verabscheute.

Sein Blick fiel auf das Wort Suizid. Er konnte sich nicht helfen, aber es sah falsch geschrieben aus.

Sicherheitshalber schlug er im *Dizionario* nach.

»Ich störe Sie doch nicht etwa beim Mittagsschläfchen?!«

Matteo zuckte so heftig zusammen, dass ihm das dicke Wörterbuch aus der Hand fiel, ausgerechnet auf die Tastatur.

Ruckartig fuhr er herum und sah einen älteren, solide gebauten Mann mit Schnäuzer im Türrahmen stehen, der sich mit einem Stofftuch über die vom Schweiß glänzende Halbglatze fuhr.

»Herr Lenzi.«

Matteo sprang auf, um dem Bürgermeister von Santa Caterina die Hand zu schütteln.

Duccio Lenzi hatte einen kräftigen Oberkörper – weniger vom Sport, dafür mehr von deutschem Bier und Pasta. Er trug einen feinen zementgrauen Anzug, darunter ein, wie Matteo fand, unpassendes signalviolettes Hemd.

»Ich bin gerade dabei, einen Bericht zu schreiben … über den Tod von Schwester Raffaela.«

Der Bürgermeister nickte mitfühlend. »Ja, ich habe davon gehört, eine äußerst tragische Sache.«

Er zog den Schnäuzer glatt. »Denken Sie etwa, sie hat sich umgebracht?«

Matteo dachte an die Höhe des Glockenturms und an die Statistiken über Selbstmord, die sie einst in der Polizeischule durchgegangen waren. Wenn er sich recht erinnerte, lag Freitod durch Sturz in die Tiefe auf Platz drei der häufigsten Selbstmordmethoden. Dicht hinter Arzneimittelmissbrauch und Erhängen. Damals war es für ihn nichts weiter als eine nüchterne Tabelle gewesen. Aber nun, mit der toten Raffaela vor Augen, war die Statistik grausam real geworden.

Angestrengt schluckte er die Erinnerung an diesen unschönen Anblick weg.

»Auszuschließen ist das nicht. Man weiß nie, was in Leuten vorgeht.«

»Ja, aber … sie war eine Nonne. In den Augen der Kirche wäre das doch eine Sünde.« Dieser Gedanke beschäftigte Matteo bereits die ganze Zeit. Wie wahrscheinlich war es, dass sich eine Ordensschwester freiwillig in den Tod stürzte?

»Also ein Unfall«, beschloss der Bürgermeister.

Matteo schwieg. Unaufgefordert sprang ihm die in den Staub gemalte Zahl in den Sinn.

Lenzis Blick ruhte intensiv auf ihm. »Sie glauben nicht, dass es ein Unfall war, hab ich recht?«

Matteo rieb sich den schweißnassen Nacken. »Ich bin noch jung und längst nicht so lange im Dienst, wie es mein Vorgänger gewesen ist. Aber man fällt nicht einfach so von einem Glockenturm. Ich war dort oben, hab es mir angeschaut. Man muss sich schon ganz schön anstrengen, um über die Brüstung zu stürzen.«

»Hm.«

Damit fasste der Bürgermeister ziemlich trefflich das zusammen, was Matteo selbst von diesem Fall hielt – sofern es denn überhaupt einer war. Nach wie vor waren noch immer alle Möglichkeiten offen.

Lenzi musterte den Carabiniere eindringlich. »Aber wenn es kein Unfall war, dann kann es ja nur Selbstmord gewesen sein.«

Matteo ließ sich Zeit mit seiner Antwort. Hauptsächlich deshalb, weil er gar nichts wusste, wie ihm beim Schreiben des Berichts deutlich geworden war. Im Grunde war nichts auszuschließen.

Und ehe er wusste, wie ihm geschah, hörte er sich selbst mit wichtigtuerischer Stimme sagen: »Das ist leider noch nicht so klar, wir ermitteln noch.«

Mit *wir* meinte er sich. Im Singular. Die Polizeiwache von Santa Caterina bestand aus einem einzigen Polizisten. Ihm selbst. Ein Umstand, über den der Bürgermeister am besten Bescheid wusste. Trotzdem klang es einfach besser und irgendwie auch gewichtiger, in Sachen Ermittlungsarbeit im Plural zu sprechen.

Zumindest tat Lenzi ihm den Gefallen, es unkommentiert zu lassen. »Oder glauben Sie, dass die Möglichkeit besteht, dass jemand eine Nonne …?«

Matteo rang sich ein zaghaftes Nicken ab. »Zumindest kann diese Möglichkeit nicht gänzlich ausgeschlossen werden. Die Umstände am Tatort lassen Rückschlüsse in viele Richtungen zu.«

Matteo hätte dem Bürgermeister von der Botschaft im Staub erzählen können, von der ausgestreckten Hand, die zum Kirchturm zeigte. Aber er tat es nicht. Im Grunde ging das den Lenzi überhaupt nichts an. Es war ein Tatbestand der Ermittlungsarbeit, und die gehörte in den verhassten Polizeibericht, nicht in die Ohren des Bürgermeisters.

»Nun ja«, erwiderte dieser gedehnt. »Schwer vorstellbar ist das ja schon, hier in unserer beschaulichen Stadt.«

»Eben«, sagte Matteo. »Wir müssen jedoch alle Möglichkeiten ausschließen, bevor wir …«

Der Bürgermeister winkte ab und tupfte sich noch einmal über die Stirn.

»Sie machen das schon. Aber deshalb bin ich auch gar nicht hier. Ich komme wegen der Via Madonna delle Grazie.«

Matteos ohnehin schon angeschlagene Laune verkrümelte sich nun endgültig in den Keller.

»So …«

»Ich habe Ihnen doch gesagt, wie der Sachverhalt hier ist.«

Matteo nickte lahm.

»Ich war gerade dort, und es hat sich überhaupt nichts getan.«

»Nun ja«, erwiderte Matteo ausweichend. »Es ist nicht so, dass ich hier Däumchen drehen und mich langweilen würde. Kürzlich wurde in Petrozzas Tankstelle eingebrochen. Vorgestern gab es einen Verkehrsunfall an der Piazzo Cristo Re. Zum Glück nur ein Bagatellschaden, aber dennoch musste alles für die Versicherungen dokumentiert werden. Und jetzt auch noch der Todesfall von Schwester Raffaela …«

»Ja, ich weiß, Sie sind ein sehr beschäftigter Mann, Signore

Silvestri. Aber verstehen Sie mich. Ich muss mich vor dem Gemeinderat rechtfertigen. Und als Bürgermeister ist es meine Pflicht, die Belange der Gemeinde ernst zu nehmen. Und dazu gehört es eben auch, mich darum zu kümmern, dass Gemeindebeschlüsse in die Tat umgesetzt werden. Subito! Wenn Sie verstehen, Signore Silvestri.«

Matteo verstand. Tatsächlich schob er es schon eine ganze Weile vor sich her, die Via Madonna delle Grazie gebührenpflichtig zu machen. Schließlich war es die einzige Straße in der unmittelbaren Nähe des Marktplatzes, in der die Anwohner und Marktbesucher frei parken konnten. Außerdem wohnte er selbst in der Nähe und stellte seinen Lancia Delta regelmäßig in dieser Straße ab. Obendrein war ihm vollkommen klar, gegen wen sich der Zorn der Bevölkerung richten würde, sobald die ersten Parkautomaten Einzug hielten. Gegen ihn!

»Also, Signore Silvestri. Wann gedenken Sie, hier aktiv zu werden?«

»Ich äh …«

Es kam selten vor, aber diesmal tat ihm das Telefon den Gefallen und klingelte ausnahmsweise genau im richtigen Moment.

»Entschuldigen Sie bitte, da muss ich drangehen. Könnte ja wichtig sein.«

Matteo räusperte sich und nahm das Gespräch entgegen. »Posto di polizia Santa Caterina? Oh, Sie sind es, Schwester Isabella.« Er legte eine Hand auf die Muschel und flüsterte Duccio Lenzi mit gesenkter Stimme zu: »Schwester Isabella, vom Kloster.«

Dieser nickte schmallippig.

»Ja, hm … natürlich, ich höre zu.«

Um das ungeduldige Nicken des Bürgermeisters nicht mehr sehen zu müssen, wandte Matteo den Blick ab und schaute aus dem Fenster, während er zuhörte, was Schwester Isabella ihm zu erzählen hatte.

Es fiel ihm schwer, ihren Worten zu folgen, da just in diesem Augenblick eine junge Frau direkt am Präsidium entlanglief. Er hob die Gardinen ein Stück weit an. Sie trug ein kurzes Sommerkleid voller bunter Blümchen, das ihre tief gebräunten Schenkel umschmeichelte. Er kannte die Frau sowie die Beine, bloß das Kleid hatte er an ihr noch nie gesehen.

Sie war atemberaubend attraktiv. Mit ihren glatten kastanienbraunen Haaren, die in der Mittagssonne schimmerten, und den Augen, die zwischen grün und blau changierten – je nachdem, zu welcher Tageszeit er sie antraf –, zog sie ihn bei jeder zufälligen Begegnung sofort in ihren Bann.

Er hatte sie in letzter Zeit öfters in der Stadt getroffen. Eine Frau solchen Schlages fiel eben auf. Doch er wusste nichts von ihr. Weder wie sie hieß, noch was sie nach Santa Caterina verschlug. Aber eines wusste er ganz bestimmt: Sie war eine Frau, die das Zeug hatte, sein Herz im Sturm zu erobern – und das, obwohl sie bis auf das ein oder andere Hallo keine Worte miteinander ausgetauscht hatten. Noch nicht.

Unverhofft hob sie den Kopf und schaute nach oben. Direkt in seine Richtung. Mit dem unangenehmen Gefühl, ertappt worden zu sein, blieb Matteo mit dem Hörer in der Hand stocksteif stehen. Die junge Frau hielt den Blickkontakt und lächelte breit.

Matteo lächelte zurück, und es fühlte sich so verkrampft in seinem Gesicht an, dass er sich gar nicht ausmalen wollte, wie dämlich es aussah. Wie von selbst hob er die Hand und winkte. Es war kein besonnenes, männliches Winken, sondern das einer englischen Königin.

Das Lächeln der Frau verwandelte sich in ein ungehemmtes Kichern. Belustigt warf sie den Kopf nach hinten und schwebte weiter über den Bürgersteig.

»Was für ein Hintern«, fuhr es leise aus Matteo heraus. Er konnte einfach nicht den Blick abwenden.

»Bitte was?«, fragten der Bürgermeister und Schwester Isabella gleichzeitig.

»Nein, ich meine doch nicht Ihren Hintern, Schwester Isabella … ich … da war gerade … ach …«

Matteo zog die Gardinen zu und ließ sich schwerfällig auf den Bürostuhl fallen. Das war so gar nicht sein Vormittag.

»Natürlich bin ich ganz Ohr. Was denn, jetzt gleich? Und Sie finden, das kann nicht warten, bis … nein, natürlich nicht. Ich komme. Ciao!« Als er den Hörer auflegte, durchbohrte ihn der Blick des Bürgermeisters.

»Die Via Madonna delle Grazie«, holte dieser ihn ins Hier und Jetzt zurück.

»Kümmere ich mich drum«, versprach Matteo. Er sprang auf, ging zur Garderobe und schnappte sich seine Mütze. »Aber jetzt muss ich los, eine Ordensschwester darf man schließlich nicht warten lassen.«

»Das heißt, Sie haben noch überhaupt nichts herausgefunden?« Ein vorwurfsvoller Ton schwang in Isabellas Stimme mit. Dabei musste sie dem Polizisten hoch anrechnen, dass er keine fünf Minuten nach ihrem Anruf bei ihr war.

Nun saßen sie auf einer Steinbank im Klostergarten und genossen den Schatten der Schirmpinie, die sich über ihnen spannte.

»Was denken Sie? Ich kam noch nicht mal dazu, den Polizeibericht fertigzuschreiben. Ständig ist irgendwas, und dann kam auch noch der Bürgermeister reingeschneit mit irgendwelchen abstrusen Aufforderungen.«

Die Schwester sah ihn verständnislos an. In ihren Augen gab es einfach nichts, was wichtiger sein konnte, als Schwester Raffaelas Todesrätsel zu lösen.

Sie sah, wie Matteo sich mit einem Esslöffel in der Hand über seinen Bartschatten rieb. Er wirkte müde. Und hungrig.

»Aber was gab es denn nun so Dringendes, dass wir es nicht am Telefon besprechen konnten?«

»Ach!« Isabella strich eine Rockfalte glatt. »Dringend ist vielleicht etwas übertrieben. Aber ich telefoniere eben nicht so gerne und finde, dass ein persönliches Gespräch einfach … netter ist.«

Sie betrachtete den jungen Polizisten eingehend. Auf seinem Schoß ruhte ein Suppenteller, bis zum Rand gefüllt mit

Hildegards kalter Tomaten-Melonen-Suppe, die vom Mittagessen übrig geblieben war und in Matteo einen dankbaren Abnehmer fand. Zwischen ihnen stand ein Körbchen mit Brotscheiben und Schinken-Tramezzini-Spießen.

»Mia Madre, die ist wirklich fantastisch.« Er griff neben sich, steckte sich eines der Spießchen in den Mund und kaute andächtig.

»Aber sie müssen doch mit ihren Ermittlungen begonnen haben.« Sie tippte ungeduldig mit den Fingern auf die Steinplatte, was den Polizisten zumindest dazu brachte, schneller zu kauen und angestrengt zu schlucken.

»Was denken Sie denn? Bevor ich irgendetwas tun kann, muss ich abwarten, wie die Staatsanwaltschaft die Sache einschätzt. Ob tatsächlich ein mögliches Motiv dafür besteht, dass jemand das Opfer, also Schwester Raffaela, vorher geschlagen oder vielleicht betäubt hat.«

Isabella sah ihn verwirrt an. »Wieso die Staatsanwaltschaft? Die war doch überhaupt nicht dabei, als wir die Leiche gefunden haben.«

»Das muss sie auch nicht.« Matteo lächelte milde. »Dafür schreiben wir ja einen Polizeibericht.«

Mit schräg gehaltenem Kopf sah sie ihn argwöhnisch an. »Sie haben in ihrem Bericht aber ausführlich klargemacht, dass es nur eine einzige Möglichkeit geben kann.«

Matteo sah der Schwester nicht direkt in die Augen, als er zögernd erwiderte: »Ich habe mich selbstverständlich an die Fakten gehalten und … weitestgehend alles so geschildert, wie es vorgefunden wurde.«

Der Blick der Schwester ruhte lange auf ihm, dann schüttelte sie sich. »Wie schrecklich! Nicht vorzustellen, dass sie tatsächlich geschlagen oder gar betäubt wurde.« Ihre Hände deuteten flink ein Kreuz an, und sie sah Matteo ein stummes *Amen* hinzufügen.

»Ja, aber ehrlich gesagt, bin ich mir überhaupt nicht sicher, ob wir es hier wirklich mit einem Mordfall zu tun haben.«

Ihr Blick zuckte zu ihm hinüber. »Sie haben es doch selbst gesehen. Die eindeutigen Indizien. Die Zahl!«

Matteo hob abwehrend die Hände. »Ich weiß, was ich gesehen habe. Und das war nicht gerade viel.«

Isabella nahm einen tiefen Atemzug. Wieder war da diese Unsicherheit, ob sie sich nicht womöglich doch zu viel einbildete.

»Wenn wir wenigstens ein Motiv hätten. Irgendwas. Ist Ihnen vielleicht in letzter Zeit doch etwas Merkwürdiges in direktem oder indirektem Zusammenhang mit Schwester Raffaela aufgefallen?«

Isabella dachte nach. Eine Sache gab es da, aber sie rang mit sich, ob sie dem Polizisten wirklich davon erzählen sollte. »Vielleicht war da was«, sagte sie schließlich.

Der Polizist sah sie aufmerksam an.

»Nicht viel. Womöglich ist es überhaupt nicht der Rede wert.«

»Erzählen Sie schon.«

»Nun, ich habe einen Streit mitbekommen. Zwischen Schwester Raffaela und Schwester Hildegard.« Sie senkte den Blick. »Es war ein wirklich derber Streit, durchzogen von Vorwürfen und Anschuldigungen. Ich weiß auch überhaupt nicht, was die genaue Ursache des Streits war.«

»Sie sagten, in dem Streit ging es um Anschuldigungen.«

»Richtig. Schwester Raffaela hatte Schwester Hildegard vorgeworfen, dass sie sich in Angelegenheiten einmischte, die sie nichts angingen. Und auch von einer Verletzung der Privatsphäre war die Rede. Schwester Raffaela war wirklich aufgebracht und fuchsteufelswild wegen Schwester Hildegard – wie man so schön sagt.«

Matteo Silvestri betrachtete nachdenklich den Suppenteller. »Wirklich weiter hilft uns das nicht. Ein Streit macht noch kein Motiv.«

Schwester Isabella nickte besonnen. »Nein, wohl nicht.«

»Was könnte Schwester Raffaela mit der Verletzung ihrer Privatsphäre gemeint haben?«

Isabella wusste zunächst nicht, was sie antworten sollte, dann aber hellte sich etwas in ihr auf. Sie hatte gestern eindeutig die Privatsphäre von Schwester Raffaela verletzt. Auf einmal dämmerte es ihr wieder, dass sie beim Eintritt in die Zelle die Tür hinter sich zugezogen hatte. Von außen konnte also niemand sehen, dass sie in der Zelle war. Schwester Hildegard musste deshalb mit derselben Absicht eingetreten sein. Warum hatte sie die Zelle ihrer toten Mitschwester aufgesucht?

Sie wurde das untrügliche Gefühl nicht los, vielleicht dem Ansatz einer Spur nahegekommen zu sein. Sie schloss die Augen, um besser nachdenken zu können. Mit einem tiefen Seufzer lehnte sie sich zurück und genoss die Sonnenstrahlen auf ihrer Nasenspitze.

Ein lauer, von den Weinbergen kommender und durchaus angenehmer Windstoß wehte ihr den Geruch von Lavendel in die Nase. Sie liebte diesen Platz, fernab des Klostertrubels – sofern man davon überhaupt sprechen konnte. Der Duft der Wildkräuter und Zitronenblüten und der Blick auf die spitz zusammenlaufenden Zypressen, die majestätisch über die Klostermauern ragten.

Für sie war es der schönste Ort im Kloster. Hier konnte sie Gott besonders leicht begegnen. In den Blüten, den Kräutern, den bunten Vögeln – und manchmal sogar im Wind.

»Dennoch … ich meine, Schwester, was haben wir denn wirklich gesehen? Einen ausgestreckten Arm, irgendwas in den Sand Gekritzeltes. Himmel, das könnte alles bedeuten.«

Isabella betrachtete den Polizisten schmallippig, blieb aber stumm.

»Ich glaube ja auch nicht, dass es ein Unfall war.« Er drehte den Kopf in Richtung des Turms. »So dumm kann sich da oben ja wirklich niemand anstellen. Aber betrachten wir doch weiter das Offensichtlichste.«

»Und das wäre?«

»Na, Selbstmord.«

Als sie ihn erschrocken anstarrte, schickte er ein eiliges »Gott behüte!« hinterher.

»Ausgeschlossen«, erwiderte sie sofort.

»Weil Sie eine Nonne war?«

»So ein Unsinn! Wir Dienerinnen Gottes sind in erster Linie auch nur Menschen.« Sie schüttelte den Kopf. »Nein, das ist es nicht. Aber ich kannte Schwester Raffaela, sie war ein lebensbejahender Mensch. Da waren keine inneren Dämonen, mit denen sie sich rumschlug.«

»Sind Sie sicher?«

Sie nickte entschlossen. »So sicher man sich sein kann. Wir Schwestern leben hier auf engem Raum zusammen. Da hätte ich es gemerkt, wenn Schwester Raffaela einen inneren Kampf ausgefochten hätte, der sie in den Freitod getrieben hätte.« Tatsächlich hatte Isabella ein naturgegebenes Gespür für das Empfinden von Menschen. Als Kind hatten Ärzte bei ihr Hochsensibilität vermutet. Schon immer nahm sie Sinnesreize viel eingehender wahr und reagierte stärker auf die Stimmungen ihrer Mitmenschen. Ihre Oma hatte es scherzhaft das dritte Auge genannt, weil man ihr nie etwas vormachen konnte. Isabella wusste stets, wo sie bei ihren Eltern dran war, ihren Freundinnen, Lehrern und Klassenkameraden. Litt jemand in ihrer Nähe, blieb ihr das nicht verborgen. Doch sie hatte so ein Gefühl, dass sie das dem jungen Polizisten erst einmal besser nicht erklärte.

»Gut«, sagte dieser schließlich. »Nehmen wir also an, es war Mord. Dann fehlt uns aber das Motiv.«

»Aber das muss es geben. Und es hat etwas mit der Zahl zu

tun, die Schwester Raffaela uns mit auf den Weg gegeben hat.«
Sie schloss die Augen und bekreuzigte sich.

Als sie sie wieder öffnete, sah sie den Polizisten eindringlich
an. »Ich war in ihrer Zelle, auf der Suche nach irgendwelchen
Hinweisen.«

Matteo sah sie scharf an: »Das ist Hausfriedensbruch.«

»Verhaften Sie mich jetzt?«, fragte sie in spielerischem Tonfall.

Doch der Polizist seufzte nur ergeben. »Und was haben Sie
gefunden?«

»Nichts. Zumindest nichts Auffälliges. Jede Menge Kinder-
figuren aus Porzellan. Ziemlich kitschig, wenn Sie mich fragen.«

»Sind sie selten? Womöglich sogar wertvoll?«

»Schwer vorstellbar.«

»Schade, Habsucht ist immer ein gutes Motiv für einen
Mord.«

»Ich glaube jedoch, dass eine Figur fehlt. Jedenfalls war da
ein Abdruck zu erkennen.« Sie dachte an den staubfreien Kreis,
schüttelte dann aber den Kopf. »Keine Ahnung, ob das was zu
bedeuten hat.«

»Hm.« Matteo sah sie nachdenklich an.

»Die Manufaktur befindet sich hier in der Gegend, und ich
weiß, dass sie ebenfalls einen Stand auf dem Caterina-Markt
hat. Ich werde mich dort mal umhören. Ich glaube zwar nicht,
dass uns das auf eine Spur bringt. Aber einen Versuch ist es
wohl dennoch wert.«

Noch einmal schloss sie die Augen und atmete schwer. Genügend Gelegenheit dazu hätte sie ja jetzt. Dank ihrer Unvor-
sichtigkeit, dass sie sich von Schwester Hildegard hatte ertap-
pen lassen, war sie von der Äbtissin zum Standdienst auf dem
Markt verdonnert worden, der dreimal die Woche stattfand.
Bislang hatte diese Aufgabe Schwester Raffaela oblegen. Für
Filomena war es natürlich ein gefundenes Fressen und Begrün-

dung dafür, nun Isabella diese Arbeit aufbrummen zu können. Damit war es jetzt also vorbei mit ihren regelmäßigen morgendlichen Jogging-Einheiten. Dennoch: Es hätte schlimmer kommen können. Sie hätte auch für den Putzdienst in der Sakristei eingeteilt werden können. Sie hasste putzen.

»Besteht die Möglichkeit, dass Schwester Raffaela Feinde innerhalb des Klosters hatte? Ich meine, außer dem Streit mit dieser Schwester …«

»Hildegard.«

»Genau.«

Isabella durchforstete ihr Gedächtnis. Diese Frage hatte sie sich auch schon gestellt.

»Kaum«, meinte sie schließlich. »Alle mochten sie. Manche mehr, manche weniger. Aber niemand hegte einen Groll gegen sie, der zu einem Mord führen könnte.« Sie dachte noch einmal über ihre Worte nach, nickte dann fest entschlossen. »Nein.«

»Gut.« Ein weiterer Löffel verschwand im Mund des Polizisten.

»Dann war es wohl jemand von außerhalb. Wer hat alles Zugang zur Abtei?«

»Unser Haus steht allen Seelen offen.«

»Natürlich.« Der Polizist stöhnte leidvoll auf. »Das macht es nicht leichter. Und von welchen Seelen sprechen wir hier?«

»Hin und wieder haben wir Gäste, die nächteweise bei uns einkehren, um das Klosterleben kennenzulernen.«

»Das ist doch schon mal was. Gab es in letzter Zeit Übernachtungsgäste?«

Isabella dachte nach. »Nein, seit Wochen nicht mehr.«

Das Convento di Nostra Cara Regina Maria war ein kleines Refugium und wurde nicht auf den gängigen Reiseportalen im Internet aufgeführt. Menschen, die zu ihnen kamen, um sich eine Auszeit von ihrem Alltag zu nehmen, kamen entweder aus den umliegenden Dörfern oder auf Empfehlung zu ihnen.

Niemand hatte etwas dagegen. Im Gegenteil: Für das Kloster war es wichtig, den Raum für Außenstehende offen zu halten, und Isabella mochte es sehr, wenn Besuch von draußen kam.

»Dann führt uns diese Spur auch nicht weiter.«

Der letzte Spieß fiel Matteos Hunger zum Opfer.

Schweigend saßen sie auf der Bank und hingen ihren Gedanken nach.

Ein hübsches Rotkehlchen landete auf einem Zweig des angrenzenden Zitronenbaums und putzte sich das Gefieder. Isabella dachte wieder an die Porzellanfiguren in Raffaelas Zelle.

»Verzeihen Sie, Schwester?«

Isabella nahm den Blick vom Vogel und sah am Rande des Kräuterbeets eine Frau, die sie neugierig musterte.

Sie war jung, vom Aussehen her wirkte sie nicht älter als zwanzig. Blond gefärbtes Haar, heller Teint und intensiv blaue Augen. Sie war schlank, geradezu hager und hatte ein auffallend schönes Gesicht, mit hohen Wangenknochen, Stupsnase und vollen, rot geschminkten Lippen, die sich zu einem vorsichtigen Lächeln bogen.

»Ich bin auf der Suche nach jemanden und muss mich hier in diesem Garten verlaufen haben.«

Isabella merkte, wie sich der Polizist neben ihr aufrichtete und sich wie beiläufig das Hemd zurechtzupfte, was sie zum Schmunzeln brachte.

»Wo möchten Sie denn hin?«, fragte sie freundlich.

»Ich wollte Sie wirklich nicht stören.« Die junge Frau kam auf sie zu und reichte erst Isabella dann dem Polizisten die Hand. Ihr Druck war zart, beinahe zerbrechlich. »Aurora, ist mein Name. Aurora Rossi. Ich bin auf der Suche nach Schwester Raffaela. Können Sie mir vielleicht sagen, wo ich sie finde?«

Isabella und der Polizist tauschten einen betretenen Blick aus. Sie versuchte sich an einem tapferen Lächeln, als sie erwiderte: »Schwester Raffaela weilt leider nicht mehr unter uns.«

Die junge Frau war nicht in der Lage, darauf etwas zu erwidern. Sie riss ihre Augen weit auf, und ihr Blick wanderte beinahe panisch zwischen ihr und Matteo hin und her.

»Aber …«, stammelte sie schließlich.

»Es tut mir wirklich leid.« Aus einem inneren Reflex heraus griff Schwester Isabella nach der Hand des Mädchens und strich zärtlich darüber. »Standen Sie sich denn nahe, Sie und Schwester Raffaela?«

Ihre Blicke trafen sich, und es versetzte Isabella einen Stich ins Herz, als sie absolute Fassungslosigkeit darin las.

Die junge Frau zog die Hand zurück und wandte sich ab. »Haben Sie Dank, Schwester …«

»Isabella. Ich bin Schwester Isabella.«

Die junge Frau lächelte freundlich, doch es wirkte auf Isabella ein wenig gehetzt. »Es hat mich sehr gefreut, Ihre Bekanntschaft gemacht zu haben. Dennoch … ich muss los.«

Hohe Absätze klackerten hektisch über das Pflaster.

»Das war jetzt aber mal echt merkwürdig.«

»Ich denke, ich kenne diese Frau«, erwiderte Matteo zögernd. »Ich habe sie schon öfter im Dorf gesehen, am Markt.«

Dass er hin und wieder Flirtversuche gestartet hatte, verschwieg er der Schwester jedoch. Es war auch nichts dabei. Marcello mochte es einfach, gut aussehenden Frauen schöne Augen zu machen, und freute sich diebisch darüber, wenn sein harmloses Geschäker erwidert wurde. Ihm war selbst klar, dass dieses Mädchen viel zu jung für ihn war. Doch ebenso wenig scheute er davor zurück, mit älteren Frauen zu flirten, ohne wirkliche Hintergedanken zu haben. Vielmehr sah er es als Übung an. Denn leider war es so, dass er bei Frauen, mit denen er es ernst meinte, nicht mal einen geraden Satz über die Lippen bekam. »Was wissen Sie über sie?«

»Nicht viel«, gestand Matteo. »Aber ich glaube zu wissen, wo sie arbeitet. Wenn Sie möchten, höre ich mich mal um.«

Isabella nickte dankbar. Genau das wollte sie hören.

Der Polizist stellte den ratzeputz leer gelöffelten Suppenteller neben sich auf die Bank und erhob sich.

»Schwester Isabella, es war mir wieder ein Vergnügen, Ihre Gesellschaft genießen zu können.«

»Herr Silvestri, warten Sie noch.«

»Bitte, nennen Sie mich Matteo.«

»Also schön, Matteo. Gestatten Sie mir, Ihnen ein Geschenk zu machen?«

Die Augen des Carabiniere wurden groß. »Ich … äh …«

Isabella lächelte sanft. »Bitte, es ist nur eine Kleinigkeit.«

Sie schob ihre Hand in die Seitentasche des Habits und zog einen mit einem Tuch umwickelten Gegenstand heraus.

Es gefiel ihr, den Polizisten dabei zu beobachten, wie er das Tuch vorsichtig entfernte.

»Ein Kreuz?«, fragte er überrascht.

»Ein Marienkreuz. Es soll Ihnen Glück bringen.«

»Oh, na dann.« Der Carabiniere schmunzelte umständlich, und Isabella fragte sich, ob sie mit ihrem Gottesgeschenk womöglich eine Spur zu weit gegangen war.

»Und Sie melden sich, wenn Sie etwas Neues in Erfahrung gebracht haben.«

Wieder lächelte Matteo. Und diesmal wirkte es aufrichtig. »Versprochen, aber erhoffen Sie sich nicht zu viel davon. Wie gesagt, ich glaube nicht, dass die Indizien reichen, damit die Staatsanwaltschaft einen Mordverdacht hegt.«

»Ich bin mir sicher, Sie werden Ihr Bestes tun, um überzeugend zu wirken.«

Matteo lächelte, doch dann seufzte er verdrossen. »Aber bevor ich die Staatsanwaltschaft kontaktiere, werde ich ein paar Verbotsschilder aufstellen müssen.«

Kapitel

6

Matteo lag mit seiner Einschätzung richtig, die Staatsanwaltschaft sah in der Tat keinen Grund für weitere Ermittlungen. Eben erst hatte ihn die Antwort erreicht. Demnach würde auch keine Obduktion bewilligt werden, und man ging nun hochoffiziell von einem Freitod aus, was Matteo innerlich brodeln ließ, als er sich auf den Weg zum Hotel La Vetta machte.

Entgegen seiner Idee hatte er in seinem abschließenden Bericht sehr wohl die Hinweise erwähnt. Raffaelas ausgestreckte Hand in Richtung des Kirchturms, die in den Staub gekritzelte Sechs. Er wusste selbst, dass es alles andere als eindeutige Indizien waren. Aber, Himmel, es waren welche!

Das ließ sich doch nicht von der Hand weisen. Er ging die Möglichkeiten durch, die ihm blieben, um die Staatsanwaltschaft doch noch davon zu überzeugen, dass im Falle Raffaela weiterermittelt werden musste. Doch dafür brauchte er, nun ja, handfestere Indizien. Und das wiederum bedeutete, dass er zunächst auf eigene Faust würde weiterermitteln müssen. Wenigstens das war er der toten Ordensschwester und Isabella schuldig.

Sein Weg führte ihn die kleine Pappelallee entlang durch die noch immer gebührenfreie Via Madonna delle Grazie, wo er sich kurz von dem tadellosen Lackzustand seines Lancia Deltas überzeugte, der im Schatten einer besonders großen Pappel parkte. Er genoss die etwas abgekühlte Luft. Ein lauer, angenehm kühler Wind zog durch die Straßen und trug den

Duft von Guiseppes Pizzeria an ihn heran. Spontan entschloss er sich dazu, heute seine Mittagspause dorthin zu verlegen. Er hatte zwar aufgewärmte Lasagne dabei, die seine Nachbarin ihm gestern Abend rübergebracht hatte, doch heute stand ihm eher der Sinn nach Guiseppes berühmter Quattro Stagioni.

Der Verstand sagte ihm, dass der Hotelbesuch eine Zeit- verschwendung sei und es dort nichts zu ermitteln gab, weil es eben auch keinen Fall gab. Aber irgendetwas hatte die Antwort der Staatsanwaltschaft in ihm ausgelöst. Vielleicht eine Trotzre- aktion? Sein Bauchgefühl sagte ihm, dass er erst seinen inneren Frieden zurückerlangen würde, wenn die Suche nach einem Mo- tiv ergebnislos blieb. Zweifellos fand er es ebenso merkwürdig, dass dieses junge Ding ausgerechnet Schwester Raffaela sprechen wollte. Und das auch noch kurz nach ihrem tragischen Ableben.

Das La Vetta, ein schmuckes Boutique-Hotel der Ober- klasse, war eine historische Villa direkt am Marktplatz, in der früher das Rathaus untergebracht gewesen war. Jedoch hatte man das angrenzende Grundstück erweitert um einen Pano- ramapool und einen romantischen Blumengarten, den man durch einen aufwendig gefertigten hohen schmiedeeisernen Zaun von der Straße aus bewundern konnte.

Da es kaum Touristen in Santa Caterina gab, diente das La Vetta hauptsächlich als Tagungshotel und Herberge für Ge- schäftsreisende, die das Hinterland den Großstädten Lucca und Pisa vorzogen.

Für Matteo stand dieses Hotel für eine Welt, die nicht in seine passte. Die einzigen Hotels, die er von innen kannte, wa- ren Bettenbunker in überlaufenen Tourismusregionen Spani- ens, wo er als Jugendlicher mit seinen Freunden wilde Urlaube verbracht hatte.

Er glaubte nicht, dass er hier mehr über Raffaela in Erfah- rung bringen konnte, wollte es aber auch nicht unversucht las- sen. Vielleicht wusste dieses Mädchen etwas, das ihn bei seinen

Ermittlungen helfen konnte. Ein Hinweis, eine neue Spur. Irgendwas.

Als sie gestern im Klostergarten aufgetaucht war, hatte er sie sofort erkannt. Ein solch hübsches Mädchen springt einem Mann eben unweigerlich ins Auge. Er wusste, dass sie im La Vetta arbeitete, weil er sie oftmals in ihrer Arbeitskleidung gesehen hatte. Ein weißer Faltenrock mit passendem Hemd und einer auffallend himmelblauen Weste, auf die das goldene Logo des Hotels gestickt war.

Noch einmal dachte Matteo über das wortkarge Antwortschreiben der Staatsanwaltschaft nach. Im Grunde war er selbst der Auffassung, dass der Mord an einer Nonne abwegig war. Doch wie konnte sich die Staatsanwaltschaft so sicher sein? Immerhin gab es keine Anzeichen dafür, dass sich Schwester Raffaela das Leben hatte nehmen wollen. Sie hatte nicht mal einen Abschiedsbrief hinterlassen.

Als er unmittelbar vor dem Hotel stand, blickte er noch einmal auf den geschwungenen Schriftzug über dem Eingangsbereich und trat ein.

Die eisige Kälte einer auf Hochtouren laufenden Klimaanlage ließ die Haare auf seinen Unterarmen sich aufrichten, als er durch die Schiebetüren das Foyer betrat.

Er war überrascht über das moderne Design und förmlich eingeschüchtert davon, wie vornehm und edel hier alles wirkte. Von außen war das La Vetta ein liebevoll restauriertes Villengebäude, wie es sie zu Aberdutzenden in der Toskana gab. Etwas überladen und zugleich einen Hauch marode wirkend.

Sich im stilvoll eingerichteten Empfangsbereich umblickend, schritt er auf die ausladende Rezeption zu.

»Willkommen im La Vetta! Was darf ich für Sie tun?«

Der Rezeptionist, ein junger braun gebrannter Mann, ebenfalls mit himmelblauer Weste und aufwendiger Fönfrisur, sah ihn freundlich an.

Matteo erwiderte das Lächeln. »Buongiorno, Matteo Silvestri ist mein Name. Ich bin beruflich hier.« Zur Verdeutlichung tippte er sich gegen die Schirmmütze.

Die Freundlichkeit wich aus seinen Zügen und machte Unsicherheit Platz.

Das Namensschild an der Reversweste des Rezeptionisten wies ihn als einen gewissen V. Cattaneo aus. Matteo fragte sich, wofür das V stand. Valentino? Vico? Vincenzo?

»Ich hätte gerne Aurora Rossi gesprochen.«

Erleichterung machte sich im Gesicht von V. Cattaneo breit. Wahrscheinlich froh darüber, dass Matteo nichts von ihm wollte.

»Bedaure, sie hat heute frei.«

Das traf Matteo unvorbereitet. »Hm, ist denn vielleicht der Besitzer dieses Hotels zu sprechen?«

Der Rezeptionist schwieg eine Sekunde, dann nickte er.

»Einen Augenblick bitte.« Er griff zum Telefon und wandte sich leicht ab.

Matteo entfernte sich diskret ein paar Schritte von der Rezeption und sah sich interessiert weiter um. Sein Blick fiel auf eine Sitzgruppe aus wuchtigen Ledersesseln. Er widerstand dem Drang, sich in einen der Sessel hineinzupflanzen, um herauszufinden, ob sie genauso bequem waren, wie sie aussahen.

Wie wohl die Zimmer eingerichtet waren? Er stellte sich vor, ebenfalls ein Gast dieses Hotels zu sein und die Annehmlichkeiten zu genießen.

Er liebte seine Zweizimmerwohnung mit Balkon, auf der er seine grün wuchernden Kübelpflanzen hegte und pflegte. Sie war klein, aber gemütlich. Genau das Richtige für ihn. Dennoch: Hin und wieder mal ein kleiner Ausbruch in eine Luxushöhle wie diese könnte durchaus seinen Charme haben. Kein Abwasch, kein Bettenmachen. Ein netter Gedanke.

Ob er sich aus Spaß einfach mal den Luxus gönnen sollte?

Eine zuschlagende Tür sorgte dafür, dass er sich umdrehte.

Ein schlanker Mann mit längerem zurückgelegtem Haar, gepflegtem Bart und stolzem Gesichtsausdruck kam auf ihn zu. Er trug einen ziemlich vornehmen Anzug mit Goldmanschetten.

»Bongiorno, Davide Valentini, ich bin der Hotelier. Wie kann ich behilflich sein?« Er reichte Matteo die Hand. Ein angenehm fester Händedruck.

»Ach, wissen Sie, es ist nichts Besonderes. Vielmehr geht es um eine Angestellte von Ihnen.« Matteo machte eine kurze Pause, da er die neugierigen Blicke des jungen Rezeptionisten auf sich spürte.

Der Hotelier verstand sofort und legte seine Hand auf Matteos Schulter. »Lassen Sie uns zur Bar gehen.«

Der Hotelier führte ihn an der Rezeption vorbei in einen weitläufigen Raum mit kirschroten Sofas und noch mehr Ledersesseln. Sie stellten sich an die Bar, hinter der ein älterer Mann mit silbergrauen Schläfen mit großer Ernsthaftigkeit über die Chromarmaturen eines sündhaft teuer wirkenden Siebträgers wischte.

Obwohl kein einziger Gast anwesend war, spielte leichte Musik im Hintergrund.

Der Hotelier hielt zwei Finger in die Höhe, und keine Minute später wurden zwei Espressi serviert.

»Wie schon gesagt, eigentlich ist es nichts. Aber ich hätte da ein, zwei Fragen zu einer Ihrer Mitarbeiterinnen, Aurora Rossi.« Beim Erwähnen des Namens bemerkte Matteo, dass sich die Brauen des Hoteliers zusammenzogen. »Sie arbeitet doch bei Ihnen, richtig?«

Davide Valentini nickte knapp und senkte den Blick.

»Si. Sie absolviert ihre Ausbildung bei uns.«

»Können Sie mir ein wenig von ihr erzählen? Was sie genau für Aufgaben in Ihrem Haus erledigt … solche Sachen.«

Matteo befürchtete schon, dass Valentini erst konkreter wissen wollte, was es mit den Fragen auf sich hatte, aber er schien sich keine sonderlichen Gedanken zu machen und sprach freiheraus: »Ich habe sie für die Rezeption eingestellt.« Er hob das Kinn und blickte auf einen unbestimmten Punkt über Matteo. »Vor knapp einem halben Jahr war das.«

»Und?«

»Was und?«

»Sind Sie zufrieden mit ihr? Macht sie einen guten Job?«

Der Hoteldirektor zögerte kurz. »Anfangs ja. Keine Frage. Sie hat ein offenes Wesen und versteht sich wirklich gut auf den Kundenkontakt. Allerdings ist sie seit einiger Zeit, nun ja, nicht so recht bei der Sache.«

»Inwiefern?«

»Nun, Sie vernachlässigt Ihre Arbeit, verschwindet einfach während ihrer Schicht und lässt die Rezeption unbeaufsichtigt.« Matteo konnte sehen, wie sich die Miene des Hoteliers verfinsterte. »Ehrlich gesagt würde ich sie am liebsten hochkant rausschmeißen. Das ist doch keine Arbeitseinstellung.«

Matteo nickte verständnisvoll. »Warum tun Sie es nicht?«

Valentini zögerte. »Ach, Sie wissen doch, wie das ist.«

Matteo neigte den Kopf. Er wusste es nicht.

»Ich kenne ihren Vater gut. Er ist Handwerker, müssen Sie verstehen. Und obendrein mein Vetter.«

Matteo verstand nicht.

»Wissen Sie, das La Vetta ist ein altes Gebäude. Er hat mir das Angebot gemacht, unsere Bäder quasi zum Selbstkostenpreis zu erneuern, wenn wir im Gegenzug eine Anstellung für seine Tochter finden. Das sagt man doch nicht Nein, verstehen Sie?«

Matteo nickte. »Aber sicher.« Er atmete tief ein und musste sich zur Ruhe besinnen. Es war so typisch. Wie sehr er diesen Nepotismus verachtete. Es zählte nicht, was man konnte,

59

sondern zu wem man Verbindungen hatte. Vielleicht lag seine Abneigung aber auch schlicht daran, dass er aus einer zwar großen, aber verhältnismäßig unbedeutenden Familie stammte und er sich alles, was er erreicht hatte, hart und vor allem selbst hatte erarbeiten müssen.

»Doch leider ist ihr Vater genauso unzuverlässig.« Davide Valentini seufzte. »Er hat noch immer nicht mit der Arbeit angefangen. Dabei sollte es bereits vor einem Monat mit der obersten Etage losgehen. Tja, Sie wissen ja.« Er lachte unlustig auf: »Der Apfel fällt nicht weit vom Stamm.«

»Sie sagten, dass Signora Rossi die Rezeption während ihres Dienstes vernachlässigt?«

Valentini nippte am Espresso und nickte eifrig. »Unvorstellbar, nicht wahr? Verschwindet einfach so.«

»Und wohin? Zigarettenpause?«

Der Hotelier dachte nach. »Nein, soweit ich weiß, hat sie vor einiger Zeit das Rauchen aufgegeben. Sie geht zum Marktplatz, direkt gegenüber.« Er zeigte in Richtung des Ausgangs.

»Zum Marktplatz?« Diese Antwort überraschte den Carabiniere.

»Si! Ich hab sie selbst schon einige Male von dort wieder eingesammelt. Dachte erst, sie würde ihre Einkäufe während der Arbeitszeit erledigen wollen. Das war aber nicht der Fall, stattdessen trieb sie sich immer an diesem Stand herum. Dieser, na …« Er schnippte mit den Fingern, um seinen Gedanken auf die Sprünge zu helfen. »Wie heißt das noch gleich …?«

Matteo probierte seinen Espresso. Er schmeckte wunderbar. Viel zu schade, um ihn sofort hinunterzukippen.

»Klosterstand! Den meinte ich. Dort, wo sie diesen raffinierten Grappa verkaufen.«

Matteo starrte den Mann mit aufgerissenen Augen an, verschluckte sich beinahe am brühend heißen Espresso.

»Sie meinen, sie hat ihren Job aufs Spiel gesetzt, um sich mit den Nonnen am Klosterstand zu unterhalten?«

»Eigentlich ist da ja immer nur eine Nonne. So eine ziemlich hagere. Ich kann Ihnen auch nicht sagen, was sie von der wollte. Vielleicht dem Kloster beitreten?« Er lachte unschön auf.

Matteos Gedanken ratterten. Bei der beschriebenen Person könnte es sich um Schwester Raffaela handeln. Aber was hat eine junge, weltliche Frau mit einer Schwester am Hut? Es gab wohl nur eine Person, die ihm diese Frage beantworten konnte. Aurora Rossi selbst.

»Signore Valentini, vielen Dank für Ihre Auskunft, Sie haben mir sehr geholfen. Wenn Sie mir schließlich noch sagen können, wann ich Signorina Rossi wieder hier antreffe, bin ich schon weg.«

Wenige Augenblicke später, mit der Visitenkarte des Hoteliers in der Hand, stand Matteo mit dem Rücken zum Eingangsbereich des Hotels und fühlte sich einem Hitzschlag nahe, als ihn die Schiebetür aus dem Eiszeitklima in die brütende Mittagssonne entließ.

Wie er erfahren hatte, wohnte Aurora Rossi im Nachbardorf und hatte heute ihren freien Tag. Matteo überlegte kurz, ihr einen Besuch abzustatten, entschied sich dann aber doch dagegen. Wenn er sich nicht bald der Falschparker in der Via Madonna delle Grazie annahm, würde der Bürgermeister wohl einen Tobsuchtsanfall bekommen. Zudem hatte er von Valentini erfahren, dass sie morgen mit der Frühschicht dran war. Also würde er ihr einfach dort einen Besuch abstatten und sich einem weiteren dieser hervorragenden Espressos hingeben. Er war noch immer nicht davon überzeugt, dass diese Frau im direkten Zusammenhang mit Schwester Raffaelas Tod stand, wollte aber alles ausschließen. Schließlich hatte er es Schwester Isabella versprochen.

Gedankenversunken schlenderte er die Gasse am Markt entlang, als ihn erst ein Stoß aus dem Tritt brachte und schließlich etwas abartig Heißes seine Brust verbrühte.

Er stieß einen überraschten, dann einen äußerst schmerzvollen Fluch aus. Kochend heißer Kaffee hatte ihn an der Brust erwischt. Es fühlte sich an, als hätte man seine Haut mit einem Bügeleisen malträtiert.

»Oh, das tut mir leid!«

Matteo sah von seinem besudelten Hemd auf und blickte in ein Paar Augen, das ihn bedauernd musterte. Diesmal waren sie von intensivem Blau.

Die Frau klemmte sich eine kastanienbraune Strähne hinters Ohr, zog ein Stofftuch aus ihrer Handtasche und betupfte Matteos Hemd, der sofort reflexartig die Brust anspannte.

»Ach, halb so schlimm. Ist doch bloß Kaffee.« Er lächelte sie an, vergessen war der Schmerz.

Sie lächelte zurück.

»Außerdem muss es *mir* leidtun«, erwiderte Matteo tapfer. »Jetzt haben Sie ja gar keinen Kaffee mehr. Kommen Sie, ich lade Sie zu einem neuen ein, das ist das Mindeste!«

Schwester Isabella war frühes Aufstehen gewohnt, aber diese Uhrzeit war unmenschlich. Weit vor dem ersten Hahnenschrei hatte sie der Wecker erbarmungslos aus dem Schlaf geschubst. Normalerweise genoss sie die Ruhe des anbrechenden Tages, wenn nur der Ruf der Zwergohreule vom Kirchturm zu vernehmen war, vermischt mit dem morgendlichen Konzert der Zikaden.

Doch an diesem Morgen kam es ihr so vor, als wäre gerade erst der Schlaf über sie gekommen, als sie geweckt wurde.

Der Caterina-Markt öffnete um sieben. Das bedeutete, dass sie eine Stunde früher im Dorf sein musste, um alles vorzubereiten. Wie auch der Ort verdankte der Markt seinen Namen der heiligen Katharina, Patronin der Jungfrauen. Isabella kannte die sagenumwobene Geschichte um die Schutzheilige. Demnach soll sie in einer Disputation fünfzig heidnische Gelehrte besiegt haben. Tragischerweise wurde sie im Zuge ihres Martyriums enthauptet, und aus ihren Wunden soll Milch anstelle von Blut geflossen sein. Sie wusste nicht so recht, was sie davon halten sollte, hatte an diesem Morgen aber weder die Zeit noch die Lust, sich eingehender mit Katharinas Heiligenmythos zu beschäftigen. Schließlich musste bis zur Eröffnung alles aufgebaut und dekoriert sein. Die Schwestern hatten ihr gestern Abend ausführliche Anweisungen und viele gut gemeinte Ratschläge gegeben – was jedoch nichts daran änderte, dass sie sich nun um alles alleine kümmern musste.

So stand sie seit dem tiefsten Morgengrauen hinter dem Bretterstand, auf dem fein säuberlich alle Klostereierzeugnisse drapiert waren: Weine, Schnäpse, Olivenöl aus eigenem Anbau, Marmeladen, selbst gebackenes Brot und mindestens ein Dutzend Pestosorten.

Und all dies nur, weil sie sich von Schwester Hildegard in Raffaelas Zelle beim Herumstöbern hatte erwischen lassen.

Andererseits war sie nicht gänzlich undankbar über ihren neuen Aufgabenbereich. Denn außerhalb der Klostermauern konnte sie viel besser recherchieren.

Von Matteo hatte sie erfahren, dass die junge Frau, die auf der Suche nach Schwester Raffaela war, im Hotel La Vetta arbeitete. Und dieses Hotel lag ausgerechnet direkt gegenüber der Piazza, sodass Isabella nahezu freie Sicht auf den Eingangsbereich hatte.

Zwar wusste sie, dass Matteo dem Hotel bereits gestern einen Besuch abgestattet hatte, aber auch, dass dieser erfolglos verlaufen war. Also musste sie es wieder einmal selbst in die Hand nehmen. Sie seufzte tief. Wo war denn da der Vorteil, einen Carabiniere zur Seite zu haben, wenn dieser mit seinen Ermittlungen einfach nicht weiterkam? Nachdem sie gestern den ganzen Tag nichts von ihm gehört hatte, war es wieder an ihr, nach dem Hörer zu greifen und sich nach dem aktuellen Ermittlungsstand zu erkundigen. Sie konnte sich nicht helfen, aber immer mehr beschlich sie das Gefühl, dass Matteo diese Sache nicht sonderlich ernst nahm.

Immerhin: Der Blick auf das Hotel konnte von ihrem Stand aus nicht besser sein. Schoben sich die Türen auf, hatte sie eine hervorragende Sicht auf den Empfangsbereich. Dort sah sie auch seit einer Stunde eine junge, hübsche Frau mit auffallend blonden Haaren hinter der Theke stehen: Aurora Rossi.

64

Ebenjene, die sich vorgestern nach Schwester Raffaela erkundigt hatte.

Bislang gab es jedoch nichts Interessantes zu sehen. Leute gingen gelegentlich ein und aus, trugen Koffer in das Hotel oder schleppten sie raus.

Dafür herrschte am Stand reger Betrieb. Sie hätte es nicht für möglich gehalten, dass die Leute so wild auf die Klostererzeugnisse waren. Gerade erst war der zweite Reisebus eingetroffen mit Touristen aus Holland. Oder Polen. So sicher war sie sich da nicht, und anhand der Sprache hörte sie keinen Unterschied heraus. Marmeladengläser und eine Grappaflasche nach der anderen wurden als Reisesouvenir gekauft. Mit gebrochenem Englisch und Händen und Füßen beriet Isabella ihre durchweg sehr netten Kunden.

Der Verkauf war eine Aufgabe, die ihr Spaß machte und sich komplett von ihrem normalen Klosteralltag unterschied. Sie konnte gut verstehen, warum Schwester Raffaela solch einen Spaß an dieser Arbeit gehabt hatte und sich stets freiwillig einteilen ließ.

Für die meisten ihrer Mitschwestern war bereits die Vorstellung ein Graus, so viele Stunden außerhalb der Abtei verbringen zu müssen. Die geregelten Arbeits- und Gebetsabläufe hinter den Mauern waren ihnen heilig. Isabella sah das nicht ganz so eng und hatte gegen ein wenig Abwechslung überhaupt nichts einzuwenden.

Zumal sich der Klosterstand direkt in der ersten Reihe des quadratisch angelegten Marktes befand und sie mittendrin im turbulenten Geschehen des Dorflebens war.

Direkt neben ihr gab es einen wunderschönen Stand einer hiesigen Hippiekommune, die ihre bunten Handwerkskünste feilbot. Dazu jede Menge Batiktücher und Patchworkdecken, die nicht direkt Isabellas Geschmack trafen, aber wirklich hübsch anzuschauen waren. Sie brachten Farben mit sich, die beinahe exotisch wirkten und den Markt einen Hauch aufregender machten. Links vom Klosterstand gab es einen großen Obst- und Gemüsestand, dessen Besitzer seine Tomaten so lauthals anbot, als ginge es um sein Leben.

Isabella sog das hektische und laute Treiben geradezu auf. Den Lärm der Autos, die im Schritttempo die Via del Romagna entlangtuckerten und umständlich um wild parkende Lieferwagen herummanövrierten – stets mit fürsorglichem Gehupe darauf bedacht, nicht die unvorsichtigen Marktlieferanten umzufahren. All die Menschen, die sich in so vielen unterschiedlichen Sprachen unterhielten. Schwester Raffaela hatte mehrfach davon berichtet, dass manchen im Dorf die Touristenmassen, die die Busse dreimal die Woche zum Caterina-Markt ankarrten, ein Dorn im Auge waren. Isabella konnte das nicht nachvollziehen. Tatsächlich sorgten sie doch dafür, dass die kleinen Handwerksbetriebe und Manufakturen florierten und Arbeitsplätze schufen. Und davon profitierten schließlich alle.

Isabella reichten die wenigen Stunden, um zu wissen, dass sie die Marktarbeit liebte.

Wäre da nur nicht diese Hitze gewesen. Die Standmarkise hielt zwar die direkten Sonnenstrahlen fern, dennoch staute sich die Wärme unter ihrer dunklen Tracht. Um nicht komplett in Schweiß auszubrechen, vermied sie jede noch so unnötige Bewegung und war tunlichst darauf bedacht, nicht aus dem Schatten zu treten.

Gerade stand ein älteres Pärchen vor ihr und beriet sich in einer Sprache, die sie nicht verstand, vermutlich darüber, welche Pestosorten sie mitnehmen sollten. Isabella folgte dem Gesprächsverlauf nur halbherzig, da sich etwas vor dem Hotel tat. Ein ziemlich nobel wirkender Mann in einem gut sitzenden Anzug betrat das Foyer. Er hatte längeres Haar mit grauen Schläfen und einen dunklen Bart. Auf Isabella wirkte seine Gesamterscheinung – ihr fiel kein besseres Wort ein – verwegen.

Zudem stach ihr der Mann sofort ins Auge, weil er die erste Person war, die in das Hotel ohne Koffer oder Reisetasche hineinspazierte.

Als sich die Türen aufschoben, konnte sie erkennen, wie er schnurstracks auf die Rezeption zuging. Irgendetwas alarmierte sie an seinem Gang. Er bewegte sich ruckartig und entschlossen, ja, geradezu stürmisch.

Isabella blinzelte angestrengt, um Auroras Gesicht besser erkennen zu können. Bislang hatte sie jeden Gast mit einem breiten Lächeln begrüßt, nun aber war ihre Miene wie versteinert – ihre Züge wirkten beinahe ängstlich.

Viel zu schnell schob sich die Eingangstür wieder zu. Schwester Isabella fluchte innerlich auf und bekreuzigte sich schnell, um so den eilig ausgestoßenen Fluch wieder rückgängig zu machen.

Das Pesto-Pärchen erforderte ihre Aufmerksamkeit und bat sie darum, die Zutaten in eine Übersetzungs-App auf dem Smartphone einzugeben. Zwischen den Buchstaben versuchte Isabella, immer wieder einen Blick in das Hotelinnere zu erhaschen. Doch die Glastüren blieben geschlossen, sodass nichts zu erkennen war.

»Levistico?«, fragte der Mann in gebrochenem Italienisch. »Che cos'é quello?«

Isabella versuchte es auf Englisch. »Lovage.« Ohne zu wissen, ob dies wirklich der englische Begriff für Liebstöckel war.

Der Mann übersetzte das Ergebnis seiner Frau, was in Isabellas Ohren klang wie »Larven«, woraufhin diese noch verständnisloser dreinschaute. Wieder richtete er das Wort an sie, doch Isabella hörte gar nicht hin, da sich just in diesem Moment die Türen des Hoteleingangs wieder auseinanderschoben.

Sie stellte sich auf die Zehenspitzen, um zwischen den Schultern des Pärchens hindurchsehen zu können. Tatsächlich bekam sie etwas geboten.

Der Mann und Aurora stritten äußerst gestenreich und so laut, dass einzelne Fetzen bis zu ihrem Stand getragen wurden. Natürlich konnte sie nichts verstehen, aber es klang wütend und gar nicht nett. Allerdings war es ausschließlich der Mann, der schrie, Aurora hingegen wirkte ziemlich eingeschüchtert und den Tränen nahe.

»Gut, wir nehmen es.«

Sie schaute über die Schultern des Pärchens hinweg, um die Situation weiter beobachten zu können.

Der elegant gekleidete Herr wandte sich mit einer unschönen Geste ab und ließ eine völlig aufgelöste Aurora stehen. Isabella hatte sich nicht geirrt. Sie war den Tränen nahe gewesen, und nun heulte sie hemmungslos drauflos.

Das arme Ding, dachte sie mitleidig. Am liebsten wäre sie sofort zu ihr geeilt, um sie zu trösten – und dabei zu erfahren, was ihr so zusetzte.

Der Mann stürmte förmlich aus dem Hotel und überquerte die Straße, ohne auf den Verkehr zu achten. Ein Wagen hupte wütend auf und bekam eine weitere unschöne Geste präsentiert.

»Wir nehmen es.«

»Bitte, was?«

»Sie sagen, sie nehmen es!« Eine belustigte Stimme näherte sich von hinten ihrem Ohr. »Mit solch einer Dienstleistungseinstellung werden wir das Kloster nie zu Wohlstand bringen.«

»Ach, Schwester Agnieszka, du bist es. Ich war gerade abgelenkt.«

»Hab ich gesehen. Hätte ich geahnt, dass du den Standdienst derart auf die leichte Schulter nimmst, hätte ich kein gutes Wort bei der Äbtissin eingelegt, damit sie Milde walten lässt.«

»Du warst das?«

Agnieszka schmunzelte. »Einer muss ja ein gutes Wort für dich einlegen.«

Peinlich berührt kassierte Isabella das ältere Pärchen ab und packte noch eine kleine Olivenölflasche als Dankeschön obendrauf. Der Mann und die Frau bedankten sich überschwänglich dafür und winkten ihr im Gehen noch lange hinterher. Nun war die Sicht auf die Rezeption frei, doch Auroras Streithammel hatte sich ebenfalls in Luft aufgelöst. Kurz spielte sie mit dem Gedanken, Agnieszka zu fragen, ob sie für einen Moment den Standdienst übernehmen könne. Sie hätte sich zu gerne mit Aurora unterhalten. Aber die Ordensschwester kam ihr zuvor.

»Wir brauchen dringend einen Ersatz für Raffaela. Es kann nicht angehen, dass ich nun zu meinen Verwaltungsaufgaben auch noch die Einkäufe erledigen soll. Und um die Klosterbücherei muss ich mich schließlich auch noch kümmern. Hast du eine Ahnung, wie anstrengend das ist?« Sie schnaufte übertrieben auf und wischte sich nicht vorhandenen Schweiß von der Stirn.

»Es ist ja nicht so, dass ich alles auf dem Markt vorfinde, ich muss auch noch die Geschäfte in der Innenstadt abklappern. Und das alles zu Fuß.«

Isabella sah sie überrascht an. »Du hättest dir doch ein Fahrrad nehmen können.«

»Sei nicht so gemein, du weißt ganz genau, dass ich nicht Rad fahren kann.«

Isabella legte eine entschuldigende Miene auf. Sie hatte überhaupt nicht daran gedacht, weil es in ihrem Kosmos einfach unvorstellbar war, dass es Menschen gab, die nicht Fahrrad fahren konnten.

»Und bei alldem muss ich mich abhetzen, damit ich rechtzeitig zurück in der Küche bin, damit Schwester Hildegard mit den Zutaten das Mittagessen zubereiten kann.« Sie sah Isabella scharf an: »Und du weißt, wie unleidig sie ist, wenn man sie warten lässt.«

Mitfühlend legte Isabella die Hand auf Agnieszkas Schulter. »Ich bin sicher, dass du rechtzeitig da sein wirst.«

Sie musste sich ein Lächeln verkneifen, weil sie wusste, dass jede weitere Erwiderung Agnieszka nur noch mehr in Fahrt bringen würde. Doch eigentlich war es genau das, was Isabella so sehr an ihrer Mitschwester mochte. Dass sie ihren Stimmungen freien Lauf ließ und sagte, was sie dachte.

»Tja, dann mache ich mich mal wieder auf den Weg.« Mit einem übertriebenen Aufstöhnen packte sie die beiden prall gefüllten Flechtkörbe und ließ Schwester Isabella allein am Stand zurück.

Während sie Schwester Agnieszka nachschaute, beschloss sie, ihr das Fahrradfahren beizubringen. So schwer konnte das doch nicht sein.

Sie wollte gerade nach ihrem Smartphone greifen, um Matteo vom beobachteten Streit zu erzählen, als sich noch einmal die Türen des Hotels aufschoben. Diesmal war es Aurora Rossi, die geradezu herausstürmte und davonlief. Tränenüberströmt.

Kapitel

8

Wie konnte ein Mann ein Date so verbocken? Matteo Silvestri hämmerte das schlichte Holzkreuz an die Wand. Es war nicht so, dass er sich als besonders gläubigen Menschen betrachtete, aber ein Kreuz, das man von einer Ordensschwester geschenkt bekam, konnte nicht einfach so in die hinterste Schublade verbannt werden. Ein derartiges Sakrileg ließ sich mit seinem Glauben nun wirklich nicht vereinbaren.

Seine Gottesgläubigkeit ging jedoch nicht weit genug, um es in seiner Wohnung aufzuhängen. So war die Stelle über dem Türrahmen des Präsidiums ein ziemlich guter Kompromiss, wie er fand.

Zufrieden betrachtete er das Ergebnis. Er hatte eine gute Stelle für dieses Geschenk ausgewählt. Nicht so präsent, dass es einem direkt ins Auge fiel, aber dennoch gut sichtbar. Er würde noch etwas Spachtelmasse besorgen müssen, da er für das Anbringen des Kreuzes drei Versuche gebraucht hatte, deren Spuren sichtbar neben dem Kreuz von seinen *handwerklichen* Künsten zeugten. Andererseits waren die Wände des alten Gebäudes, in dem sich die Polizeistation befand, so porös und pockennarbig wie alte Basaltsteine. Matteo vermutete, dass man damals beim Bau an Zement gespart und stattdessen mehr Sand verarbeitet hatte. Für Touristen mochte die Morbidität der alten italienischen Bauwerke ja charmant sein, musste man aber in diesen leben oder arbeiten, war daran überhaupt nichts mehr anmutig.

Er musste sich eingestehen, dass er sich dem Kreuz auch nur annahm, um sich abzulenken. Da hatte er ein Date mit einer absoluten Traumfrau. Das Schicksal hatte ihm ein Full House beschert, einen Elfmeter, und er, Matteo Silvestri, hatte es gründlich verbockt. Nicht einen geraden Satz hatte er von sich geben können, ohne nicht debil vor sich hin zu stammeln. Anstatt sie ausreden zu lassen, war er ihr unentwegt über den Mund gefahren und hatte wie ein eitler Pfau um ihre Gunst gebuhlt, indem er ihr die wildesten Geschichten aus seinem Leben erzählt hatte. Gott, war ihm das im Nachhinein peinlich! Er konnte nur hoffen, dass sie ihm eine zweite Chance einräumte. Zur Wiedergutmachung.

Nein, es war eindeutig nicht seine Woche. Zudem war er mit seinem Latein in Sachen Ermittlungsarbeit am Ende.

Irgendetwas an dieser Aurora kam ihm zunehmend merkwürdiger vor. Er wollte sich gerade auf den Weg zu ihr ins La Vetta machen, als er einen Anruf von Schwester Isabella erhielt, die ihm von einem Streit mit einem nobel gekleideten Mann berichtete, woraufhin die junge Frau aus dem Hotel geflüchtet sei.

Matteo verstand überhaupt nichts mehr, und es ließ ihm einfach keine Ruhe. Es grummelte sogar so sehr in seiner Magengegend, dass er nicht wusste, ob es von der inneren Anspannung stammte oder er schlichtweg Hunger hatte. Dabei hatte er gut gefrühstückt. Zwei noch warme Croissants, die er sich von Galettis Panetteria besorgt hatte. Dick bestrichen mit Butter und Himbeermarmelade, und dazu einen doppelten Espresso aus seiner geliebten Gaggia Baby.

Dennoch. Was hatte es mit dem von Schwester Isabella geschilderten Streit auf sich? War diese hitzige Auseinandersetzung der Grund, warum die junge Frau vorzeitig nach Hause gegangen war?

Er hatte weder Indizien noch Beweise, geschweige denn ein

Motiv. Aber Matteo war Polizist mit Leib und Seele und bildete sich selbst ein, ein detektivisches Gespür zu haben. Immerhin hatte er damals aufgedeckt, wer die verantwortlichen Hintermänner der Fahrraddiebstähle in der Via del Mare waren. Es waren zwei Fahrradhändler, die so ihr nur mäßig laufendes Geschäft ankurbeln wollten.

Damals hatte er gespürt, dass etwas mit den beiden Männern nicht stimmte. Und auch an dieser Geschichte mit Schwester Raffaelas plötzlichem Dahinscheiden war etwas faul.

Sein Blick fiel auf die Visitenkarte von Davide Valentini, die er gestern auf den Schreibtisch gelegt hatte.

Er ließ sich auf den Schreibtischstuhl fallen, schob den Hammer neben die Tastatur und griff zum Telefonhörer.

»Buongiorno, Signore Valentini. Matteo Silvestri hier«, stellte er sich vor. »Ich war gestern bei Ihnen. Sie haben doch gesagt, dass ich mich an Sie wenden darf, wenn ich noch weitere Fragen hätte.«

»Si. Selbstverständlich.«

»Nun, eine Frage hätte ich da tatsächlich noch. Sie wird Ihnen vielleicht ein wenig merkwürdig vorkommen. Aber heute Morgen war ein Mann in Ihrem Hotel.«

Matteo gab noch einmal die Beschreibung wieder, wie er sie von Schwester Isabella mitgeteilt bekommen hatte. »Können Sie mir sagen, wer dieser Mann war?«

»Signore Silvestri, Sie stellen wirklich außerordentlich merkwürdige Fragen.«

»Das mag sein. Und vielleicht ist das alles auch gar nicht bedeutend, aber wenn Sie so freundlich wären, mir diese zu beantworten.«

»Hm, elegant gekleidet, sagen Sie. Längeres Haar, Bart?«

»So in etwa, ja. Kommt Ihnen das irgendwie bekannt vor?«

»Si, das klingt für mich ganz nach Nicolò Sorrentino.«

»Können Sie den Namen wiederholen?« Matteo schrieb

mit. Doch der Name sagte ihm überhaupt nichts. Also war es niemand aus Santa Caterina.

»Doch, das muss er gewesen sein. Ich wüsste wirklich nicht, auf wen diese Beschreibung sonst passen sollte.« Der Hotelier legte eine Denkpause ein. »Interessant, dass er heute da war. Nicht, dass ich einen Termin mit ihm verschwitzt habe, das wäre mir wirklich peinlich.«

»Und inwiefern haben Sie beziehungsweise Ihr Hotel mit diesem Mann zu tun?«

Es entstand eine unheilvolle Stille in der Leitung.

»Hat er denn etwas angestellt?«

»Nein«, erwiderte Matteo rasch. »Überhaupt nicht, es ist nur …« Er hielt inne, da er selbst nicht wusste, wie es denn war.

Glücklicherweise nahm Valentini den Faden wieder auf und sprach unbeirrt weiter. »Tatsächlich ist er ziemlich häufig bei uns zu Besuch. Er ist nämlich der Leiter der Keramikmanufaktur Mazza, müssen Sie wissen, und über diese beziehen wir seit Jüngstem unser komplettes Service. Erst kürzlich haben wir auf neue Sets und Geschirr umgestellt. Alles Handanfertigungen von hervorragender Qualität. Ziemlich teuer, aber eben auch sehr exklusiv.«

»Aha.« Dies war ein Themenfeld, auf dem Matteo überhaupt nicht bewandert war. Sein gesamtes Essgeschirr stammte von IKEA und aus dem Nachlass seiner Uroma.

»Wir haben es zum Sonderpreis bekommen, dafür haben Geschäftspartner der Manufaktur einen Rabatt auf Übernachtungen in unserem Haus. Sie verstehen.«

»Si«, erwiderte Matteo brummig. Er verstand.

»Allerdings waren einige Teller der Lieferung fehlerhaft, da gab es Rechtschreibfehler in unserem Hotelnamen, weshalb Signore Sorrentino und ich ein wenig aneinandergeraten waren.« Er ruderte sofort zurück. »Das war wirklich keine große Sache. Nach einem klärenden Gespräch war er sofort um Wiedergutmachung bemüht – vermutlich war das auch der Grund, warum er mich heute Morgen aufgesucht hat.«

Matteo ließ seine Gedanken schweifen. All das klang logisch. Weniger logisch war, weshalb es dieser Sorrentino nur bis zum Empfang geschafft und dabei einen handfesten Streit mit der Rezeptionistin vom Zaun gebrochen hatte. Darauf wollte er eine Antwort.

»Eine Frage hätte ich noch, Signore Valentini. Wenn dieser Sorrentino der Chef der Mazza-Keramiken ist –«

»Wie kommen Sie denn darauf?«, unterbrach ihn der Hotelier.

Matteo war verwirrt. »Aber Sie sagten doch, er sei der –«

»… Leiter, nicht der Chef«, korrigierte Valentini ihn. »Aber er wäre es gern, zweifellos.« Der Hotelier lachte herzlich auf. »Sorrentino ist kein dummer Mensch und hat sich bei den Mazzas ins gemachte Nest gesetzt, indem er die Tochter geheiratet hat. *Ihr* gehört die Manufaktur. Sie müssen wissen, die Mazzas sind ein äußerst traditionsbewusster Clan – selbst für toskanische Verhältnisse. Das geht sogar so weit, dass in dieser Familie die Kinder den Namen der Frau behalten, damit dieser nicht ausstirbt.«

»Ah, das ist ja ungewöhnlich.«

»Und ziemlich hart für einen eitlen Pfau, wie Sorrentino es ist. Andererseits wäre er ohne das Geld seiner Frau noch immer ein zweitklassiger Immobilienmakler in Lucca.« Er lachte laut auf, verstummte aber sofort. »Das haben Sie aber nicht von mir.«

»Vielen Dank, Signore Valentini, Sie haben mir sehr geholfen.«

»Jederzeit wieder. Und wenn Sie selbst einmal eine stilvolle Nacht in unserem Hotel verbringen möchten – vielleicht sogar in unserer Penthouse-Suite –, preislich können wir uns da bestimmt einigen.«

Matteo horchte auf. »Ach, wirklich? Das, ähm, würde gehen?«

»Selbstverständlich. Schließlich ist die Polizei unser Freund und Helfer. Und wer weiß … wenn sich im Gegenzug mal der eine oder andere Strafzettel in Wohlgefallen auflöst, hätten doch beide Parteien etwas davon …«

Matteo legte auf.

In seinem Gehirn hatte sich etwas in Gang gesetzt. Es war nicht das erste Mal, dass er von den Mazza-Keramiken gehört hatte – und dann fiel es ihm wieder ein. Die Porzellanfiguren, die Schwester Raffaela sammelte. Stammten sie nicht ebenfalls aus der Mazza-Manufaktur? Zumindest hatte ihm Isabella genau das erzählt. Und auch, dass die Manufaktur einen eigenen Stand auf dem Caterina-Markt hatte.

Er lehnte sich zurück und streckte die Arme von sich. Sein Blick fiel auf das Kreuz an der Wand. Es hing leicht schief.

Ihn beschlich das untrügliche Gefühl, dass er den ersten losen Faden einer echten Spur in der Hand hielt.

Kapitel

9

»Verdammt!«

Isabella fuhr zusammen, als sich Schwester Agnieszkas Silhouette aus der vorbeiziehenden Menge gelöst hatte und die Nonne wütend vor ihr stand.

»Verdammt! Verdammt!«

Eine Passantengruppe in bunter Allzweckkleidung, teilweise mit Strohhüten, blieb stehen und schaute erst irritiert, dann belustigt drein.

»Bitte, reiß dich zusammen!« Isabella verpasste ihrer Mitschwester einen leichten Hieb in die Seite. »Meinetwegen kannst du fluchen wie ein Rohrspatz. Aber bitte nicht am Klosterstand, wo dich Gott und die Welt hören kann. Wie sieht das denn aus?«

Schwester Agnieszka war keine zwei Minuten weg, da stand sie schon wieder vor Isabella.

»Aber es ist zum Fluchen, verdammt noch mal! Ich habe das Hartweizenmehl für die Ravioli vergessen.«

»Und?«

»Wie: Und? Galettis Panetteria ist fünf Straßen von hier entfernt. Ich habe wirklich keine Lust darauf, den ganzen Weg noch einmal zurückzulegen. Es reicht, dass ich den Heimweg zum Kloster zu Fuß antreten muss.« Sie ließ sich auf einer Bretterkiste nieder, streifte den rechten Schuh ab und rieb sich die Fußsohle. »Meine Füße bringen mich um. Verdammtes Hühnerauge. Verdammtes!«

»Agnieszka!«

»Ist doch wahr!«

»Ich kann für dich gehen«, schlug Isabella spontan vor. Und noch während sie sprach, fand sie das die beste Idee des Tages. Bis um eins war sie an den Stand gebunden. Nun aber tat sich ihr eine Gelegenheit auf, den Standdienst an Schwester Agnieszka zu übertragen und damit ihren Ermittlungen nachzugehen. Außerdem war das Hartweizenmehl wirklich wichtig. Denn niemand wollte auf Hildegards Ravioli mit Spinat-Ricotta-Parmesan-Füllung verzichten. Zumal die Alternative derbe Deutsche Hausmannskost war, wie ihre allseits gefürchteten Pellkartoffeln mit gebratener Leberwurst, die sie immer dann kredenzte, wenn ihr die Kochideen ausgingen. Und darauf hatte definitiv niemand in der Abtei Lust.

Agnieszka sah sie abwägend an. »Das würdest du tun?«

Isabella nickte belanglos. »Klar. Nach dem langen Rumstehen kann es nicht schaden, wenn ich mir ein wenig die Beine vertrete.«

»Hm.« Ihre Augenbrauen zogen sich konzentriert zusammen. »Vielleicht ist das wirklich keine schlechte Idee. So, wie du mit den Kunden umgehst, richtest du hier mehr Schaden an, als es gut für uns alle sein kann.« Agnieszka zwinkerte ihr zum Scherz zu.

Isabella spielte mit: »Ja, ich muss noch viel lernen und gelobe Besserung.« Sie faltete ihre Hände und senkte den Kopf, was beide aufkichern ließ. »Bis gleich, ich beeile mich.«

Es fühlte sich tatsächlich befreit an, hinter dem Stand hervorzutauchen und die ersten Schritte ihrer neu gewonnenen Freiheit zu tätigen. Nicht, dass der Dienst ihr keinen Spaß bereitet hätte – im Gegenteil: Der direkte Kontakt mit den Dörflern und Touristen gefiel ihr sehr. Sie hatte herzliche Gespräche geführt – weniger über Gott, mehr über weltliche Dinge – und viel gelacht. Aber mehr als alles andere brannte es ihr unter den

Nägeln, sich im Hotel nach Aurora zu erkundigen. Vielleicht erfuhr sie von einem Angestellten den Grund für deren überstürzte Flucht. Zielstrebig wuselte sie durch das Marktgetümmel in Richtung Hotel und ließ die Eindrücke auf sich wirken. Einmal mehr verstand sie, warum dieser Markt so viele Touristenbusse anzog. Hier gab es keinen billigen Ramsch made in China. Sämtliche Waren auf diesem Markt stammten aus der Region, handgefertigt mit Liebe und von höchster Qualität.

Die unterschiedlichsten Düfte strömten auf sie ein. Wohlriechende wie die von den Lavendelkissen, die der Stand der Kreativen Bäuerinnen an sie herantrug. Der Geruch der fruchtigen Röstaromen der kleinen Kaffeerösterei Mazzetti am Ende der malerischen schmalen San-Rossore-Gasse. Strenge Noten vom Parmesan aus der ortseigenen Biokäserei, die auch das Kloster belieferte, und über allem waberte der würzige Duft von Zypressen, der so verheißungsvoll den bevorstehenden Sommer ankündigte.

Am liebsten hätte sie die Augen geschlossen und sich von ihrer Nase leiten lassen.

Sie hielt kurz inne, als sie etwas aus dem Augenwinkel wahrnahm, das ihre Aufmerksamkeit auf sich zog. Es war ein dickes Kind mit blonden Zöpfen und roten Pausbäckchen mit einem Korb voll Äpfel unter einem Baum. Isabella blieb stehen und betrachtete die Porzellanfigur eingehender. Es war die gleiche, die Schwester Raffaela auf der Kommode stehen hatte.

»Gefällt sie Ihnen?«

Isabella sah auf und erntete das freundliche Lächeln der Standverkäuferin, eine Mittfünfzigerin mit tiefdunklen langen Haaren. Sie trug ein blaues Leinenkleid und ein bunt gemustertes Tuch über den Schultern, um sich vor der Sonne zu schützen. »Das ist Greta, unser Verkaufsschlager.« Sie deutete auf die Porzellanfigur. »Ist sie nicht putzig?«

Isabella stimmte andächtig zu. »Ja, das ist sie.«

Sie ließ ihren Blick über die Waren des Standes schweifen, der übersät war mit Porzellanfiguren, Vasen, Tellern und Geschirr.

»Mazza-Keramiken«, sagte sie mehr zu sich selbst, als sie das in der Mitte angebrachte Keramikschild las.

»Genau!« Die Verkäuferin strahlte. »Alles originale Handarbeit aus unserer Manufaktur in Lucca. Unsere Figurenserie ist übrigens sehr begehrt bei Sammlern.«

»So?« Isabella wandte sich der Frau zu und sah sich alles ganz genau an. »Darf ich?« Sie streckte vorsichtig die Hand aus.

»Gern.«

Behutsam hob sie die Apfelbaum-Porzellanfigur an. Auf dem Boden war ein handbemaltes Preisschild aufgeklebt, auf dem »Fünfunddreißig Euro« stand. Nicht gerade ein Schnäppchen, aber nun auch wieder nicht wirklich teuer.

»Es gibt also einen Sammlermarkt für diese Figuren?«

»Oh ja. Sogar weit über unsere Region hinaus. Sofia, die Figur, die Sie in der Hand halten, entstammt unserer aktuellen Frühlingskollektion. ›Unbekümmerte Landkindheit‹ heißt diese Serie und stößt bei unseren Kunden auf große Beliebtheit.«

Isabella nickte andächtig und stellte die kleine pummelige Sofia behutsam zurück. »Werden Sie denn irgendwann so richtig wertvoll, ich meine …« Sie hielt inne. »Verzeihen Sie, wie unhöflich von mir. Ich bin Schwester Isabella. Drüben vom Klosterstand.«

Sie reichten sich die Hände, und die Frau stellte sich als Giorgia Martini vor.

»Das ist immer schwer zu sagen und von Reihe zu Reihe unterschiedlich«, erklärte sie. »Die Mazza-Manufaktur hat erst vor wenigen Jahren diese Porzellanfiguren ins Sortiment aufgenommen. Seitdem erfreuen sie sich zunehmender Beliebtheit. Aber ob sie irgendwann einmal richtig wertvoll werden?« Ihre

Schultern schoben sich nach oben. »Wer weiß! Warum nicht? Schon jetzt erzielen manche Unikate aus der ersten Sonderserie mehrere Hundert Euro.«

Isabella sog anerkennend die Luft ein.

»Aber das sind Peanuts im Vergleich zum Heiligen Gral, wie wir ihn nennen.« Giorgia Martini senkte verschwörerisch die Stimme.

Isabella unterbrach sie nicht.

»2013 schuf der damalige Firmeninhaber Antonio Mazza eine Sonderserie zu Ehren des Papstes Franziskus, der als erster Papst überhaupt dem Orden der Jesuiten angehört – wie auch Antonio Mazza. Er war ein sehr religiöser Mensch, müssen Sie wissen.«

»War?«

»War. Er ist vor zwei Jahren gestorben.«

»Oh!«

Sie winkte ab. »Er war schon alt, ist friedlich im Kreise seiner Liebsten eingeschlafen und nicht mehr aufgewacht. Eben so, wie wir es uns alle wünschen.«

Aha, dachte Isabella und musste beinahe schmunzeln. Der Tod des alten Firmenchefs war für die Verkäuferin nichts weiter als eine Randnotiz, die in ihrer eigentlichen Geschichte keine Rolle spielte.

»Die sechs Päpste‹ heißt diese Serie – und wie der Name schon verrät, besteht sie aus den sechs letzten Päpsten.« Sie hob die Hand und zählte ab: »Johannes der Dreizehnte, Paul der Sechste, Johannes Paul der Erste und Zweite, Papst Benedikt der Sechzehnte.« Ihr Gesicht erhellte sich, als sie den Daumen der linken Hand streckte: »Und schließlich der amtierende Papst Franziskus. Es war eine außerordentlich hübsche Serie. Sehr liebevoll gestaltet.« Sie seufzte – für Isabellas Geschmack ein wenig zu theatralisch.

»Und was hat das nun mit dem Heiligen Gral auf sich?«

»Ich bin ja noch nicht fertig. Diese Serie wurde extra für den Vatikan gefertigt, für den Papst persönlich. Antoni Mazza hat es sich damals nicht nehmen lassen, die Figuren persönlich dort abzuliefern.« Reflexhaft hob sie die Schultern. »Allerdings wurde die Serie dann irgendwann getrennt, und nun stehen die Figuren in einer Privatsammlung. Aber nicht komplett. Es heißt, dass eine Figur verschwunden ist. Wie vom Erdboden verschluckt.«

Nun ja, dachte Isabella sich. Dann war eben eine Porzellanfigur verschwunden.

»Man erzählt sich, dass die richtigen Sammler für diese verschollene Figur, ohne mit der Wimper zu zucken, einen höheren fünfstelligen Betrag zahlen würden.« Die Frau beugte sich nach vorn, flüsterte nun beinahe. »Von dreißigtausend Euro ist die Rede.«

Isabellas Brauen schoben sich ungläubig zusammen. »Für eine Porzellanfigur?!«

Die Verkäuferin nickte belustigt. »Sie müssen bedenken, dass diese Sammlung einst Papst Franziskus gehört hat. Heiliger geht es doch gar nicht mehr.«

Darüber musste Isabella nachdenken. Sie selbst hatte noch nicht das Vergnügen gehabt, den Papst kennenzulernen. Aber sie war ja noch jung.

»Und was weiß man über den Verbleib dieser Figur?«

»Nichts«, kam es prompt über Giorgia Martinis stark geschminkte Lippen. »Nach dem Vatikan verliert sich die Spur von Paul dem Sechsten. Sie könnte überall sein.«

Überall. Isabella rechtes Augenlid zuckte auf, während sie das Wort in ihrem Kopf nachhallen ließ. Der sanfte Staubabdruck auf Schwester Raffaelas Kommode schob sich ihr in den Sinn. Allem Anschein nach fehlte eine Figur in ihrer Sammlung. Aber wie hoch war die Wahrscheinlichkeit, dass es sich bei dieser ausgerechnet um den verschollenen Papst Paul den

Sechsten handelte? Sie hätte ihn sicherlich nicht offen auf einer Kommode hingestellt. Wenn aber doch, und die Figur war nun fort, gäbe es ein Motiv für ihre Ermordung, was selbst Matteo nicht abstreiten könnte.

Die Verkäuferin senkte den Blick und sah Isabella beinahe schüchtern an. »Schwester, darf ich Sie etwas fragen?«

»Selbstverständlich.«

»Ich habe gehört, dass eine ihrer Mitschwestern im Kloster bei einem tragischen Unfall ums Leben gekommen ist …«

Isabella senkte den Kopf und faltete ihre Hände ineinander.

»War es Schwester Raffaela? Ich habe sie schon seit Tagen nicht mehr am Stand gesehen, und nun sind Sie da, und …«

Isabella hob das Kinn und sah der Frau fest in die Augen. »Ja, sie war es. So leid es mir tut, Ihnen das bestätigen zu müssen.« Nur schwer kamen ihr die Worte aus dem Mund, und sie musste schlucken, als sie die Trauer im Gesicht der Verkäuferin las.

»Ich habe es befürchtet.« Isabella konnte sehen, wie sich einzelne Tränen aus ihren dunkel geschminkten Augen lösten.

»Kannten Sie sie gut?«

»Das wäre zu viel gesagt. Ich kannte sie eben vom Markt her. Schwester Raffaela liebte diese Figuren, müssen sie wissen. Sie hat sie selbst gesammelt. Und so kamen wir im Laufe der Zeit ins Gespräch und haben uns auch ein wenig angefreundet. Sie war eine wirklich lustige Person. So gar nicht, wie man sich eine Ordensschwester vorstellt.«

Isabella wollte lieber nicht wissen, wie sich die Verkäuferin Ordensschwestern vorstellte, aber indirekt bekam sie das Bild bestätigt, das sie selbst in der kurzen Zeit ihres Lebens im Convento di Nostra Cara Regina Maria von Schwester Raffaela gewonnen hatte. Sie war ein froher und positiver Mensch gewesen.

»Sie hat die Figuren also bei Ihnen gekauft.«

»Hm, nicht direkt.« Die Verkäuferin zwinkerte Isabella verschwörerisch zu. »Es war eher so eine Art … Tauschgeschäft.«

»Tauschgeschäft?« Isabella horchte auf.

»Nun ja, hin und wieder haben wir eine Figur gegen eine Flasche Grappa getauscht.« Die Verkäuferin lachte erst vorsichtig, dann herzhaft, als Isabella einstimmte.

Eine derartige Verschlagenheit hatte sie Raffaela gar nicht zugetraut, und irgendwie gefiel ihr die Vorstellung dieses unkonventionellen Schwarzhandels.

Die Verkäuferin beugte sich nach vorn. »Sie finden nicht zufällig auch Gefallen an diesen Figuren?«

»Nun, ähm.«

»Ach, schon gut. Dann werde ich den Grappa eben fortan kaufen müssen.«

»Isabella!« Die schrille Stimme von Schwester Agnieszka warf sich in ihren Rücken. »Du bist ja immer noch hier! Würdest du dich endlich in Bewegung setzen und das Mehl besorgen? Ich muss zurück zum Kloster, sonst reißt Schwester Hildegard mir den Kopf ab.«

»Ja doch. Bin schon unterwegs.«

»Schwester Isabella, es war mir eine Freude, Sie kennenzulernen.«

»Ganz meinerseits. Ich hoffe, wir sehen uns wieder.«

»Das werden wir. Ganz bestimmt.«

Lächelnd wandte sich Isabella ab.

»Ach, übrigens, Schwester?«

Sie drehte sich verwundert um. »Ja?«

»So selten ist die Sammelleidenschaft unserer Figuren übrigens auch hier in der Region nicht. In Ihrem Kloster zum Beispiel scheint man sich brennend für unsere Porzellanlieblinge zu interessieren.« Ein diebisches Grinsen überzog ihre roten Lippen. »Erst kürzlich war eine Schwester bei mir und wollte alles darüber wissen.«

»Ach. Und Sie kennen nicht zufällig ihren Namen?«

Die Verkäuferin schüttelte den Kopf. »Nein, aber ich habe auch ein unglaublich schlechtes Namensgedächtnis. Es war so eine Dickliche mit ziemlich ernsten Zügen und starkem Akzent.« Sie überlegte kurz. »Vielleicht deutsch.«

»Isabella, nun komm schon!«, hörte sie Agnieszka rufen.

Ohne ein weiteres Wort wandte sie sich ab und wusste noch nicht, wie sie diese neue Information zu verarbeiten hatte.

Kapitel

10

In gleichmäßigem Tempo joggte Isabella durch die endlos wirkenden Weinberge und lauschte den Vögeln in den Bäumen und Sträuchern, die den neuen Tag begrüßten. Sie lief täglich morgens fünf bis sieben Kilometer. Bei Wind und Wetter. Das Laufen war für sie weitaus mehr als eine sportliche Betätigung. Das rhythmische Ein- und Ausatmen, den Weg Schritt für Schritt zu bewältigen, all dies war viel mehr eine meditative Tätigkeit und hatte sich als fester Teil ihres Gebetslebens etabliert.

Ihre gestrige Laufeinheit war dem Standdienst zum Opfer gefallen.

Und heute, an diesem heißen Donnerstag, waren es eher fünf als sieben Kilometer, da ihr das Wetter ordentlich zu schaffen machte. Um der schlimmsten Hitze zu entgehen, war sie eine geschlagene Stunde früher aufgestanden, hatte ihr Morgengebet allein in der Stille der noch schlafenden Abtei in der Klosterkirche verrichtet und sich dann aufgemacht.

Manche Mitschwestern verbrachten die stille Zeit nach den gemeinsamen Gebeten gern mit Meditation. Isabella lief.

Denn die Laufeinheiten vermittelten ihr eine Nähe zu Gott, die sie sonst nur in langen Gebeten fand.

Als sie aus den Schatten der Weinberge trat und das letzte Stück, die nahezu schattenlose Auffahrt zum Kloster, bewältigte, war es ihr, als würden ihr die warmen Strahlen der Sonne die Haut entzünden. Vielleicht sollte sie in den sauren Apfel beißen und in den Sommermonaten noch eine Stunde früher aufstehen, um der Hitze der Sonne beim Laufen zu entkommen. Andererseits sorgte ihr neuer Dienst auf dem Caterina-Markt ohnehin dafür, dass sie in aller Herrgottsfrühe rausmusste und nur noch jeden zweiten Tag joggen konnte.

Sie streckte ihr Gesicht der Sonne entgegen, atmete tief durch und konzentrierte sich voll und ganz auf das Brennen in ihrer Lunge, das mit jedem weiteren tiefen Atemzug gemildert wurde.

Glücklich, mit sich selbst im Reinen, betrat Isabella das Klostergebäude. Sie brauchte eine Dusche und wollte sich im Anschluss sogleich in das Leben hinter den Mauern stürzen.

Der gestrige Markttag hatte dafür gesorgt, dass ihre Gebete zu kurz gekommen waren. Dies wollte sie heute unbedingt nachholen und sich außerdem mit Matteo treffen, um die jüngsten Ergebnisse ihrer Ermittlungsarbeit durchzugehen. Das Gespräch mit der Standverkäuferin der Mazza-Keramiken hatte womöglich etwas Licht in den Fall gebracht. Viel war es nicht, aber vielleicht half irgendein Detail davon ja dennoch.

Die Fliesen im Eingangsbereich glänzten vor Nässe. Schwester Giovanna, die in dieser Woche für den Putzdienst verantwortlich war, war also bereits fleißig gewesen.

Das war etwas, an das sie sich nur schwerlich gewöhnen konnte. Der ausgeprägte Ordnungsfimmel ihrer Mitschwestern. Klar mochte sie es auch sauber und hatte überhaupt kein Problem damit, selbst den Putzlappen zu schwingen. Zumindest wehrte sie sich nicht und tat, was eben nötig war. Aber manche ihrer Schwestern übertrieben es bei Weitem. Dabei wusste sie, dass es für sie ebenfalls eine Art der Meditation war, ihr Weg, um Gott ganz nahe zu sein. Nein, da hielt sie sich doch viel lieber ans Laufen.

Sie streifte sich die Laufschuhe ab, nahm sie in die Hand und ging den Weg auf Socken weiter, auch wenn dies zur Folge hatte, dass diese an den Sohlen klitschnass wurden.

Mitten im Foyer hielt sie inne. Irgendetwas irritierte sie.

Es war immer noch verdächtig ruhig im Gebäude. Und überhaupt: Wo waren alle?

Ein ungutes Gefühl machte sich in ihr breit. Sie dachte fieberhaft nach, hob die Hand und zählte an den Fingern die Wochentage ab. Sie erkannte ihren Fehler, als sie den kleinen Finger bog. Es war Freitag. Nicht Donnerstag, wie sie fälschlicherweise angenommen hatte.

»Verflucht!«

Der Standdienst hatte ihren Wochenrhythmus gänzlich durcheinandergebracht.

Das wiederum bedeutete, dass sie alle bei der Wochenbesprechung in der Sakristei waren. Wie jeden Freitagmorgen. Ihr fuhr ein Schock durch die Glieder, als sie einen hastigen Blick auf die Uhr warf. Es war bereits Viertel nach sieben. Somit war die Wochenbesprechung bereits in vollem Gange. In Gedanken verabschiedete sie sich von der erfrischenden Dusche und schlitterte mehr über den frisch geputzten Boden, als dass sie lief, in Richtung Klosterkirche.

Als sie vor der schweren doppelflügeligen Holztür der Sakristei stand, konnte sie bereits die dumpfe Stimme von Äbtissin Filomena hören.

Isabella nahm all ihren Mut zusammen, atmete tief ein, klopfte fest gegen das Holz und trat ein.

Sämtliche Köpfe drehten sich in ihre Richtung. Ihre Mitschwestern saßen versammelt auf zusammengeschobenen Holzstühlen im Halbkreis in der Mitte der Sakristei und sahen sie an.

Sie alle in gemeinschaftlicher Runde zu sehen, war für Isabella immer wieder ein erhabener Anblick und gab ihr dieses tiefe Gefühl der Zugehörigkeit. Innerlich wie auch optisch. Im Orden trugen sie die gleichen dunklen Habite als Zeichen der Gemeinschaft und dass sie alle vor Gott gleich waren. Nun stand sie jedoch in ihren durchgeschwitzten Laufsachen im Raum und fiel damit gehörig aus der Reihe.

Und auch die Äbtissin hatte einen Weg gefunden, sich optisch von ihren Mitschwestern abzuheben. So trug sie stets ein goldenes Kreuz mit schwerer goldener Kette über ihrem Habit, was ihr in der Tat ein gebieterisches Erscheinungsbild verlieh.

»Schwester Isabella«, begrüßte diese sie nun in sprödem Tonfall. »Wir haben dich beim Morgengebet vermisst.«

»Nun, ich war joggen und habe dabei die Zeit vergessen.«

Äbtissin Fiolomena spitzte missbilligend die Lippen und bedeutete ihr mit einem kurzen Nicken, sich hinzusetzen.

Isabella schämte sich einmal mehr, als ihre nassen Socken auf dem Weg zum Stuhl bei jedem Schritt einen schmatzenden Laut von sich gaben.

Sie setzte sich auf den freien Platz neben Schwester Agnieszka und vermied tunlichst den Blickkontakt mit der Äbtissin.

»Also schön, nun, da wir alle vollzählig sind, können wir zur Verteilung der Aufgaben kommen.« Die Äbtissin griff in ihren Habit und zog ihre Lesebrille hervor. Mit einer ruckartigen Bewegung nahm sie die Blätter Papier, die auf ihrem Schoß lagen zur Hand und begann zu lesen.

Filomena war eine Person, die gern alles schriftlich festhielt, damit auch nichts vergessen wird, wie sie stets zu sagen pflegte. Denn das Verteilen der Klosteraufgaben war eine heikle Angelegenheit. Es gab Arbeiten, die gern verrichtet wurden, wie der Büchereidienst oder die Betreuung der Gäste, von denen es derzeitig aber niemanden gab. Hausarbeiten, Erledigungen in der Verwaltung, im Obstgarten oder die Pflege des weiträumigen Klosterbereichs gehörten zu den weniger begehrten Pflichten. Und gehasst wurde generell alles, was mit außerklösterlichen Aufenthalten zu tun hatte.

»Schwer haben wir mit dem Verlust von Schwester Raffaela zu kämpfen«, begann die Äbtissin. »Sowohl menschlich als auch logistisch. Da sie nicht mehr unter uns weilt, müssen ihre Aufgaben unter euch übrigen Schwestern verteilt werden. Das bedeutet für *euch* alle mehr Arbeit.«

Isabella sah sich neugierig um, blickte in die Gesichter ihrer Mitschwestern, die keine Regung zeigten. War sie wirklich die Einzige gewesen, der aufgefallen war, dass sich die Äbtissin bei den Mehrarbeiten nicht selbst miteinbezog?

»In der Hauptsache geht es um den Dienst dreimal die Woche am Marktstand. Schwester Isabella hat diesen Dienst bereits verrichtet, und ich wüsste nicht, was dagegenspricht, wenn sie dies auch für die kommende Woche weiter übernehmen würde.«

Ein zustimmendes, ja geradezu erleichtertes Raunen ging durch den Raum.

»Hrm.« Jemand hinter Isabella hustete gekünstelt auf. Sie drehte sich um und sah Schwester Hildegard, die tunlichst darauf bedacht war, den Blickkontakt zu vermeiden.

»Ich finde nicht, dass Schwester Isabella die Richtige für diese verantwortungsvolle Aufgabe ist.«

»So?«, fragte die Äbtissin voller Neugier.

Für Isabellas Geschmack klang ihre Stimme ein wenig zu überrascht.

»Und warum nicht?«

»Immerhin repräsentiert uns dieser Stand in der Öffentlichkeit. Und, nun, Schwester Isabella lässt ein wenig das feinfühlige Händchen im Umgang mit der Kundschaft vermissen.«

»Inwiefern?«, fragte die Äbtissin scharf.

Schwester Hildegard druckste herum. »Sie ist, nun ja, unfreundlich den Kunden gegenüber.«

Isabella lachte belustigt auf. »Wie kommst du denn bitte schön darauf?«

»Schwester Agnieszka hat es mir erzählt. Gestern beim Küchendienst. Sie hat sie dort beobachtet.«

Sofort sprang Schwester Agnieszka neben ihr auf. »Aber das habe ich doch überhaupt nicht so gesagt. Das war doch vollkommen anders!« Ihre Wangen glühten auf.

Schwester Hildegard funkelte sie zornig an: »Hast du nicht erzählt, dass sie das Pärchen nicht bedienen wollte?«

Einige Schwestern begannen zu tuscheln.

»Nein, ich meine … das war doch nur im Scherz, aus der Situation heraus. Du stellst das völlig falsch dar.«

Schwester Isabella fasste Agnieszka am Arm und bedeutete ihr, sich wieder hinzusetzen.

Sie spürte den prüfenden Blick der Äbtissin auf sich ruhen.

Natürlich hätte sie sich verteidigen können, allen erklären, dass es doch um so viel mehr ging als darum, Pesto an dieses Pärchen zu verkaufen. Genau zu diesem Zeitpunkt hatte doch der Streit von Aurora und diesem Geschäftsmann stattgefunden.

Doch schon allein, um Schwester Agnieszka nicht mit hineinzuziehen, blieb sie stumm.

»Nun«, hob die Äbtissin an. »Ich stimme zu, dass es mit dem Pflichtempfinden von Schwester Isabella noch nicht weit her ist.«

Isabella sah auf.

»Das zeigt die Nichtanwesenheit beim gemeinschaftlichen Morgengebet.«

»Aber sonst bin ich doch immer dabei. Und ich dachte, das wäre freiwillig! Zumindest in meinem alten Kloster in Kalabrien war es das.«

Die Äbtissin ließ ihren Einwand unkommentiert.

Schwester Giovanna, die ihre Zelle gleich neben Isabellas hatte, meldete sich zu Wort. »Sie ist noch nicht lange bei uns, und nicht jedes Kloster ist wie das andere. Sie muss sich eben erst an das streng, ich meine, gut geregelte Leben hier gewöhnen.«

Einige Schwestern stimmten wohlwollend zu, was Isabellas Herz mit Dankbarkeit flutete.

»Dennoch«, befand die Äbtissin. »Ich finde, sie muss endlich mit ihren Aufgaben wachsen.«

Isabella hasste es, wenn man in ihrer Anwesenheit über sie hinweg sprach.

»Ich wäre ja dafür, dass sie sich zunächst um die Tageseinkäufe kümmert«, schlug Hildegard vor.

»Hm.« Die Äbtissin schien tatsächlich darüber nachzudenken. »Das klingt vernünftig. Zumindest für die kommenden Wochen. Danach sehen wir weiter.«

Isabella verspürte den Drang, aufzuspringen, sich gegen diese Ungerechtigkeit zur Wehr zu setzen. Aber es reichte ein Blick in die zusammengezogenen Augen der Äbtissin, um zu wissen, dass sie es damit bloß noch schlimmer machen würde. Die Oberschwester hatte sich auf sie eingeschossen, und jedes weitere Wort würde bloß zu noch mehr Strafarbeiten führen. Also rang sie sich ein Lächeln ab und nickte zustimmend.

»Sehr wohl, Schwester Filomena.«

Schwester Isabella hielt den Blickkontakt so lange, bis sich die Äbtissin von ihr abwandte.

»Und nun wollen wir gemeinsam die Laudes singen. Im Anschluss wird Schwester Isabella die Stühle zusammenstellen und die Sakristei auf Vordermann bringen. Die hat es ja wirklich mal nötig.«

Kapitel

11

Isabella hatte bereits einen angenehmen Lauf durch die Weinberge absolviert, das Morgengebet hinter sich gebracht, die Sakristei auf links gekrempelt, die Pflastersteine des Innenhofes von Unkraut befreit und endlich geduscht. Derart erfrischt waren die Temperaturen halbwegs auszuhalten, und sie genoss ihren, wenn auch unfreiwilligen, Ausflug in das Dorf.

Isabella hatte nichts gegen ausgedehnte Ausgänge einzuwenden, fragte sich aber dennoch, warum man nicht einfach einen Lieferservice beauftragte, der all die Dinge, die sie im Kloster zum täglichen Leben brauchten, vorbeibrachte.

Zumindest war sie geistesgegenwärtig genug, mit dem Fahrrad ins Dorf zu fahren. Nach zig Stationen waren die beiden Satteltaschen und der am Lenker angebrachte Korb bereits ziemlich gefüllt – dabei hatte sie gerade erst die Hälfte der von der Äbtissin und Schwester Hildegard in Auftrag gegebenen Besorgungen absolviert.

Der nächste Punkt ihrer von der Äbtissin höchstpersönlich handgeschriebenen Einkaufsliste führte sie am Markt in die Via Madonna delle Grazie.

In jedem Morgen lag für sie ein neuer Zauber. Der Anbruch eines neuen Tages war stets etwas Verheißungsvolles. Sie hatte ihre Rituale, mit denen sie den neuen Tag begrüßte, aber danach war sie für alles offen, und sie saugte alle Eindrücke in sich auf, als wäre sie ein riesiger Schwamm. So war es auch, als sie ihren ersten Standdienst gehabt hatte. Noch immer nährte sie sich von den Eindrücken, die dieser Tag mit sich gebracht hatte. Den Menschen, denen sie begegnet war, den Gesprächen, die sie hatte führen dürfen. Manche über Gott, aber restlos alle über das Leben. Viele belächelten sie, weil sie sich für das Leben als Ordensschwester entschieden hatte. Sie sagten es ihr nicht ins Gesicht, aber sie spürte die Blicke. Isabella verurteilte niemanden für seine Ansichten und wollte niemanden bekehren.

Diese Einstellung konnte man wohl nur haben, wenn man Menschen mochte. Isabella liebte sie. Ausnahmslos. Selbst jene, die unbescholtenen Bürgern Strafzettel verpassten.

»Matteo!«

Der Mann mit der großen Mütze hielt in der Bewegung inne. In das zunächst irritierte Gesicht zauberte sich ein wohlwollendes Lächeln. »Schwester Isabella! Wie schön!«

Sie sah ihm dabei zu, wie er einen Zettel aus einem schwarzen Gerät zog und ihn unter den Scheibenwischer eines Lieferwagens klemmte.

Anschließend trat er auf sie zu. »Was machen Sie denn hier im Dorf?«

Sie deutete auf den gefüllten Korb und die Satteltaschen. »Einkäufe erledigen. Strafarbeiten von der Äbtissin für meinen Ungehorsam.«

Matteo runzelte die Stirn.

»Sie mag keine Widerworte und noch weniger, wenn man sich nicht an ihre Regeln hält.«

Er sah sie abschätzend an. »Wegen der Herumschnüffelei in Schwester Raffaelas Kammer?«

Isabella grinste verhalten. »Zumindest hatte es damit angefangen.«

»Nun ja, so ist das eben mit seinen Vorgesetzten. Oder glauben Sie, ich würde das hier freiwillig machen?«

»Tja, da bin ich allerdings auch ein wenig überrascht. Ich

94

bin ja keine Autofahrerin, hatte aber stets in Erinnerung, dass das Parken in der Via Madonna delle Grazie gebührenfrei wäre. Schon allein des heiligen Namens wegen.« Sie blickte sich um. »Wo kommen denn auf einmal die Verbotsschilder her?«

Der Polizist musterte sie taxierend. »Ohne Ihnen zu nahe treten zu wollen, aber daran tragen Sie doch eine gewisse Mitschuld.«

Isabella runzelte die Stirn. »Ich verstehe nicht.«

»Die Abstimmung«, erklärte Matteo.

»Welche Abstimmung?« Isabella spürte förmlich, wie ihr die Verwirrung ins Gesicht geschrieben stand. »Worauf wollen Sie hinaus?«

»Na, der Bürgermeister hat mir erzählt, dass das Kloster abgestimmt und sich dazu entschlossen hat, die Via Madonna delle Grazie fortan gebührenpflichtig zu machen.« Matteo kannte nicht den genauen Hintergrund, aber irgendwann einmal vor unendlich vielen Jahren, sollte der Legende nach ein Autofahrer in dieser Straße eine Marienerscheinung gehabt und dadurch einen Unfall mit einem Schulbus verhindert haben. So ganz genau bekam Matteo diese Legendenbildung nicht mehr zusammen. Auf jeden Fall hatten sich das Dorf und das Kloster daraufhin verständigt, der Straße den Namen der heiligen Madonna zu geben und sie für die Bürger fortwährend gebührenfrei zu lassen. Zumindest bis zum heutigen Tage …

Isabella schüttelte den Kopf. »Wirklich, davon höre ich zum ersten Mal. Es gab keine Abstimmung. Daran könnte ich mich doch erinnern.«

»Aber der Bürgermeister hat doch gesagt, dass die Äbtissin …« Er hielt mitten im Satz inne, öffnete den Mund, schloss ihn wieder. Eindringlich betrachtete er Isabella, deren Lippen sich düster zuspitzten.

»Ein abgekartetes Spiel«, sagte er schließlich. »Die Abstimmung. Der Gemeindebeschluss. Alles erstunken und erlogen.«

»Trauen Sie ihm das zu?«

Matteo zögerte keine Sekunde mit seiner Antwort. »Ihm? Ohne mit der Wimper zu zucken. Aber er würde es doch niemals wagen, sich über die Äbtissin hinwegzusetzen und …« Wieder brach er ab, und Isabella verstand nur zu gut, welche Richtung seine Gedanken einschlugen.

»Sie wird wohl involviert gewesen sein«, sagte sie und wusste einfach, dass sie mit dieser Vermutung richtiglag.

Sie traute es der Äbtissin zu, dass sie ihr eigenes Wohl über das der Allgemeinheit stellte und über ihre Köpfe hinweg entschied. Dabei nahm sie es ihr nicht mal übel. Schon oft hatte sie erlebt, wie Menschen sich selbst verloren, wenn man ihnen Macht gab.

Matteo sah Isabella nachdenklich an. »Sie meinen also, dass der Bürgermeister und die Äbtissin unter einer Decke stecken?«

»Ich gebe nur zu bedenken, dass es im Bereich des Möglichen liegt. Sie suchen doch so gerne nach Motiven. Hier ist eines: Die Straße soll gebührenpflichtig werden, um die chronisch klamme Gemeindekasse aufzufüllen. Vermutlich wird Filomena einen entsprechenden Obolus für die Instandhaltung des Klosters ausgehandelt haben, wenn sie dem zustimmt.«

Mit dem merkwürdigen Gerät in seiner Hand kratzte Matteo sich am Rücken.

»Mann, Mann, Mann, wie ich diesen Job hier manchmal hasse. Hätte ich doch auf meinen Vater gehört und etwas Anständiges gelernt.«

Er machte einen Schritt an ihr vorbei und widmete sich dem nächsten parkenden Auto.

»Was hatte denn Ihr Vater für Sie im Sinn?«

Matteo grinste sie an. »Er wollte, dass ich Anwalt werde. Wegen meinem ausgeprägten Sinn für Gerechtigkeit. Witzig nicht? Und jetzt muss ich Befehle von Menschen entgegennehmen, die damit allem Anschein nach am allerwenigsten am Hut haben.«

Das Grinsen erstarb, als er dem Gerät einen weiteren Zettel entriss und ihn unter das Wischblatt eines weiteren Autos klemmte.

Isabella beobachtete ihn eine Weile bei seiner Arbeit.

»Und das müssen Sie wirklich tun?«, fragte sie schließlich. Strafzettel um Strafzettel druckte er mit dem Gerät aus und klemmte sie unter die Wischblätter der parkenden Autos.

»Ich hab das schon viel zu lange aufgeschoben. Einen Tag länger, und der Bürgermeister hätte mir richtig Dampf unterm Hintern gemacht.«

»Eine Schande ist das.«

»Wem sagen Sie das.« Er blieb vor einem dunkelroten Lancia Delta stehen, betrachtete lange den Wagen, dann das Gerät in seiner Hand. Zögernd begann er zu tippen, doch Isabella konnte sehen, wie er immer wieder die Korrekturtaste betätigte.

»Alles in Ordnung?«

»Si … es ist nur.«

»Ja?«

»Das da.« Er zeigte auf den sportlich aussehenden Wagen. »Der gehört mir. Das ist mein Auto.«

»Oh!«

»Streng genommen müsste ich mir also selbst einen Strafzettel verpassen. Fürs Falschparken.«

»Äußerst unangenehme Situation.« Sie schenkte Matteo ein aufmunterndes Lächeln, dieser jedoch starrte zurück wie ein geprügelter Hund.

»Ich habe Neuigkeiten«, fuhr es schließlich aus ihr heraus. »Was die Porzellanfiguren von Schwester Raffaela angeht.«

Sie erzählte ihm von ihrem Marktgespräch mit der Verkäuferin und dass allem Anschein nach Schwester Hildegard sich ebenfalls nach den Figuren erkundigt hatte. Matteo schien die

Strafzettelsache daraufhin wirklich zu vergessen und berichtete seinerseits, dass er mit seinen Recherchen nur herausbekommen hatte, wer der Mann gewesen war, mit dem sich Aurora Rossi diesen erbitterten Streit geliefert hatte.

»So richtig schlau werde ich aus alldem aber immer noch nicht«, gestand er. »Die Porzellanfiguren schienen eine gute Spur zu sein. Sofern sie einen gewissen Wert gehabt hätten.«

Isabella schüttelte den Kopf. »Haben Sie nicht. Zumindest nicht so viel, dass es einen Mord rechtfertigen würde.«

»Aber was hat es nun mit dieser Aurora und dem Chef der Manufaktur auf sich?«

Isabella zuckte die Schultern. »Vielleicht gar nichts?«

Matteos weitere Worte wurden von dem jäh aufklingenden Geläut der Pfarrkirche übertönt, die sich in der Nebenstraße befand und deren spitzer Turm über den Häuserreihen thronte.

»Die Hochzeitsglocken von San Giuseppe.« Isabellas Miene erhellte sich. Sie liebte Hochzeiten.

Nur kurz darauf erklang jubelnder Beifall, und eine Prozession aus feierlich gekleideten Menschen schob sich in die vor ihnen liegende Straßenkreuzung. Autos hupten, Kinder sprangen laut lachend umher, warfen schon jetzt mit Reis um sich.

Gedankenversunken sahen die beiden dem bunten Treiben zu.

»Eine hübsche Braut, nicht wahr?«

Matteo nickte. »Das ist Giada Calabrese, die Nichte meiner Nachbarin. Ich habe sie bereits gekannt, da war sie noch so klein.« Er hielt sich eine Hand über das Knie. »Unglaublich, wie schnell die Zeit vergeht.«

»Sind Hochzeiten nicht etwas Wundervolles?«

Matteo lehnte sich gegen den Kotflügel seines Deltas und betrachtete das Geschehen verträumt.

Isabella beobachtete ihn von der Seite und hätte zu gern seine Gedanken gelesen. Ob er womöglich gerade daran dachte, wie es war, selbst zu heiraten? Alt genug war er schließlich. Doch soweit sie wusste, hatte er keine Freundin, was sie verwunderte. Matteo war ein gut aussehender und netter Mann mit einem soliden Job. Für ihn sollte es doch kein Problem darstellen, eine anständige Frau kennenzulernen.

Es war eine große Prozession, die sich vom Rathaus aus zur Kirche bewegte. Isabella hatte gut und gerne Lust, der Trauung beizuwohnen, wollte aber keinesfalls ein Donnerwetter von Schwester Hildegard und der Äbtissin provozieren, wenn sie mit ihrer Lebensmittellieferung zu spät kommen würde.

Dabei mochte sie die Kirche sehr. Sie war gewiss eine der schönsten der gesamten Gegend, mit wunderschönen Malereien, die die steinernen Wände zierten. In ihr befanden sich viele aufwendig geschnitzte Holzfiguren wie die weit über die Region hinaus bekannte schwarze Madonna.

»Kennen Sie die Legende von San Giuseppe?«

Matteo sah sie verdutzt an. Anscheinend hatte sie ihn tatsächlich aus einer tiefen Gedankenwelt gerissen. »Mit San Giuseppe meinen Sie die Kirche?«

Sie nickte. »Die Geschichte erzählt man sich im Kloster«, erklärte sie. »Es heißt, dass einst eine Hochzeit durch einen Blitzeinschlag in den Kirchturm verhindert wurde, weil dieser die Glocken mitten in der Zeremonie zum Schweigen brachte. Alle hielten das für ein böses Omen, sodass die Hochzeit unterbrochen wurde.«

Matteo lächelte überheblich. »Klingt nach typischem Aberglauben.«

Isabella hob die Arme. »Wer bin ich, das zu beurteilen. Aber kurz darauf stellte sich heraus, dass die Braut das sechste Gebot gebrochen hat und somit also niemals hätte heiraten dürfen.«

Matteo lachte kurz auf, hielt dann aber inne. »Verzeihen Sie. Ich müsste es wahrscheinlich wissen. Aber was ist denn das sechste Gebot?«

»Du sollst nicht Ehe brechen.«

»Oh, das ist natürlich ein schweres Vergehen.«

Sie konnte ihm ansehen, wie er sich gedanklich an den neun anderen Geboten versuchte. Hauptsächlich deshalb, weil er seine Hände fürs Zählen zu Hilfe nahm, was sie zum Schmunzeln brachte.

»Das war ganz sicher das sechste? Ja? Nicht das fünfte?«

Isabella sah ihn belustigt an. »Wollen Sie wirklich mit einer Frau Gottes über die Reihenfolge der zehn Gebote streiten?«

Matteo schwieg und schüttelte den Kopf.

Sie begann zu zählen. »Du sollst keine anderen Götter haben neben mir.«

»Eins.« Er streckte den Daumen in die Höhe.

»Du sollst den Namen des Herren, deines Gottes, nicht missbrauchen.«

»Zwei.« Er ließ den Zeigefinger folgen.

»Du sollst den Feiertag heiligen.«

»Drei. Und das vierte ist: Du sollst deinen Vater und deine Mutter ehren.« Er bekreuzigte sich.

Isabella nickte zustimmend. »Du sollst nicht töten.«

»Fünf.« Er streckte ihr die volle Hand entgegen.

Ein triumphierendes Grinsen stahl sich in Isabellas Gesicht »Und sechs: Du sollst nicht ehebrechen.«

Matteo sah sie missmutig an und reckte zähneknirschend den Daumen der linken Hand nach oben. »Bene. Sie haben recht. Das ist das sechste Gebot.«

»Sag ich doch.« Sie schmunzelte. Doch dann fror das Lachen in ihrem Gesicht ein, als hätte man ihr einen Eimer Eiswasser übergekippt.

»Schwester Isabella. Alles in Ordnung?« Matteo starrte sie unsicher an.

Sie nickte zaghaft. »Es lag die ganze Zeit vor uns, und wir haben es nicht gesehen.«

»Was haben wir nicht gesehen? Ich verstehe Sie nicht.«

»Die Sechs. Die Lösung. Das Motiv. Die Botschaft, die Schwester Raffaela uns im Angesicht ihres Todes mitteilen wollte.«

»Himmel, wovon sprechen Sie?«

Sie riss sich vom Anblick der feierlichen Prozession los und sah Matteo ernst an.

»Sechs. Die Zahl, die Schwester Raffaela in den Staub geschrieben hat. Damit wollte sie uns auf die fehlende sechste Figur hinweisen: Papst Paul den Sechsten.«

»Ich verstehe überhaupt nichts mehr«, gestand Matteo.

Isabella erzählte ihm von dem Gespräch mit Giorgia Martini, der Standverkäuferin, und was es mit den sechs Päpsten auf sich hatte, dem Heiligen Gral der Porzellanfiguren.

»Mia Madre!« Matteo fuhr sich mit der Hand über das Kinn, blieb schließlich an den Bartstoppeln hängen. »Ich gebe zu, dass dies ein Motiv sein könnte und sich damit der Zusammenhang ergibt, nach dem wir die ganze Zeit gesucht haben. Aber dennoch …«

Isabella ließ keinen Einwand gelten. »Der Streit mit Schwester Hildegard. Dabei muss es um die Figur gegangen sein. Schwester Raffaela hatte also tatsächlich eine dieser wertvollen Keramiken in ihrer Sammlung gehabt: den verschollenen Paul den Sechsten.«

Matteos Hand wanderte zum Nacken, den er gedankenverloren massierte. »Es ist eine sehr gewagte These ohne jegliche Beweislast.«

»Sie sind der Polizist. Sorgen Sie für Beweise.«

Er riss die Arme hoch. »Wie?«

Isabella baute sich vor ihm auf, sah ihm tief in die Augen. »Besorgen Sie sich einen Durchsuchungsbefehl für Schwester Hildegards Zelle. Wenn wir die Keramik dort finden, haben wir auch Raffaelas Mörder.«

»Schwester Isabella, das ist eine sehr schwere Anschuldigung.«

»Und Mord ist ein äußerst ernstes Vergehen.«

»Aber … ich kann doch nicht einfach so einen Durchsuchungsbefehl für ein Kloster beantragen. Ich meine …« Er gestikulierte wild. »Ich benötige einen richterlichen Erlass, eine Befugnis …«

Sie hielt ihm die Arme fest. »Dann besorgen Sie, was auch immer Sie brauchen, und lassen Sie uns endlich den Fall lösen!«

»Ich … ich weiß nicht. Gut, ja. Wenn man alles zusammenfügt, ergibt es tatsächlich ein erkennbares Muster. Ich werde gleich zur Wache gehen und mich um alles kümmern … den Durchsuchungsbeschluss … sobald ich mit meinen Strafzetteln hier fertig bin.«

»Versprochen?«

»Natürlich.«

Sie sah ihm tief in die Augen, so lange, bis sie sich sicher war, dass sie auf sein Wort zählen konnte.

»Rufen Sie mich an, wenn das erledigt ist.«

Ohne ein weiteres Wort schob sie das Fahrrad an ihm vorbei, um ihre letzten Besorgungen in Angriff zu nehmen.

Als sie noch einmal einen Blick zurückwarf, sah sie, wie er einen Zettel aus dem Gerät riss und gerade dabei war, ihn unter den Scheibenwischer seines Wagens zu klemmen.

Als er auf dem Absatz kehrtmachte und Richtung Polizeiwache wetzte, drehte Isabella sich zufrieden um. Endlich würde die Sache ihren Lauf nehmen.

Der angenehme Morgen hatte sich in einen drückend heißen Vormittag verwandelt. Die spitzen Zypressen, die den schmalen asphaltierten Weg bis zum Kloster säumten, vermochten nur wenig Schatten zu spenden. Mit möglichst geringer Anstrengung radelte Isabella gegen einen stärker werdenden Wind an, der die Wirkung eines Föhns auf sie hatte. Am Himmel waren rasch heranziehende dunkle Wolkengebilde zu sehen. Schon bald würde das Wetter umschlagen. Allein deshalb wollte sie so schnell wie möglich das Kloster erreichen.

Doch ein bunter Farbfleck am Wegesrand, genau zwischen zwei hochgewachsenen Zypressen, ließ sie innehalten. An der Sitzbank sah sie eine blonde Frau in einem bunten Sommerkleid. Aber sie saß nicht auf der Bank, sondern kniete davor, die Ellbogen auf dem Holzbrett der Sitzfläche abgestützt und die Hände zum Gebet gefaltet. Die Augen der Frau waren geschlossen, doch die Lippen bewegten sich stumm und schnell.

Isabella erkannte sie sofort. Es war die Rezeptionistin aus dem Hotel. Aurora Rossi.

Einmal mehr glaubte sie an eine Fügung Gottes. Warum sonst sollte dieses Mädchen ihr auf diesem Wege begegnen.

Sie bremste und stieg ab – was gar nicht so leicht war, da das Fahrrad mit allen Einkäufen im Korb und in den Satteltaschen ziemlich schwer geworden war.

»Buongiorno.«

Die Frau schlug die Augen auf und sah Isabella befremdlich an. Als sie sie erkannte, zog sich ein zaghaftes Lächeln über ihre wirklich wundervoll geschwungenen Lippen. Isabella bemerkte, dass sie geweint haben musste. Ihre Augen waren gerötet.

»Darf ich mich zu Ihnen setzen?«

Aurora erhob sich und strich sich über das Kleid. »Bitte. Es wäre mir eine Ehre.«

So saßen sie nebeneinander auf der morschen, von der Sonne ausgebleichten Holzbank und schwiegen. Der Ausblick zeigte Isabella die hübsche Eintönigkeit der Chianti-Weinberge, die sich über die Hügel und das flache Land wellten. Sie atmete tief durch. Der Geruch von Regen lag bereits schwer in der Luft.

Das Schweigen war nicht unangenehm, nicht für Isabella. Sie wusste, dass manche Dinge Zeit brauchten. Und es dauerte nicht lange, da hörte sie die junge Frau neben sich aufseufzen.

»Ich habe auf Sie gewartet, Schwester Isabella.«

Isabella schwieg.

»Ich weiß einfach nicht, an wen ich mich sonst wenden soll.«

Isabella blickte sie an. »Sie meinen, nun, da Schwester Raffaela nicht mehr da ist?«, fragte sie leise.

Aurora nickte stumm. Eine dicke Träne bildete sich in ihrem Augenwinkel, die sie mit dem Handrücken wegwischte. »Ich habe ein riesiges Problem und weiß einfach nicht weiter.«

Isabella nahm der Frau die Hand aus dem Gesicht und legte sie auf ihren Schoß. Behutsam strich sie darüber, ermutigte Aurora so, ihr zu erzählen, was ihr so sehr auf der Seele brannte.

Sie konnte Aurora ansehen, wie sie mit sich rang. Und endlich öffneten sich ihre Lippen: »Ich bin schwanger.«

Isabella war kurz verwirrt, doch dann strahlte sie. »Aber das ist doch eine wundervolle Nachricht. Was kann es Schöneres geben, als das Wunder des Lebens in sich zu tragen?«

»Nein, es ist schrecklich.« Weitere Tränen rannen Aurora die Wangen runter. »Der Vater des Kindes möchte nichts davon wissen.«

»Oh, das tut mir leid. Aber warum?«

»Weil er bereits verheiratet ist.«

Isabella hörte auf zu lächeln. Das war in der Tat ein komplizierter Umstand. Sie konnte Aurora ansehen, wie schwer es ihr fiel, darüber zu sprechen.

Es war so etwas wie eine innere Eingebung, denn plötzlich hatte Isabella einen Verdacht. »Sagen Sie, ist der Vater der Mann, mit dem sie neulich einen Streit an der Rezeption hatten?«

Die junge Frau sah Isabella mit großen Augen an.

»Handelt es sich um Nicoló Sorrentino?«

»Woher wissen Sie das?«

»Ich habe es gesehen, vom Marktstand aus.«

Aurora senkte den Blick. »Ja, das war schlimm. Er hat mir nahegelegt, das Kind wegmachen zu lassen. Dass es dafür noch nicht zu spät sei.« Sie schlug langsam die Augen auf und sah Isabella an. »Können Sie sich das vorstellen?«

Leider konnte sich Isabella eine ganze Menge vorstellen.

»Außerdem …« Aurora wandte den Blick ab und sah betreten zu Boden. »Nicoló ist ein guter Mann«, ruderte Aurora sofort zurück. »Herzensgut und wirklich sehr charmant. Aber manchmal ist er ein wenig … impulsiv.«

Isabella sagte nichts dazu, dachte aber an den Streit im Hotel zurück, den sie unfreiwillig mitbekommen hatte. Ja, impulsiv traf es wohl ganz gut.

»Er ist ein leidenschaftlicher Mann und hat sich manchmal selbst nicht unter Kontrolle.«

»Mir steht es nicht zu, mir eine Meinung über diesen Mann zu bilden. Ich kenne ihn nicht.«

Dessen ungeachtet sprach Aurora weiter, als wären Isabellas

Worte überhaupt nicht zu ihr durchgedrungen. »Ich weiß, dass wir beide eine von der Kirche verbotene Beziehung führen, und ich schäme mich dafür, bete jeden Tag zu Gott, dass er mir verzeiht.«

Isabella glaubte Aurora.

»Aber ich liebe ihn. Mehr, als ich je etwas auf der Welt geliebt habe. Und es treibt mich in den Wahnsinn, dass er eine andere Frau an seiner Seite hat. Mich plagen die Gewissensbisse, und doch kann ich nicht aufhören, ihn zu lieben, ihn zu sehen, zu …«

Sie hielt inne, als müsste sie sich zügeln, nicht ihren Gefühlen freien Lauf zu lassen.

»Niemand darf von unserer verbotenen Liebe erfahren.« Ihre Stimme wurde dunkler. Ernster. »Das versteht sich von selbst. In all der Zeit unserer geheimen Beziehung durften wir es nicht riskieren, erwischt zu werden. Aber in unserer Leidenschaft zueinander wurden wir unvorsichtig. Schwester Raffaela hat uns gesehen, wie wir uns hier auf dieser Bank geküsst haben.«

Das war es also, dachte Isabella. Das fehlende Bindeglied zu Aurora.

»Sie hat uns nicht verraten«, sagte Aurora sofort. »Im Gegenteil, sie ist einfach weitergegangen, als hätte sie uns nicht bemerkt. Aber ich weiß, dass sie uns gesehen hat. Wir haben uns eine volle Sekunde in die Augen geblickt, und ich konnte ihre Vorwürfe darin lesen. Damit konnte ich nicht leben. Also habe ich sie am nächsten Tag aufgesucht, um … ich weiß nicht, warum.«

»Um sich von ihrer Schuld reinzuwaschen?«

»Nein … ja! Ich meine … vielleicht. Ich bin eine sehr gläubige Person, und … ich musste mich einfach jemandem anvertrauen. Also bin ich am nächsten Tag zu ihr, habe ihr die Liebe zu diesem verheirateten Mann gestanden – und auch, dass ich von ihm schwanger bin.«

»Ich bin mir sicher, dass Schwester Raffaela eine sehr gute Vertrauensperson war.«

»Ja«, sagte Aurora sofort. »So war es auch.« Ihr Blick senkte sich wieder. »Doch Nicoló hat mitbekommen, dass ich zur Schwester gegangen bin. Er wollte den Grund wissen. Ich habe natürlich alles abgestritten, ihm auch nichts von der Schwangerschaft erzählt – aus Angst, wie er darauf reagieren würde. Mia Madre, ich wusste ja selbst überhaupt nicht, wie *ich* darauf reagieren sollte.«

»Freuen sollten Sie sich«, bestärkte Isabella sie. »Leben auszutragen ist ein Geschenk Gottes.«

»Aber doch nicht von einem verheirateten Mann.«

Isabella schwieg. Das war in der Tat ein Problem.

»Auf jeden Fall ist Nicoló am nächsten Tag nicht wie verabredet zu unserem geheimen Treffpunkt in den Weinbergen erschienen. Ich habe versucht, ihn telefonisch zu erreichen, aber er ging nicht an sein Smartphone. Als ich auf dem Rückweg ins Dorf war, habe ich gesehen, wie er aus dem Kloster kam.«

Isabellas Augen weiteten sich. Nicoló Sorrentino war im Kloster gewesen? »Wann war das?«

»Ich … ich weiß es nicht mehr so genau.« Sie sah Isabella aus gehetzten Augen an. »Als wir uns das nächste Mal trafen, wusste er von meiner Schwangerschaft. Und es gab nur eine einzige Person, der ich mich anvertraut hatte.«

»Schwester Raffaela.«

Aurora nickte und zog die Nase hoch. Sie drehte sich mit ihrem Oberkörper zu Isabella und sah ihr tief in die Augen.

Plötzlich traf Isabella der Schlag der Erkenntnis.

Sie war eine Ordensfrau durch und durch. Doch das war nicht gleichbedeutend damit, dass sie ohne Weiteres an göttliche Fügungen glaubte. Sie vertrat die These, dass Gott ihr immer nahe war. Wenn sie betete und ein gottesfürchtiges Leben führte, eben noch ein Stückchen näher. Und manchmal, so versuchte sie es sich zumindest selbst zu erklären, war er ihr so nahe, dass er ihre Gedanken lenkte. Dies war so ein Moment.

Sie begriff es endlich. Die ganze Zeit über hatte sie falschgelegen. Die Zahl Sechs galt nicht der sechsten Keramikfigur, sondern dem Gebot, wie sie es bereits an der Kirche San Guiseppe folgerichtig genannt hatte: *Du sollst nicht ehebrechen.* Damit ergab sich ein neues Motiv, das einfach alles änderte.

Und sie war so gar nicht überrascht, als Aurora sagte:

»Schwester Isabella. Ich glaube, Nicolò hat etwas ganz Schlimmes getan.«

Matteo war der Frustration nahe. Wie konnte es sein, dass seine oberen Instanzen einfach alle Anträge ablehnten, die über das Falschparken hinausgingen? Er und Isabella konnten doch unmöglich die Einzigen sein, die erkannten, dass Schwester Raffaelas Tod kein Unfall gewesen war. Und nun servierte er dem zuständigen Richter ein erstklassiges Motiv quasi auf dem Silbertablett und wurde mit einer rüden E-Mail abgespeist, dass allein aus einem losen Verdacht heraus keine Hausdurchsuchung durchgeführt werden konnte. Schon gar nicht in einem Kloster. Und was er sich überhaupt dabei dachte, einen Durchsuchungsbeschluss für eine Schwesternzelle zu beantragen. Weiter hatte Matteo die Mail gar nicht erst gelesen.

Loser Verdacht … Davon konnte doch wirklich nicht mehr die Rede sein. Man musste doch bloß ein wenig um die Ecke denken, und dann leuchteten einem alle Hinweise in Blinkschrift entgegen.

Was sollte er tun? Er konnte Schwester Hildegards Zelle unmöglich auf eigene Faust auf links krempeln.

Den Kopf tief in den Händen vergraben, kauerte er an seinem Schreibtisch und überlegte fieberhaft, wie er nun vorgehen sollte. Er spürte, dass er ganz nah dran war an der Auflösung seines ersten großen Falls. Das durfte er doch nicht vermasseln.

»Himmel, schlafen Sie etwa?«

»Was?« Matteo fuhr auf und stieß sich das Knie an der

Schreibtischplatte. Ein scharfer Schmerz breitete sich fächerartig aus. »Bürgermeister! Herrje! Vielleicht klopfen Sie das nächste Mal einfach an?!«

Der Bürgermeister ging über seinen Einwand hinweg. »Ich war in der Via Madonna delle Grazie.« Seine Stimme brummte missmutig.

»Und?«, fragte Matteo herausfordernd.

»Es ist ja noch immer nichts geschehen.«

»Aber ich habe die Straße kontrolliert und ordnungsgemäß Strafzettel verteilt.«

»Aber ich habe nur Strafzettel auf den ersten dreißig Metern gesehen. Die Via Madonna delle Grazie ist rund dreihundert Meter lang.«

Matteo hob hilflos die Hände. »Was erwarten Sie? Ich bin ganz alleine in diesem Ort. Ich habe auch noch andere Dinge zu tun, als Strafzettel zu schreiben.«

»Was denn? In diesem Örtchen hier passiert doch so gut wie nie irgendwas, das einen Polizeieinsatz rechtfertigt. Da ist es ja wohl das Mindeste, dass Sie dem Wunsch der Gemeinde und des Klosters nachkommen und aus dieser Straße endlich eine parkgebührenpflichtige Zone machen.« Lenzi trat einen Schritt in den Raum und legte ganz plötzlich eine wohlwollende Miene auf. »Ich möchte nicht unfair sein, ich weiß ja, dass Sie ein viel beschäftigter Mann sind.« Der Bürgermeister lächelte, aber es war ein Lächeln, das nicht seine Augen erreichte. Erst jetzt bemerkte Matteo, dass er etwas in den Händen hielt und ihm nun entgegenstreckte.

»Was ist das?«

»Ein Katalog für Parkuhren, sieht man doch. Ich habe bereits die angekreuzt, die mir besonders gut gefallen. Sehen Sie.« Beherzt schlug der Bürgermeister den Prospekt auf und hielt Matteo eine Seite unter die Nase, die mit einem pinkfarbenen Post-it versehen war. »Hier, dieses Modell finde ich außerordentlich hübsch. Das würde doch hervorragend zu unseren Gussleuchten und Straßenlaternen passen.«

Matteo runzelte die Stirn. »Es gibt Kataloge für Parkuhren?«

»Natürlich! Sie als Carabiniere müssten das doch besser wissen als ich. Manchmal frage ich mich wirklich, was Sie die ganze Zeit so anstellen.«

»Ich habe doch bereits Verbotsschilder …« Er verstummte. Denn schlagartig wurde Matteo klar, dass er mit dem Aufstellen der Schilder zu voreilig gewesen war. Die dort Parkenden hatten ja noch überhaupt keine Gelegenheit, Parktickets an irgendwelchen Automaten zu ziehen.

»Alles in Ordnung mit Ihnen?« Der Bürgermeister sah ihn besorgt an. »Sie sehen so blass aus.«

Matteo platzte der Kragen. Auf einmal sah er sich wie aus der Vogelperspektive in der Via Madonna delle Grazie stehen und sich selbst einen Strafzettel geben. Was stimmte eigentlich nicht mit ihm, dass er sich von diesem Schnösel so unterbuttern ließ?

»Ich weiß, dass Sie lügen!« Innerlich brodelnd blieb er äußerlich ruhig. Er verschränkte langsam die Arme vor der Brust und ließ den Bürgermeister nicht aus den Augen.

»Ich habe Nachforschungen angestellt«, log er, »und herausgefunden, dass es im Kloster überhaupt keine Abstimmung gegeben hat.« Mit jedem Wort, das seine Lippen verließ, wuchs die Zuversicht.

Der Unterkiefer des Bürgermeisters klappte nach unten, doch er hatte sich schnell wieder unter Kontrolle und blinzelte ihn wütend an.

»Und ich stelle auch den von Ihnen erwähnten Gemeindebeschluss infrage.«

»Was erlauben Sie sich!«, empörte sich der Bürgermeister.

Matteo winkte auffordernd mit der Hand. »Ich will ihn sehen. Zeigen Sie ihn mir!«

»Mein Wort wird ja wohl reichen!«, stellte Lenzi mit hochrotem Kopf klar.

»Ich will ihn sehen.« Matteos Stimme blieb ruhig und fest, wie er es selbst gar nicht von sich gewohnt war. Vielleicht, weil er wusste, dass er im Recht war. »Zeigen Sie ihn mir!«

»Ich … äh. Das werde ich!«, schrie der Bürgermeister. »Darauf können Sie sich verlassen. Und dann …« Er hob die Hand, streckte ihm den Zeigefinger entgegen, doch die Drohung blieb unausgesprochen.

»Ich bitte Sie, jetzt zu gehen, Herr Bürgermeister. Ich habe Wichtigeres zu tun, als mich von Ihnen herumschikanieren zu lassen. Und wenn Sie sich über mich beschweren möchten, können Sie das sehr gerne bei meinen Vorgesetzten tun. Aber dann versichere ich Ihnen, dass ich öffentlich nach den Beschlüssen fragen werde. Verstehen wir uns?«

Beide lieferten sich ein stummes Blickgefecht, und Matteo erlebte ein Gefühl der totalen Genugtuung, als Lenzi den Blick abwandte. Er hatte dem Mann erstmals Paroli geboten, und es fiel ihm schwer, sich ein triumphierendes Grinsen zu verkneifen.

»Sie …« Der Bürgermeister bebte förmlich vor Wut. »Ein derart respektloses Auftreten hätte sich ihr Vorgänger niemals erlaubt.«

»Das mag sein, aber ich bin nicht Signore Maggiore.«

»Nein.« Lenzis Blick verhärtete sich. »Beileibe nicht.«

»Das reicht. Ich bringe Sie nun hinaus, Herr Bürgermeister.« Matteo erhob sich und machte einen entschiedenen Schritt auf den Mann zu.

»Ich finde alleine raus!«

»Ich möchte sichergehen.«

»Das ist eine Unverschämtheit!«

Schweigend und sich gegenseitig zornig anfunkelnd, traten sie aus dem Flur.

Als Matteo die Tür nach draußen aufzog, setzte für eine

lange Sekunde sein Atem aus, und sein Herz fing an zu rasen. Wie aus dem Nichts stand sie da.

»Du?«, fragte er atemlos.

»Hallo«, sagte sie.

Sie war es, die Frau, der er in letzter Zeit immer wieder über den Weg lief und die ihn mit jeder Pore verzauberte. Beim letzten Gespräch, als er den Mut gefunden und sie auf einen Kaffee eingeladen hatte, war er kaum dazu in der Lage gewesen, etwas Sinnvolles von sich zu geben. Er wollte, nein, er musste es nun einfach besser machen.

Er spürte, wie ihm die Hitze in die Wangen stieg. Was sollte er tun. Sie hereinbitten?

»Signora, es freut mich sehr, Sie hier zu sehen. Wie kann ich Ihnen denn …?«

»Hallo, Papa.«

»Ciao, Nina, was machst du denn hier?«

»Papa?« Matteos Stimme verkam zu einem heiseren Krächzen. Hatte er das gerade richtig gehört?

»Himmel, Papa! Alles in Ordnung mit dir?« Sie setzte einen Fuß auf die oberste Treppenstufe und drückte den Handrücken gegen die Stirn des Bürgermeisters. »Du glühst ja förmlich.«

»Ach, das.« Der Bürgermeister blinzelte Matteo aus den Augenwinkeln an. »Das ist … nichts. Bloß die Hitze.«

Die bildhübsche Frau erklomm die letzte Treppenstufe und gab dem Bürgermeister einen zärtlichen Kuss auf die Wange. Matteo fühlte sich wie in einem schlechten Film.

»Nina, das ist Matteo Silvestri. Der Carabiniere, wie unschwer zu erkennen.«

Matteo konnte Lenzi ganz genau ansehen, dass er sich beherrschen musste, ihn anständig vorzustellen. Die beiden gaben sich die Hand. »Wir kennen uns bereits«, räumte Matteo ein.

Nina grinste ihn an. »Stimmt«, gab sie zu. »Wir haben neulich einen Kaffee zusammen getrunken.«

»So.« Ganz kurz zogen sich die buschigen Brauen des Bürgermeisters noch einmal bedrohlich zusammen, als er Matteo einen fragenden, nein, warnenden Blick schenkte.

Matteo schluckte trocken. Das entwickelte sich gar nicht gut.

»Warum bist du hier, Engelchen? Hattest du nicht Termine in der Stadt?«

Sie nickte. »Eigentlich war ich mit dem Leiter der Keramikmanufaktur Mazza verabredet – wegen der Datierung der historischen Römervase, die am Ufer des Serchio gefunden wurde, von der ich dir erzählt habe. Du erinnerst dich?«

»Si, natürlich«, erwiderte Lenzi so schnell, dass selbst Matteo klar wurde, dass es eine Lüge war.

»Meine Tochter ist Antiquitätenhändlerin, müssen Sie wissen.«

»Das ist ja interessant.« Matteo bekam sein Dauergrinsen einfach nicht in den Griff.

»Tja, aber die Sekretärin des Herrn Sorrentino musste mir leider mitteilen, dass der werte Herr eilig aufbrechen musste.« Sie zuckte mit den Schultern. »Also war der ganze Weg von Lucca bis hierher völlig umsonst.«

Lucca. Matteo speicherte diese Information ab. »Sie wohnen in Lucca?«

»Nein, Nina wohnt in unserer Ferienwohnung.«

»Aber ich arbeite in Lucca. Mein Geschäft befindet sich dort.«

»Ich liebe Antiquitäten«, behauptete Matteo. Dabei war die einzige Antiquität in seinem Besitz eine originale *Asterix*-Comic-Ausgabe aus dem Jahr 1983.

Plötzlich kam ihm ein Gedanke. »Moment. Sagten Sie Sorrentino?«

»Genau.«

»Nicoló Sorrentino?«

»Sie kennen ihn?« Nina lächelte ihn neugierig an.

»Flüchtig.«

Ohne zu wissen, warum, fand Matteo es äußerst merkwürdig, schon wieder mit diesem Mann konfrontiert zu werden.

»Also, dachte ich mir«, hörte er Nina sagen, »warum nicht aus der Not eine Tugend machen und die verpasste Chance dazu nutzen, um mit meinem Lieblingspapa Mittag essen zu gehen? Deine Sekretärin hat mir erzählt, dass ich dich hier bei der Polizei finde.« Kaum hatte sie das Wort ausgesprochen, wirkte sie verunsichert. »Es ist doch alles in Ordnung?«

»Ja«, sagten Matteo und der Bürgermeister wie aus einem Mund.

Schnell fügte Lenzi hinzu: »Hin und wieder muss der Bürgermeister sich ja auch mal mit dem Polizisten über dies und das unterhalten. Nicht wahr?«

Matteo lächelte zerknirscht. »Si.«

»Sagen Sie, Herr Carabiniere.«

»Silvestri«, korrigierte Matteo die Tochter des Bürgermeisters: »Für Sie bitte Matteo. Nur Matteo.«

»Also, Matteo.« Ihm gefiel, wie sie seinen Namen aussprach. Er verliebte sich augenblicklich in den Klang. »Haben Sie nicht Lust, sich uns zum Mittagessen anzuschließen?«

»Ja!«, erwiderte Matteo, ohne nachzudenken.

»Nein!«, ereiferte sich Lenzi. »Ich meine, Matte–, Herr Silvestri muss doch womöglich noch dringend wohin und sich um eine wichtige Angelegenheit kümmern. Habe ich recht? Oder etwa nicht? Ich meine, Sie sind natürlich herzlich eingeladen, sich uns anzuschließen.«

Matteo wollte gerade zu einer Antwort ansetzen, als ein lauter Knall aus dem Flur zu ihnen durchdrang.

»Was war denn das?«, fragte Nina.

»Keine Ahnung«, sagte der Bürgermeister ebenso überrascht.

Matteos Achseln zuckten auf. »Ich gehe mal nachsehen.«

Es fiel ihm wirklich schwer, sich vom Anblick der bildschönen Tochter des Bürgermeisters zu lösen. Nina. Die Erleuchtete, wie er wusste. Denn seine Oma hatte denselben Namen. Wenn das keine Fügung war. Nicht, dass Matteo ein besonders spiritueller Mensch war, aber bei Gott, das musste doch etwas bedeuten.

Als er im Büro ankam, schaute er sich um, auf der Suche nach der Ursache des Krachs. Zunächst fiel ihm nichts Ungewöhnliches auf, doch dann sah er es. Das Marienkreuz hatte sich mit einem großen Stück Putz von der Wand gelöst und war auf den Fliesenboden geknallt.

»Verdammte Bruchbude«, fluchte Matteo leise.

Doch dann hielt er den Atem an. Eine innere Unruhe erfasste ihn so plötzlich, dass ihm schwindelig wurde. Eine Unrast, wie er sie noch nie zuvor erlebt hatte. Nicht einmal, als er kurz davorstand, die Fahrraddiebe dingfest zu machen. Ein Gedanke drängte sich nach vorn, schlug ihm förmlich gegen die Innenseite seiner Stirn. *Isabella,* hallte es zwischen seinen Ohren. War das Kreuz womöglich nicht rein zufällig von der Wand gefallen? Wollte ihm irgendwer einen Wink geben? Mit diesem »irgendwer« meinte er Gott, aber selbst in seinen Gedanken wagte er es nicht, dies, nun ja, zu denken. War dies etwa ein Zeichen? Eine … göttliche Fügung? War Schwester Isabella womöglich in Gefahr?

Auf einmal wurde es dunkel im Büro. Matteo trat zum Fenster und sah, dass sich der eben noch strahlend blaue Himmel mit dichten Wolken zugezogen hatte.

Die Anspannung schlug in eine beinahe greifbare Panik um. Er schnappte sich den Autoschlüssel vom Schreibtisch, nahm die Dienstpistole aus der Schublade und stürmte geradezu aus der Polizeiwache.

»Was ist denn nun?«, fragte ihn der Bürgermeister ungehalten. »Kommen Sie jetzt mit uns essen, oder nicht?«

116

»Leider keine Zeit. Bin im Einsatz.«

Er hielt in der Bewegung inne, drehte sich um und schob sich umständlich die Mütze auf den Kopf. Nina schenkte er ein Lächeln, von dem er hoffte, dass es ganz besonders charmant wirkte. »Aber ein andermal liebend gern.«

Sie lächelte zurück. Zumindest das wertete er als ein gutes Zeichen.

Isabella musste sich sputen, wenn sie es trockenen Fußes und noch halbwegs rechtzeitig zum Kloster schaffen wollte, damit Schwester Hildegard das Mittagessen zubereiten konnte. Dabei brach es ihr beinahe das Herz, die arme Aurora allein zurückzulassen. Doch in ihrer derzeitigen Situation konnte Isabella nur wenig helfen, was jedoch nichts daran änderte, dass sie es ganz bestimmt versuchen würde. Viel dringlicher aber war, dass es nun endlich ein Motiv zu ihrer Mordtheorie gab. Sofern sie das Donnerwetter der Äbtissin und Schwester Hildegards überleben würde, musste sie sich unbedingt mit Matteo in Verbindung setzen. Denn nun gab es den letzten schlagenden Hinweis, der diesen Nicoló Sorrentino endgültig verdächtig machte.

Um Zeit zu sparen, bog sie mit dem Rad von der Straße ab und folgte dem unbefestigten Weg durch die Weinberge. Er war zwar mühsam auf Rädern zu bewältigen, dafür aber führte er auf direktem Wege zum Kloster.

Isabella hatte den Lenker fest im Griff, damit sie mit dem vollen Korb und den gefüllten Gepäcktaschen nicht das Gleichgewicht verlor. Konzentriert wich sie den größten Steinen und hervorblinzelnden Wurzeln des Holperweges aus. Es war eine beschwerliche Fahrt, und der Schweiß rann ihr den Rücken hinab.

Vereinzelte Sonnenstrahlen schnitten sich durch die Reben,

und nervöse Schatten zuckten auf dem Weg umher. Isabella warf einen Blick auf die Uhr, schon kurz vor zwölf. Sie würde definitiv zu spät kommen und konnte nur erahnen, welche weiteren Strafmaßnahmen die Äbtissin ergreifen würde. Vermutlich würde sie sich den Standdienst für die nächsten Monate abschminken können.

Und wenn schon, dachte Isabella. So hatte sie wieder Zeit für sich und ihre Gebete, die sie zugegebenermaßen in den letzten Tagen ein wenig vernachlässigt hatte. Unter anderen Umständen hätte sie sich nun bekreuzigt, aber sie wagte es nicht, den Lenker loszulassen. Sie war eine sichere Radfahrerin, aber mit dem schweren Gepäck ließ sich das äußerst betagte Damenrad ohnehin schwer lenken.

Sie fragte sich, was sie tun konnte, um Aurora zu helfen.

Ob es vielleicht das Beste für sie wäre, erst einmal im Kloster Zuflucht zu finden?

Ein lautes Rascheln ließ sie aufhorchen. Sie hielt im Tritt inne und lauschte, blickte nach links und rechts. Als sie wieder nach vorn schaute, traute sie ihren Augen nicht. Vor ihr, direkt auf dem Weg, stand breitbeinig ein Mann. Er trug einen hellblauen Anzug und war außerordentlich gut gekleidet. Er hätte beinahe nett gewirkt – wäre da nicht der schwere Stock in seinen Händen gewesen.

Ein eisiger Schauer durchfuhr sie, als ihr klar wurde, wer da vor ihr stand. Es war der Mann, den sie erst kürzlich im Hotel gesehen hatte: Nicoló Sorrentino.

Sie bremste ab und brachte das Fahrrad unmittelbar vor ihm zum Stehen. Sofort wurde sie sich der Gefahr bewusst, in der sie sich befand.

Der Mann neigte den Kopf, grinste ebenso schräg und blickte sie abschätzend an.

»Ich habe auf Sie gewartet, Schwester.«

Isabella stellten sich die Nackenhaare auf.

»Eigentlich war ich mit Aurora verabredet. An der Sitzbank am Aussichtspunkt. Aber dort war sie nicht allein, sondern sie hat sich mit Ihnen unterhalten.«

»Das ist richtig.« Isabella wollte diesem Mann nicht mit Angst begegnen. Schließlich war Gott auf ihrer Seite. »Aurora hat mir von Ihrem Verhältnis erzählt. Und davon, dass sie schwanger ist. Von Ihnen.«

Nicolòs Miene zeigte keine Regung.

»Sie hat mir auch erzählt, dass Sie auf eine Abtreibung drängen.«

»Was geht Sie das an?«, fragte er herausfordernd.

»Nichts. Aber dass Sie Schwester Raffaela vom Glockenturm gestoßen haben. Das geht mich sehr wohl etwas an.«

Die Gesichtszüge des Mannes entgleisten.

Isabella machte sich auf Nicolòs Reaktion gefasst, rechnete mit allem.

»Ich habe sie nicht gestoßen. Es war ein Unfall! Ich wollte das nicht.« Er fuhr sich über das Gesicht. »Sie wollte mir die Pistole auf die Brust setzen, hat mich dazu aufgefordert, reinen Tisch bei meiner Frau zu machen. Wenn ich es nicht tun würde, würde sie es tun, hat sie gesagt. Ich habe versucht, auf sie einzureden, dass sie sich nicht in Auroras und meine Angelegenheiten einmischen soll.«

»Raffaela hatte keine andere Wahl«, nahm Isabella ihre tote Schwester in Schutz. »Aurora hat sich in der Not an sie gewandt. Sie musste helfen.«

Nicoló Sorrentino verzog die Lippen. »Wie auch immer. Ich gebe zu, dass ich handgreiflich geworden bin, sie zum Schweigen bringen wollte. Und dann …« Den Rest des Satzes ließ er unausgesprochen.

Ein greller Blitz durchzuckte den Himmel. Kurz darauf grollte es bedrohlich.

»Sie stecken in großen Schwierigkeiten.«

»Vielleicht. Vielleicht auch nicht.«

»Schwester Raffaela hätte sich nicht in unsere Angelegenheiten einmischen dürfen.« Er blinzelte sie an. »Ebenso wenig wie Sie.«

Isabellas Blick sank zu den Händen des Mannes.

»Deshalb der Knüppel? Um mich auch zum Schweigen zu bringen? Wie Schwester Raffaela?«

»Sie verstehen das nicht! Sie haben keine Ahnung, was dies für meine Karriere bedeutet, wenn die Mazzas von meiner Liaison mit Aurora erfahren – geschweige denn Wind davon bekommen, dass sie schwanger ist. Ich wäre am Ende.«

»Aurora trägt *Ihr* Kind aus.«

»Das weiß ich.«

»Sie braucht sie! Mehr denn je!«

»Sagen Sie mir nicht, wer mich braucht oder was ich zu tun und zu lassen habe. Ich habe bereits eine Frau.«

»Lieben Sie Ihre Frau denn?«

»Das tut überhaupt nichts zur Sache.«

Dicke Tropfen fielen vom Himmel.

»Natürlich tut es das! Und Sie haben eine Verantwortung Aurora gegenüber.«

»Ich warne Sie!« In Sorrentinos Augen funkelte es entschlossen auf.

Als er die zitternde Hand mit dem Stock anhob und mit einem unerbittlichen Gesichtsausdruck auf sie zutrat, schloss Isabella die Augen und begann ein stummes Gebet.

Kapitel

15

»WO IST SCHWESTER ISABELLA?« Matteos Lungen brannten, so sehr war er außer Atem. Der Regen tropfte von seiner Schirmmütze.

Mit dem Polizeiwagen war er den Weg zum Kloster abgefahren, doch er fand keine Spur von Schwester Isabella. Nun stand der Wagen vor der Hofeinfahrt des Klosters und schnurrte im Leerlauf. Die letzten Meter bis in den Klostergarten war er gerannt, wo einige Nonnen trotz des Regenwetters ihrer Gartenarbeit nachgingen.

Ein halbes Dutzend Augenpaare starrte ihn überrascht an.

Eine Schwester, die er vorher noch nicht hier gesehen hatte, trat auf ihn zu. Sie war dürr wie ein Nagel mit einer unglaublich jung klingenden Stimme. »Hier ist sie nicht, vielleicht drinnen, in der Abtei?« Sie wischte sich die mit nasser Erde verschmutzten Hände an ihrer nicht minder nassen Schürze ab. Sie wirkte aufgebracht und musterte Matteos Uniform gründlich. »Himmel, ist denn etwas passiert?«

»Nein, ganz bestimmt nicht«, sagte er, um einen ruhigen Tonfall bemüht. »Es ist nur …« Matteo brach ab, was sollte er dieser Frau erzählen? Dass ein Marienkreuz von der Wand gefallen war und er glaubte, dies sei eine Fügung Gottes, und es sei seine Aufgabe, seine Mission, Schwester Isabella vor einer schlimmen Gefahr zu warnen?

Er versuchte sich an einem salopper Lächeln, das sich

recht verkrampft anfühlte. Dann wandte er sich ab und spürte förmlich die beunruhigten Blicke der Schwestern in seinem Rücken, während er den Innenhof verließ und die Abtei betrat.

Eine angenehme Kälte umfing ihn innerhalb der dicken Mauern.

Vereinzelt drang Licht durch die kleinen Fenster im dunklen Gang.

Matteo sah sich um, entdeckte aber niemanden, den er nach Isabella fragen konnte.

Er ging den Flur entlang, vorbei an verschlossenen Türen, bis er eine angelehnte Tür passierte, durch die er etwas hörte. Vielleicht ein Summen?

»Hallo?«

Keine Antwort.

Matteo blieb stehen und lauschte. Er hörte eindeutig eine weibliche Stimme, die vor sich hin summte.

Zögernd schob er die angelehnte Tür auf und lugte ins Innere.

Vor dem Fenster sah er eine ihm mit dem Rücken zugewandte Frau in dunkler Schwesterntracht stehen.

»Schwester Isabella?«

Die Frau fuhr ruckartig zusammen und drehte sich rasch zu ihm herum. Matteo bemerkte sofort seinen Fehler, als er die ausladende Gestalt in der Tracht erkannte.

»Oh, Entschuldigung! Ich suche eigentlich nach Schwester Isabella.«

»Sie ist nicht hier!«

Matteo zuckte innerlich zusammen, weil ihn die Frau so barsch anfuhr.

»Ja, das sehe ich. Tut mir leid, ich wollte wirklich nicht stören.« Behutsam schob er den Kopf zurück und wollte gerade die Tür ins Schloss ziehen, als ihn ein Gedankenbild davon abhielt. Noch einmal zog er die Tür auf und erntete den missmutigen Gesichtsausdruck der Ordensschwester. Nichtsdestotrotz setzte Matteo einen entschlossenen Schritt in den Raum.

»Was wollen Sie?«, fuhr ihn die Frau übellaunig an.

»Was ist das hinter Ihrem Rücken?«

»Das geht Sie nichts an!«

»Hm, das sehe ich anders.« Entschlossen schritt er auf die Schwester zu und drängte sie sanft, aber bestimmt zur Seite.

Er spürte Genugtuung in sich aufsteigen. Seine Gedanken hatten ihm also keinen Streich gespielt, und er hatte es richtig gesehen. Auf der Kommode stand eine Porzellanfigur, die aussah, als würde sie aus der Mazza-Manufaktur stammen.

Sein Pulsschlag erhöhte sich, als ihm die Bedeutung dieses Fundes bewusst wurde.

Er betrachtete die Schwester näher. Sie war kräftig gebaut, ihr Habit spannte an ihren Hüften.

»Sie sind Schwester Hildegard!«

Sie sah ihn konsterniert an. »Kennen wir uns?«

Matteo sah die Ordensschwester ernst an. »Kann es sein, dass Ihnen diese Figur nicht gehört?« Er baute sich herausfordernd vor der Schwester auf.

»Ich habe sie nicht gestohlen«, erklärte sie aufgebracht.

Er packte sie an der Schulter, schob sie leicht zur Seite, um endlich einen Blick auf die Figur werfen zu können. »Und wie ist es dann zu erklären, dass die verschollene Figur von Papst Paul dem Sechsten bei Ihnen ... Oh!«

Während er sprach, betrachtete er die Figur eingehender.

Die Keramik stellte einen Jungen mit Strohhut dar, der eine Angel hielt, an deren dünner Schnur ein silbergrauer Porzellanfisch hing. Es war definitiv kein Papst. Schon gar nicht Paul der Sechste.

Matteo fiel auf, dass dem Jungen ein Arm fehlte. »Sie ist kaputt!«

»Deshalb repariere ich sie ja auch!«

Matteo erkannte, dass durch das Porzellangesicht feine Risse verliefen. Er verstand überhaupt nichts mehr.

»Ja, sie gehörte Raffaela«, erklärte Schwester Hildegard mit belegter Stimme. »Sie ist mir heruntergefallen, als ich in ihrer Zelle war, um …«

»Um was?«, fragte Matteo forschend.

Schwester Hildegard straffte sich und sah ihn fest an. »Um einen kleinen Hinweis bei ihrem Alkoholvorrat zu hinterlegen. Ich habe einen anonymen Zettel geschrieben, dass Gott alles sieht und sie an ihre Gesundheit denken soll. Ich wusste, dass sie ein paar Flaschen Grappa in ihrer Zelle gebunkert hat. Und mit Alkohol ist ja nun wirklich nicht zu spaßen.« Sie sah Matteo bestürzt an. »Ich habe mir Sorgen um sie gemacht. Als ich auf der Suche nach den Flaschen war, ist mir diese Figur heruntergefallen. Also habe ich die Scherbenteile aufgesammelt und bin schnell raus aus ihrer Zelle, bevor sie mich erwischt. Aber ich war zu spät, und sie hat mich wohl gesehen. Ich habe natürlich alles geleugnet, und dann hat sie mich des Diebstahls bezichtigt. Ich war so aufgebracht, dass ich gar nicht wusste, wie ich reagieren sollte. Und ehe ich die Sache klarstellen konnte, ist sie …« Sie musste den Satz nicht zu Ende sprechen. Matteo verstand, was sie meinte.

»Und was haben Sie nun mit dieser Figur vor?«

Schwester Hildegard wischte sich über das Gesicht, und Matteo erkannte, dass sie weinte.

In Matteos Hals bildete sich ein fetter Kloß.

»Ich mache sie wieder ganz und lege sie ihrem Grab bei. Ich weiß, dass es ihre Lieblingsfigur war. Das bin ich ihr schuldig.« Aus Schwester Hildegard war sämtliche Härte verschwunden, als hätte sie eine Maske abgestreift. »Darf ich nun erfahren, wer Sie sind und was Sie hier möchten?«

Matteo erzählte es ihr, auch, dass er in Sorge um Schwester

Isabella war, die irgendwie auf dem Weg vom Dorf zum Kloster verloren gegangen sein musste.

»Es ist aber auch gut möglich, dass sie die Abkürzung durch die Weinberge genommen hat«, äußerte Schwester Hildegard ihre Vermutung. »Womöglich wurde sie vom Platzregen überrascht und hat in einer der Weinberghütten Unterschlupf gesucht.«

Sie wedelte unwirsch mit der Hand. »Ich an Ihrer Stelle würde mir da keine großen Sorgen machen.«

Das sah Matteo anders. Er verging vor Sorge. Als würde ihn eine innere Stimme antreiben. Beinahe so, als würde etwas unentwegt von innen gegen seine Stirn klopfen.

Unwillkürlich schob sich ihm die schöne Bürgermeistertochter ins Gedächtnis. Wie rüde er ihr eine Abfuhr erteilt hatte. Dann war da wieder das von der Wand gefallene Marienkreuz. Gut, die Wände des Präsidiums waren porös. Er erinnerte sich daran, wie sie ihm erzählt hatte, dass sie Kunsthändlerin sei und einen Termin mit Nicoló Sorrentino hatte. Ausgerechnet mit ihm. Und dass dieser aber nicht da gewesen war, weil er eine äußerst dringende Sache zu erledigen hatte, wie ihr seine Sekretärin mitgeteilt hatte.

Er hielt inne. Und was, wenn diese wichtige Sache … Schwester Isabella war?

Ohne ein Wort der Verabschiedung machte er kehrt und rannte zurück zum Polizeiwagen, klemmte sich hinter das Steuer und wollte den Rückwärtsgang einlegen, als ihm bewusst wurde, dass er mit dem Wagen nicht weit kommen würde. Er kannte den Weg durch die Weinberge. Dieser war so begrenzt, dass man ihn nur mit einem dieser Schmalspurtraktoren befahren konnte. Wütend über sich selbst knallte er die Handflächen auf das Lenkrad und stellte den Motor ab. Seine innere Stimme drängte ihn zur Eile. Doch der Weg durch die Weinberge war mehrere Kilometer lang. Zu Fuß würde er ewig brauchen.

Sein Blick fiel auf die vor dem Eingang des Klosters stehenden Fahrräder.

Vielleicht ist das ja doch eine Fügung Gottes, dachte er beim Aufsteigen und beruhigte sich mit dem Gedanken, dass es kein Diebstahl war, sondern er sich das alte Herrenrad lediglich auslieh.

Keine zwanzig Meter die Asphaltstraße hinab, führte der Weg in die Weinberge. Er nahm die Kurve so eng, dass das Hinterrad unter dem nassen Schotter wegrutschte und er sich beinahe der Nase nach hingelegt hätte.

Doch schnell hatte er den alten Drahtesel wieder unter Kontrolle und trat in die Pedale. Es war schon eine ganze Weile her, dass er das letzte Mal auf einem Fahrrad gesessen hatte. Entsprechend wackelig gestaltete sich das Vorankommen.

Hätte es nicht in Strömen auf ihn herabgeregnet, hätte er vielleicht einen Blick für die Schönheit der Natur gehabt, die ihn förmlich einhüllte wie ein grüner Kokon. Die Weinreben trugen ihre ersten Früchte, die aussahen wie kleine grüne Erbsen. Doch sie versprühten schon jetzt den Geruch von intensiver Süße.

Ungeachtet dessen legte Matteo sich in die Pedale und hielt Ausschau nach Isabella. Jedoch ließ der starke Regen keine weite Sicht zu. Er versuchte es mit Rufen, hörte im Windgetöse aber kaum seine eigene Stimme.

Als er die Hoffnung schon aufgeben wollte, erkannte er tatsächlich etwas.

Direkt vor sich sah er eine Gestalt im dunklen Habit im Gras kauern. Isabella! Und sie war nicht allein. Ein Mann in einem auffallend blauen Anzug saß dicht vor ihr.

Er verlangsamte seine Fahrt und wischte sich den Regen aus dem Gesicht, versuchte die Szene zu verarbeiten, die sich vor ihm auftat.

»Schwester Isabella«, rief er ihr auf halbem Weg entgegen. »Alles in Ordnung?«

Er erhielt keine Antwort.

Mit klopfendem Herzen brachte er das Fahrrad unmittelbar vor dem ungleichen, triefnassen Pärchen zum Stehen und ließ es aufgrund des fehlenden Ständers achtlos in das hohe Gras fallen.

Seine Hand ging wie automatisch zum Pistolenholster.

Doch er zog seine Dienstwaffe nicht, denn als er näher herankam, erkannte er endlich, welches Bild sich ihm offenbarte. Der Mann kniete vor Isabella und hatte seine Hände wie zu einem Gebet gefaltet, während die Ordensschwester ihre Handflächen auf seine Stirn gedrückt hielt und etwas vor sich hin murmelte. Matteo verstand sofort. Sie nahm diesem Mann, bei dem es sich nur um Nicoló Sorrentino handeln konnte, die Beichte ab.

Er blieb auf Abstand und sah schweigend zu, bis sich beide bekreuzigten und aufstanden.

Schwester Isabella wirkte überhaupt nicht überrascht, als sich ihre Blicke trafen.

»Matteo. Darf ich vorstellen, das ist Nicoló.«

Matteo näherte sich den beiden – die Hand noch immer auf dem Holster seiner Dienstwaffe.

Der Mann im nassen blauen Anzug reichte Matteo die Hand und nickte ihm unsicher zu.

»Signore Sorrentino hat einiges zu erzählen, das ausschließlich für polizeiliche Ohren bestimmt ist.«

Über ihnen donnerte es so laut, dass Matteo heftig zusammenzuckte.

Doch Schwester Isabella strich sich nur den pitschnassen Habit glatt und ging mit einem gütigen Lächeln auf den Lippen an ihm vorbei.

»Ich sollte mich jetzt wirklich sputen und die Einkäufe ins Kloster bringen. Nicht, dass meine Mitschwestern noch einen qualvollen Hungertod sterben müssen.«

Verdutzt sah Matteo dabei zu, wie sie auf das Damenrad stieg und gemütlich durch den immer stärker werdenden Regen radelte. Nach ein paar Metern betätigte sie die Klingel und hob winkend den Arm. »Signore Carabiniere.«

Matteo musste sich vom Anblick der davonradelnden Schwester förmlich losreißen. Verwirrt wandte er sich Nicolo Sorrentino zu, der ihn fordernd ansah.

»Ich möchte ein Geständnis ablegen.«

Matteo stöhnte innerlich auf. Er sah sich bereits die Arrestzelle frei räumen.

Kapitel

16

»Ist das nicht ein wunderbarer Chianti?«

Schwester Isabella und Matteo Silvestri saßen im Klostergarten, mit dem Rücken an die westliche Mauer gelehnt und genossen den Ausblick auf die Weinberge, deren Reben in der Abenddämmerung goldrot glänzten. Nach dem starken Regenguss war die Natur förmlich explodiert.

»Aber ich verstehe es noch immer nicht.« Matteo schwenkte versonnen den blutroten Chianti.

»Ich verstehe es selbst nicht«, entgegnete Isabella.

Matteo seufzte in sich hinein. Er konnte sich nicht daran erinnern, wann er das letzte Mal solch einen hervorragenden Wein genossen hatte.

Es war ein schwerer und intensiver Tropfen mit atemberaubend fruchtiger Note, der die gesamte Sonne der Toskana eingefangen zu haben schien. Die Schwestern verstanden das Handwerk des Weinanbaus wirklich.

Er betrachtete Isabella von der Seite, die ihren Blick in die Ferne gerichtet hatte. »Wie haben Sie es bloß geschafft, dass Nicoló Sorrentino alles gestanden hat? Es gab weder Zeugen noch Beweise. Wir hätten ihn niemals für den Mord an Schwester Raffaela drankriegen können.«

Isabella lächelte vielsagend. »Sie unterschätzen die Macht des Gewissens. Außerdem war es kein vorsätzlicher Mord, sondern eher Mord im Affekt.« Isabella dachte an Nicolós Geständnis. Als dieser mit dem erhobenen Stock auf sie zugekommen war, hatte sie die Augen geschlossen und ein stummes Gebet gen Himmel gesandt. Doch dann war der erwartete Schlag ausgeblieben. Stattdessen vernahm sie ein Schluchzen, und als sie die Lider wieder öffnete, hatte Nicoló den Knüppel ins nasse Gras geworfen und sich die Hände vors Gesicht gehalten. Sie konnte nicht anders, als ihn in den Arm zu nehmen. Er hatte sich an ihrer Schulter ausgeweint. Lange und ausgiebig. Und dann hatte er zu reden begonnen.

Matteo dachte kurz nach und nickte knapp. »Das wird sich natürlich positiv auf das richterliche Urteil auswirken.«

»Das wäre für Nicoló zu wünschen. Es wartet eine große Verantwortung auf ihn, wenn er seine Schuld gesühnt hat.« Isabella schloss kurz die Augen, um die Wärme der Sonne auf ihrer Haut zu genießen. »Heute Morgen hat mich Aurora am Marktstand besucht. Sie hat mir erzählt, dass sie sich dafür entschieden hat, das Kind auszutragen.«

Matteo strahlte. »Das ist eine wundervolle Nachricht.«

Isabella stimmte in sein Lächeln ein. »Das ist es wirklich. Und damit sie ihre Hotelausbildung trotzdem beenden kann, wird sie es bei ihren Eltern großziehen. Ich finde, das ist eine vernünftige Entscheidung.« Sie seufzte. »Ich kann nur hoffen, dass sich Nicoló Sorrentino seiner Verantwortung stellen und sich später um sein Kind kümmern wird.«

Matteo betrachtete die Schwester nachdenklich. »Das wird noch eine ganze Weile dauern. Ob Absicht oder nicht: Der Mord an Schwester Raffaela ist ein wahrlich schweres Vergehen. Ich schätze, dass er eine lange Haftstrafe wird absitzen müssen.«

Beide hingen ihren Gedanken nach, ließen den Wein und die weitläufige Aussicht auf sich wirken. Trotz der Ernsthaftigkeit ihres Gesprächs musste Matteo schmunzeln. Hier hatte alles angefangen. Direkt hinter ihnen, am Glockenturm, wo sie gemeinsam Schwester Raffaelas Leichnam inspiziert hatten.

Er konnte sich nicht helfen, aber diese Frau im dunklen Habit hatte sein Leben nicht nur gehörig auf den Kopf gestellt, sie hatte es auch bereichert. Als hätte sie dafür gesorgt, dass er endlich mehr zu sich selbst finden konnte. Er hatte ihr seinen ersten echten Fall zu verdanken, den sie gemeinsam gelöst hatten und der ihm sogar den Respekt des Bürgermeisters eingebracht hatte. Er war nicht mehr länger der duckmäuserische Carabiniere, der Strafzettel verteilte. Nun war er ein waschechter Polizist, der auch Mordfälle zu lösen wusste.

»Übrigens freut es mich sehr, dass die Äbtissin Sie wieder für den Marktstand eingeteilt hat.«

Isabella grinste. »Und mich erst. Sie haben keine Ahnung, wie viel Freude mir diese Aufgabe bereitet.« Dann blinzelte sie schelmisch. »Aber es ist ja nicht so, als hätte sie eine andere Wahl gehabt.«

Matteo sah sie mahnend an. »Sie haben sie erpresst.«

Isabella hob abwehrend die Hände. »Ich bitte Sie. Ich habe sie nur gefragt, was die anderen Schwestern wohl davon halten würden, wenn sie erführen, dass eine Ordensentscheidung getroffen wurde, ohne sie miteinzubeziehen. Da hat sie es wohl für eine ganz gute Idee gehalten, ein wenig einzulenken, um mich zum … sagen wir, zum Schweigen zu bringen.«

Matteo hob sein Glas und stieß mit Isabella an.

»Trinken wir auf meinen Dienst am Marktstand und ihre öffentliche Belobigung vom Bürgermeister – dafür, dass Sie einen hochoffiziellen Mordfall gelöst haben.«

»*Wir*, Schwester Isabella, *wir* haben ihn gelöst.«

»Auf jeden Fall finde ich, dass wir beide ein vorzügliches Team abgegeben haben«, räumte sie ein.

»Dieser Meinung kann ich mich nur anschließen.«

Matteo bekam das Grinsen einfach nicht aus dem Gesicht. Die öffentliche Belobigung hatte nicht nur zur Folge, dass er im Dorf endlich mit anderen Augen wahrgenommen wurde, sondern auch, dass er der Bürgermeistertochter nähergekommen war. Der Zufall wollte es so, dass sie beim anschließenden Abendessen im Rathaus nebeneinandersaßen und den ganzen Abend Gelegenheit hatten, sich näher kennenzulernen – ein Umstand, der dem Bürgermeister überhaupt nicht gefiel. Aber das war Matteo egal. Er war drauf und dran, sich in die Antiquitätenhändlerin mit dem wunderschönen Namen Nina zu verlieben.

Matteo nahm einen großen Schluck und ließ den Wein langsam auf der Zunge zergehen. Er spürte bereits, wie der Chianti seine Gedanken schwer machte. Er würde seinen Lancia Delta am Kloster stehen lassen und den Weg nach Hause zu Fuß bestreiten müssen. Aber das waren die Stimmung und der Wein wert. Mit einem Mal überkam ihn ein Gefühl der absoluten Vollkommenheit. Dieser Abend. Das Wetter. Die Gesellschaft. Hier und jetzt wünschte sich Matteo an keinen anderen Ort.

»Und wissen Sie, was das Beste daran ist?«

Sie sah ihn neugierig an.

»In der Via Madonna delle Grazie ist fortan wieder freies Parken erlaubt. Keine Strafzettel mehr. Keine Parkuhren.«

»Prost!«

Ende

VALENTINA MORELLI

Kloster,
Mord &
Dolce Vita

Schwester Isabella ermittelt

Der Tote am Fluss

Lübbe

»Und Sie glauben, hier fündig zu werden?«

»Wenn nicht hier, wo dann? Aber es wäre wirklich nicht nötig gewesen, dass Sie mich begleiten, Schwester Isabella.«

Matteo widmete ihr einen kurzen Seitenblick und fragte sich einmal mehr, wie es die Schwester schaffte, eingehüllt in diesen schweren Stoff nicht zu zerfließen. Es war früher Nachmittag, und die Sonne brannte schonungslos auf sie herab. Matteo war nur froh, dass er heute seinen freien Tag hatte und sich nicht in die Carabinieri-Uniform hineinzwängen musste. Bei diesen Temperaturen weit über die dreißig Grad ging doch nichts über Bermudashorts und das weiteste Shirt, das sich in seinem Besitz befand.

Er vermisste schon jetzt die Klimaanlage seines Lancias, doch Isabella hatte darauf bestanden, das letzte Stück des Weges zu Fuß zurückzulegen. Ihr Ziel lag nahe dem Serchio-Ufer und bot prächtige Ausblicke auf die weitläufigen grünen Felder, die sich in sanften Hügeln erhoben.

So schön die Aussicht auch war, der Marsch war anstrengend. Matteo konnte sich wahrlich Angenehmeres vorstellen, als bei diesen Temperaturen durch die Walachei zu wandern. Zumal die Schönheit in der Ferne lag und nicht zu ihren Füßen. Doch wer war er, sich dem Willen einer Ordensschwester zu widersetzen? Der Weg zum Schrottplatz führte über eine nicht asphaltierte Straße, von der der lehmige Staub mit jedem

Schritt aufwirbelte. Die Gegend war eher einer der Schandflecke des beschaulichen Dörfchens Santa Caterina, in der sich in der Nachkriegszeit ein paar Baufirmen niedergelassen hatten, von denen die Hälfte bereits pleite war.

»Mein Gott, ich bin so hibbelig wie ein Kind an Heiligabend. Wenn wir dieses Teil wirklich dort bekommen, könnte ich es noch heute einbauen.« Er warf Isabella ein strahlendes Lächeln zu, doch es wurde nicht erwidert. Stattdessen hielt Isabella in ihrer Bewegung inne und starrte nach vorn. Matteo folgte ihrem Blick und zuckte vor Schreck zusammen.

Er war so in Gedanken versunken gewesen, dass ihm entgangen war, wie jemand ihren Weg kreuzte. Dieser Jemand war ein riesiger Hund, der zielgenau auf sie zuhielt.

Nein! Matteo korrigierte sich. *Das ist kein Hund, das ist ein Kalb.*

Dieses Vieh hechtete geradewegs auf sie zu.

»Schnell Schwester, gehen Sie hinter mich. Ich beschütze sie!« Mutig sprang Matteo vor Isabella und streckte seine Arme aus.

»Aus!«, schrie er dem Viech entgegen. »Bei Fuß!« Es war noch größer als ein Kalb.

»Aber Matteo«, hörte er Isabellas zarte Stimme in seinem Rücken. Sie klang überhaupt nicht ängstlich. Im Gegenteil, eher amüsiert. »Das ist doch Caesar.«

Als Matteo die Schrecksekunde überwunden hatte, war auch ihm klar, dass er keine ausgebüxte Höllenbestie vor sich hatte. Dieses Tier mit braun-weißem Fell, das sich nun schwanzwedelnd mit heraushängender Zunge näherte, war allerdings riesig. Es war ein ausgewachsener Bernhardiner mit Pfoten so groß wie Kinderhände. Dieser Hund mit dem monströs großen Schädel erinnerte ihn unweigerlich an die Verfilmung von Stephen Kings *Cujo.* Die Ähnlichkeit war da, bloß dass dieser Hund handzahm war. Das wusste Matteo, weil er ihm schon oft begegnet war. Trotzdem zog er die Arme an und vermied es, dem an ihm entlangschnüffelnden Hund in die Augen zu schauen. Die feuchte Hundeschnauze berührte seine nackten Waden, was ihn vor Schreck aufquieken ließ.

»Caesar! Pfui!«, rief eine dunkle Stimme. »Keine Sorge, der tut nix, der will nur spielen.«

»Aha.«

Matteo sah, wie der Mann, dem die Stimme gehörte, mit gemütlichen Schritten um die Ecke eines Heckenzauns gebogen kam und lautstark in die Hände klatschte. Der Hund gehorchte augenblicklich und lief zu ihm zurück.

Matteo erkannte den Mann sofort und musste grinsen. Es war Gaetano mit seiner unverwechselbaren Erscheinung – mit dem ergrauten Vollbart, dem ausgefransten Strohhut und der ausgeblichenen roten Leinenhose, die zu lang war und über seinen Sandalen hing. »Was machst du denn hier? Ich wusste gar nicht, dass du wieder in der Gegend bist.«

Ein aufrichtiges Schmunzeln schlug ihnen entgegen. »Ein Mann wie ich ist immer dort, wo er gerade sein will.«

Als Gaetano näher trat, sah Matteo, dass er wieder sein blütenweißes Leinenhemd trug, das weit aufgeknöpft war und eine gräulich behaarte Brust offenbarte. In der Brusttasche erkannte Matteo eine silberne Mundharmonika. Nie hatte er ihn in einer anderen Aufmachung gesehen, und immer war das Hemd so weiß, als käme es gerade erst aus der Wäsche. Hinter seinem Rücken ragten die Umrisse eines großen Seesacks hervor.

Matteo mochte den Mann, dessen Alter schwer zu schätzen war. Definitiv über fünfzig, vom Aussehen her hätte er aber durchaus auch die sechzig überschritten haben können. Gaetano war ein Landstreicher. Einer mit Leib und Seele. Seit Jahren stattete er Santa Caterina regelmäßige Besuche ab, blieb für ein paar Wochen und zog dann weiter. Gott allein wusste, wohin. Er kam und ging wie die Jahreszeiten.

»Ah, der Herr Carabiniere«, begrüßte er Matteo mit sichtlich guter Laune. »Hätte dich gar nicht erkannt, ohne deine Uniform.« Er betrachtete ihn von oben bis unten, bis sein Blick auf Matteos Begleitung traf. »Und die Schwester Isabella.« Gaetano hob seinen Strohhut an und offenbarte eine glänzende Halbglatze, auf dessen linker Seite sich ein auffälliges Feuermal abzeichnete.

Matteo sah die beiden verdutzt an. »Ihr kennt euch?«

Isabella lächelte. »Natürlich.«

»Vom Markt«, klärte Gaetano den Carabiniere auf. »Die Schwester hält stets einen Napf mit frischem Wasser für die Hunde bereit. Ein Angebot, das Caesar nur zu gern annimmt.« Er zwinkerte Isabella verschwörerisch zu. »Und für mich springt hin und wieder ein Gläschen von dem köstlichen Kloster-Grappa raus.«

»Pscht!« Isabella legte ihren Zeigefinger auf die Lippen. »Das sollte doch unser Geheimnis bleiben. Wenn das die Äbtissin herausbekommt, macht sie mir die Hölle heiß.« Sie sagte es in einem spielerischen Tonfall, doch Matteo vermutete, dass ein Fünkchen Wahrheit darin lag. Aber es gefiel ihm, wie oft die Schwester die Hölle heraufbeschwor.

»Was machst du denn hier unten am Fluss, Gaetano?«, wollte Isabella wissen.

»Dies und das«, erwiderte er ausweichend und grinste. »Hab hier in der Nähe mein Lager aufgeschlagen.«

Matteo bemerkte, dass Gaetano ein oberer Schneidezahn fehlte, was seinem Grinsen etwas Schiefes verlieh. Selbst das stand ihm aber gut zu Gesicht. Er wirkte wie einer dieser Tramps in klassischen Hollywoodfilmen. Gaetano war eine imposante Erscheinung. Matteo mochte ihn. Jeder in Santa Caterina mochte den Landstreicher mit seinem Hund. Er war nett und hilfsbereit und für niemanden eine Last. Er bettelte nicht, sondern freute sich über das, was man ihm freiwillig gab. Oft stand er einfach auf dem Marktplatz und gab mit seiner Mundharmonika Bob-Dylan-Songs von sich. Er war ein begnadeter Spieler, und so füllte sich der vor ihm ausgebreitete Hut wie von selbst mit Münzen und Scheinen.

»Und was macht eine Ordensschwester an einem Ort wie diesem?« Sein irrte Blick herum.

»Wir gehen zum Schrottplatz«, sagte Isabella.

Matteo nickte zustimmend. »Wir sind auf der Suche nach einem Ersatzteil. Ich habe mir eine uralte Vespa zugelegt und will sie wiederherrichten.« Er zuckte mit den Achseln. »Allerdings fehlen mir dazu einige wichtige Teile.«

Der Landstreicher sah ihn erstaunt an. »Ich möchte Ihnen nicht zu nahe treten, Schwester Isabella, aber da hast du dir ausgerechnet eine Nonne mitgenommen?«

Matteo neigte seinen Kopf und zwinkerte ihm zu. »Unter uns, Gaetano: Diese Frau hier versteht mehr von dem Aufbau eines Motorrollers als so mancher Mann.«

Isabella lächelte versonnen. »Nun ja, wenn man einen bastelbegeisterten Bruder hat, der in jeder freien Minute in der Garage an Motorrollern herumgeschraubt hat, bleibt das eben nicht aus. Da schnappt man halt so einiges auf.«

Matteo war selbst am meisten über ihre Fachkenntnis verwundert gewesen, als er Isabella von seinem Internetschnäppchen berichtet hatte.

Er hatte auf einer Auktionsplattform eine originale Piaggio 125 U aus dem Jahre 1955 ersteigern können. Der Roller war nicht in bestem Zustand, und selbst das war milde ausgedrückt. Aber genau das stellte den Reiz für Matteo dar. Er hätte sich ohne Weiteres eine fix und fertig aufbereitete Vespa in seinen Hof stellen können. Aber das wollte er nicht. Er wollte mit Liebe und mühevoller Kleinarbeit einem ausgedienten Oldtimer neues Leben einhauchen.

Bislang war er der Meinung gewesen, dass er sich mit Rollern auskannte. Schließlich hatte er bereits die verschiedensten Modelle besessen und sie frisiert, repariert und ausgeschlachtet. Sein Wissen war aber nichts im Vergleich zu dem, was die Schwester sich über diese Roller angeeignet hatte.

»Na, wenn ihr so was irgendwo findet, dann garantiert hier. Es gibt eigentlich kein Ersatzteil, das es auf dem Schrottplatz von Lorenzo Bonucci nicht gibt. Und wenn Lorenzo es nicht vorrätig hat, kann er es zumindest auftreiben.«

»Das will ich hoffen, sonst bin ich nämlich echt aufgeschmissen.«

Der Mann hob noch einmal seinen Hut an und nickte den beiden lächelnd zu. »Also, euch noch einen schönen Tag. Komm, Caesar! Ein Bad im Fluss wartet auf dich. Du stinkst wie eine ganze Yak-Herde.«

Die beiden sahen dem ungleichen Duo noch eine Weile hinterher, ehe auch sie ihren Weg fortsetzten.

»Ein netter Kerl«, meinte Matteo.

»Ich mag den Hund total«, schwärmte Isabella. »Ich habe mir auch immer einen gewünscht, aber mit meinen Eltern war einfach nicht zu reden.« Sie lächelte gedankenverloren vor sich hin. Selbst noch, als sie sich dem breiten, offen stehenden Eingangstor des Schrottplatzes näherten.

Matteo stieß einen verzweifelten Seufzer aus, als er das Chaos sah. Der gesamte Platz war komplett zugestellt. Unzählige von Rost zerfressene Autos waren übereinandergestapelt und bildeten einen Zaun, der das gesamte Grundstück umfasste. Wie sollte sich in diesem Wust das Teil finden lassen, das er so dringend benötigte.

Egal, wo er hinsah, überall standen zerbeulte Autowracks herum und warteten darauf, in der Schrottpresse zu einem koffergroßen Paket zusammengepresst zu werden. Matteo vermutete, dass es Hunderte von Autos waren, die hier friedlich vor sich hin schlummerten. Richtige Klassiker erkannte er darunter. Sogar einen limonengrünen Fiat 126, wie ihn sein Vater gefahren hatte. Der Geruch von Öl und Rost war allgegenwärtig und versetzte ihn zurück in seine Kindheit. Oft hatten sie damals nach der Schule auf Schrottplätzen wie diesem gespielt. Es war aufregend gewesen, in die alten Wagen zu steigen und Autofahren zu spielen oder die hohen Türme aus zusammengedrückten Autowracks zu erklimmen und von dort die Aussicht auf das Dorf zu genießen. Das war nicht ungefährlich. Er erinnerte sich daran, dass er sich häufig Metallsplitter und schmerzhafte Aufschürfungen zugezogen hatte.

Auf einmal verfluchte er sich dafür, kein festes Schuhwerk angezogen zu haben. Die Gummisohlen seiner Flip-Flops würden keinem rostigen Nagel standhalten. Er sah sich schon den Rest des Nachmittags im unklimatisierten Wartezimmer von Dr. Russo sitzen, um sich eine Tetanusspritze verpassen zu lassen.

Sie folgten dem Aufheulen einer elektrischen Säge im Inneren des Hofes. Der Weg führte sie an einem großen Stall vorbei, in dem Dutzende Hühner den staubigen Boden mit ihren scharfen Krallen auf der Suche nach Nahrung aufscharrten und mit ihren spitzen Schnäbeln herumpickten.

Auf der gegenüberliegenden Seite befand sich eine Halle, die von der Form her ein wenig an einen Flugzeughangar erinnerte – nur deutlich kleiner. Die Tore standen offen, und der Schrott quoll geradezu heraus. Matteo traute seinen Augen nicht, als er im Schrottberg den herzförmigen Kühlergrill einer alten Alfa Giulia entdeckte. Auf diesem Platz mussten sich die reinsten Oldtimer-Schätze verbergen. Seine Zuversicht wuchs, dass sie hier vielleicht doch fündig wurden.

»Hallo!«, rief er über den kreischenden Lärm hinweg und winkte, als er einen Mann im grünen Overall mit einer Säge in der Hand Blechteile zerschneiden sah.

Als dieser die beiden erblickte, richtete er sich auf und

schaltete endlich die Säge aus. Die plötzliche Ruhe war die reinste Wohltat in Matteos Ohren.

»Buongiorno, arbeiten Sie hier?«, fragte Matteo freundlich.

Der Mann im ölverschmierten Overall betrachtete die Blechsäge in seiner Hand, richtete dann den Blick auf Matteo. »Was hat mich verraten?«

Ehe Matteo etwas erwidern konnte, zog die Schwester breit grinsend an ihm vorbei. »Ich bin Isabella«, stellte sie sich vor. »Und das ist Matteo Silvestri. Wir sind auf der Suche nach einem Motorgehäuse für einen Roller.«

»Ah«, machte der Mann. »Ich bin Lorenzo. Lorenzo Bonucci.« Er wischte sich die rechte Hand am vor Schmutz stehenden Overall ab und reichte sie erst der Schwester, dann Matteo. »Der Besitzer des Schrottplatzes. Freut mich.«

Matteo versuchte, nicht das Gesicht zu verziehen, als er den Händedruck erwiderte. Dieser Lorenzo drückte beinahe zu wie eine Hydraulikpresse. Sich seiner Kraft sichtlich bewusst, grinste der Schrotthändler ihn verschlagen an. Er hatte einen hohen Haaransatz mit deutlichen Geheimratsecken, in denen feine Schweißtropfen im Sonnenlicht glänzten. Der Bauch, der sich deutlich unter der Latzhose abzeichnete, verlieh ihm etwas Gemütliches. Doch die Arme waren die eines Holzfällers.

»Roller gibt es viele.« Lorenzo Bonucci taxierte die beiden.

»Eine originale Piaggio natürlich.« Ein Hauch von Stolz schwang in Matteos Stimme mit.

»Eine 125er U, Baujahr 1955«, konkretisierte Schwester Isabella in sachlichem Tonfall.

Der Schrotthändler schürzte die Lippen. »Hm, das klingt nach einem echten Schnuckelchen.«

»Ist es auch«, bekräftigte Matteo. »Allerdings wäre sie noch schnuckeliger, wenn ich sie endlich zum Laufen bekommen würde. Dafür bräuchte ich aber händeringend das passende Motorgehäuse.«

»Für eine 125er U?«

Matteo und Isabella nickten. Isabella vergnügt. Matteo hoffnungsfroh.

Doch diese Hoffnung machte der Schrotthändler abrupt zunichte. »Hab ich nicht!«

Matteo sah den Mann fassungslos an. »Aber Sie haben ja nicht mal nachgeschaut.«

»Wenn ich sage, dass ich so etwas nicht habe, dann habe ich das nicht. Ich kenne meinen Schrottplatz. Jede rostige Schraube ist mir vertraut. Schließlich bin ich hier aufgewachsen. Mein Vater hat den Schrottplatz schon gehabt. Glauben Sie mir, ich kenne diesen Hof wie meine Westentasche. Ich lebe schon mein ganzes Leben hier.« Er deutete in Richtung des Bungalows am Rande des Geländes, dort, wo der Autozaun aufhörte.

»Verdammt!« Matteo schloss die Augen und sah sein Projekt dahinschwinden, bevor es überhaupt begonnen hatte. Ohne das passende Motorgehäuse war er aufgeschmissen.

»Können Sie es denn womöglich besorgen?«, fragte Isabella.

Lorenzo kratzte sich am Hinterkopf. Er schien angestrengt nachzudenken. »Für jedes andere Modell bestimmt. Aber die U ist eine absolute Rarität. Ich glaube nicht, dass das noch so ohne Weiteres aufzutreiben ist. Sie können ihr Glück natürlich auf anderen Schrottplätzen versuchen. Ich schätze aber nicht, dass das erfolgversprechend ist. Vermutlich haben Sie mehr Glück in einschlägigen Internetforen. Es gibt ja richtige Sammler, die sich mit nichts anderem beschäftigen.«

»Das ist nicht unbedingt die Antwort, die ich hören wollte«, räumte Matteo ein. Auf die Idee mit den Foren war er selbst gekommen, doch waren seine ersten Suchen vollkommen ergebnislos verlaufen. Er wusste selbst, dass er es mit einer echten Rarität zu tun hatte. Umso mehr hatte es ihn erfreut, seine Traumvespa so günstig ergattern zu können.

Der Schrotthändler starrte in sich gekehrt zu Boden, und auf Matteo machte es den Eindruck, als hätte er so was wie Mitgefühl. Als er den Kopf hob, bedachte er Matteo mit einem wohlwollenden Lächeln: »Ich mache Ihnen einen Vorschlag: Ich schaue in den nächsten Tagen, was ich noch alles an Ersatzteilen für diesen Bautyp im Lager finde. Zwar kann ich Ihnen versichern, dass ein Motorgehäuse nicht dabei sein wird. Dennoch bin ich mir sicher, dass ich das eine oder andere brauchbare Teil auftreiben kann.« Aus dem Lächeln wurde ein Lachen. »Denn es wird ganz bestimmt nicht bei diesem Motorgehäuse bleiben. Ich kann mir gut vorstellen, dass die Dämpferfedern erneuert werden müssen.«

Isabella nickte zustimmend.

»Und der Auspuff wurde mit den Jahren sicherlich auch nicht dichter.«

Matteo schüttelte zaghaft den Kopf. »Vermutlich nicht, nein.«

Breit grinsend hob Lorenzo eine Hand und zählte an den Fingern ab: »Dann wären da noch der Kupplungszug, das Schwingenlager, das Federbein …«

Matteo wurde schwindelig. Auf was für einen Wahnsinn hatte er sich da bloß eingelassen?

Lorenzo rieb sich nachdenklich über die Stirn. »Und wie sieht es mit der Zylinderhutze aus?«

Matteo warf Isabella einen fragenden Blick zu.

»Könnten wir auch eine neue brauen«, erwiderte die Schwester souverän.

Ehe der Schrotthändler mit seiner Aufzählung fortfahren konnte, hob Matteo kapitulierend die Arme: »Ich bin dankbar für alles, was Sie für diesen Bautyp auftreiben können. Doch am dringendsten benötige ich das Motorgehäuse.«

»Wie gesagt, das hab ich nicht.«

Matteo sah dabei zu, wie der Schrotthändler die Blechsäge

anhob. »Kommen Sie noch mal in einer Woche vorbei. Und dann schauen wir, was ich auftreiben konnte.«

So spät?!, schrie Matteo innerlich auf. Er wollte sofort an seiner Vespa herumschrauben. Nicht erst in einer Woche.

»Und jetzt, entschuldigen Sie mich bitte, ich muss hier noch weitermachen.«

»Natürlich. Vielen Dank für Ihre Zeit«, sagte Matteo.

Der Schrotthändler nickte. »Aber gern. Man sieht sich bestimmt wieder.« Auf einmal grinste er frech auf. »Bestimmt werden Sie bald mein Stammkunde. Einmal mit dem Schrauben als Hobby angefangen, und der Schrottplatz wird ihr neues Zuhause.« Er gab ein kratzendes Lachen von sich, wandte sich ab und startete seine Blechsäge.

Begleitet vom Dröhnen der Säge, machten sie sich auf den Rückweg durch das ausgeschlachtete Autolabyrinth. Matteo fühlte sich matt und niedergeschlagen. »Vielleicht hätte ich mir für den Anfang ein jüngeres Modell suchen sollen.«

»Ach was.« Isabella schüttelte unbeirrt den Kopf. »Man wächst mit seinen Aufgaben. Außerdem gehört das Aufspüren der Ersatzteile doch dazu.«

Dennoch war Matteo am Boden zerstört. Konnte es tatsächlich sein, dass ihm bereits die Beschaffung des ersten Ersatzteils vor solche Probleme stellte?

»Kommt Zeit, kommt Rat«, sagte Isabella, als hätte sie Matteos Gedanken erraten. »Niemand sagt, dass wir bei dem Aufbau eine strikte Reihenfolge einhalten müssen. Lassen wir das Motorgehäuse eben erst einmal außer Acht und widmen uns den anderen Baustellen.« Sie lachte befreit auf. »Und von denen gibt es ja reichlich.«

Matteo stimmte halbherzig in ihr Lachen ein. Aber die Schwester hatte recht. Rom wurde schließlich auch nicht an einem Tag erbaut. Ein neuer Tatendrang breitete sich in ihm aus. Denn es gab wirklich viele Baustellen, derer sie sich annehmen mussten. Und er konnte es kaum erwarten, in seine kühle Garage zurückzukehren und sich dort seinem neuen Schätzchen zu widmen.

»Autsch, verdammt!«

»Alles gut?« Isabella sah ihn alarmiert an.

»Nichts ist gut, ich bin in einen rostigen Nagel getreten. Verdammt, tut das weh!«

Im Präsidium rieb sich Matteo geistesabwesend über die Einstichstelle, wo die Arzthelferin ihm gestern die Tetanusspritze hineingejagt hatte. Es tat kaum noch weh, dafür juckte es umso mehr.

Eigentlich sollte er seine Runde um den Marktplatz drehen, um etwaige Verkehrssünder und Falschparker aufzuspüren. Doch die Vorstellung, zurück in seine Dienstschuhe zu schlüpfen, gefiel ihm überhaupt nicht. Außerdem durchforstete er viel lieber die einschlägigen Internetforen, auf der Suche nach einem intakten Motorgehäuse, wie es ihm Lorenzo Bonucci empfohlen hatte. Bislang jedoch erfolglos.

Die meisten Einträge, auf die er stieß, rieten dazu, Schrottplätze abzusuchen und zu hoffen, dort fündig zu werden. Das wäre jedoch ein zeitaufwendiges Unterfangen. Zeit, die er zwar hatte, aber Matteo war geplagt von einer inneren Ungeduld. Er konnte es kaum erwarten, seine Vespa endlich fix und fertig vor sich stehen zu sehen und mit ihr die ersten Touren durch das Dorf zu fahren. Er lehnte sich nach hinten, legte die Hände hinter den Kopf und machte die Augen zu. In Gedanken sah er sich die Via Madonna delle Grazia entlangtuckern, vorbei am Marktplatz. Und dabei war er nicht allein auf der Vespa, sondern Nina, die Tochter des Bürgermeisters, hinter ihm, die Arme eng um seine Taille geschlungen und sich an ihn drückend. In seine Nase wehte der Geruch von Benzin und Ninas Haarshampoo –

»Ah, Signore Silvestri! Hier sind Sie.«

Aufgeschreckt schoss Matteo in die Höhe und stieß sich das rechte Knie an der Schreibtischplatte. Er unterdrückte einen Schmerzensaufschrei und dann einen Fluch, als er den Bürgermeister im Türrahmen stehen sah.

»Signore Lenzi. Das mit dem Anklopfen lernen Sie nie, nicht wahr?«

Der Bürgermeister winkte ab und trat ohne Umschweife in Matteos Büro. »Ach, Sie wissen doch. Als Bürgermeister sind öffentliche Einrichtungen wie das Polizeipräsidium quasi mein Wohnzimmer. Und zu Hause klopfen Sie doch auch nicht an.« Er lachte unbekümmert auf.

Matteo konnte der schrägen Logik dieses Mannes nicht folgen, beließ es aber dabei. Was hatte es für einen Sinn, ihn gegen sich aufzubringen. Er war der Bürgermeister und somit ihm gegenüber weisungsbefugt. Außerdem, und das war weitaus wichtiger, war dieser übergewichtige, heftig schnaubende Mann der Vater seiner Traumfrau. Nina. Zwar war er bei ihr noch nicht den entscheidenden Schritt vorangekommen, aber es war deutlich spürbar, dass sie Sympathien füreinander hegten und immer öfters die Nähe zueinander suchten. Ein Umstand, der dem Bürgermeister ebenso wenig verborgen geblieben war. Und es gefiel ihm nicht. Das wusste Matteo.

Dabei konnte er es dem Mann nicht mal verübeln. Hätte er eine Tochter wie Nina, bildhübsch, überaus clever und im heiratsfähigen Alter, würde es ihm auch nicht gefallen, wenn Männer um sie buhlen würden. Aber Matteo war nicht irgendein Mann. Er war der Carabiniere von Santa Caterina und stellte somit etwas dar. In seinen Augen hatte der Bürgermeister sich also gar nicht so anzustellen. Doch vermutlich sah er für seine Tochter einen hochgebildeten Akademiker vor, einen Arzt oder einen Lokalpolitiker, wie er selbst es war. Zum Glück waren beide professionell genug, Nina in ihren Gesprächen unerwähnt zu lassen.

Und so sah Matteo schweigend dabei zu, wie der Bürgermeister sich seines Jacketts entledigte, einen Stuhl heranzog und sich vor den Schreibtisch fläzte.

»Also.« Matteo nahm einen Stift zur Hand. »Was gibt es, Signore Lenzi?«

Es konnte nichts Gutes sein, das war Matteo klar. Tauchte der Bürgermeister persönlich in seinem Büro auf, bedeutete das Mehrarbeit für Matteo. Unschöne Mehrarbeit. Denn Duccio Lenzi war ein gemütlicher Mann, der sich nur ungern aus dem Rathaus bewegte. Schon gar nicht in dieser glühenden Mittagshitze. Im Grunde konnte das nur eines bedeuten: Der Bürgermeister wollte etwas von ihm, was nicht telefonisch besprochen werden konnte. Denn auch das wusste Matteo mittlerweile: Duccio Lenzi vermutete hinter allem und jedem Verschwörungen, die seinem Amt schaden konnten. Also vermied er es tunlichst, irgendetwas Schriftliches oder Telefonisches herauszugeben, über das er später womöglich einmal stolpern könnte.

Matteo betrachtete den Mann eingehend, der sich mit seiner Antwort Zeit ließ. Tellergroße Schweißflecken färbten das hellblaue Hemd unter den Achseln des Bürgermeisters dunkel ein. Duccio Lenzi schwitzte wie ein Schwein und würde gut daran tun, einige Kilos abzuspecken.

Matteo schüttelte innerlich den Kopf. Wie konnte nur so ein Mann solch eine bildhübsche Tochter haben? Andererseits war die Frau des Bürgermeisters trotz fortgeschrittenen Alters äußerst attraktiv und machte damit wohl die Gene ihres Mannes wett. Ein Glück für Nina. Und für Matteo.

»Was es gibt?«, platzte es endlich aus Lenzi heraus »Zumindest keine Klimaanlage.« Er reckte das Kinn zur Decke. »Könnten Sie sich wirklich mal zulegen.« Er betrachtete nachdenklich den ungleichmäßig rotierenden Deckenventilator, der die heiße Luft nur aufwirbelte und keine Abkühlung brachte. Matteo folgte seinem Blick.

»Sie haben natürlich recht, Signore. Da habe ich auch schon drüber nachgedacht. Ich muss bloß noch die nötigen Anträge ausfüllen, und dann sollte dem nichts mehr im Wege stehen.« Das Einzige, was diesem Vorhaben im Wege stand, war Matteos Unlust, ebendiese formellen Anträge auszufüllen. Er hasste Schreibarbeiten jedweder Art und schob alles auf die lange Bank, was nicht unbedingt sofort erledigt werden musste. Außerdem kam in wenigen Monaten der Herbst, und dann würde es automatisch kühler werden.

Mit zusammengekniffenen Brauen beugte er sich ein Stück weit nach vorn. »Aber Sie sind nicht hier, um sich mit mir über die fehlende Klimaanlage zu unterhalten.«

»Nein«, räumte Lenzi ein. »In der Tat nicht. Es geht um etwas viel Gewichtigeres.«

»Aha.« Matteo lehnte sich zurück und bereitete sich auf das vor, was der Bürgermeister ihm zu sagen hatte.

»Es geht um die Touristenbusse, die dreimal die Woche wie die Heuschrecken auf den Caterina-Markt einfallen.«

Matteo nickte, wenngleich er über die Wortwahl des Bürgermeisters irritiert war. Von *Einfallen* konnte schließlich keine Rede sein. Ganz Santa Caterina war froh und stolz, einen derart florierenden Markt zu haben, der Touristen aus aller Welt anlockte.

»Es sind auch nicht die Touristen, die stören«, versuchte Lenzi es abzumildern, als wäre er sich gerade seiner unglücklichen Wortwahl bewusst geworden. »Es sind die stinkenden Busse, die mit ihren Abgasen das ganze Dorf verpesten und obendrein noch das reinste Verkehrschaos verursachen.«

Matteo wippte zustimmend vor und zurück. Dieser Umstand war in der Tat nicht von der Hand zu weisen. »Aber mit der Umgehung haben wir doch eine ganz gute Lösung gefunden.« Tatsächlich war es Matteo, der diese Lösung vor einiger Zeit gefunden hatte. Statt die Busse mitten durch das Dorf zu lotsen, hatte er sich ein Leitsystem ausgedacht, das sie über die weniger befahrene Parallelstraße zum Marktplatz führte. Blöd nur, dass in dieser Straße das Büro des Bürgermeisters lag.

»Ja und nein.« Lenzi hob die Hand. »Damit hat sich das Problem eigentlich nur verlagert, aber nicht gelöst.«

»Und wie sieht Ihrer Meinung nach die Lösung aus?«

Lenzis Augen funkelten förmlich auf, als er die Katze aus dem Sack ließ. »Ein Busparkplatz.«

Matteo konnte ihm nicht folgen. »Aber wir haben im Dorf überhaupt keinen Platz für einen eigenen Busparkplatz.«

»Nicht im Dorf«, stimmte der Bürgermeister zu. »Aber etwas weiter außerhalb. Zum Beispiel am Flussufer.«

Matteo verstand noch immer nicht. »Am Flussufer?«, fragte er unsicher.

»Da ist Platz. Jede Menge sogar.«

»Zugegeben. Es mag sein, dass dort jede Menge Busse parken können. Aber wie sollen die Touristen denn von dort zum Markt kommen? Das sind gut und gerne zwei Kilometer, die bewältigt werden müssten.«

Lenzi nickte eindringlich. »Darüber haben wir uns im Gemeinderat natürlich auch unsere Gedanken gemacht. Und die Lösung lautet: Wir richten einen Shuttleservice ein, der die Touristen vom Busparkplatz ins Dorf bringt. Genial, nicht wahr?«

Matteo sah Lenzi an. »Kann sich Santa Caterina denn einen Shuttleservice leisten?

»Sie denken zu klein, Signore Silvestri. Aber darum sind Sie auch Polizist geworden und nicht Politiker.« Er lachte. Matteo fand, dass es herablassend klang. »Wir haben hier sogar die Chance auf weitere Einnahmequellen für die Gemeindekasse. Wir werden an den Gebühren des Busparkplatzes verdienen.« Er hob seine Augenbrauen. »Sie glauben doch nicht, dass wir die Busunternehmen umsonst dort parken lassen. Und selbstverständlich wird auch der Shuttleservice nur für ein entsprechendes Entgelt genutzt werden können. Sie verstehen?«

»Noch nicht so ganz. Und was ist mit den Touristen, die das nicht zusätzlich bezahlen möchten?«

Der Bürgermeister warf ihm über den Tisch hinweg einen vielsagenden Blick zu. »Wir zwingen doch niemanden. Es steht jedem frei, zu Fuß ins Dorf zu gehen. Sie sagten es ja bereits. Mehr als zwei Kilometer werden es nicht sein.«

Matteo kratzte sich über die Bartstoppeln. Er hatte vorgehabt, sich einen Bart wachsen zu lassen, weil ihm Nina bei ihrem letzten Treffen anvertraut hatte, dass sie Bärte mochte und überrascht dreingeblickt hatte, als Matteo ihr sein Alter verraten hatte. Sie hatte ihn weitaus jünger geschätzt, und aus ihrem Mund hatte das nicht unbedingt nach einem Kompliment geklungen. Allerdings verlangte ihm dieser Bartwuchs einiges ab. Es juckte höllisch. Er schüttelte unwirsch den Kopf, um die Gedanken an den Bart und an die Tochter des Bürgermeisters zu verdrängen.

»Aber laufen wir damit nicht Gefahr, uns die Touristen zu vergraulen? Ich meine, was wäre denn der Caterina-Markt ohne, nun ja, Touristen?«

Der Bürgermeister rollte mit den schweren Schultern. »Na, vielleicht wieder ein ganz gewöhnlicher Wochenmarkt und kein Volksfest, das dreimal die Woche stattfindet.«

»Nun übertreiben Sie aber.«

»Womöglich, und ich als Bürgermeister weiß natürlich um die Wichtigkeit des Marktes. Dennoch!« Er stieß einen innigen Seufzer aus. »Manchmal sehne ich mich nach der Beschaulichkeit dieses Ortes zurück.«

Matteo konnte sich dieser Haltung nicht anschließen. In Santa Caterina war der Hund begraben. Da war der Markt, der dank des großen Interesses dreimal die Woche stattfand, eine willkommene Abwechslung. Eine lukrative obendrein.

»Ich denke, die Touristen werden das verkraften. Eigentlich ist es eine, wie nennt Ihr jungen Leute das? Eine Win-win-Situation für alle. Der Verkehr wird entlastet, die stinkenden Dieselbusse verpesten nicht mehr unsere Luft, und die Gemeindekasse bekommt auch noch den einen oder anderen Euro ab.«

»Gut, wie Sie meinen.« Nun war es an Matteo, gleichgültig aufzuzucken. Was gingen ihn die Entscheidungen des Gemeinderats an. In dieser Hinsicht hatte der Bürgermeister recht: Er war Polizist und kein Politiker – dem Himmel sei es gedankt! »Und wo genau soll dieser Busparkplatz gebaut werden?«

Sein Mund zuckte belustigt. »Tja, mein lieber Silvestri, genau da kommen Sie ins Spiel.«

Matteo verstand nicht.

»Wie ich bereits erwähnte, schwebt uns da ein Grundstück am Ufer des Serchio vor. Es ist groß und schön abgelegen.« Lenzi nahm einen tiefen Atemzug, ehe er weitersprach. »Allerdings gibt es da ein kleines Problem.«

Jetzt kommt es, dachte Matteo und richtete sich auf.

Der Bürgermeister beugte sich nach vorn und senkte seine Stimme um eine Oktave. »Auf dem Grundstück steht ein alter Bauwagen. Keine Ahnung, wem der gehört.«

»Vermutlich dem Grundstücksbesitzer«, tippte Matteo ins Blaue hinein und verstand noch immer überhaupt nichts.

»Eben nicht. Das Grundstück gehört der Gemeinde. Das ist nicht das Problem.«

Allmählich begriff Matteo. »Also hat jemand den Bauwagen illegal dort abgestellt.«

Der Bürgermeister nickte. »Ganz genau, und ich möchte, dass Sie in Erfahrung bringen, wem er gehört. Als Polizist fällt das doch in Ihren Zuständigkeitsbereich, nicht wahr?«

Matteo nickte zögerlich. Ein Gefühl sagte ihm, dass das nicht alles gewesen sein konnte. Wenn es nur darum ging, den Eigentümer eines verwaisten Bauwagens zu ermitteln, hätte Lenzi wohl kaum sein klimatisiertes Rathausbüro verlassen. »Nun ja, Signore Lenzi. Wir können ihn ja erst einmal abschleppen lassen, damit er für das Bauvorhaben nicht im Wege steht.«

Das permanente Lächeln des Bürgermeisters wirkte mit einem Mal verkrampft. »Nun, das ist leider nicht so einfach.«

»Warum nicht?«, fragte Matteo langsam. Allmählich ging ihm dieses politische Getue auf den Nerv.

»Nun.« Lenzi fuhr sich mit einem Stofftaschentuch über den Nacken und betrachtete den Schweiß, den er darin aufgefangen hatte. »Weil der Bauwagen bewohnt ist.«

»Bitte?« Matteo starrte ihn an.

»Gaetano wohnt dort. Sie wissen doch, der Landstreicher mit dieser Riesentöle.«

»Caesar?«

»Bitte?«

»Der Hund heißt Caesar«, erklärte Matteo.

Der Bürgermeister schüttelte verdrießlich den Kopf. »Wie auch immer. Auf jeden Fall hält sich der Landstreicher dort unerlaubt auf.«

»Aber das ist doch nun wirklich kein Problem. Gaetano bleibt nie lange an einem Ort. Bestimmt verschwindet er in den nächsten Wochen wieder. Lassen Sie uns doch einfach warten, bis er seinen Koffer packt und weiterreist.«

»Tja, so spricht ein Polizist mit Herz.« Der Bürgermeister nickte. »Bedenken Sie aber bitte, dass die Gemeinde jeder weitere Aufschub bares Geld kostet.«

»Und deshalb …«

Lenzi schlug mit der flachen Hand auf den Tisch. »Und deshalb muss der Landstreicher weg. Besser heute als morgen. Ich meine, wo kommen wir denn da hin, wenn sich Hinz und Kunz einfach dort niederlassen, wo sie wollen. Es reicht ja schon, dass wir unten am Strand eine Hippiekommune haben, die sich auf fremdem Grundstück breitmacht.«

Da war sie wieder, die Doppelmoral des Bürgermeisters. Er regte sich über die Strandhippies auf, nahm es aber in Kauf, dass sie regelmäßig auf dem Caterina-Markt ausstellten und die hohen Standgebühren an die Gemeinde entrichteten.

»Wie auch immer«, sprach Lenzi weiter. »Der Bauwagen muss da mitsamt dem Landstreicher weg. Und sich darum zu kümmern ist ja wohl die Aufgabe des Carabinieri.«

»Und was soll ich ihm sagen? Dass er sein Zuhause räumen muss, damit dort Busse parken können?«

»Meinetwegen, dass Wildcampen unten am Fluss verboten ist, wenn Sie es unbedingt rücksichtsvoller ausdrücken wollen. Hauptsache, er verschwindet von dort. Und zwar schon bald!«

Vor Anstrengung schnaubend stand der Bürgermeister auf und zog sich das Jackett über. Matteo entging nicht, dass die tellergroßen Schweißflecken nunmehr beinahe die Ausmaße von Seen hatten.

Matteo erhob sich ebenfalls. Der antrainierten Höflichkeit halber.

Bevor der Bürgermeister aus der Tür verschwand, drehte er sich noch einmal um. »Ich kann davon ausgehen, dass dieses Thema äußerste Priorität genießt?«

Matteo zögerte mit der Antwort. Es war ihm mehr als zuwider, dieser Bitte Folge zu leisten. Niemand störte sich daran, dass Gaetano unten am Fluss sein Lager aufschlug. Und nun lag es wieder mal an ihm, für den Gemeinderat die Drecksarbeit zu erledigen, weil dieser eine weitere fragwürdige Möglichkeit sah, mehr Geld in die Kassen zu spülen. Denn nur darum ging es. Um nichts anderes.

»Nun, ich werde mich der Sache annehmen«, versprach Matteo, wodurch sich der Bürgermeister zu einem milden Lächeln hinreißen ließ.

»Ich habe nichts anderes erwartet.«

Matteo hatte eine miserable Nacht hinter sich, was zum Teil an der unbändigen Tropenhitze lag. Schweißgebadet hatte er sich im Bett hin und her gewälzt. Seit Tagen hatte eine Hitzewelle die Region fest im Griff. Wenn dies der Vorbote des Hochsommers war, konnten sie sich alle warum anziehen – oder eben nicht.

Matteo konnte sich nicht daran erinnern, wann es jemals so heiß in seiner kleinen Dachgeschosswohnung gewesen war. Sie hatte sich aufgeheizt wie ein Backofen. Doch das Klima allein war nicht der Hauptgrund für sein Schlafdefizit.

Die eigentliche Ursache war eine andere. Matteo liebte seinen Job, aber es gab Dinge, die er abgrundtief hasste. Die vor ihm liegende Aufgabe gehörte dazu.

Am Morgen hatte er den Streifenwagen an der Uferstraße geparkt und sah das Grundstück mit dem Bauwagen darauf bereits von Weitem. Es lag direkt am Serchio, war von einem niedrigen, windschiefen Weidenzaun umgeben und hatte ungefähr die Größe eines Fußballfeldes. Ein paar kleine Bäume standen darauf. Matteo verstand nicht genug von der hiesigen Flora, um sagen zu können, welche es waren. Kastanien? Oder Eichen? Auf jeden Fall waren sie hochgewachsen, und es tat ihm in der Seele weh, dass sie einem Busparkplatz zum Opfer fallen sollten. Davon abgesehen war das Grundstück mit wild wuchernden, dornigen Büschen bewachsen. Ein ausgetretener

Pfad führte direkt zum in die Jahre gekommenen Bauwagen, der im Schatten zweier hoher Bäume stand, die einen harzigen Duft ausströmten. Vermutlich stand der Wagen schon seit Jahrzehnten dort. Den Reifen fehlte die Luft, und meterhohes Heidekrautgewächs hatte sich davor breitgemacht. An den Seiten des Bauwagens rankte sich wilder Efeu nach oben bis auf das Dach. Die Sonne hatte dem Lack enorm zu schaffen gemacht, sodass kaum mehr das ursprüngliche Grün des Wagens zu erkennen war. Dort, wo die Stufen in das Innere führten, gab es einen kleinen Vorbau, eine Art Terrasse, die behelfsmäßig aus verschiedenen Hölzern zusammengezimmert wurde.

Als Matteo näher herantrat, drang ein monotones Summen an sein Ohr. Er legte den Kopf in den Nacken, wurde aber von der Sonne geblendet. Womöglich befand sich ein Wespennest in den Bäumen.

Unmittelbar vor den Terrassenstufen blieb er stehen, setzte sich die Dienstmütze auf, atmete noch einmal tief durch und räusperte sich. »Gaetano?«

Zwei Elstern krähten wütend über ihm auf – beinahe so, als würden sie ihn, für das, was er vorhatte, ausschimpfen wollen.

Himmel, sie hatten ja recht. Den ganzen Morgen hatte er sich den Kopf darüber zermartert, wie er dem Landstreicher das Unausweichliche schonend beibringen konnte. Dabei war es ein ungeschriebenes Gesetz, dass Gaetano den Bauwagen bewohnte, wenn er in der Gegend war. Bislang hatte sich niemand darum geschert, am allerwenigsten der Besitzer – sofern es den überhaupt gab. Matteo vermutete eher, dass der Wagen irgendwann vor Ewigkeiten hier abgestellt und vergessen worden war.

»Gaetano?«, rief er noch einmal. Diesmal etwas lauter. Doch er erhielt keine Antwort. Ebenso wenig hörte er Hundegebell, was ihn zu der Annahme verleitete, dass niemand da war. Kurz spielte er mit dem Gedanken, einfach einen Zettel zu hinterlassen.

Aber so leicht konnte er sich wohl nicht aus der Affäre ziehen.

Er trat einen Schritt zurück und betrachtete den Bauwagen. Er wirkte recht geräumig. Mit dem hölzernen Vorbau erinnerte er Matteo eher an die Wohnwagen von einem Zirkus. Es gab sogar Blumenkästen an den Fenstern, in denen keine Blumen, sondern irgendwelche Kräuter wuchsen. Vielleicht Thymian.

Auf der Terrasse stand ein mitgenommen aussehender Schaukelstuhl. Das Geflecht der Sitzfläche war eingerissen. Da er so ausgerichtet war, dass man einen direkten Blick auf den Fluss hatte, vermutete Matteo, dass sich Gaetano an diesem kleinen Manko nicht weiter störte. Überhaupt war es ein traumhaftes Plätzchen hier unten. Nichts als nahezu unberührte Natur und das stete Rauschen des Serchio in den Ohren. Und des Wespennestes.

Noch einmal rief er halbherzig Gaetanos Namen und wandte sich dann ab. Doch er hielt in der Bewegung inne, als ihm etwas auffiel. Matteo rümpfte die Nase. Da war das würzig-harzige Aroma der Bäume, das von überall her zu kommen schien. Aber da war noch etwas anderes. Ein ungewöhnlicher Geruch, der ihm vage bekannt vorkam. Er hatte ihn erst vorgestern auf dem Schrottplatz wahrgenommen. Es roch irgendwie metallisch. Und unangenehm.

Stirnrunzelnd stieg er die Stufen zum Wagen empor, legte seine Hand auf die Türklinke und drückte sie herunter. Die Tür war nicht verschlossen.

»Hallo?«, fragte er. »Gaetano? Bist du da?«

Unbehagen breitete sich langsam in ihm aus. Wildcampen hin oder her. Für ihn verhielt es sich so, als würde er ohne Erlaubnis eine fremde Wohnung betreten.

Als er die Hand von der Klinke nahm, geriet etwas in sein Blickfeld, das ihn überraschte und zugleich schockierte. Die Türklinke war mit etwas Eingetrocknetem besudelt. Es war bräunlich rot. Matteo fuhr mit der Hand darüber, hielt sich die Finger vor die Nase und roch daran. Er glaubte, etwas Metallisches zu riechen. Handelte es sich womöglich um getrocknetes Blut?

Alarmiert sah er sich um. Nun erkannte er auch Flecken auf dem Holzboden der Terrasse. Sogar der Schaukelstuhl war mit dunkelroten Sprenkeln übersät.

Vorsichtig zog er die Tür auf. Er musste sich die Hand vor den Mund pressen, weil ihm ein übler Geruch entgegenschlug.

Mit angehaltenem Atem trat er ein, und es offenbarte sich ihm ein absolutes Chaos. Das Summen, das er von draußen gehört hatte, stammte nicht von einem Wespennest in den Bäumen. Es kam direkt aus dem Wagen. Im gesamten Innenbereich surrten Fliegen herum, doch in der Mitte des Raumes schien ihr Zentrum zu sein. Dort, wo Matteo die Silhouette eines auf dem Boden liegenden Mannes sah.

Obwohl er innerlich dagegen aufbegehrte, ging Matteo auf den Mann zu. Nur wenig Licht drang durch die schmutzigen Fensterscheiben. Er tastete nach einem Lichtschalter, fand ihn zwar, doch er funktionierte nicht. Sofort wurde Matteo als willkommener Eindringling von den Fliegen entdeckt. Eine schwarze Wolke umgab ihn, die er mit beiden Händen wegzuwedeln versuchte.

Matteo konnte nicht anders. Er stürmte zu den Fenstern, riss die Vorhänge und Fenster auf. Die Atmosphäre im Inneren des Bauwagens änderte sich augenblicklich. Die Sonne, die nun grell durch die offenen Fenster schien, offenbarte die gesamte Abscheulichkeit. Auf dem fleckigen Teppichboden vor dem Bettkasten und der angrenzenden Sitznische lag ein Mann auf dem Bauch. Die meisten Fliegen hatten sich an seinem merkwürdig deformierten Hinterkopf versammelt, und Matteo musste nicht genauer hinschauen, warum das so war. Er ließ seinen Blick die Leiche hinabwandern. Die Jesuslatschen, die ausgefranste Leinenhose und das einst noch blitzblanke weiße Hemd, nunmehr blutdurchtränkt …

Er hatte den toten Mann sofort erkannt. Es war Gaetano. Matteo rieb sich über das Gesicht, versuchte, das schreckliche Bild zu verdauen, das sich vor ihm offenbarte. Weiß Gott, es war zu früh am Morgen für den Anblick einer Leiche. Besonders für einen Toten, den er kannte.

Seine Gedanken überschlugen sich, während er sich mit unterdrückter Panik im Wagen umsah. Alles lag durcheinander. Der Inhalt der Schränke war achtlos im gesamten Bauwagen verteilt. Er erkannte alte Bücher, Geschirr, Klamotten und jede Menge Handtücher. Sein Blick fiel auf die silberglänzende Mundharmonika. Sämtliche Schubladen standen offen. Durchwühlt. Sogar die Wandverkleidung war an mehreren Stellen herausgebrochen, sodass das dahinterliegende Blechgerüst sichtbar wurde. Es sah ganz danach aus, als hätte jemand etwas gesucht.

Ihm war sofort klar, dass er ein Mordopfer vor sich hatte. Und ob er wollte oder nicht, er musste die Spurensicherung anfordern.

Kapitel

4

Die Zikaden schrillten wie verrückt.

Matteo saß in der Nähe des Bauwagens auf einem umgestürzten Baum und versuchte sich einen Reim auf alles zu machen. Gedankenvoll betrachtete er all die Menschen, die sich vor dem Weidenzaun versammelt hatten, um die Polizeiarbeit zu beobachten. Es hatte schnell die Runde gemacht, dass eine Leiche am Flussufer gefunden worden war. Matteo störte sich überhaupt nicht daran, dass so viele Schaulustige eingetroffen waren. Im Gegenteil, Santa Caterina war ein kleines Dorf. Die Möglichkeit, dass man den Toten persönlich kannte, war entsprechend groß. Man war eben besorgt. Wie sollte er ihnen das verübeln. Er selbst war beunruhigt. Das hier war ein kleiner Ort in der Toskana, keine Großstadt. Wie konnte jemand in seiner Heimat nur solch ein abscheuliches Verbrechen begehen?

Auf dem schmalen Schotterpfad vor dem Grundstück stand bereits der Leichenwagen. Der Bestatter, eine Zigarette nach der anderen rauchend, wartete in der unnachgiebigen Hitze darauf, dass der Leichnam endlich freigegeben wurde. Der Gedanke ließ Matteo erschaudern. Der Leichnam war Gaetano. Es war nicht so, dass er ihn sonderlich gut gekannt hatte. Dennoch war er ihm sympathisch gewesen. Herrgott, jeder hatte diesen Mann gemocht, der stets ein Lächeln auf den Lippen gehabt und mit Bob-Dylan-Songs die Leute unterhalten und damit seinen Lebensunterhalt verdient hatte. Welche abscheuliche Kreatur war nur in der Lage, ihm so etwas Schlimmes anzutun?

»Wir wären hier dann gleich fertig.«

Aufgeschreckt fuhr Matteo herum. Vor ihm stand einer der beiden Männer von der Spurensicherung im weißen Ganzkörperanzug. Er hieß Curello mit Nachnamen, wenn Matteo sich recht erinnerte.

Sicher war er nicht, denn noch immer fühlte er sich wie in Trance. Gut möglich, dass ihn die eine oder andere Information gar nicht erreicht hatte.

Matteo betrachtete den Rucksack, den der Mann in der Hand hielt. Vermutlich war Curello kaum älter als er selbst, legte aber eine Abgebrühtheit an den Tag, als würde er diesen Job schon seit Jahrzehnten bewältigen. Er war groß gewachsen und hatte ein rundliches, freundliches Gesicht, das vor Schweiß glänzte. Matteo konnte sich entfernt ausmalen, welch eine Tortur es sein musste, in diesen Anzügen in einem stickigen, von Schmeißfliegen übersäten Bauwagen an einer Leiche herumzudoktern.

»Hier sind die persönlichen Habseligkeiten des Ermordeten.« Er hielt ihm den Sack entgegen. »Viel ist es nicht, aber ich dachte, Sie könnten es vielleicht noch für Ihre Ermittlungsarbeit brauchen.«

»Äh, danke.« Benommen ließ er sich Gaetanos Seesack in die Hand drücken.

Matteo versuchte sich an einem souveränen Lächeln. Auch wenn es eigentlich überhaupt nichts zu lachen gab. »Und ihre erste Einschätzung?«, fragte er.

Curello zuckte müde auf. »Erschlagen mit einem stumpfen Gegenstand, wenn Sie mich fragen. Den Spuren nach zu urteilen, war der Schlag so wuchtig, dass der Tod augenblicklich eingetreten ist.«

Unwillkürlich schauderte es Matteo. Er mochte gar nicht wissen, welche Spuren das waren, die diese Erkenntnis nahelegten.

»Was aber wirklich merkwürdig ist.« Der Mann hielt in der Bewegung inne und sah Matteo an. »Im Inneren des Bauwagens riecht es nach Schießpulver.«

Matteo verstand nicht. »Aber Sie sagten doch, Gaetano sei erschlagen worden.«

»Ist er. Zweifellos. Wir haben auch das hier gefunden.« Er zog ein durchsichtiges Plastiktütchen hervor, in dem sich ein kleiner Metallzylinder befand.

»Eine Patronenhülse«, murmelte Matteo.

»Ganz genau. Von einem Gewehr. Keine Ahnung, wie das zusammenpassen soll, aber anscheinend wurde erst kürzlich im Wagen ein Schuss abgegeben.«

Matteo blinzelte den Mann fassungslos an. »Aber wo ist die Kugel?«

Curello hob die breiten Schultern. »Die haben wir nicht gefunden.« Er zog den Reißverschluss seines Overalls herunter, während er weitersprach. »Wir müssen den Wagen noch einmal gründlich nach Schmauchspuren durchsuchen. Aber das wird heute nichts mehr. Und was die Todesursache angeht: Genaueres kann natürlich erst die Obduktion sagen.« Er hielt in seiner Bewegung inne und musterte eindringlich den Bauwagen. »Aber es sind weder Kampfspuren zu finden noch sonst irgendwas, das auf ein Handgemenge hindeutet. Eigentlich sieht es eher danach aus, als wäre alles ziemlich schnell und überraschend für den armen Tropf vonstattengegangen.«

Matteo nickte. *Wenigstens das,* dachte er. *Wenigstens ist es schnell gegangen.* »Sie meinen, er hat nicht mit dem Schlag gerechnet.«

»Ganz genau, ja. Hätte er den Schlag kommen sehen, hätte es eine Abwehrhaltung gegeben.« Der Hüne baute sich

165

vor Matteo auf und hob den Arm, als wollte er sich vor etwas schützen. »Dann hätten wir auch Verletzungen an den Unterarmen erkennen müssen. Da war aber nichts.«

»Hm.« Matteo grübelte über die Worte nach, zückte seinen Block aus der Brusttasche und machte sich Notizen, während Curello sich umständlich aus dem Ganzkörperanzug zu befreien versuchte, aber an einem Schuh hängen blieb.

Matteo versuchte, sich den Tatort ins Gedächtnis zu rufen. Das Bedürfnis, noch einmal in den Bauwagen zu steigen, war verschwindend gering.

Endlich hatte der Mann den Kampf mit dem Overall gewonnen. Matteo sah dabei zu, wie er ihn achtlos zusammenknüllte.

»Lässt sich denn schon etwas über den Todeszeitpunkt sagen?«

Curello schüttelte den Kopf. »Nicht genau, nein.« Aber anhand der Leichenstarre und des Zustandes der Larven, die wir in der Wunde gefunden —«

Mit einer resoluten Handbewegung brachte Matteo Curello zum Schweigen, woraufhin dieser amüsiert aufgrinste. Doch dann wurde er ernst: »Ohne mich jetzt festlegen zu wollen, würde ich sagen, dass der Tod vor zwölf Stunden eingetreten ist.«

Matteo rechnete im Kopf zurück. »Also gegen zweiundzwanzig Uhr gestern Abend?«

Curello hob abwehrend die Arme. »Nageln Sie mich nicht darauf fest. Sie haben nach einer ersten Einschätzung gefragt, und das ist sie. Eine konkrete Uhrzeit kann ich in der Forensik bestimmen. Die haben Sie dann morgen.«

»Gut«, sagte Matteo. »Aber das ist schon mal ein Anhaltspunkt.« Er betrachtete die Umgebung, versuchte, sich den Ort in der Nacht vorzustellen. Sobald die Dunkelheit einkehrte, musste es hier unten am Fluss absolut einsam sein. Somit war dies der perfekte Ort für ein unbeobachtetes Verbrechen. Dennoch machte ihn etwas stutzig.

»Ich kenne Gaetano als einen ziemlich ordentlichen und gepflegten Mann«, murmelte Matteo zu sich selbst.

»Sie meinen wegen der Unordnung im Bauwagen?«

Matteo nickte zustimmend.

Curello betrachtete Matteo eindringlich. »Es deutet alles darauf hin, dass da jemand etwas gesucht hat.« Er wischte sich die schweißnassen Haare aus der Stirn. »Es ist wohl nun ihre Aufgabe, herauszufinden, was es damit auf sich hat. Unsere Arbeit hier ist erst mal getan. Ich melde mich dann wieder mit den Ergebnissen aus der Gerichtsmedizin. Und in Kürze kümmern wir uns um die Sache mit den Schmauchspuren und der fehlenden Kugel.«

Matteo nickte matt, versuchte, diese Information zu verarbeiten, konnte sich aber nicht mehr konzentrieren, weil er in der Menge der Zuschauer eine Person erkannte, die ihm zuwinkte. Nina!

Sein Herzschlag beschleunigte sich.

Der Mann reichte Matteo die Hand, die er halbherzig ergriff, und wandte sich ohne ein weiteres Wort ab.

Matteo stand auf und ging auf den Zaun zu, wo die Menschenmenge im Schatten zweier hochgewachsener Pinienbäume stand und alles beobachtete. Nina hielt sich etwas abseits und wirkte mit ihrer perfekten Erscheinung wie ein fremdes Wesen an einem völlig falschen Ort.

»Was machst du hier?« Matteo musste unwillkürlich lächeln, als sie ihn ansah.

Sie schlug kurz die Augen nieder, deren Wimpern erstaunlich lang waren. »Ich war auf dem Weg zu meinem Vater, als ich den Tumult an der Straße gesehen habe. Da bin ich neugierig geworden und habe mich umgeschaut.« Sie klemmte sich eine kastanienbraune Strähne hinter das Ohr und sah sich unbeholfen um. »Sie sagen, dass es einen Mordfall gegeben hat.«

Matteo schluckte trocken. Die angstvollen Züge in ihrem Gesicht ließen seine Knie weich werden. Augenblicklich breitete sich ein unbändiger Beschützerdrang in ihm aus. »Wir haben alles unter Kontrolle«, sagte er automatisch und merkte, während er die Worte aussprach, wie gestelzt und dämlich das klang.

Die Köpfe einiger Umherstehender wandten sich ihnen unverhohlen zu.

»Also ist da unten wirklich ein Mord geschehen?«, wurde er von einer kleinen, untersetzten Frau mit rundlichen Hüften gefragt.

»Wir befinden uns mitten in der Ermittlungsarbeit, Angela. Dazu kann ich noch keine Auskunft geben.«

Matteo deutete an Nina vorbei. »Komm, wir gehen ein Stück am Fluss spazieren.«

Nachdem sie sich weit genug von den neugierigen Blicken entfernt hatten, berichtete Matteo ihr, wer der Ermordete war.

Nina presste sich die Hand auf den Mund.

»Ach du Schreck! Ich kannte ihn. Nicht gut, aber vom Sehen her.« Sie schien ihren Gedanken nachzuhängen, was Matteo die Möglichkeit gab, sie ausführlich zu mustern.

Sie schlenderten den Pfad entlang, begleitet vom geräuschvollen Zirpen der Zikaden und dem sanften Rauschen des Serchio. Doch für die Schönheit der Natur hatte Matteo keinen Blick übrig. Seine Augen waren voll und ganz auf Nina gerichtet. Sie trug ein weites Sommerkleid, das mit jeder Bewegung die darunter verborgene Figur erahnen ließ. Matteo konnte sich nicht daran erinnern, wann ihm jemals zuvor eine Frau derart den Kopf verdreht hatte.

»Und Caesar«, sagte sie schließlich. »Ich kannte den Bernhardiner bereits, als er noch ein Welpe war. Ganz stolz hat Ga-

etano ihn damals präsentiert, als er wieder mal im Dorf war.«
Sie seufzte schmerzlich auf. »Ich kann mich nicht erinnern,
ihn jemals ohne seinen Hund gesehen zu haben. Sie waren ein
Herz und eine Seele.«

Matteo stimmte in das Seufzen ein. »Ja, ja, Caesar ist ein
toller Hund.«

Plötzlich wurde ihm heiß und kalt, als ein Gedanke förmlich seine Hirnlappen in Flammen setzte. Wo war der Hund
bloß abgeblieben?

Er verfluchte den Bürgermeister. Seit dessen Besuch konnte Matteo keinen klaren Gedanken mehr fassen. Stattdessen betrachtete er den vor sich hin ächzenden Deckenventilator über ihm, der sich langsam und unregelmäßig drehte. Der Schweiß stand ihm auf der Stirn, und er spürte, wie das Hemd am Rücken klebte. Vor ihm lag der Inhalt von Gaetanos Seesack, fein säuberlich ausgebreitet.

Eine geradezu lähmende Ruhe hatte sich in ihm eingenistet. Er kannte dieses Gefühl zur Genüge. Es meldete sich stets zu Wort, wenn er drauf und dran war, sich in einen neuen Fall einzuarbeiten. Beinahe war es so, als würde sich sein Körper wie von selbst resetten, um ein Gespür für die kommende Ermittlungsarbeit zu bekommen. Sensoren wurden eingestellt, die Spürnase justiert.

Zunächst die Fakten, dachte er, beugte sich nach vorn und nahm den Computer aus dem Schlafmodus. Ein zuvor geöffnetes leeres weißes Dokument starrte ihm entgegen. Als Erstes wollte er alles aufschreiben, was er an Fakten zusammentragen konnte. Nicht als formeller Polizeibericht, sondern eben das, was frei in seinem Kopf herumschwirrte. Oftmals konnten diese ungefilterten Gedanken entscheidend für die Lösung eines Falles sein.

Mit geschlossenen Augen dachte er an den Tatort zurück, versuchte, sich in seiner Vorstellung noch einmal in den Bauwagen hineinzuversetzen. Er rief sich die Worte des Mannes von der Spurensicherung in Erinnerung. Hatte dieser Curello nicht gesagt, dass es keine Kampfspuren gegeben hatte? Das konnte bedeuten, dass Gaetano vom Täter überrascht worden war. Vielleicht im Schlaf? Doch wie war er dann auf den Boden gekommen?

Es gab noch eine andere Möglichkeit, und die war weitaus plausibler. Womöglich hatte Gaetano seinen Mörder gekannt und ihn freiwillig in den Bauwagen gelassen. Vielleicht wurde er dann hinterrücks von einer Person erschlagen, die ihm vertraut war ...

Äußerst merkwürdig war zudem das Verschwinden des Hundes. Caesar.

Nina hatte recht, niemals hatte man Gaetano ohne seinen treuen Begleiter angetroffen. Ein reinrassiger Bernhardiner. Nicht zum ersten Mal fragte sich Matteo, wie ein obdachloser Landstreicher an einen Rassehund kam. Ob das das Motiv des Mordes war? Hatte jemand den Hund entführt, um ihn für viel Geld weiterzuverkaufen? Es war ein Gedanke, den er aufschreiben sollte. Matteo ließ seine Finger über die Tastatur huschen.

Was war denn ein Bernhardiner überhaupt wert?

Bestimmt nicht genug, um einen Mord zu erklären.

Resigniert verwarf er den Gedanken und löschte die eilig eingetippten Zeilen wieder, da wohl niemand dermaßen großes Interesse an einem ausgewachsenen Hund in den besten Jahren hatte. Wie alt war Caesar eigentlich? Matteo versuchte, sich zu erinnern, wann er Gaetano das erste Mal mit dem Hund gesehen hatte. Drei Jahre mochte das gut und gerne her sein. Nein, die Leute wollten sowieso lieber kleine, knuffige Welpen haben. Kein ausgewachsenes Flohtaxi mit eigenem Sturkopf. Aber wo war Caesar eigentlich?

Als er sich von Nina verabschiedet hatte, war er noch einmal zurückgegangen und hatte das gesamte Grundstück und die nähere Umgebung nach ihm abgesucht. Er hatte fest damit gerechnet, den Hund in einem Gebüsch oder hinter einer Steingruppe tot vorzufinden. Ebenfalls erschlagen. Wie sein Herrchen. Doch da war nicht die geringste Spur von Caesar. Als wäre er vom Erdboden verschluckt worden. Und das war ungewöhnlich. Der Hund war Gaetanos treuer Gefährte gewesen. Schwer vorstellbar, dass er es so ohne Weiteres zugelassen hätte, dass man seinem Herrchen etwas antat. Es sei denn, er wäre zuvor aus dem Weg geräumt worden.

Doch die dringlichste Frage war: Wonach hatte der Mörder gesucht. Und was konnte ein Landstreicher bei sich haben, für das jemand töten würde? Hatte der Mörder gefunden, wonach er gesucht hatte? Oder verbarg es sich womöglich immer noch in einem Versteck im Bauwagen?

Nein! Diese Option schloss Matteo kategorisch aus. Das Interieur des Wagens war förmlich in seine Bestandteile zerlegt worden. Wenn von Gaetano dort etwas versteckt worden wäre, hätte es der Mörder finden müssen. Zumal er alle Zeit der Welt zum Suchen gehabt hatte. Das Ufer lag abgelegen, dort verirrte sich niemand einfach so hin. Schon gar nicht in der Nacht.

Das waren ziemlich viele Fragen, die sich ihm so stellten. Zumindest hatte Matteo herausgefunden, wem der Bauwagen gehörte. Darauf hatte ihn das noch am Wagen befestigte Nummernschild gebracht. Er hatte nichts weiter tun müssen, als bei der Zulassungsstelle in Lucca anzurufen, um zu erfahren, dass der Besitzer Lorenzo Bonucci war. Der Schrotthändler. Naheliegend, wie Matteo fand. Schließlich war der Schrottplatz nicht allzu weit vom Ufer entfernt. In absehbarer Zeit würde er diesem Bonucci einen weiteren Besuch abstatten müssen, um ihm vom aktuellen Zustand seines Bauwagens zu berichten. Als Besitzer hatte er ein Recht darauf zu erfahren, dass dieser ein offizieller Tatort war und nicht betreten werden durfte.

Er schaltete den Computer wieder in den Stand-by-Modus. *So viel zu den ersten Gedanken,* dachte Matteo zerknirscht. Sie hatten ihm nichts gebracht.

Nach wie vor standen vier Fragen im Raum. Und es lag nun an ihm, die Antworten darauf zu finden.

Warum musste Gaetano sterben? Wer hatte ihn ermordet? Wo war Caesar? Doch die Frage, die ihn am dringlichsten beschäftigte, lautete: Wer war Gaetano?

Noch einmal betrachtete er die Dinge aus dem Seesack, die er fein säuberlich auf dem Tisch vor dem Fenster ausgebreitet hatte. Der Seesack war vollgestopft mit Kleidungsstücken, einem Kamm mit mehr abgebrochenen Zacken als ganzen, einer weiteren Mundharmonika und einer neu wirkenden Hundeleine, die Gaetano wohl noch nie benutzt hatte. Zumindest hatte Matteo nie gesehen, dass er Caesar an der Leine geführt hatte.

Des Weiteren fand er eine Medikamententasche, die aber bis auf Kopfschmerztabletten nur Medizin für den Hund enthielt. Eine Plastikdose Flohpulver, eine angebrochene Packung Wurmkur, einen Zeckenkamm und Kapseln mit Ergänzungsfutter. Der Hund musste Gaetano sehr am Herzen gelegen haben.

Darüber hinaus beinhaltete der Seesack ein Multifunktionstaschenmesser, zwei Paar Shorts, drei weiße Hemden, eine gefütterte Steppjacke, mehrere Paar Socken, Unterhosen, Waschmittel für unterwegs, eine Flasche Old Spice, einen Göffel sowie eine Handvoll Einwegrasierer in verschiedenen Farben.

Jedoch fand Matteo weder eine Geldbörse noch einen Pass oder sonst irgendetwas, das Aufschluss über Gaetanos Identität gab. Matteo runzelte die Stirn. Der Mann musste doch zumindest einen Nachnamen haben.

Vornübergebeugt atmete er tief ein und behielt die Luft

lange in seinen Lungen. Wie sollte er mit diesen wenigen Indizien Gaetanos Identität auf die Schliche kommen? Natürlich hatte er nicht mit einer Geburtsurkunde oder dergleichen gerechnet. Aber auch ein abgelaufener Reisepass wäre hilfreich gewesen. Doch da war nichts. Keine Spur, die auf die Herkunft des Mannes hindeutete.

Noch einmal durchwühlte er den Seesack, vielleicht hatte er irgendein Fach übersehen. Er betastete den Stoff, griff in sämtliche Taschen. Vergebens. Der Sack war leer, der gesamte Inhalt lag ausgebreitet auf dem Tisch.

Vielleicht übersah er etwas in den Kleidungsstücken. Er begann damit, die Taschen der Shorts auf links zu drehen. Sie waren leer. Dann widmete er sich den Taschen der Steppjacke, fand aber nichts weiter als ein benutztes Taschentuch und ein Hustenbonbon. Er suchte die Jacke nach Innentaschen ab. Sie hatte keine. Doch als er seine Hand in den rechten Ärmel steckte, hielt er inne. Er fühlte etwas im gefütterten Stoff der Jacke.

Er konnte nicht ertasten, was es war. Definitiv aber war es ein Gegenstand, der dort nicht hingehörte. Es war flach und biegsam. Es fühlte sich an wie ein Stück Pappe. Matteo bekam Skrupel, die Jacke zu beschädigen, doch der Zweck heiligte wohl die Mittel. Mit Gaetanos Taschenmesser trennte er den Stoff behutsam auf – nur so weit, dass er seine Hand hineinstecken und den Gegenstand vorsichtig herausziehen konnte.

Das Ergebnis war ernüchternd. Insgeheim hatte Matteo mit einem offiziellen Dokument gerechnet. Eben einem Pass oder einer behördlichen Bescheinigung, die mehr Aufschluss über Gaetano gegeben hätte. Doch alles, was er aus dem Innenfutter zum Vorschein gebracht hatte, war ein altes Foto. Er betrachtete das Motiv eingehend. Es zeigte eine Gruppe von elegant gekleideten Leuten, anscheinend aufgenommen auf einer Party. Nein, der Kleidung nach zu urteilen, war es wohl eher eine feine gesellschaftliche Veranstaltung. Die drei Männer auf dem Foto trugen edle Smokings, und die beiden Frauen waren in aufwendig drapierte Kleider in Pastellfarben gehüllt. Dem Kleidungsstil und den Frisuren nach zu urteilen, konnte das Foto gut und gerne zwanzig Jahre alt sein. Die Menschen waren jung, vielleicht Mitte oder Ende zwanzig.

Stirnrunzelnd betrachtete Matteo das Bild von allen Seiten, suchte nach einem Vermerk auf der Rückseite, fand jedoch nichts weiter als ein verblasstes Datum. Demnach war es aus dem Jahr 2001. Die Stirnfalten schoben sich noch dichter zusammen. Warum um alles in der Welt hatte Gaetano dieses merkwürdige Bild in das Innenfutter seiner Steppjacke eingenäht?

Dafür musste es einen guten Grund geben. Bloß welchen? Hastig zog er die Schreibtischschublade auf und wühlte sich durch den Inhalt.

»Wo ist denn die verdammte Lupe?«, fragte er sich selbst. Es war wie verhext! Immer suchte man das am meisten, was einem sonst stets vor der Nase lag. Die ganze Zeit über hatte er sie doch irgendwo herumliegen sehen. Er ließ seinen Blick über den Schreibtisch huschen – und da war sie, direkt hinter der Tastatur.

Bewaffnet mit der Lupe betrachtete er das Bild genauer, ging die einzelnen Personen durch, versuchte jemanden darauf zu erkennen. Wieder und wieder schaute er sich die Gesichter an, bis das Glas über einer Person schwebte – und dort verweilte. Matteo blinzelte angestrengt. Denn irgendetwas an dem Mann in der Mitte erregte seine Aufmerksamkeit. Es war ein gut aussehender Kerl mit breitem Lächeln und einem schelmischen Funkeln im Blick. Vor allem war es ein Blick, den Matteo von irgendwoher kannte. Doch es waren nicht nur die Augen, die seine Aufmerksamkeit erregten, sondern auch etwas darüber. Der Haaransatz. Er hielt das Lupenglas weiter vom Bild weg, um den Ausschnitt vergrößert angezeigt zu bekommen. Der junge Mann in der Mitte hatte dunkle Locken, jedoch war bereits der Ansatz einer hohen Stirn zu erkennen.

Und dann sah er es. Auf der linken Seite, oberhalb der Schläfe, erkannte er einen roten Fleck.

Er rief sich das Gesicht von Gaetano ins Gedächtnis. Dieser hatte ein ausgeprägtes Feuermal gehabt, gut und gerne einen Handteller breit. In etwa so wie der Politiker und ehemalige sowjetische Staatspräsident Michail Gorbatschow. Je länger Matteo das Foto betrachtete, desto stärker wurde das Gefühl, dass der Mann in der Mitte des Bildes Gaetano sein musste. Ein Gaetano in jungen Jahren. So vieles deutete plötzlich darauf hin. Die Augen, die weichen Züge, das einnehmende Lächeln. Das Feuermal.

Wenn dem so war, war er einst ein angesehenes Mitglied der Gesellschaft gewesen. Doch was war in der Zwischenzeit passiert? Sein Blick fiel auf die wenigen Habseligkeiten, die er aus dem Seesack gefischt hatte, und blieb wieder an dem Foto haften, das den Mann im Smoking zeigte. Matteo hatte nicht viel Ahnung von Herrenmode, doch billig sah der Anzug nicht aus. Wie konnte ein offensichtlich erfolgreicher Mann derart abdriften und ein Leben als mittelloser Landstreicher führen?

Ein untrügliches Gefühl sagte ihm, dass der Schlüssel zu Gaetanos tragischem Tod in dessen Vergangenheit liegen musste. Er sollte also schnellstmöglich herausfinden, wer der Mann wirklich gewesen war.

Dabei musste er sich sputen, denn eine Carabinieri-Weisheit, die sie in der Polizeischule eingebläut bekommen hatten, lautete: Sind die ersten achtundvierzig Stunden verstrichen, ohne dass es eine Spur zum Täter gibt, wird es schwer, den Fall zu lösen. Es war also Eile geboten. Matteo konnte sich glücklich schätzen, dass er zumindest den Ansatz einer Spur hatte, was die Identität des Opfers anging.

Trotzdem blieben es viele Fragen für einen viel zu heißen Nachmittag. Vor allem waren es Fragen, auf die er so schnell keine Antwort finden würde. Nicht in der Enge dieses Büros. Nicht in dieser brütenden Hitze. Schon gar nicht allein hier herumstehend, gefangen in seinem eigenen Gedankenwust. Er brauchte Ablenkung, damit er klar denken konnte, einen freien Kopf. Vor allem aber brauchte er eine Person um sich herum, die um die Ecke denken konnte.

Ein entrücktes Lächeln schob sich auf seine Lippen. Denn er wusste bereits, wo er solch eine Person finden würde.

»Im Prinzip ist es bei uns wie in einem schnuckeligen Fünfsternehotel. Nur eben ohne Frühstück, Wellness und sonstigen luxuriösen Schnickschnack.« Mit strahlender Miene schob Isabella die Zellentür auf. »Und auch die Einrichtung ist, nun ja, ein wenig … spartanisch.« Sie beobachtete die Züge des heute frisch eingetroffenen Gastes und schmunzelte, als diese ihm kurz entglitten – um sofort ein gezwungenes Lächeln aufzusetzen.

»Es ist einfach perfekt«, erwiderte die Oblatin pflichtschuldig.

»Ja, das ist es wohl.« Isabella betrachtete das Mädchen. Forschend. Abwartend. Aus den tiefblauen Augen der jungen Frau blitzte Entschlossenheit. Dabei wussten beide, dass der Standard des Convento di Nostra Regina della Pace selbst für klösterliche Verhältnisse mittelalterlich war. Aber die Vorsteherin wollte es so, und bislang hatten sich alle Schwestern daran gewöhnt. Sie hießen es sogar willkommen. Denn alles, was sie von Gott ablenkte, lehnten sie ab. Mehr oder weniger.

Mit einem Stechen in der Brust dachte Isabella daran, dass es einst die Zelle von Schwester Raffaela gewesen war. Jener Mitschwester, die auf solch unheilvolle Art und Weise zu Tode gekommen war. Ob sie der neuen Oblatin, Donna, irgendwann von ihr erzählen würde? Und davon, wie sie ihren Teil dazu beigetragen hatte, diesen Fall zu lösen, der zunächst nach einem Selbstmord ausgesehen hatte? Sie hoffte es. Es wäre wirklich schön, wenn sie sich mit der neuen Schwester verstehen würde.

»Machen wir uns nichts vor«, gab Isabella zu. »Es ist lausig. Aber du wirst dich daran gewöhnen.« Sie schenkte der jungen Oblatin ihr freundlichstes Lächeln, fühlte sich daran erinnert, dass sie selbst vor wenigen Monaten hier die Neue gewesen war und wie unsicher sie in allem gewesen war. Mittlerweile hatte sie ihren Platz in diesem Kloster gefunden und fühlte sich mit jedem Tag wohler. Nicht zuletzt durch ihre neue Tätigkeit auf dem Caterina-Markt, in der sie voll und ganz aufging.

Sie hoffte, dass Donna ebenso schnell ihren Platz in ihrer Mitte finden würde. Sie war jung und hatte ein freundliches Gesicht – mit markanten Wangenknochen, die ihr etwas Osteuropäisches verliehen. Sie hatte dieses gewisse Etwas, das sie auf Anhieb sympathisch machte. Isabella war zuversichtlich, dass sie beide gut miteinander auskommen würden.

»Schwester, da bist du ja!« Isabella und die Oblatin fuhren gleichzeitig herum, als die aufgebrachte Novizin Ortensia die Zelle betrat. Ihr Gewand war mit Matsch besudelt, und an ihren Händen, die nervös herumwedelten, klebte getrocknete Erde. Als sie sich die dicke schwarze Brille nach oben schob, hinterließ sie einen breiten Schmutzstreifen auf der Nase. Ortensia war völlig außer Atem. »Du musst kommen, die Polizei will dich sprechen. Sofort.«

Die Oblatin sah Isabella alarmiert an, doch diese hob kritisch eine Augenbraue: »Du meinst Matteo Silvestri.«

Die Novizin nickte. »Die Polizei. Ja.«

Auf Donnas fragenden Blick hin winkte Isabella ab: »Mach es dir erst einmal gemütlich. Später wollen wir gemeinsam die Non im Kräutergarten beten. Ich hole dich dann ab.« Mit den Laudes und dem Morgenlob zählte die Non, die Gebetszeit am Nachmittag, zu Isabellas Lieblingsgebeten.

Sie folgte Ortensia in den Hof, wo Matteo auf sie wartete. Trotz seiner auffallenden dunkelblauen Uniform mit den schicken roten Streifen an der Hosennaht hätte sie ihn beinahe nicht wiedererkannt. Ein ausgeprägter Bartschatten hatte von seinem Gesicht Besitz ergriffen. Dabei war es doch nur wenige Tage her, dass sie sich das letzte Mal gesehen hatten. Isabella war sich nicht sicher, ob es ihr gefiel, aber es ließ den jungen Polizisten älter erscheinen. Allerdings auch ein wenig ungepflegter. Spontan beschloss sie, ihn nicht darauf anzusprechen, als sie sich begrüßten.

Sie war überrascht, dass er hier war. Normalerweise trafen sie sich auf dem Markt oder liefen sich im Dorf über den Weg. Dass Matteo von allein den Weg ins Kloster fand, kam nicht oft vor. Und selten ohne triftigen Grund.

Sie sah ihn erwartungsvoll an, als sie eine Vermutung für seinen Besuch hatte. »Haben Sie etwa das Motorgehäuse für die Vespa auftreiben können?«

Doch Matteo schüttelte leidvoll den Kopf. »Schön wär's. Deswegen bin ich auch gar nicht hier. Es geht um etwas anderes. Etwas sehr, sehr Ernstes.«

Die Art, wie er sie ansah, machte Isabella nervös. Normalerweise war Matteo ein Mensch, der stets ein Lächeln auf den Lippen hatte. »Himmel, was ist denn los?«

Sein Blick streifte durch den Klosterhof. Isabella bemerkte, dass sie von einigen Mitschwestern, die die Gemüsebeete vom Unkraut befreiten, beobachtet wurden.

»Können wir irgendwo ungestört reden?«, fragte er leise.

Isabella dachte kurz nach. »Kommen Sie, ich weiß, wo wir um diese Zeit ungestört sind.«

Sie betraten die klostereigene Bibliothek, die so herrlich nach altem Holz, staubigem Papier und unendlichem Wissen roch. Doch ebenso allgegenwärtig war die abgestandene Luft. Isabella zog eines der Sprossenfenster auf und ließ warmes

Licht hinein. Feinste Staubpartikel wirbelten auf und ließen die schier endlos wirkenden Holzregalreihen noch altmodischer erscheinen.

Es war ein wundervoller Ort, den Isabella oft aufsuchte. Sie kannte zwar nicht jedes Buch – noch nicht –, dafür aber jedes Regal und jeden abgewetzten alten Ledersessel. Wie das gesamte Kloster war diese Bibliothek ein Ort, der wirkte, als wäre die Zeit vor Hunderten von Jahren stehen geblieben. Oftmals fand sie sich in einem der gemütlichen Sessel wieder und schmökerte in vergessenen Geschichten, die sich in den antiken Büchern verbargen. Dabei stellte sie sich gerne vor, wie Schwestern vor ihr vielleicht genau das Gleiche getan hatten. Vor über hundert Jahren oder womöglich sogar vor noch längerer Zeit. Denn wenn es etwas gab, dass dieses ehrwürdige Gemäuer ausmachte, dann war es eine zeitlose Beständigkeit.

Matteo sah sich interessiert um. »Du meine Güte, wie alt sind denn die Bücher hier?«

»Alt«, erwiderte Isabella knapp. »Also, was gibt es?«

Matteo schwieg, sah sie eindringlich an. Dann endlich sprach er: »Gaetano ist tot. Er wurde ermordet, unten am Flussufer. Ich habe ihn heute Morgen gefunden.«

Die Hitze staute sich unter ihrem Gewand. »Tot?«, fragte sie leise und schickte ein Gebet zum Himmel, als Matteo langsam nickte.

Mit wenigen Worten berichtete er ihr von seinem Fund, dass die Spurensicherung den Tatort bereits untersucht hatte und dass Gaetanos Hund verschwunden war. Caesar.

Isabella versuchte, seinen Worten zu folgen, doch kämpfte sich mit jeder verstreichenden Sekunde das schmerzvolle Gefühl der Trauer weiter an die Oberfläche vor. All die Begegnungen mit Gaetano kamen ihr in den Sinn. Die unverfänglichen Plaudereien über das Leben und das Wetter. Und über Gott. Gaetano war ein gläubiger Mensch gewesen.

»Sind Sie sicher, dass er ermordet wurde?«, unterbrach sie Matteos Redefluss.

Er brachte eine Antwort auf ihre Frage nur schwerlich über die Lippen. »Daran gibt es keinen Zweifel. Wir müssen nicht erst das Ergebnis der Gerichtsmedizin abwarten. Er wurde hinterrücks erschlagen.« Seine Hände zuckten unkontrolliert auf. »Dennoch gibt es Fragen über Fragen. Ich meine, wer tötet einen derart netten Mann, wie Gaetano es war? Ich kenne niemanden, der ihn nicht mochte. Und – was nicht minder wichtig ist: Wer war dieser Gaetano eigentlich?«

»Das ist schrecklich.« Isabella ließ sich in einen der Ledersessel sinken und stieß einen tiefen Seufzer des Bedauerns aus.

Matteo tat es ihr gleich und setzte sich ihr direkt gegenüber. »Sie kannten ihn. Was wissen Sie über ihn?«

»Nicht besonders viel«, erwiderte die Schwester sofort. »Wirklich kennen wäre auch zu viel gesagt. Hin und wieder haben wir uns auf dem Markt unterhalten, Belanglosigkeiten ausgetauscht.«

Matteo sah sie erwartungsvoll an. »Kennen Sie denn seinen vollständigen Namen?«

Sie dachte nach, schüttelte den Kopf. »Ich bin mir nicht mal sicher, ob Gaetano sein echter Name war. Es würde mich sogar stark wundern, wenn er es wäre. Er bedeutet nämlich so viel wie *Der aus Gaeta Stammende*. Ich hatte ihn mal auf seinen Namen angesprochen, und da hat er es mir erklärt. Er meinte, dass er diesen Namen so treffend fand, weil seine Vorfahren aus der Region kamen.«

»Gaeta.« Matteo rieb sich über den Bartschatten. »Die Stadt kenne ich, sie liegt in Latium, direkt am Meer. Als Kind war ich mal mit meinen Eltern dort, tolle Sandstrände. Aber so wirklich weiter hilft uns das nicht.«

Isabella sah ihm dabei zu, wie er etwas aus der Brusttasche zog. Es war ein Foto. Er hielt es ihr hin.

»Das habe ich in seinen Sachen gefunden, versteckt im Innenfutter seiner Jacke. Es muss ihm etwas bedeutet haben.«

Isabella nahm das Bild entgegen und betrachtete es ausgiebig. Schließlich hob sie den Blick und sah Matteo stirnrunzelnd an. »Was soll mir dieses Foto sagen?«

»Warten Sie's ab. Ich habe es mir mit der Lupe angeschaut«, sprach Matteo weiter. »Und ich glaube, dass der junge Mann in der Mitte Gaetano ist. Sehen Sie doch nur die Ausläufer des Feuermals auf der fliehenden Stirn.«

»Und die Augen«, fuhr es aus Isabella heraus, als sie die Ähnlichkeit erkannte. »Das sind eindeutig die sympathischen hellen Augen.«

»Auf der Rückseite ist ein Datum aufgedruckt. Vermutlich das Entwicklungsdatum. Demnach ist das Foto beinahe zwanzig Jahre alt. Dann sind Sie also auch der Meinung, dass es Gaetano auf dem Foto ist?«

»Eindeutig!« Isabella nickte resolut, betrachtete aber noch einmal die Augen des Mannes in der Gruppenmitte. Ihr Nicken wurde eifriger. »Daran besteht kein Zweifel. Wie alt wird er auf dem Foto gewesen sein, dreißig?«

»Wenn überhaupt.« Matteo beugte sich vor und blickte missmutig vor sich hin. »Tja, jetzt haben wir ein Foto und wissen, wie Gaetano in jungen Jahren aussah. Wir haben aber noch immer keine Idee, wie wir seiner wahren Identität auf die Spur kommen sollen.«

Er hielt seinen Kopf in den Händen und fuhr sich immer wieder durch das dichte dunkle Haar. Isabella betrachtete ihn eingehend. Konnte es sein, dass er es wachsen ließ?

»Sie wissen nicht, wie Sie weiter vorgehen sollen?« Sie konnte sich den Anflug eines Lächelns nicht verkneifen.

»Was gibt es denn da zu grinsen«, fragte er irritiert, als er wieder zu ihr aufsah.

»Entschuldigen Sie. Aber ich finde es äußerst amüsant, dass

ausgerechnet eine Nonne einem Carabiniere erklären muss, wie Polizeiarbeit heutzutage funktioniert.«

Etwas zuckte in seinem Gesicht auf. »Und wie, bitte schön?«, gab er schnippisch zurück.

Sie wedelte ihm mit dem Foto zu. »Na, mit dem Computer.« Ruckartig stand sie auf, ohne auf Matteo zu achten, und begab sich hinter den Schreibtisch des Bibliotheksrechners. Es dauerte eine Ewigkeit, bis dieser hochfuhr.

Matteo blieb noch eine ganze Weile sitzen und beobachtete sie, bis es ihm schließlich zu bunt zu werden schien und er sich zu ihr hinter den Schreibtisch gesellte. »Was wird das jetzt genau?«, fragte er ungeduldig.

»Hin und wieder kommt es vor, dass ich für Schwester Hildegard irgendwelche Rezepte aus Kochbüchern heraussuchen und kopieren soll«, erklärte Isabella zusammenhanglos. »Allerdings haben wir hier keinen Kopierer, sondern einen richtigen Scanner. Ein Geschenk vom Bistum.« Sie zeigte auf den flachen zeichenblockgroßen Kasten, der neben dem Computer stand. »Vermutlich weil ein guter Kopierer zu teuer war.« Sie hob die Schultern. »Schade, denn es ist eine ziemlich mühselige Arbeit, weil alle Seiten einzeln eingescannt werden müssen, und nicht so einfach mit der Stapelverarbeitung durch den Kopierer gejagt werden können.«

»Stapelverarbeitung?« Matteo sah sie erstaunt an.

Isabella klappte den Scanner auf und legte das Bild mit der Vorderseite nach unten auf die Glasplatte. Dann öffnete sie das entsprechende Programm. Nur wenige Sekunden später baute sich das eingescannte Foto auf dem Computerbildschirm auf.

»Die reinste Magie, nicht wahr?« Isabella grinste vergnügt vor sich hin.

Matteo hatte nicht den Hauch einer Vorstellung, was sie beabsichtigte.

»So, und nun kann das gescannte Bild ohne Probleme verändert und ausgedruckt werden.«

»Natürlich«, gab Matteo energisch von sich. »Dafür ist ein Scanner ja da.«

»Aber das wollen wir nicht.«

»Nicht?« Matteo betrachtete sie schräg von der Seite.

Isabella schüttelte belustigt den Kopf. »Nein. Uns geht es schließlich nur um den Mann in der Mitte.« Sie öffnete ein Bildprogramm, zog einen Rahmen um den vermeintlichen Landstreicher und schnitt damit alles um ihn herum weg, sodass nur noch er auf dem Foto zu sehen war. »Nun speichere ich den bearbeiteten Scan als Bilddatei auf dem Schreibtisch ab. Und dann öffne ich im Browser die Suchmaschine.«

So ganz verstand Matteo noch immer nicht Isabellas Vorhaben, doch allmählich bekam er eine Ahnung. »Sie gehen auf die Suche«, stellte er schließlich fest.

Isabella nickte. »Man kann nicht nur nach Text suchen. Die wenigsten wissen das, aber Sie können auch nach Bildern suchen. Dazu muss man nichts weiter tun, als statt auf das Lupensymbol auf das Symbol mit dem Fotoapparat zu klicken.«

Aus dem Augenwinkel konnte Isabella sehen, wie der Carabiniere sie erstaunt fixierte. Anscheinend kannte er diese Funktion noch nicht.

Die dunklen Brauen des Beamten schoben sich fragend zusammen. »Und woher wissen Sie das?«

»Ornithologie«, gab Isabella knapp zur Antwort. Matteos verwirrter Gesichtsausdruck belustigte sie einmal mehr. Als sie sich genug darin gesuhlt hatte, wurde sie konkreter. »Mein Bruder hat es mir gezeigt. Er ist begeisterter Vogelzugforscher und knipst in seiner Freizeit wie verrückt alles, was Federn hat. Um die Vögel dann später zuordnen zu können, bedient er sich immer wieder dieser Suchmaschinenfunktion.«

»Raffiniert.«

»Und ob! Wussten Sie, dass die Äbtissin dasselbe Hobby hat?«

»Suchmaschinen?«

»Nein, Vogelkunde.«

»Ähm, nein, das war mir neu.«

Isabella winkte ab. »Spielt ja auch keine Rolle. Jetzt muss nur noch das gerade gescannte Bild hochgeladen werden.« Sie klickte auf den entsprechenden Button. »Und schon startet die Bildsuche ganz von allein.«

Matteo kratzte sich am Ohr, hörte damit gar nicht mehr auf. »Das ist das Verrückteste, das ich je gesehen habe.«

»Ja, ja, das Internet«, lächelte Isabella. »Fluch und Segen zugleich.«

Nur wenige Augenblicke später öffnete sich eine Seite mit daumengroßen Kacheln, die allesamt ein und dieselbe Person zeigten.

»Volltreffer!«, stieß Matteo aus, riss der Schwester die Maus unter den Fingern weg und klickte selbst. »Das ist es! Sehen Sie doch nur. Das ist exakt das Foto, das vor uns liegt.«

»Schauen Sie mal genau hin, die Seite zeigt gleich mehrere Ergebnisse mit diesem Foto.«

Isabella eroberte sich die Maus zurück und begann, sich langsam durch die Ergebnisse zu scrollen. Tatsächlich sah sie ein halbes Dutzend Einträge von verschiedenen Seiten, auf denen dieses Foto verlinkt war. Auf einmal bekam sie eine Ahnung, was das bedeuten musste.

»Darf ich mal?« Ohne ihre Antwort abzuwarten, hatte Matteo Isabellas Hand von der Maus geschoben und scrollte nun selbst durch die Bilder, bis der Cursor auf einem bestimmten Foto schwebte.

»Sie müssen es noch einmal anklicken, um auf die Homepage zu gelangen, auf der dieses Bild eingebettet ist.«

Matteo tat wie befohlen und wurde auf eine englischsprachige Seite verwiesen, auf der das Foto war. Unter den fünf Personen standen Namen, demnach hieß der Mann in der Mitte nicht Gaetano, sondern Louis Giuliani.

Der darunter stehende Text besagte, dass das Bild von einem Festbankett stammte, aufgenommen in der San Francisco Bay Area in Kalifornien, bekannt als Silicon Valley – der Heimat von zahlreichen weltweit tätigen Technologieunternehmen. Eben ein solches Unternehmen hatte demnach im Jahr 2001 zum Festbankett geladen. Der Grund, warum diese fünf Personen so strahlten, stand ebenfalls im Artikel. Louis Giuliani hatte einen renommierten Entwicklerpreis für die Programmierung einer Suchmaschine mit dem Namen *Weazly* erhalten.

»Gaetano war ein Programmierer?«, fragte Matteo tonlos.

»Wohl ein ziemlich guter, wie es aussieht. Wenn er dafür sogar einen Preis erhalten hat. Und nicht nur das, hier steht, dass ihm die Firma gehörte, die das Programm erfand.«

»Louis Giuliani. Hm, den Namen habe ich noch nie gehört.«

Isabella öffnete ein weiteres Browserfenster und gab den Namen gemeinsam mit dem Namen seiner programmierten Suchmaschine ein: *Louis Giuliani, Weazly*

»Da«, rief Matteo hektisch. »Der zweite Eintrag.«

Isabella klickte ihn an. Er führte zu einem Artikel, der in einem Wirtschaftsmagazin veröffentlicht worden war. Er zeigte wieder das Gesicht von Gaetano alias Louis Giuliani, diesmal war es ein älteres Abbild, wie unschwer am stärker zurückgewichenen Haupthaar zu erkennen.

»Hier steht, dass er seine Erfindung an Google verkauft hat. Für …« Isabella brach ab, als sie die Zahl erfasste.

Matteos Kopf ging nah an den Bildschirm, und sie konnte sehen, wie er die Zeilen überflog und dann ein atemloses »Mia Madre« dahinkeuchte, als auch er die Zahl las, die dort stand. »So viele Millionen Dollar für ein Computerprogramm.«

Isabella kannte sich nicht sonderlich mit Internetdingen

aus, hatte aber davon gehört, dass sogenannten Garagenunternehmen hin und wieder der große Wurf gelang. Sie schafften es, ihre Programmierungen für eine Unsumme an große Firmen zu verkaufen. Anscheinend war Gaetano oder vielmehr Louis Giuliani genau dies mit seiner kleinen Firma gelungen.

Sie klickte zurück zur Suchergebnisseite und betrachtete die weiteren Einträge, die es über Giuliani gab. »Hier steht, dass er sich unmittelbar nach dem Verkauf zur Ruhe gesetzt hat und in das Land seiner Vorfahren zurückgekehrt ist.«

»Italien«, sagte Matteo prompt. »Steht da auch, wo genau?«

Isabella schüttelte den Kopf. »Nein, hier nicht. Vielleicht müssen wir die Suche verfeinern.« Sie schloss die Augen und dachte scharf nach. Sie wusste, dass Suchmaschinen alles ausspuckten, wenn man nur die Frage richtig formulierte. Dann hatte sie eine Idee und tippte in das Eingabefeld: Was macht eigentlich Louis Giuliani? Nicht auf Englisch, sondern auf Italienisch.

Bereits der erste Eintrag war ein Volltreffer. Er leitete sie auf die Homepage der *La Stampa,* Italiens bekanntester Tageszeitung. Dort stieß sie auf einen umfassenden Bericht, der sich ausschließlich mit der Person Louis Giuliani auseinandersetzte. Insbesondere mit seinem mysteriösen Verschwinden. Isabella las, dass Louis mit seiner Frau Emma unmittelbar nach dem Firmenverkauf in die Toskana gezogen war, um dort seinen vorzeitigen Ruhestand zu verbringen.

»Beinahe beneidenswert«, bemerkte Matteo. »Sich in solch jungen Jahren ohne Geldsorgen mit seiner Traumfrau zur Ruhe setzen zu können. Eine hübsche Vorstellung.«

»Ja, aber dem Artikel nach hielt die Ehe nicht lange. Bereits nach zwei Jahren trennten sich die Wege der beiden, und von dort an verliert sich jede Spur von Louis Giuliani. Der Reporter schreibt sogar, dass es beinahe wäre, als hätte sich dieser Mann in Luft aufgelöst.«

188

»Nun, wir wissen es ja jetzt besser«, erwiderte Matteo leise.

Der Artikel zeigte ein Foto von Louis' Ex-Frau Emma – eine bildhübsche Blondine mit schlanker Figur und feinen Gesichtszügen. Isabella erkannte sofort, dass es dieselbe Person war, die auf dem Gruppenfoto neben Louis stand.

»Das ändert einfach alles.« Matteo hatte sich gegen die Tischkante des Schreibtischs gelehnt und die Arme verschränkt. Isabella konnte ihm förmlich ansehen, wie er vor sich hin grübelte. »Von wegen armer, mitteloser Landstreicher. Gaetano war steinreich!«

»Aber irgendwas muss passiert sein, dass aus dem ehemaligen Mehrfachmillionär ein Landstreicher geworden ist.«

»Aber was?«

»Ich denke, dass uns seine Ex-Frau Aufschluss darüber geben kann.«

»Tja, dann müssen wir sie nur noch ausfindig machen.«

Isabella tätschelte Matteos Hand. »Da bin ich ja heilfroh, dass ich einen Carabiniere kenne, der sich dieser Sache annehmen kann.«

»Sie haben recht, Schwester. Wenn uns jemand mehr über Gaetano sagen kann, dann seine Ex-Frau.« Er lächelte sie milde an. »Was wäre ich nur ohne ihre detektivische Spürnase?«

Isabella grinste schalkhaft zurück. »Verraten und verkauft.«

Sie mochte diesen jungen Mann, und er hatte sich bereits als durchaus passabler Polizist herausgestellt. Bloß brauchte er hin und wieder die richtigen Denkanstöße. Und dabei half sie ihm nur zu gern. »Ich werde mich derweil morgen auf dem Markt umhören. Vielleicht finden wir noch etwas über Gaetano heraus, das ein völlig neues Licht auf die Sache wirft.«

Neben der Trauer spürte Isabella noch ein anderes Gefühl in sich. Eine Art Anspannung, ein nervöses Magenkribbeln. Ja, sie war aufgeregt, denn sie hatten ihren nächsten Fall vor sich.

Auf dem Weg vom Kloster machte Matteo noch einen Abstecher zum Schrottplatz. Er parkte den Streifenwagen vor dem Toreingang, weil er sich keine platten Reifen zuziehen wollte. Schließlich hatte er erst neulich auf dem Hof eine unschöne Begegnung mit einem achtlos herumliegenden Nagel gemacht.

Ein warmer Wind wehte ihm in den Nacken, als er aus dem Auto stieg und sich die Mütze aufsetzte. Die Sonne stand bereits tief und warf klar umrissene Schatten auf die Autoskelette.

Als er in den Hof trat, sah er Lorenzo, den Schrottplatzbesitzer, aus dem Hühnerstall treten. In der Hand einen kleinen Blecheimer, beinahe bis zur Hälfte mit Eiern gefüllt.

Matteo winkte freundlich, doch Lorenzo sah ihn an, als hätte er ein Alien vor sich. Das brachte Matteo so sehr aus dem Konzept, dass er das Winken sofort unterließ. Dann fiel ihm ein, dass er ja in Uniform war, schließlich war er beruflich hier. Bei ihrer letzten Begegnung hatte er Bermudashorts und ein Shirt getragen. Das Outfit des Schrotthändlers hingegen hatte sich nicht geändert. Er hatte noch immer die vor Schmutz stehende grüne Latzhose am Leib.

»Ciao«, sagte er. »Ich bin's. Matteo. Ich war neulich mit Schwester Isabella hier, wegen dem Ersatzteil für meine Vespa.«

Der Mann runzelte die Stirn, betrachtete Matteo unverhohlen von Kopf bis Fuß, bis sich etwas in seinem Gesicht erhellte und er breit grinste.

»Der Vespa-Bastler.« Er trat an Matteo heran und reichte ihm die Hand. Sie war schwitzig. »Klar erinnere mich. Einen Mann mit einer Nonne im Schlepptau, die auch noch was vom Herumschrauben versteht, vergisst man ja nicht so ohne Weiteres. Hab Sie gar nicht erkannt … in der Aufmachung.« Er bedachte Matteo noch einmal mit einem schrägen Blick. »Wusste ja nicht, dass Sie bei der Polizei arbeiten.« Sein Blick haftete noch eine ganze Weile an Matteos Uniform, schließlich zuckte er belanglos auf. »Und was das Motorgehäuse angeht, da muss ich Sie enttäuschen, das habe ich immer noch nicht vorrätig.« Er grinste ihn entschuldigend an.

Matteo nickte und schirmte die Augen mit der Hand ab, weil ihn die Wand aus tiefrotem Licht blendete. »Schade, aber deshalb bin ich nicht hier. Mein Besuch ist diesmal eher dienstlicher Natur.«

Der Schrotthändler hörte sofort mit dem Grinsen auf. »Oh, ich hoffe doch, nichts Schlimmes?«

»Nein«, sagte Matteo sofort. »Und ja. Also, es geht um den Bauwagen, der unten am Flussufer steht. Gehe ich recht in der Annahme, dass er Ihnen gehört?« Matteo wusste sehr wohl, dass der Bauwagen auf einen Lorenzo Bonucci zugelassen war. Aber er fand es höflicher, ihn danach zu fragen.

Dieser nickte sogleich. »Si, das ist meiner.« Er neigte den Kopf. »Warum? Wollen Sie ihn kaufen?«

»Nein.« Matteo lächelte ihn wohlwollend an. Eigentlich war es seine Aufgabe, den Schrotthändler dazu aufzufordern, den Bauwagen unverzüglich vom Ufergrundstück zu entfernen. So hätte es Bürgermeister Lenzi gewollt. Allerdings hatte sich seit dessen Besuch im Präsidium einiges geändert.

Selbst wenn es der Schrotthändler gewollt hätte, durfte er den Wagen nicht entfernen. Schließlich war es nunmehr der Schauplatz eines abscheulichen Verbrechens.

Er rieb sich über die von Tag zu Tag weicher werdenden Bartstoppeln. »Wissen Sie, dass dieser Wagen bewohnt wurde?«

Lorenzo nickte zustimmend. »Von Gaetano. Natürlich weiß ich das. Ich habe es ihm schließlich erlaubt. Im Gegenzug hilft er mir hier hin und wieder bei Aufräumarbeiten.«

»Kannten Sie ihn gut?«

Lorenzo Bonucci setzte eine nachdenkliche Miene auf. »Na ja, so gut man einen Mann auf der Durchreise eben kennen kann. Gaetano ist eher so der in sich gekehrte Typ. Seit ein paar Jahren taucht er immer mal wieder für ein paar Wochen auf, richtet sich unten am Fluss ein und greift mir hier und da ein wenig unter die Arme. Keine große Sache.« Der Schrotthändler hielt inne, musterte Matteo. »Aber warum sagten sie, dass er bewohnt wurde? Ist er nicht mehr da?«

Matteo erkannte Skepsis in seinem Blick.

»Und warum um alles in der Welt interessiert sich die Polizei für meinen Bauwagen?«

Matteo nahm einen tiefen Atemzug und schmeckte förmlich den staubigen Rost auf seiner Zunge. »Gaetano ist tot. Er ist einem Verbrechen zum Opfer gefallen.«

»Gaetano? Tot?« Der Schrotthändler sah ihn bestürzt an.

Matteo verfluchte sich dafür, dass er es nicht sanfter verpackt hatte.

»Aber … wie?«

Matteo schüttelte den Kopf. »Mehr kann und darf ich nicht dazu sagen.« Er räusperte sich den Belag von den Stimmbändern. »Leider muss ich Ihnen mitteilen, dass der Bauwagen nicht betreten werden darf, bis die polizeilichen Ermittlungen abgeschlossen sind.«

»Und wie lange wird das dauern?«

Matteo hob die Schultern. »Ein paar Tage. Höchstens.«

»Himmel, ist das schrecklich! Wer tut einem derart netten Mann denn so etwas an?«

»Das werde ich herausfinden«, sagte Matteo und zückte seinen Notizblock aus der Brusttasche. »Wissen Sie womöglich etwas von Feinden, die Gaetano hatte? Oder haben Sie mitbekommen, dass er mit jemandem im Streit lag?«

Der Schrotthändler schüttelte sofort den Kopf. »Jemand wie er? Nein. Ausgeschlossen.«

Matteo steckte den Block wieder ein. Im Grunde hatte er mit nichts anderem gerechnet. Kurz nachdem er sich zum Gehen gewandt hatte, drehte er sich noch einmal um: »Ach, noch etwas, Signore Bonucci. Gaetanos Hund wird vermisst. Ein großer Bernhardiner.«

»Caesar. Ich kenne den Hund.«

»Bitte melden Sie sich bei mir, falls Sie ihn sehen. Ich denke, die Wahrscheinlichkeit ist groß, dass er sich irgendwo hier unten am Fluss herumtreibt.«

»Abgemacht, werde ich tun.«

»Sie hören wieder von mir, Signore Bonucci, wenn die Ermittlungen abgeschlossen sind und Sie den Bauwagen vom Flussufer entfernen können.«

Auf einmal schaute Bonucci verwirrt auf. »Warum sollte ich das tun?«

Matteo hatte keine Lust, ihm von den Plänen für einen Busparkplatz zu erzählen, also sagte er knapp: »Nun, weil er unerlaubt auf dem Gemeindegrundstück steht.«

Der Schrotthändler blickte noch verständnisloser drein, dann lächelte er. »Keine Ahnung, wie Sie darauf kommen, aber das da unten ist mein Grundstück.« Er senkte das Kinn und betrachtete den Eimer, dann sah er Matteo an. »Hier, nehmen Sie sich ein paar Eier mit. Sie sind ganz frisch, gelegt von den glücklichsten Hühnern Santa Caterinas.«

Isabella hörte die Vögel in den Reben zwitschern, als sie den Weinbergpfad entlangjoggte. Frischer Tau glitzerte auf den Grashalmen am Wegesrand. Es war ein atemberaubend schöner Morgen. Die ersten Strahlen der Sonne brachen sich in den Blättern der Reben, deren tiefrote Früchte sich aus dem grünen Blattwerk hervordrückten. Die Aussicht auf eine ertragreiche Weinlese war gut.

Seit sie dem Dienst auf dem Markt zugeteilt worden war, kam sie nur noch unregelmäßig zu ihren morgendlichen Laufeinheiten. Dabei waren sie ihr so wichtig. Das Laufen war ihre Meditation. Pures Laufen, ohne Ablenkung. Keine Musik im Ohr, kein Laufpartner, mit dem sie sich unterhalten musste. Nur sie und die Natur, die sie in ihrem eigenen Tempo durchschritt. Nichts konnte sie so sehr entspannen wie das Laufen. Es machte ihre Gedanken klarer. Und es gab vieles, über das sie nachzudenken hatte.

Gestern auf dem Markt hatte sie Novizin Ortensia mitgenommen. Offiziell, um sie einzuarbeiten – für den Fall, dass sie selbst einmal ausfallen würde, krankheitsbedingt, oder weil sie eben im Kloster anderweitig gebraucht wurde. In Wahrheit aber war es ihr darum gegangen, jemanden dabeizuhaben, der am Stand war, damit sie sich umhören konnte. Ortensia hatte sich alles andere als begeistert gezeigt und wäre am liebsten im Kloster geblieben. Darüber konnte Isabella nur den Kopf schütteln. Warum wehrten sich ihre Mitschwestern so vehement, das Kloster zu verlassen? Sie hingegen brannte geradezu darauf, das Leben dort draußen mit jeder Pore in sich aufzusaugen. Besonders wo sie gemeinsam mit Matteo aufgedeckt hatte, was es mit Gaetanos Identität auf sich hatte. Die halbe Nacht hatte sie darüber gegrübelt, für seine Seele gebetet. Das Schicksal dieses Mannes ließ sie nicht los.

Was war der Grund für Gaetanos tiefen Fall – oder vielmehr der gesellschaftliche Absturz von Louis Giuliani, wie sein richtiger Name war?

Auf dem Markt hatte sie nach Antworten gesucht, wollte mehr über den Landstreicher erfahren. Mit diesem Wunsch war sie nicht allein. Gaetanos gewaltsame Ermordung beherrschte den Dorfklatsch auf dem Markt. Egal, mit wem Isabella das Gespräch gesucht hatte, sie alle begannen von selbst, von dem Landstreicher zu erzählen. Und jeder hatte seine eigene Anekdote über ihn parat. Auch, was seine unbekannte Vergangenheit betraf. Die meisten davon waren allem Anschein nach von Gaetano selbst gestreut worden.

So hatte der Metzger steif und fest behauptet, Gaetano habe ihm erzählt, er sei einst als Kapitän zur See gefahren und habe die Besatzung eines riesigen Containerkreuzers unter sich gehabt. In der Meerenge von Malakka seien sie von Piraten überfallen worden, und er habe als Einziger überlebt. Eine schaurige Geschichte, wie Isabella fand. Typisches Seemannsgarn, das grandios zu Gaetanos schelmischer Ader passte.

Am Stand der Mazza-Keramiken glaubte die Verkäuferin Giorgia Martini zu wissen, dass Gaetano einem Adelsgeschlecht entstammte und verstoßen worden war, weil er sich geweigert hatte, eine hässliche Prinzessin aus irgendeinem fernen Land zu ehelichen. Einem anderen wiederum hatte er erzählt, sein gesamtes Hab und Gut habe er bei einer großen Wette in einer TV-Show verloren.

Isabella glaubte, den Grund für diese hanebüchenen Geschichten zu kennen. Mit der gezielten Streuung der Märchen hatte Gaetano die Wahrheit über seine Person nur noch mehr verschleiert. Aber weshalb? Warum hatte er sein wahres Schicksal mit niemandem teilen wollen? Zumindest hatten die Gespräche das bestätigt, was sie selbst längst wusste. Gaetano war kein Mann gewesen, der Feinde gehabt hatte. Im Gegenteil. Jeder hatte ihn gemocht und geschätzt. Was womöglich daran lag, dass er nie für längere Zeit an einem Ort verweilt hatte. Immer nur ein paar Wochen, dann war er weitergezogen. Gott allein wusste, wohin.

Eine Sache aber kam Isabella seltsam vor. Zwei Personen hatten ihr unabhängig voneinander erzählt, dass Gaetano stets ein kleines Holzkästchen bei sich getragen hatte, das er wie seinen Augapfel gehütet hatte. Der Beschreibung nach war es nicht groß, aber es schien für ihn von unschätzbarem Wert gewesen zu sein. Isabella musste unbedingt mit Matteo darüber reden. Vielleicht hatte er dieses Kästchen in seinen Habseligkeiten übersehen? Oder es befand sich noch im Bauwagen? Auf jeden Fall sagte ihr ein Gefühl, dass diese Holzschatulle wichtig sein könnte.

Ein unangenehmes Seitenstechen erforderte ihre Aufmerksamkeit. Da sie wusste, dass eine schlechte Atemtechnik der Grund dafür sein konnte, verlangsamte sie das Tempo und versuchte sich in tiefer Bauchatmung. Sie ließ die Luft tief in ihre Lungen, um die Sauerstoffaufnahme zu erhöhen.

Es funktionierte. Der Schmerz war nicht mehr ganz so stechend. Sie versuchte, alle Gedanken von sich abzustreifen und sich voll und ganz auf das Atmen zu konzentrieren.

Sie atmete ein und aus. Ein und aus.

Ein jähes Geräusch riss sie aus ihrer inneren Mitte. Eine Schar Vögel flatterte krächzend aus dem Blattwerk auf. Isabella blieb stehen. Ihr Herz klopfte wild, als sie in die Stille lauschte.

Was war das für ein Geraschel? Sie blickte suchend umher, schaute in die vorderen Reihen der Weinberge hinein, die sich nach wenigen Metern in der Morgendämmerung verloren. War da jemand?

»Hallo?«, rief sie vorsichtig. »Ist da wer?«

Keine Antwort. Natürlich nicht.

Gerade als sie dachte, sie hätte es sich eingebildet, war da wieder ein Geräusch. Es kam von links. Isabella lauschte, hörte aber nur ihren eigenen pochenden Pulsschlag in den Ohren.

Sie blieb eine ganze Weile stocksteif stehen, horchte in den Morgen hinein. Doch da war nichts mehr. Sie versuchte sich an einem Lächeln, wollte sich einreden, dass es nur ein Vogel war, der in den Blättern geraschelt hatte. Aber das Geräusch klang anders. Ungleich … größer. Als würde ein ausgewachsener Mensch durch die Reben streifen. Außerdem hörte sie auch kein Vogelgezwitscher mehr.

Sie schüttelte den Kopf, versuchte, das Truggespinst aus ihren Gedanken zu vertreiben. Es war früher Morgen, und noch nie war ihr um diese Uhrzeit jemand anders begegnet.

Sie joggte langsam weiter, sah sich aber immer wieder unsicher um, konnte jedoch nichts Auffälliges erkennen. Aber da war noch immer dieses untrügliche Gefühl.

Jemand beobachtete sie.

Beinahe auf Zehenspitzen, um selbst kein Geräusch von sich zu geben, näherte sie sich den ersten Weinreben, blinzelte suchend die Zeilen entlang, während ihr der Schweiß den Rücken hinablief.

Das Gefühl, beobachtet zu werden, schlug in Gewissheit um, als es wieder in ihrer Nähe raschelte. Etwas eilte die Reihen der Weinberge entlang, folgte ihr. Das Knistern der Blätter wurde lauter. Unheilvoller.

Isabella begann zu laufen. Erst langsam, dann immer schneller. Sie wollte nur noch fort von hier. Raus aus der Einsamkeit der Weinberge.

Sie wirbelte herum, als es direkt hinter ihr laut aufkrachte. Durch ihre Adern schwappte das Adrenalin. Mit einem lauten Schrei auf den Lippen sah sie eine riesige Gestalt aus dem Grün der Weinreben springen. Direkt auf sie zu. Dann huschte ein dunkler Schatten über ihr Gesicht und riss sie mit sich zu Boden.

Kapitel

9

»Herrje, du stinkst wie ein ganzes Rudel Wildschweine, und jetzt hör auf zu jaulen, ich bin es nicht, der das ganze Fell verfilzt und voller Kletten hat.«

Schwester Isabella ließ dem armen Hund eine ruppige Behandlung zuteilwerden. Aber mit liebevollen Streicheleinheiten würde sie der Zotteln nie und nimmer Herr werden. Zumindest ließ sie so viel Milde für Caesar walten, dass er während der Fellpflege fressen durfte. Und er schien wahrlich ausgehungert zu sein. Gierig hatte er die Schnauze tief in den Napf gedrückt und ließ sich die Überreste von Schwester Hildegards Pasta e Fagioli schmecken, die es gestern Mittag gegeben hatte.

»Wo hast du dich denn bloß herumgetrieben?« Auch wenn der Hund ihr keine Antwort gab, fand sie, dass das eine berechtigte Frage war. Der Bernhardiner musste einige Tage und Nächte lang durch die Gegend geirrt sein. Eine schreckliche Vorstellung, selbst für den Begleiter eines heimatlosen Landstreichers, der es gewohnt war, im Freien zu übernachten. Sie fragte sich, was Caesar erlebt hatte. Vor allem, vor was er Reißaus genommen hatte? Ob er Gaetanos Mörder gesehen hatte?

Der Hund befand sich in einem jämmerlichen Zustand. Nicht nur dass sein Fell vollkommen verfilzt war, Caesar hatte eine übel aussehende Platzwunde über dem rechten Ohr – wie auch immer er sie sich zugezogen hatte. Zum Glück war sie nicht tief, sodass Isabella zuversichtlich war, sie mit einer Kamillentinktur schnell in den Griff zu bekommen. Caesar schien sich an dieser Verletzung überhaupt nicht zu stören.

Den ganzen Weg zurück zum Kloster war ihr der Hund keinen Meter von der Seite gewichen. Isabella hatte von dem Schreck noch immer wackelige Knie gehabt. Sie hatte ihr Ende kommen sehen, als sich dieses zottelige Ungetüm auf sie gestürzt, das rosafarbene Maul aufgerissen … und mit nasser Schnauze quer über ihr Gesicht geleckt hatte. Der Hund hatte sie zu Boden gerissen, und dabei hatte sie sich ihr Steißbein geprellt, was ihr bei jeder unbedachten Bewegung schmerzlich in Erinnerung gerufen wurde.

Nachdem der erste Schock überwunden und ihr bewusst geworden war, dass sie von keiner Höllenbestie bei lebendigem Leib aufgefressen wurde, hatte sie ihn erkannt. Caesar, Gaetanos treuherzigen Bernhardiner. Sie hatte nicht die leiseste Ahnung, wie er in die Weinberge gekommen war. Er musste sie beim Laufen erschnuppert haben. Schließlich kannten die beiden sich vom Markt und hatten sich mit der Zeit angefreundet. Isabella liebte Hunde. Eigentlich liebte sie alle Tiere. Aber Hunde eben ganz besonders. Und für Caesar hatte sie immer eine Extrascheibe von der im Kloster hergestellten Fenchelsalami übrig.

Es klopfte an der Tür. Caesar bellte ruppig auf. Genau einmal. Im nächsten Moment steckte die Novizin Ortensia ihren runden Kopf durch den Türspalt. »Schwester Isabella! Die Polizei möchte Sie sprechen. Schon wieder.« Die Novizin bedachte sie mit einem mahnenden Blick. »Am Telefon.«

Isabella nickte und wischte sich die Hände am Habit trocken. Irgendwann musste sie der Novizin unbedingt erzählen, was es mit dem Carabiniere auf sich hatte. Ebenso wie sie Matteo irgendwann endlich die Telefonnummer ihres Handys geben sollte. Es war wahrlich kein Vergnügen, jedes Mal durch das halbe Kloster schleichen zu müssen, um an den Hausanschluss im Eingangsbereich zu gelangen. Andererseits war das wirklich die beste Chance, sie zu erreichen, da sie die meiste Zeit des Tages ihr Handy ausgeschaltet hatte. Sie benutzte es eigentlich nur, um ungestört mit ihrem Bruder oder ihren Eltern zu sprechen.

So hielten es all ihre Mitschwestern. Nicht, dass es die Hausregeln des Klosters oder die Äbtissin verboten hätten. Doch jede für sich hatte ja entschieden, einen anderen Lebensweg einzuschlagen. Einen Weg mit mehr Achtsamkeit. Und dazu gehörte eine sorgfältige und umsichtige Nutzung der neuen Medien wie des Smartphones und des Computers.

Das war Isabella wichtig. Sie wollte präsent bei allem sein, was sie tat, sich nicht von unwichtigen Nichtigkeiten ablenken lassen. Ebenso wollte sie ihre Arbeit mit Sorgfalt erledigen und da sein, wenn sie Zeit mit Menschen verbrachte, die ihr wichtig waren. Denn das war im Grunde das Wichtigste, was sie ihnen schenken konnte: ihre ungeteilte Aufmerksamkeit, ein Stück ihrer Lebenszeit. Da konnte sie keine Ablenkung wie ein pausenlos klingendes Telefon oder den Piepton eingehender Nachrichten brauchen.

Und so war es zur Gewohnheit geworden, das Handy eine halbe Stunde vor der Vespa einzuschalten. Genügend Zeit, um auf eingehende Anrufe oder Nachrichten von ihren Lieben zu reagieren. Damit fuhr sie wunderbar.

Nun war es Matteo, der nach ihr verlangte. Schön.

Sie legte die Bürste und die Nagelschere beiseite und erhob sich. Sofort sprang auch Caesar auf.

»Sitz!«, rief Isabella scharf aus. »Du bewegst dich nicht von der Stelle, bis ich zurück bin!«

Ohne sich nach ihm umzudrehen – das hatte sie mal einem Tierverhaltenstrainer abgeschaut –, verließ sie die Zelle, um zum Telefon zu kommen.

»Ich bin's. Matteo«, warf sich ihr die Stimme des Carabiniere entgegen. Sie klang erregt und aufgewühlt. »Ich habe Neuigkeiten.«

»Die habe ich auch«, antwortete Isabella kopfschüttelnd mit einem Blick auf den sabbernden Hund, der ihr natürlich postwendend gefolgt war und nun den Fliesenboden volltropfte. Vor sich hin hechelnd sah er sie mit seinen riesigen braunen Kulleraugen erwartungsfroh an.

»Aber erst Sie.«

»Also.« Sie hörte, wie Matteo tief Luft holte. »Ich habe die Ex-Frau ausfindig gemacht. Emma. Also Gaetanos Ex-Frau, ich meine Louis'. Sie wissen schon.«

»Oh.« Isabella war ganz Ohr, das waren in der Tat interessante Neuigkeiten.

»Ich habe auch bereits mit ihr telefoniert. Eine überaus nette Dame, sie wirkte sehr betroffen, als ich ihr vom Tod von Gaetano, also Louis, berichtet habe.«

»Einigen wir uns auf den Namen Louis«, schlug Isabella vor. »So lautet schließlich sein Geburtsname.«

»Einverstanden.« Sie konnte förmlich hören, wie Matteo nickte. »Es war ganz leicht, sie aufzuspüren, da sie nach der Scheidung ihren Namen behalten hatte. Sie lebt in Pisa. Das ist zum Glück ja gar nicht so weit entfernt. Ich habe mit ihr ein Treffen vereinbart, um über ihren Ex-Mann zu sprechen. Sie zeigte sich sofort einverstanden.«

»Wann?«, wollte Isabella wissen.

»Heute.«

Sie warf erst einen Blick auf die Uhr, dann auf den Hund. »Das trifft sich gut«, sagte sie.

»Und Ihre Neuigkeit?«

»Nun, ich habe Caesar gefunden.«

»Was?«, schallte es ihr entgegen. »Wann? Wo? Wie?«

»Das erkläre ich Ihnen in aller Ruhe auf dem Weg nach Pisa.« Sie hielt kurz inne. »Es ist doch kein Problem für Sie, in Ihrem schicken Dienstwagen einen Hund mitzutransportieren?«

Kapitel

10

Zwei Stunden später standen Isabella, Matteo und Caesar vor dem schmiedeeisernen Tor eines schmucken Mehrparteienhauses in der Altstadt, ganz in der Nähe der Piazza dei Cavalieri. Isabella war überrascht und angetan von der Lebendigkeit dieser Stadt. Von all den jungen Menschen, die sich an den öffentlichen Orten aufhielten. Vermutlich waren es hauptsächlich Studierende, schließlich gab es in Pisa eine Vielzahl von Universitäten.

Ihr gefiel die Stadt der fallenden Türme und der vielen historischen Kirchen. Sie wollte später unbedingt gemeinsam mit Matteo die Piazza dei Miracoli besichtigen, den Platz der Wunder. Dort, wo der berühmte schiefe Turm stand, den sie bislang nur von Bildern kannte. Sie fühlte sich auf Anhieb wohl in dieser Stadt und glaubte sogar, das vor den Toren liegende ligurische Meer riechen zu können.

Ganz im Gegensatz zu Caesar, dem die vielen Menschen nicht geheuer waren. Er hatte sich fest an sie gepresst und wich ihr nicht von der Seite.

»Hier muss es sein.« Matteo verglich noch einmal die Hausnummer mit der Zahl, die er sich auf den Zettel geschrieben hatte, und suchte die Klingelschilder ab. »Da«, sagte er schließlich. »E. Giuliani, hier wohnt sie.« Er drückte seinen Finger auf den Knopf, und wenig später surrte es, und das Tor glitt wie von Geisterhand auf.

Der Weg führte sie durch einen liebevoll gestalteten Garten mit einem kleinen Teich und einem Gewächshaus, in dem überreife Tomaten wucherten, hinauf zu einer geschwungenen Außentreppe, die in den ersten Stock mündete. Dort wurden sie von einer stilvoll gekleideten Frau empfangen, deren graublonde Haare zu einem einfachen Dutt hochgebunden waren. Sie trug eine schicke Bundfaltenhose und dazu eine gepunktete Bluse. Sie war ein gutes Stück kleiner als Isabella, und ihr Gesicht strahlte förmlich vor Herzlichkeit, als sie sie erblickte.

»Sie haben mir gar nicht gesagt, dass Sie eine Geistliche mitbringen.«

»Verzeihen Sie, das ist Schwester Isabella. Eine … Freundin.«

Als er das Wort aussprach, tauschten er und die Schwester einen kurzen Blick aus und lächelten sich an. War es das? Waren sie bereits zu Freunden geworden?

Isabella reichte Signoria Giuliani die Hand. »Entschuldigen Sie bitte, dass ich mich derart aufdränge. Ich stamme aus dem Kloster in Santa Caterina und kannte Gaetano. Also Louis. Ich habe auch jemanden mitgebracht.« Wie auf Kommando trat Caesar aus Isabellas Schatten hervor und hechelte Emma Giuliani an.

»Das ist Caesar«, erklärte Isabella ihr. »Louis' Hund.«

Emmas freundliches Lächeln blieb unerschüttert. Auch dann, als sie die beiden in die verschwenderisch große Wohnung hineinführte und Caesar mit Anlauf auf die weiße Veloursledercouch sprang und sich in die Kissen fläzte. Isabella und Matteo nahmen ebenfalls auf der Couch Platz, und Emma setzte sich auf einen der beiden gegenüberstehenden Sessel. Sie beugte sich nach vorn und schenkte den beiden unaufgefordert Wasser aus einer kristallenen Karaffe ein. Nur sie selbst und der Hund gingen leer aus.

Zunächst herrschte ein unangenehmes Schweigen, bis Matteo das Wort ergriff: »Wie bereits am Telefon erwähnt, wurde Ihr Ex-Mann ermordet aufgefunden. Unser aufrichtiges Beileid.«

Isabella betrachtete Emmas Miene ganz genau. Sie erkannte einen Anflug von Traurigkeit in ihren Zügen. Sie lächelte noch immer, doch nun wirkte es gezwungen tapfer.

»Wer könnte Louis bloß solch etwas Schreckliches angetan haben?«, fragte sie leise.

Matteo schüttelte den Kopf. »Genau das möchten wir herausfinden. Allerdings haben wir über Ihren Ex-Mann nicht allzu viel in Erfahrung bringen können.«

Emma hob die Stirn. »Aber doch so viel, dass Sie Ihr Weg zu mir geführt hat.«

»Stimmt«, schaltete sich nun auch Isabella ein. »Wir haben ein Foto in seinen Habseligkeiten gefunden. Und das hat uns Aufschluss über sein früheres Leben gegeben.«

Nun lachte Emma auf. »Das muss wohl eine echte Überraschung für Sie gewesen sein.«

»Ja, das trifft es ganz gut«, räumte Matteo ein und griff nach seinem Glas.

Die Frau lehnte sich derweil zurück und sah die beiden an. »Louis und ich kannten uns bereits seit der Highschool«, begann sie zu erzählen. »Wenn Sie so möchten, war ich von Anfang an dabei, als ihm mit seiner Programmierung der Durchbruch gelungen war.« Sie lächelte verträumt. »Es war beinahe wie in einem Märchen. Auf einmal war da dieser unvorstellbare Reichtum, von dem ich ja heute noch profitiere.«

Isabella ließ den Blick durch den großzügig geschnittenen Raum schweifen, betrachtete die kostbaren Stilmöbel, die cremefarben verputzten Wände und die Decke mit den Stuckornamenten. Geschmackvolle Landschaftsgemälde hingen an den Wänden, dazwischen immer wieder kleine und größere

Gipsskulpturen römischer Götter. Im Gegensatz zu ihrer kargen Zelle war dieses Wohnzimmer der Inbegriff von Luxus.

»Sie fragen sich bestimmt, wie ein derart erfolgreicher Mann wie Louis zu einem Landstreicher werden konnte.«

Matteo und Isabella nickten einstimmig. Und auch der Hund schaute auf einmal stur geradeaus.

»Nun, weil er es so wollte.« Emma seufzte. »Ich glaube, das kann man nur verstehen, wenn man an einen Punkt im Leben gekommen ist, an dem man alles erreicht hat. Irgendwann stellt man sich die Frage, was noch kommen soll. Sein ganzes Dasein hatte er seiner Firma gewidmet. Nachdem er sie für viel Geld verkauft hatte, musste er nicht mehr arbeiten. Nie wieder. Also hielten wir es für eine gute Idee, uns an diesem herrlichen Flecken Erde zur Ruhe zu setzen.« Ihr Blick richtete sich auf die Buntglasfenster, durch die das Sonnenlicht in bunten Strahlen in den Raum geworfen wurde. Ein Lichtschein brach sich in der Bogenspitze der Diana-Skulptur. »Sie müssen wissen, dass Louis' Vorfahren aus Italien stammen. Für ihn war es da nur logisch, zurück in die alte Heimat seiner Familie zu ziehen. Mir war das recht. Hauptsache raus aus Kalifornien. Ich konnte dieses künstlich-grelle San Francisco nie ausstehen. Und eine ganze Weile war auch alles gut. Louis und ich genossen die Zeit und die Ruhe. Aber Sie haben keine Vorstellung davon, wie es ist, mit einem Workaholic zusammenzuleben, der auf einmal keine Arbeit mehr hat. Irgendwann ging es dann einfach nicht mehr, und wir haben uns getrennt – im Guten, wie ich anmerken darf. Ich glaube sogar, dass trotz unserer Trennung auf beiden Seiten noch Gefühle da waren.« Sie gab ein inbrünstiges Schnauben von sich. »Aber die Gefühle reichten eben nicht mehr, um die Ehe aufrechtzuerhalten.« Beinahe schuldbewusst streifte ihr Blick Isabella. »Ich weiß natürlich, was die katholische Kirche davon hält.«

Die Schwester hob beschwichtigend die Hände. »Sicherlich

ist es immer für alle Beteiligten am besten, wenn die Scheidung einvernehmlich ist.«

»Aber was ich noch nicht so ganz verstehe«, schaltete Matteo sich ein. »Wo ist Louis' ganzer Besitz hin? Ich habe Nachforschungen angestellt und eine ungefähre Ahnung davon, wie viel ihm der Verkauf seiner Firma eingebracht hat. Ich möchte Ihnen nicht zu nahe treten, Signora Giuliani. Aber selbst wenn Sie die Hälfte seines Vermögens zugesprochen bekommen haben, muss Louis noch ein überaus reicher Mann gewesen sein.«

Emma schenkte ihm ein mildes Lächeln. »Sie mögen Gaetano gekannt haben, aber nicht Louis. Wenn er sich etwas in den Kopf gesetzt hatte, tat er es ohne Kompromisse. Er hatte es mir seinerzeit so erklärt, dass ihn all der Besitz einengte – mich wohl eingeschlossen. Nicht, dass er mich besessen hatte, verstehen Sie mich bitte nicht falsch. Aber doch war es dieser gesellschaftliche Zwang, der ihm zunehmend zu schaffen machte.« Sie atmete tief ein und langsam wieder aus. »Nachdem die Scheidung durch war, spendete er sein ganzes Vermögen an Organisationen zum Schutz von Tieren.« Ihr Blick fiel auf Caesar. »Tiere hatte er immer geliebt.«

Isabellas Hand legte sich wie von selbst auf Caesars Kopf und kraulte ihn hinter dem Ohr.

»Das heißt, er hat sein ganzes Hab und Gut gespendet?« Matteo konnte es nicht glauben.

Emma nickte. »Ich weiß es noch, als wäre es gestern gewesen, wie er vor mir stand. Nichts als seine Klamotten am Leib und einen Wanderrucksack geschultert. Dieser Gesichtsausdruck, als er sich von mir verabschiedet hatte. Es war lange her, dass ich ihn das letzte Mal so glücklich gesehen hatte. Er wollte das Land seiner Vorfahren kennenlernen, hatte er mir erklärt. Und das ging am besten auf diese Art. Zumindest war das seine Meinung.«

»Waren Sie nicht in Sorge um ihn?«, fragte Isabella.

Emmas Lippen verzogen sich zu einem Lachen. »Um Louis? Himmel, nein! Dieser Mann war ein absoluter Überlebenskünstler. Quasi aus dem Nichts hat er es zum Multimillionär gebracht. Er besaß genügend Charme und Cleverness, um sich überall durchzuschlagen. Außerdem, ganz so mittellos, wie er es darstellen wollte, war er nicht. Er hatte schließlich noch eine Art Notgroschen dabei.«

Isabella richtete sich auf, vergaß sogar das Kraulen, woraufhin Caesar ihre Hand mit der Schnauze anstupste.

»Was meinen Sie damit?«

»Nun, er hatte einen Gegenstand behalten, der ihm sehr viel bedeutete und den er im Notfall zu Geld hätte machen können.«

»Was für einen Gegenstand«, wollte Matteo wissen.

»Ein Ei«, sprach Emma weiter.

»Ein Ei?«, fragten Matteo und Isabella gleichzeitig.

Die Frau nickte. »Es war ein Geschenk von seinem langjährigen Geschäftspartner und später besten Freund. Einem russischen Multimilliardär, der ihm finanziell unter die Arme gegriffen hatte, als die Firma kurz vor dem großen Durchbruch vor dem Aus gestanden hatte, weil keine Gelder mehr da waren, um die Programmierung abzuschließen.« Emma dachte kurz nach. »Ich würde sogar so weit gehen und behaupten, dass es so eine Art Vater-Sohn-Beziehung war. Sie müssen dazu wissen, dass Louis seinen Papa in sehr jungen Jahren verloren hatte. Also hatte dieses Ei eine unglaubliche emotionale Bedeutung für ihn.«

Russe? Milliardär? Ei? Matteo verstand überhaupt nichts mehr.

Isabella räusperte sich. »Um welches Ei soll es sich denn da Ihrer Meinung nach gehandelt haben?«

»Welches genau das war, kann ich Ihnen nicht sagen. Ich habe mir nie etwas aus dem Schmuck der Zarenzeit gemacht.«

Plötzlich machte es klick in Matteos Kopf. Erst neulich hatte er auf Italia 1 einen alten James-Bond-Streifen gesehen.

»Moment!« Er hob beschwichtigend die Hände, um für die Stille zu sorgen, die er in seinem Kopf brauchte, damit er einen klaren Gedanken fassen konnte. »Wir sprechen hier aber nicht gerade von einem Fabergé-Ei?«

Zu seinem grenzenlosen Erstaunen nickte die Frau, als wäre diese Tatsache das Selbstverständlichste auf der Welt. »Aber ja. Von welchem Ei sollte ich denn sonst sprechen?«

Matteo riss die Augen auf. Dann warf er Isabella einen mehr als erstaunten Blick zu. Er war alles andere als ein Kunstsachverständiger und hatte seine liebe Not in Gesprächen mit Nina zu bestehen. Aber ein Fabergé-Ei war selbst ihm ein Begriff. Wenngleich alles, was er darüber wusste, aus diesem James-Bond-Film stammte. Und so sagte er fachmännisch: »Aber die sind doch ungemein selten und außerordentlich wertvoll.«

»Nun, davon gehe ich aus«, erwiderte Emma nüchtern. »Es war einer dieser Schmuckgegenstände in Form von Ostereiern. Angefertigt vom einstigen kaiserlichen Hofjuwelier Peter Carl Fabergé.«

»Oh«, machte Matteo.

»Allesamt mit Juwelen besetzt, wenn ich mich nicht irre«, sagte Isabella.

»Sie irren sich nicht. Aber für Louis war nicht der monetäre Wert das Bedeutende an diesem Ei, sondern eben, dass es ein Geschenk seines Mentors und väterlichen Freunds war.« Plötzlich hielt sie inne und betrachtete Matteo mit einem intensiven Blick. »Nur um meine Neugier zu stillen: Befindet sich das Ei nun in Obhut der Polizei?«

Matteo schüttelte den Kopf. »Nein, ähm. Bislang haben wir bei seinen Habseligkeiten nichts gefunden, was auf ein Fabergé-Ei hindeuten würde.«

Emma neigte den Kopf. »Nun, das ist merkwürdig. Louis

hat dieses Objekt gehütet wie seinen Augapfel. Er hatte es in einer unscheinbaren Holzschatulle aufbewahrt. So eine von der Art, in der man diese bauchigen Schnapsflaschen verschenkt. Sie verstehen?«

Isabella nickte. Und wie sie verstand. Diese Frau hatte das Geheimnis gelüftet, was Gaetano in seiner ominösen Holzkiste aufbewahrt hatte. »Vielleicht hat er das Ei irgendwann vor seinem Tod verkauft?«, dachte sie laut nach.

Emma schüttelte vehement den Kopf. »Nein, das hätte er niemals getan.«

Matteo rieb sich die schweißnassen Hände an seiner Hose trocken. Es war schier unvorstellbar für ihn, welche Dimension dieser Fall angenommen hatte. Und er allein war damit betraut, ihn zu lösen. Ein echtes Fabergé-Ei. Sein Mund wurde trocken, und er musste sich angestrengt räuspern. Er wollte, dass die Titelmelodie von James Bond endlich aus seinem Kopf verschwand. Mit dem nötigen Ernst wandte er sich Gaetanos Ex-Frau zu: »Signore Giuliani. Können Sie dieses Ei denn näher beschreiben?«

»Selbstverständlich.«

Matteo zückte seinen Block und ließ sich von der Frau eine detaillierte Beschreibung des Kunstobjekts geben. Demnach handelte es sich um ein smaragdgrünes emailliertes Ei von der Größe einer geschlossenen Faust. Es war mit filigranen Rosenranken aus Sterlingsilber versetzt, in denen kleine Juwelen in Form von Blütenknospen eingefasst waren. Das Besondere war wohl die Farbe der Juwelen, die Emma als zartes Altrosa beschrieb. Matteo konnte sich nur schwerlich etwas darunter vorstellen. Rosa war für ihn Rosa. Dennoch notierte er sich alles – für den Fall, dass es doch wichtig wäre.

»Wissen Sie denn, was dieses Ei ungefähr wert ist?«

Emma Giuliani schüttelte den Kopf. »Nein, bedaure. Soweit ich weiß, gestalten sich die Preise dieser Objekte sehr unterschiedlich. Aber vor einigen Jahren hat ein Fabergé-Ei bei einer Auktion einen Rekordpreis von sechzehn Millionen Euro erzielt. Wenn ich mich recht erinnere.«

Matteo verlor die Kontrolle über seinen Unterkiefer, und er sah, dass es der Schwester nicht anders erging.

»Für ein Ei?«, fragte er tonlos.

»Für ein Fabergé-Ei.« Doch dann hob sie beschwichtigend die Hände. »Die sind natürlich nicht alle gleich wertvoll. Aber unter einem Millionenbetrag läuft da bei einem echten Ei eigentlich nichts.«

Nun war es Matteo, der sich in die tiefen Kissen sinken ließ. Konnte es wirklich sein? Da hatte er den alten Gaetano so oft gesehen, mit ihm gesprochen, ihm hin und wieder ein paar Geldscheine zugesteckt und ihm Lebensmittel besorgt. Dabei war er all die Zeit mit einem millionenschweren Fabergé-Ei in der Tasche herumgelaufen. Es war schlichtweg unvorstellbar.

»Können Sie das glauben?«, fragte Matteo.

»Dass diese Emma eine Hundehaarallergie hat? Nie und nimmer.« Isabella warf einen verzweifelten Blick auf die Rücksitzbank, wo Caesar sich der Länge nach breitgemacht hatte.

Die Sonne hatte schon tief am Himmel gestanden, als Matteo und Isabella den Rückweg durch die Hügellandschaft angetreten hatten. Der quirlige Polizeiwagen, ein Alfa Romeo Giulietta, war wie geschaffen für die kurvigen Straßen, und Matteo hatte einen riesigen Spaß daran, zu zeigen, was er hinter dem Steuer draufhatte. Doch Isabella war zu sehr in ihren Grübeleien versunken, um sich über seinen rasanten Fahrstil aufzuregen. Sie blickte noch einmal nach hinten. Außerdem schien selbst der Hund daran Gefallen zu finden, wenn Matteo die Kurven eng nahm.

Nein, ihr Plan war nicht aufgegangen. Sie hatte die Hoffnung gehabt, dass Emma sich des Hundes annehmen würde. Doch als Isabella sie auf den Kopf zu gefragt hatte, ob Caesar bei ihr bleiben könne, war die Antwort eindeutig ausgefallen. Sie hatte das *Nein! Auf gar keinen Fall!* geradewegs hinausgebrüllt. Die darauffolgende zögerliche Erklärung, dass sie unter einer üblen Hundeallergie litt, wollte Isabella ihr nicht mehr so recht abkaufen. Gaetano mochte ein riesiger Tierliebhaber gewesen sein. Seine Ex-Frau aber war es ganz bestimmt nicht.

Nun fuhren sie in die Klostereinfahrt. Isabella warf einen

Blick auf die Uhr und schickte ein innerliches Stoßgebet zum Himmel. Wieder einmal kam sie zu spät.

»Nein, nicht das mit dem Hund«, sagte Matteo. »Ich meine, ob Sie Sache mit dem Ei glauben können. Wenn das wirklich stimmt, dass unser Gaetano all die Zeit einen solch wertvollen Gegenstand bei sich trug, wäre es das perfekte Motiv für einen Mord.«

Darüber hatte sich Isabella bereits den Kopf zerbrochen. »Aber wer konnte das wissen?«

»Nun, von der Kiste wussten einige Leute.«

»Aber niemand wusste um den Inhalt. Ich meine, das hätte sich doch herumgesprochen. Ganz besonders in Santa Caterina.«

Sie blickte aus dem heruntergekurbelten Seitenfenster. Der Abend war bereits angebrochen, und ein angenehmes Lüftchen wehte über die Zypressen hinweg, die das Kloster umsäumten. Gerne wäre sie noch eine Runde mit Caesar spazieren gegangen, doch sie kam bereits zu spät zur Abendvesper. Das würde der Äbtissin gar nicht gefallen. Um schlimmeren Ärger zu verhindern, sollte sie nun wirklich los.

Außerdem sagte ihr ein Gefühl, dass sie heute keine Antworten mehr auf ihre Fragen erhalten würde. Mit einem tiefen Seufzen stieg sie aus dem Wagen, warf aber noch einmal einen Blick zurück in das Innere, um Matteo anzuschauen.

»Jemand muss davon gewusst haben«, sagte sie schließlich.

Matteos Schultern zuckten auf. »Aber wer?«

»Nun, ein Gefühl sagt mir, dass uns die Antwort ziemlich sicher auch zu Gaetanos Mörder führen wird.«

Matteo nickte verdrießlich. Vermutlich war er bereits selbst zu dieser Erkenntnis gekommen.

»Finden wir das Ei, finden wir auch den Mörder.«

»Sehe ich auch so«, stimmte Matteo ein. »Bleibt bloß die Frage: Wo ist das Ei?«

Isabella zog die hintere Tür des Streifenwagens auf und bedeutete Caesar, mit auszusteigen, der sich nicht zweimal bitten ließ. Mit einem Hops war er aus dem Wagen gesprungen und hechelte Isabella fröhlich an.

»Was wird jetzt aus dem Hund?«, fragte Matteo, der missgestimmt das mit Haaren überzogene Polster der Rücksitzbank betrachtete.

Isabella stöhnte innerlich auf. Eine weitere Frage, auf die sie keine Antwort wusste.

Ohne sich langwierig von Matteo zu verabschieden, eilte sie mit dem Hund im Schlepptau den Korridor entlang und konnte bereits hören, wie die Schwestern den Lobgesang des Simeon anstimmten.

Als sie die schwere Holztür zur Sakristei aufzog, erstarben die Stimmen, und sämtliche Köpfe drehten sich in ihre Richtung. Isabella nickte tapfer. »Entschuldigt bitte, ich bin zu spät dran.«

Die Äbtissin, die auf ihrem erhöhten Platz im Altarraum stand, schwieg eisern und gab ihr mit einem Aufzucken des Kinns zu verstehen, Platz zu nehmen.

»Gerne.« Isabella hob beschwichtigend die Arme. »Allerdings gibt es da noch ein kleines Problem.«

Wie auf Kommando huschte Caesar durch den Türspalt und begrüßte die anwesenden Schwestern mit einem freudigen Bellen. Dutzende Hände drückten und knuddelten den Hund.

»Oder vielmehr ein etwas größeres Problem«, murmelte Isabella vor sich hin, als sie in die Sakristei trat. Mit dem andächtigen Lobgesang war es nun vorbei, sodass sie schuldbewusst ihre schwarzen Schuhe musterte.

»Was soll der Hund hier?«, fragte die Äbtissin mit scharfer Stimme. »Das hier ist ein Abendgebet. Kein Streichelzoo.«

»Ich weiß«, erwiderte Isabella kleinlaut. »Eigentlich sollte

Caesar auch gar nicht mehr hier sein. Ich hatte gehofft, dass ich ihn heute an ein neues Frauchen vermitteln kann.« Sie setzte eine ernste Miene auf. »Doch diese Hoffnung hat sich leider nicht erfüllt.«

»Und nun?«, fragte die Äbtissin herausfordernd von oben herab. Sie hatte sogar ihre Fäuste in die Hüften gestemmt.

Isabella zuckte mit den Schultern. »Ich weiß es nicht«, gestand sie. Doch dann hielt sie dem Blick der Äbtissin stand. »Aber ich dachte … vielleicht könnte er hierbleiben, bis uns eine Lösung eingefallen ist.«

»Hier?!« Die Äbtissin starrte sie nunmehr an. Caesar bellte auf. »Was wollen wir denn mit einem Hund im Kloster? Ausgerechnet! Schon in der Bibel störten die Hunde mit ihrem Gejaule.«

»Ja«, pflichtete Isabella bei. »Aber steht in der Bibel nicht auch, dass wir von Tieren lernen können? Und wir erst durch unsere Barmherzigkeit erfahren, wozu Gott in der Lage ist?«

Ein zustimmendes Raunen schraubte sich das hohe Gewölbe der Sakristei empor. Isabella hatte gar nicht bemerkt, dass die anderen Schwestern das Gespräch zwischen ihr und der Vorsteherin verfolgt hatten. Sie lächelte. Der Zuspruch tat ihr gut. Allem Anschein nach war sie nicht die Einzige, die ein Herz für Caesar hatte.

Doch die Äbtissin hatte noch einige biblische Trümpfe im Ärmel: »Sagte nicht der Herr selbst, dass Schafe Schafe sind und Hunde Hunde?«

Isabella nickte. »Stimmt, diese Aussage habe ich noch nie verstanden.« Damit erntete sie ausgelassene Lacher.

Die Äbtissin rümpfte die Nase. »In der Bibel steht, dass Hunde eine Gefahr für Menschen werden können.«

Isabella räusperte sich. »Aber heißt es in der Bibel nicht auch, dass man Haushunden rücksichtsvoll begegnen soll?«

Die Äbtissin hob den Zeigefinger und schüttelte den Kopf.

»Im Brief an die Philipper heißt es wortwörtlich: ›Hütet euch vor den Hunden.‹«

Schwester Agnieszka begehrte auf: »Aber das ist doch jetzt völlig aus dem Zusammenhang gerissen. Und wenn wir schon die Bibel bemühen, dann bedenkt doch bitte, dass selbst der Sohn des Tobit nicht nur vom Erzengel Raphael begleitet wurde; er hatte auch einen Hund als treuen Gefährten auf seiner Wanderschaft dabei.« Sie blickte sich um. »Tobias im Buch Tobit, falls es jemand genau wissen will. Der Herr ist gütig.«

Die Äbtissin verzog das Gesicht, als hätte sie in eine Zitrone gebissen. »Und die Offenbarung 22, Vers 15?«, keifte sie schrill zurück. »Draußen stehen die Hunde, zusammen mit Zauberern, Mördern und Lügnern!«

»Ja, ja, die bösen Zauberer«, gab Schwester Immacolata, die Älteste unter ihnen, belustigt von sich, woraufhin auch die anderen Schwestern vorsichtig schmunzelten. »Haben die uns schon je Gutes gebracht?«

Aus dem Schmunzeln wurde herzhaftes Gelächter. An Zauberei glaubte hier nun wirklich niemand.

Noch einmal ergriff Schwester Isabella das Wort: »Im Psalm 91 heißt es: Denn er befiehlt seinen Engeln, dich zu behüten, auf all deinen Wegen.«

Die Äbtissin blinzelte Isabella herausfordernd an. »Damit waren Menschen gemeint. Möchtest du diesen Hund nun auf eine Stufe mit uns stellen?«

»Lebewesen ist Lebewesen«, befand Schwester Giovanna. »Gerade wir sollten da doch nicht unterscheiden, nicht wahr?«

Giovannas Einwand fand zustimmendes Gemurmel, und Isabella musste sich ein triumphierendes Grinsen verkneifen. Sie hatte noch nie erlebt, dass sich die Schwestern gemeinsam gegen die Äbtissin auflehnten. Doch nun war es der Fall. Sie taten es nicht für sie. Sie taten es für Caesar. Ihr wurde warm ums Herz.

Nun erhob sich auch Immacolata. »Ich pflichte Schwester Giovanna bei. Denn sind wir nicht alle von Gott geliebt?«

Zustimmendes Gemurmel ertönte.

Die Äbtissin hob die Hände, um die Schwestern zur Ruhe zu ermahnen. »Ich glaube nicht, dass damit auch die Liebe eines Hundes gemeint war.«

Das sah die alte Schwester anders: »Gottes Barmherzigkeit gilt der ganzen Welt. Und damit auch Hunden. Und wer nicht barmherzig ist, der findet auch kein Erbarmen. Der Herr ist gütig.«

»Hier, ich weiß auch ein Zitat.« Die sonst so schüchterne Schwester Agnieszka hüstelte kurz und blickte ernst in die Runde: »Das Glück beginnt mit einer feuchten Nase und endet mit einem wedelnden Schwanz.«

Auf einmal kehrte Totenstille in der Sakristei ein. Ungläubige Blicke wurden getauscht. Plötzlich verließ ein Wiehern die Münder der Schwestern. Alle lachten lauthals – bis auf die Äbtissin, die stocksteif mit fest zusammengepressten Lippen auf ihrer Anhöhe stand. »So kommen wir nicht weiter«, rief sie über den Lärm hinweg.

Das sah auch Isabella so. »Wir stimmen ab«, schlug sie deshalb spontan vor.

Das Gelächter verstummte schlagartig.

»Abstimmen?«, fragte Agnieszka. »So richtig mit eigener Stimme und so?«

»Isabella, du bist nicht in der Position, eine Abstimmung vorzuschlagen«, wies die Äbtissin sie mit ruhiger, aber drohender Stimme zurecht.

»Ich finde, das ist eine ausgezeichnete Idee«, rief Immacolata. »Schließlich betrifft es uns alle.«

Ein paar Schwestern klatschten Beifall. Die Äbtissin verzog

verstimmt das Gesicht, und Isabella ahnte, dass dies ein unschönes Nachspiel haben würde. Doch da musste sie durch. Hier ging es schließlich um Caesar.

Also streckte sie ihr Kreuz durch und vermied es tunlichst, die Äbtissin zu betrachten, als sie nach vorn ging und sich vor ihre Mitschwestern stellte. »Machen wir es ganz einfach: Wer dafür ist, dass Caesar bei uns bleibt, der hebe die Hand.«

Sie konnte förmlich spüren, wie sich die Äbtissin hinter ihr bedrohlich aufbaute.

Zögerlich tauschten die Mitschwestern untereinander Blicke aus, bis Schwester Immacolata als Erste entschlossen den Arm in die Höhe reckte. »Ich liebe Hunde«, stellte sie klar. »Und ich bin für alles dankbar, was mir hier diese lausige Langeweile vom Hals hält. Und wenn es sein muss, gehe ich auch regelmäßig Gassi mit dem Vieh. Der Herr ist gütig.«

Isabella lächelte sie dankbar an.

Nun ging auch der Arm von Schwester Agnieszka nach oben. »Ein Hund bringt Leben ins Kloster. Und er kann uns beschützen.«

Da hatte Isabella ihre Zweifel, dennoch nickte sie dankbar.

Nach und nach hoben die Schwestern ihre Arme, bis nur noch Schwester Hildegard übrig blieb und von allen neugierig gemustert wurde.

»Was soll's.« Sie hob amüsiert die Schultern. »Ob ich ein Maul mehr oder weniger durchfüttern muss. Darauf kommt es jetzt doch auch nicht mehr an. Also, meinetwegen darf er bleiben.« Sie hob den Arm.

So war Filomenas Arm der einzige, der unten blieb.

»Demokratisch abgestimmt«, entschied Schwester Immacolata. »Der Hund darf bleiben.«

Obwohl der Bernhardiner unmöglich wissen konnte, dass gerade über sein Schicksal entschieden worden war, bellte er freudig auf und schleckte die Schwestern nacheinander schwanzwedelnd ab.

»Also, lieber Caesar.« Isabella rutschte auf die Knie und streichelte den Kopf des Hundes. »Herzlich willkommen als offizielles Mitglied unserer Klosterfamilie!«

»Aber wehe, der hat Flöhe!«, fauchte die Äbtissin.

Isabella winkte ab. »Das ist ein guter Hund. Der hat keine Flöhe!«

Genüsslich ein Zitroneneis naschend, schlenderte Matteo durch die kopfsteingepflasterte Gasse entlang der Stadtmauer, vorbei an kleinen antiken Läden. Über ihm ragte der Terrakottaturm der romanischen Kirche Frediano in den Himmel hinein. Es schien, als würde er sich der grellen Sonne entgegenstrecken.

Ein weiterer heißer Tag kündigte sich an. Aber noch war es angenehm, und die Sonne tat wohl auf der Haut. Der Montagmorgen war gerade erst angebrochen und die Stadt erwacht. Die ersten Geschäfte öffneten, und langsam füllten sich die Straßen mit Leben.

Matteo mochte das beschauliche Lucca und fand, dass es den Beinamen »Heimliche Perle der Toskana« völlig zu Recht trug. Die Stadt war bei Weitem nicht so touristisch überlaufen wie Pisa oder Florenz. Schon gar nicht wie dieses grässlich überfüllte Venedig.

Das schmale Gässchen führte ihn an einer mittelalterlichen Kirche vorbei, von der der Putz abbröckelte. Matteo störte sich nicht am Zerfall dieser Stadt. Im Gegenteil: Er verabscheute die hochmodernen Metropolen Europas und fand, dass es ein Zeichen des Respekts vor der Vergangenheit darstellte, wenn eben nicht alles auf Hochglanz poliert wurde. Die Städte der Toskana hatten eine alte Geschichte, und man durfte ihnen gern ansehen, dass der Zahn der Zeit ein bisschen an ihnen genagt hatte. Bei Menschen verhielt es sich schließlich nicht anders. Obwohl Matteo jung war, hatte er schon längst für sich beschlossen, das Alter mit Würde zu tragen. Er wollte jede Falte, jedes graue Haar willkommen heißen. Aber mit etwas über dreißig hatte man wohl gut reden, was das Altern anbelangte.

Als er die Waffel seines Zitroneneises erreicht hatte, sah er sich suchend um. Hier irgendwo musste die Kunsthandlung von Nina Lenzi sein, Tochter des Bürgermeisters und sein nicht mehr ganz so heimlicher Schwarm, seit er sie das erste Mal auf den Straßen von Santa Caterina gesehen hatte. Noch nie hatte es ihn so schlimm erwischt wie bei Nina. Dabei konnte er gar nicht ausmachen, was ihm so sehr an ihr gefiel. Sie war wunderschön, zweifellos. Aber das waren andere Frauen auch. Sie war die Tochter des Bürgermeisters; allein das wäre Grund genug, einen weiten Bogen um sie zu machen. Doch da war etwas an ihr, dem Matteo einfach nicht widerstehen konnte. Etwas, das weit über ihre blendende Schönheit hinausging.

Mit ihrem Bild im Kopf schritt er an vielen Geschäften vorbei, doch nur wenige Läden hatten überhaupt Schilder. Einzig die Schaufenster gaben Aufschluss darüber, was der jeweilige Laden feilbot. Ein Brillengeschäft, ein Fair-Trade-Laden, eine Boutique mit sündhaft knapper Damenunterwäsche. Er fragte sich insgeheim, ob Nina dort auch einkaufte, und spürte, wie sich allein bei diesem Gedanken sein Puls beschleunigte. Hastig überflog er die Tagesschlagzeilen, die ihm an einem vorbeikommenden Kiosk entgegensprangen, um seine Gedanken wieder klarzubekommen. Florenz hatte im Rückspiel zwei zu eins gegen Lazio Rom gewonnen. Wenigstens das.

Mit dem Kopf voller Fußball und nicht voll Nina in Unterwäsche suchte er die Schaufenster nach Antiquitäten ab, nach kunstvollen Gemälden – eben das, was seiner Meinung nach in einer Kunsthandlung verkauft wurde.

Dann wurde er fündig.

Durch die Scheibe sah er Nina, die gerade telefonierte und in einem Katalog herumblätterte.

Er zögerte einzutreten, atmete noch einmal tief durch und überprüfte in der Spiegelung des blitzblank geputzten Schaufensters den Sitz seiner Uniform.

Als er die Kunsthandlung betrat, schlug ihm der Duft von alten Ölgemälden und etwas Frühlingsfrischem entgegen. Über ihm läutete ein Glöckchen auf, und sofort drehte sich Ninas Kopf in seine Richtung. Er lächelte. Sie lächelte. So weit, so gut. Dann schlug ihr freundliches Lächeln in einen Ausdruck des Erstaunens um.

»Matteo?«, fragte sie ungläubig. Aber auch erfreut, wie er fand.

Lächelnd trat er auf sie zu und hatte sie so sehr im Blick, dass er einen ziemlich alt aussehenden Globus mit sich riss, den er gerade noch auffangen konnte.

»Oh, scusa. Aber das ging ja gerade noch mal gut.« Er grinste verlegen.

Ninas Augen waren auf einmal weit aufgerissen, doch dann atmete sie erleichtert aus und winkte ab. »Kein Problem.« Ihre zarten Schultern zuckten auf. »Ist ja nicht so, dass es ein Unikat aus dem Jahre 1880 wäre.«

»Was, so alt?!«

Nina nickte. »Da sind sogar noch die überseeischen Postdampfschifflinien des Weltpostverkehrs verzeichnet.«

Ehrfürchtig stellte Matteo das altertümliche Teil zurück auf seinen Platz und erntete den nächsten schrägen Blick seiner Nina.

»Aber du bist nicht hier, um dich mit mir über einen Globus zu unterhalten.«

Als der erste Schock überwunden war, stand er endlich vor ihr und konnte sie aus nächster Nähe angrinsen, während er sich über seinen ausgeprägten Bartschatten fuhr. Ob ihr bereits aufgefallen war, dass er sich einen Bart wachsen ließ?

Auf jeden Fall war es das erste Mal, dass er sie mit Brille sah. Ein rundes Gestell mit großen Gläsern, das ihr etwas Bibliothekarinnenhaftes verlieh. Sie stand ihr ausgezeichnet. Das glatte kastanienbraune Haar hatte sie im Nacken mit einem Gummiband zusammengefasst. Einzelne Strähnen hingen ihr ins Gesicht. In ihrem geschäftsmäßig wirkenden dunklen Blazer, dem dazu passenden Rock und einem verflucht engen weißen Top war sie die Anmut in Person.

»Nein«, sagte er einsilbig und sah sich um. Es war ein kleiner Verkaufsraum, vollgestellt mit, nun ja, altem Gerümpel, wie er fand. Er sah eine Menge Bilder in schweren Holzrahmen. Zu seiner Linken stand eine Staffelei, auf der er ein kleinformatiges Ölgemälde betrachtete. Es zeigte ein altes Schiff mit aufgeblähten Segeln vor dem Panorama einer mittelalterlichen Hafenstadt. Er hob die Stirn. Womöglich Genua?

»Gefällt es dir?«, fragte Nina interessiert.

»Und ob«, log Matteo, wandte sich aber umgehend ihr zu. »Weshalb ich hier bin«, begann er zu erklären. Er war stolz auf seinen Einfall. Die ganze Zeit über hatte er nach einem Grund gesucht, um Nina wiederzusehen. Nun hatte er ihn. »Nun, eigentlich bin ich dienstlich hier.« Er räusperte sich und streckte vielleicht ein wenig zu arg die Brust raus, auf der das eingestickte Wappen der Carabinieri prangte.

Nina zog sich die Brille vom Gesicht und betrachtete ihn neugierig aus ihren rehbraunen Augen.

»Tatsächlich geht es um einen gesuchten Kunstgegenstand, und ich hatte mir erhofft, dass du mir vielleicht etwas Auskunft über diesen, nun ja, Gegenstand geben könntest.«

Ihre Brauen zuckten auf. »Und um welchen Gegenstand handelt es sich da?«

Matteo verlor sich in ihren Augen, musste sich dazu zwingen, den Blick von ihr zu nehmen, um wieder klar denken zu können. Er besah sich den Katalog, der offen auf dem Schreibtisch lag und in dem Nina eben noch beim Telefonieren herumgeblättert hatte.

»Um das da!« Seine Stimme überschlug sich vor Verblüffung. Er konnte nicht glauben, was er da auf dem Schreibtisch sah. Das konnte doch kein Zufall sein!

Ihre dunklen Brauen schoben sich noch dichter zusammen. »Um Fabergé-Eier?«

Matteo nickte eifrig und wog ab, wie viel er Nina anvertrauen konnte. Die Suche nach dem Ei gehörte zur polizeilichen Ermittlungsarbeit, deren Details nicht so ohne Weiteres an die Öffentlichkeit gelangen durften. Nicht, dass Matteo der Kunsthändlerin nicht traute, aber immerhin handelte es sich um die Tochter des Bürgermeisters. Und der würde sich diebisch darüber freuen, wenn er Matteo schlampige Ermittlungsarbeit würde vorwerfen können. Oder gar Schlimmeres. Nämlich, dass er vertrauliche Informationen herumtratschte. Er traute dem Bürgermeister ohne Weiteres zu, dass dieser nur nach einem Grund suchte, damit er Matteo aus Santa Caterina verscheuchen könnte – und somit fort von seiner Tochter. Also entschied er sich, Vorsicht walten zu lassen. »Zumindest könnte es sein, dass ein Fabergé-Ei eine gewisse Rolle spielt«, sagte er vage. »In einem aktuellen Fall besteht die Vermutung, dass ein solches Ei das Motiv eines Mordes sein könnte.«

Nina schlug die Augen nieder. »Du meinst den Mord an Gaetano.«

Innerlich fluchte Matteo auf. Er hatte Nina unterschätzt. »Dazu darf ich nichts sagen. Streng vertrauliche Ermittlungsarbeit.« Dennoch nickte er. Er konnte einfach nicht anders.

Nina deutete auf den Katalog, blätterte darin herum.

»Nun, ich habe kürzlich eine E-Mail erhalten, in der ich

darum gebeten wurde, ein Gutachten über ein Fabergé-Ei zu erstellen. Das ist an und für sich nichts Besonderes, derartige Anfragen erhalte ich häufig. Meist handelt es sich um wirklich schlechte Fälschungen. Aber diese Mail hat dann doch meine Aufmerksamkeit erregt, weil ein Foto beigefügt war, das ein smaragdgrünes Ei zeigte ...«

»... das mit Rosenknospen verziert ist«, beendete Matteo den Satz.

Nina hob den Kopf und starrte ihn an. »Woher weißt du das?«

Matteo blieb ihr die Antwort schuldig. »Würdest du mir diese Nachricht zeigen?«

»Klar, sie befindet sich auf meinem Rechner, hinten im Büro.«

Sie trat hinter der Theke hervor. Ihr nach Honig und Maiglöckchen duftendes Parfüm schlug ihm entgegen. Er schloss die Augen und atmete tief ein. Wie konnte ein Mensch allein bloß so fantastisch riechen. Halb betört folgte er ihr in den hinteren Bereich des Geschäfts und durch eine weitere Tür, die in ein kleines Büro führte. Es war aufgeräumt und geradezu elegant eingerichtet. Auf der Fensterbank drängten sich ein halbes Dutzend wuchtiger Topfpflanzen dicht beieinander und verströmten einen erdigen Geruch, der sich perfekt mit ihrem Parfüm vermischte. Fast so, als wären die Düfte aufeinander abgestimmt.

Vor dem Fenster stand ein wuchtiger Schreibtisch aus dunkelrotem Holz. Matteo schätzte, dass es Mahagoni war.

Man sah diesem Büro an, dass Nina ihre Arbeit liebte.

Sie klappte das Notebook auf, das auf dem Schreibtisch lag, und tippte darauf herum. Dabei legte sich ihre Stirn in Falten.

»Hier.« Sie drehte das Notebook in seine Richtung.

Matteo überflog die Nachricht, die vor Rechtschreibfehlern

nur so strotzte. Dann klickte er das beigefügte Bild an. Es war zweifelsohne das von Emma Giuliani beschriebene Ei. Und der Datierung nach hatte Nina diese Mail vor zwei Tagen erhalten – also nach Gaetanos Todeszeitpunkt.

»Glaubst du, dass es echt ist?«, fragte er.

Nina setzte sich auf die Kante des Schreibtisches. Dabei rutschte ihr Rock ein Stück nach oben und entblößte perfekt gebräunte Oberschenkel. Matteo zwang sich, ihr in die Augen zu schauen.

»Anhand der Fotos ist das schwer zu sagen. Zumal sie wirklich keine gute Qualität aufweisen. Auf jeden Fall kann ich aber nichts erkennen, was offensichtlich auf eine Fälschung hindeutet. Ich habe auch schon im Internet und im Katalog recherchiert. Ein solches Ei gibt es wirklich, und niemand weiß, wo es sich derzeit befindet. Also ja, ich glaube, dass es echt sein könnte.« Sie hob die Hände. »Aber ich bin wahrlich keine Expertin auf dem Gebiet von Peter Carl Fabergé. Da gibt es echte Profis, die sich mit nichts anderem befassen als den Schmuckgegenständen aus seiner Schmiede.«

»Ich hörte, dass dieser Peter der Hofjuwelier des russischen Kaiserhauses war.«

Nina nickte, und Matteo glaubte, so etwas wie Anerkennung in ihrer Miene lesen zu können. Sehr gut! Er war stolz darauf, dass er sich das aus dem Gespräch mit Louis' Ex-Frau gemerkt hatte.

»Im späten neunzehnten Jahrhundert stellte Fabergé diese prunkvollen Ostereier für die russische Zarenfamilie her. Die begrenzte Stückzahl und die teuren Materialien, die er dabei verwendete, machen sie so unglaublich wertvoll. Da ist es wirklich kein Wunder, dass sie oft gefälscht werden. In etwa verhält es sich hier wie mit den berühmten Stradivari-Geigen. Von denen ist mir bislang noch keine angeboten worden, die sich als echt herausstellte.«

Matteo wollte etwas erwidern, doch er hielt inne und warf einen langen Blick auf den Bildschirm, auf dem das Bild des Fabergé-Eis angezeigt wurde.

»Aber bei diesem hier …« Sie seufzte. »Ich bin mir wirklich nicht sicher. Wenn die Qualität des Fotos nur besser wäre.«

Matteo sah sich das Bild genauer an. Die Auflösung war wirklich mies – wie mit der minderwertigen Kamera eines billigen Smartphones bei miserablen Lichtverhältnissen fotografiert. Allem Anschein nach hatte der Fotograf die Blitzfunktion aktiviert, die große Bereiche des Fotos völlig überbelichtet hatte. Der Hintergrund hingegen war nahezu gänzlich schwarz. Dennoch erkannte Matteo, dass das Ei auf einer Art Hocker stand, umgeben von unförmigen Gegenständen, die er nicht ausmachen konnte. Irgendetwas im Hintergrund sah nach einem Gitterkonstrukt aus, das ihm vage bekannt vorkam. Doch er konnte es nicht zuordnen.

Er betrachtete den Mail-Absender, wurde aber nicht schlau aus dem, was er da las. Die Adresse bestand aus einer scheinbar willkürlich erscheinenden Zahlen- und Buchstabenkombination.

»Du wunderst dich über die Absenderadresse?«, vermutete Nina goldrichtig.

»Ja. So was habe ich noch nie gesehen. Sie besteht ja nur aus einer Nummer und einem Provider, von dem ich noch nie was gehört habe.«

»Das ist mir auch ins Auge gefallen. Aber das ist gar nicht so unüblich. Immer wieder erreichen mich diese Mails ohne Signatur oder eindeutige Absenderzuordnung.« Sie atmete angestrengt. Ihre Kieferknochen traten hervor, als müsste sie einen Wutausbruch unterdrücken. »Unsere Branche kann ziemlich windig sein. Immer wieder werden uns Objekte angeboten, deren rechtmäßige Besitzverhältnisse, sagen wir, nicht eindeutig geklärt sind.«

»Gestohlene Ware«, vermutete Matteo, worauf Nina eindringlich nickte.

»Ziemlich sicher sogar. Aber ich habe mich da mal schlaugemacht. Der Absender hat einen sogenannten Remailer verwendet. So ganz verstanden habe ich das nicht, aber ich glaube, dass eine Art Server dazwischengeschaltet wird, der dann selbst als Absender fungiert. Damit werden sämtliche Informationen entfernt, die auf die Herkunft und den wirklichen Absender schließen lassen. Ich bin mir sicher, dass es sich hier um eine Rundmail handelt, die an etliche Kunsthändler herausgegangen ist. Vielleicht sogar in ganz Italien.«

»Hm, aber warum betreibt jemand den Aufwand?«

»Na, um unentdeckt zu bleiben. Und so ein großer Aufwand ist das gar nicht. Das schafft man mit ein paar Klicks.«

Das war das zweite Mal in wenigen Tagen, dass jemand in Sachen Internet mehr Ahnung hatte. Matteo musste unbedingt an seinen Onlinefertigkeiten arbeiten.

»Meine Meinung?« Sie wartete seine Antwort gar nicht erst ab: »Das macht nur, wer gestohlene Ware verkaufen will.«

Matteo nickte. »Si, das sehe ich genauso.«

Im Grunde war die Sache für ihn eindeutig. Es konnte nur eine Person sein, die Kontakt zu sämtlichen Kunsthändlern aufgenommen hatte, um den Wert des Fabergé-Eis in Erfahrung zu bringen: Louis Giulianis Mörder. Oder zumindest jemand, der in direktem Kontakt zu ihm stand. Aber wie sollte er dieser Person auf die Spur kommen? Wie, verdammt?

Eingehend betrachtete er das Foto, das von fürchterlicher Qualität war. Irgendetwas weckte seine Aufmerksamkeit. Er wusste nicht, ob es an der detaillierten Beschreibung des Eis von Louis' Witwe lag, dass es ihm so bekannt vorkam. Oder doch an etwas anderem … Irgendwo klingelte ein Telefon.

Aus dem Augenwinkel nahm Matteo wahr, wie Nina ihr Smartphone zur Hand nahm. »Ciao, Papa!«

Er sah zu Nina auf, die das Handy ans Ohr gedrückt hatte.

»Natürlich freue ich mich, wenn du anrufst. Es ist nur … ich habe Besuch.« Sie rollte mit den Augen, was Matteo zum Schmunzeln brachte. »Matteo ist bei mir«, erklärte sie ihrem Vater. »Wie, welcher Matteo? Matteo Silvestri natürlich. Der Carabiniere. Was? Okay.« Kopfschüttelnd reichte sie ihm das Telefon. »Er will dich sprechen.«

Matteo sah sie fragend an, doch sie hob nur die Schultern. Auf einmal kam es ihm vor, als würde sich eine Geisterhand um seinen Hals legen, derart drückte es in der Kehle. Zögernd hielt er sich den Hörer ans Ohr und räusperte sich umständlich. »Ciao, Signore Lenzi! Schön, Sie … Bitte was? Wohin soll ich kommen? Sofort?!«

Zu ihren Füßen lag der nach Rosmarin duftende Hund und schnaufte schwer. Vermutlich träumte er schlecht. Isabella verspürte nicht übel Lust, ihn zu wecken, schließlich war er nicht der Einzige, der eine viel zu kurze Nacht hinter sich hatte.

Ihre Müdigkeit ging sogar so weit, dass sie die Augen zusammenkneifen musste, um die Buchstaben auf dem Bildschirm erkennen zu können.

Eigentlich wollte sie mit Caesar einen ausgelassenen Lauf durch die Weinberge absolvieren. Doch die artenreiche Vielfalt Gottes hatte ihr einen Strich durch die Rechnung gemacht, als sie weit vor dem ersten Hahnengekrächze aus dem Schlaf gerissen worden war, weil sie etwas ins Bein gezwickt hatte. Beim ersten Mal hatte sie sich nur gekratzt und weitergeschlafen. Beim zweiten Mal hatte sie geflucht und die Welt nicht mehr verstanden, war aber kurz darauf wieder eingeschlummert. Beim dritten Mal hatte sie aufrecht im Bett gesessen und das Licht angeknipst, um sich ihr Bein anzuschauen. Dort, wo es sie schmerzvoll gezwickt hatte, juckte es nun, und es waren drei gerötete Stellen zu sehen.

Das war der Moment, in dem sie erkannt hatte, dass Caesar ihr Bett erobert hatte.

Und dann hatte sie etwas auf dem reinweißen Bettlaken entdeckt. Einen kleinen dunklen Fleck, nicht größer als ein Mohnkörnchen. Sich fragend, was es war, hatte sie es berührt und erstaunt dabei zugesehen, wie es in hohem Bogen weggesprungen war. Es war ihrer Müdigkeit zuzuschreiben, dass sie eine geschlagene Sekunde gebraucht hatte, um zu verstehen, was es war. Dann aber war sie wach gewesen. Glockenwach.

Mit einem Schwung hatte sie die Decke vom Bett gerissen und auf dem weißen Laken Aberdutzende dieser dunklen Punkte erkannt. Sie waren überall!

Als sie zu Bett gegangen war, hatte Caesar sich brav auf den angrenzenden Läufer gekuschelt. Doch während sie geschlafen hatte, musste er ihr Bett erobert haben. Und mit ihm eine ganze Großfamilie an beißwütigen Flöhen.

Einmal und nie wieder. Das war das erste und das letzte Mal gewesen, dass dieser Hund in ihrem Bett gelegen hatte.

Mit schweren Augen klickte sich Schwester Isabella durch das Internet und durchforstete ein Vespa-Forum nach dem anderen. Die Suche nach dem Ersatzteil ließ ihr einfach keine Ruhe – zumal es sie von den vielen Fragen ablenkte, die sie sich im Fall von Gaetano stellte.

Es war überhaupt nicht verwunderlich, dass Matteo diesen Roller so günstig hatte ersteigern können. Bei dem U-Modell handelte es sich um ein äußerst seltenes Sondermodell, wie sie schnell herausfand. Diese Vespa war nur in geringer Stückzahl produziert worden. Ja, es war nahezu ein Ding der Unmöglichkeit, an Originalteile heranzukommen. Aber vielleicht fand Isabella eine andere Lösung.

Sie war so in ihren Gedanken gefangen, dass sie unwillkürlich zusammenfuhr, als sich die Tür zur Bibliothek aufschob. Caesar hob kurz den Kopf, um ihn im nächsten Moment wieder zurück auf Isabellas Füße sinken zu lassen und weiterzuschlafen. Der Glückliche!

»Das hier soll ich dir von Schwester Hildegard geben.« Ihre Mitschwester Immacolata trat auf sie zu und hatte eine durchsichtige Sprühflasche in der Hand. »Falls der Rosmarinsud nicht wirken sollte, meint sie, sollst du es mal mit dieser Spüli-mischung versuchen.«

Dankbar nahm Isabella die Sprühflasche entgegen und stellte sie neben die Tastatur.

»Bei den Kälbern im Stall hat das wohl nach Hildegards Be-kunden ziemlich gute Wirkung gezeigt.«

Schwester Hildegard kam aus Deutschland und hatte weit vor ihrer Klosterzeit ihre Kindheit auf einem Bauernhof im Allgäu verbracht. Niemand kannte sich im Kloster so gut mit Tieren aus wie sie. Es musste schon allerhand passieren, dass der Tierarzt aus Lucca zu ihnen rauskommen musste. Meis-tens bekam Schwester Hildegard alles selbst in den Griff. Sei es beim Behandeln von Hühnerschnupfen oder der Pflege von verletzten Eichhörnchen, die sich immer mal wieder auf das Klostergrundstück verirrten, wenn sie von Bussarden oder Baummardern verletzt worden waren.

So war Schwester Hildegard auch heute Morgen Isabellas erste Anlaufstelle gewesen, als sie der Floharmee in ihrer Zelle den Kampf angesagt hatte.

Diese hatte sich sogleich in die Küche begeben und einen Sud aus frischen Rosmarinblättern aufgekocht, den sie in Cae-sars Fell eingerieben hatte, um der Flohnester Herr zu werden. Währenddessen hatte Isabella das Bett abgezogen und sämtli-che Ritzen ihrer Zelle nach weiteren Flöhen abgesucht.

Sie konnte bloß hoffen, dass die Äbtissin davon nichts mit-bekommen hatte. Isabella verspürte wirklich keine Lust, ihrem Hohn und Spott ausgesetzt zu sein.

»Was schaust du denn da?« Schwester Immacolata trat neu-gierig an den Bildschirm heran.

Isabella gähnte lustlos. »Nichts. Ich bin bloß auf der Suche nach einem Ersatzteil für eine alte Vespa.«

Die Augen der Schwester wurden groß. »Etwa für dich?«

»Nein, für einen Freund. Er hat sich neulich eine gekauft

und möchte sie nun restaurieren. Aber er tut sich schwer mit dem Finden von Ersatzteilen.«

»Na, das wundert mich aber. Vespas wurden doch wie Sand am Meer gebaut.«

Isabella schüttelte den Kopf. »Nicht diese. Da handelt es sich wohl um eine ganz besondere Rarität, wie ich gerade feststellen muss.« Sie rieb sich die Müdigkeit aus den Augen.

»Ist es die da?« Der krumme Zeigefinger der alten Schwester richtete sich auf den Bildschirm. Es zeigte ein Schwarz-Weiß-Foto von Matteos Modell in tadellosem Zustand.

Isabella blinzelte angestrengt. »Ja, das dürfte das Modell sein. Ein uraltes Teil aus den frühen Fünfzigerjahren.«

»Ach, als ich noch jung war, durfte ich auch oft mit solch einem Roller mitfahren.« Schwester Immacolata schnalzte mit der Zunge und lächelte. »Todschick.«

»Na, der gleiche wird es wohl nicht gewesen sein. Das hier ist eine Sonderanfertigung.«

»Aber ja, ich weiß. Die Piaggio 125 als legendäres U-Modell. Mein Vater hatte genau die, aber eben in einem wunderhübschen Verde Pastello. Es gibt einfach kein schöneres Grün für eine originale Vespa.« Sie hielt kurz inne. »Soweit ich weiß, wurde sie auch nur in dieser Farbe produziert.«

Isabella sah die alte Schwester stirnrunzelnd an. Was gab sie da bloß gerade von sich. »Bist du sicher, dass du wirklich dieses Modell meinst? Auf den ersten Blick sehen sich nämlich alle ziemlich ähnlich.«

»Absolut!« Sie klatschte in die Hände. »Mein Vater hatte damals eine Werkstatt und tagein, tagaus nichts anderes getan, als sich um diese Roller zu kümmern. Ich bin also förmlich mit ihnen aufgewachsen.«

Mit grenzenlosem Staunen sah Isabella dabei zu, wie Immacolata ihren knochigen Finger auf den Bildschirm legte. »Hier, man erkennt es ganz genau am Scheinwerfer, der bei der U erstmalig am Lenker saß. Und schau mal da.« Sie fuhr mit dem Finger die Vespa entlang. »Nur bei diesem Modell war die Motorbacke nichts weiter als ein Abdeckblech.« Auf einmal lachte sie auf. »Ich kann nicht mal zählen, wie oft ich mir als Kind daran die Waden versengt habe.« In Erinnerungen schwelgend, grinste sie vor sich hin und zeigte dabei zwei Reihen perfekt sitzender dritter Zähne. »Ein wirklich tolles Teil war das. Ich habe heute noch den ratternden Klang des Motors im Ohr.«

Isabella konnte ein Gähnen nicht länger unterdrücken. »Und leider ist es auch unfassbar selten, sodass man kaum noch an Ersatzteile kommt.«

Schwester Immacolatas Oberkörper wippte leicht vor und zurück. »Wonach suchst du denn?«

Isabella seufzte frustriert auf. »Zunächst einmal nach dem kompletten Motorgehäuse.« Sie erzählte der Mitschwester von Matteos vermeintlichem Schnäppchen – bloß um festzustellen, dass der Roller wohl nur deshalb so günstig gewesen war, weil es ein schieres Ding der Unmöglichkeit war, an die wichtigen Bauteile heranzukommen.

»Das Motorgehäuse, ja?«, hakte Schwester Immacolata nach.

Isabella nickte. »Laut Bedienungsanleitung ist es leider ausschließlich für dieses Modell produziert worden. Und da es so verflucht selten gebaut wurde …« Sie ließ den Satz unvollendet.

»Und weißt du auch, warum die U so selten gebaut wurde?«

Isabella sah ihre Mitschwester verständnislos an.

»Weil sie ein richtiger Flop war. Ich weiß noch, wie mein Vater über sie geflucht hatte, weil sie nämlich nichts anderes war als das Sparmodell von Piaggio. Eben für all die Leute, die sich damals keine richtige Vespa leisten konnten. Und in der Tat war hier gespart worden, wo es nur ging.« Sie stellte sich ganz dicht neben Isabella und betrachtete das Foto. Obwohl sie ihre Lesebrille nicht auf der Nase trug, schien es ihr zu Isabellas Erstaunen keine Probleme zu bereiten, alle Details auf dem Bild zu erkennen. »Siehst du den Schriftzug da vorne, auf dem Beinschild?«

Isabellas Blick folgte ihrem Finger, der auf dem Bildschirm herumtippte.

»Die richtigen Modelle hatten dieses hübsche Alu-Emblem. Bei dieser hier wurde es aber nur aufgemalt. Und so geht's überall weiter. Das Rücklicht hatte man einfach vom Vorgängermodell übernommen, und selbst die Lampe ist viel kleiner als bei den anderen Typen. Die reinste Funzel war das. Damit im Dunkeln unterwegs zu sein glich einem Himmelfahrtskommando.« Die alte Schwester lachte krächzend, und Isabella konnte gar nicht anders, als mit einzustimmen. »Du bist also auf der Suche nach dem Motorgehäuse, ja?«

»Ganz genau.«

»Und du findest keins für dieses Modell?« Isabella schüttelte den Kopf, woraufhin die alte Schwester nickte. »Das wundert mich überhaupt nicht.« Bevor Isabella etwas erwidern konnte, ließ Immacolata die Katze aus dem Sack: »Weil es für dieses Modell nie ein eigenes Motorgehäuse gab! Der gesamte Motor wurde aus Bauteilen von Vorgängermodellen zusammengestückelt. Und wenn ich mich recht entsinne, wurde hier das Gehäuse der VM1T verwendet.« Ihr Kopf zuckte nach vorn, ihr Blick saugte sich förmlich am Bildschirm fest. »Ja, da an der Wölbung kann man es ziemlich gut erkennen. Ist ja auch naheliegend. Die VM1T war seinerzeit ein echter Verkaufsschlager und in hohen Mengen produziert worden. Deren Teile dann auch für die U zu verwenden war enorm kostensparend.«

Isabella betrachtete ihre Mitschwester mit einer Mischung aus Bewunderung und Fassungslosigkeit. Sie senkte den Kopf, um Immacolatas Atem zu kontrollieren. Doch sie roch keinen Grappa. »Bist du dir da sicher?«, fragte sie vorsichtig.

»Ich habe meine gesamte Kindheit in der Werkstatt meines Vaters verbracht. Ich selbst könnte den Motorblock einer Vespa im Schlaf zerlegen. Und mit verbundenen Augen wieder zusammenbauen. Natürlich bin ich mir sicher.« Sie sah Isabella eindringlich an. »Dein Freund soll es mit dem Motorgehäuse einer VM1T versuchen. Die wird passen. Und solch ein Gehäuse aufzutreiben sollte nicht sonderlich schwer werden.«

Die alte Frau rieb sich zufrieden die Hände, als hätte sie gerade die Kathedrale von Florenz eigenhändig erbaut. Dazu grinste sie breit. »Ich sollte jetzt aber wirklich den Hof fegen, sonst macht mich die Äbtissin einen Kopf kürzer.«

Mit wachsender Fassungslosigkeit sah Isabella Schwester Immacolata hinterher, die mit gebrechlichen Schritten aus der Bibliothek schlurfte.

Bereits von Weitem konnte Matteo den Bürgermeister erkennen, der sich in seinem kurzärmeligen Hemd wie ein weißer Tiger von der Flora abhob. Wobei die Statur des Bürgermeisters eher einem Albino-Elefanten als einem geschmeidigen Raubtier ähnelte. Es war ein kurioser Anblick, Duccio Lenzi in seinem feinen Zwirn durch die Wildnis stapfen zu sehen – und das in der brütenden Mittagshitze.

Matteo wurde einfach nicht schlau daraus, warum er hinunter zum Serchio zitiert worden war. Aber der Bürgermeister hatte am Telefon so dringlich geklungen und sogleich wieder aufgelegt, dass er gar nicht die Zeit gehabt hatte, ihn danach zu fragen.

Er sah, wie Duccio Lenzi über das Grundstück stolperte und immer wieder sein Smartphone zückte, um Fotos zu machen. Als er Matteo bemerkte, winkte er ihn zu sich heran.

»Ah, Silvestri. Schön, dass Sie es so schnell einrichten konnten.« Der Bürgermeister ließ seinen Blick über die Wiese schweifen. Dann fragte er Matteo, als dieser unmittelbar vor ihm stand: »Was glauben Sie, wie viele Busse hier Platz finden werden?«

»Ich … keine Ahnung.« Er breitete die Arme aus. »Hören Sie, Signore Lenzi. Wenn es um meinen Besuch bei Nina geht –«

»Sparen Sie sich das, Silvestri! Ich will überhaupt nicht wissen, was Sie bei meiner Tochter getan haben.« Der Bürgermeister vollführte eine derart ruppige Handbewegung, die zum Hals führte, dass Matteo es vorzog, kein weiteres Wort über dieses heikle Thema zu verlieren. »Aber … warum sollte ich dann hierherkommen?«

Der Bürgermeister blieb ihm eine Antwort schuldig. Stattdessen stapfte er weiter durch die ausgedörrte Steppenlandschaft, unmittelbar auf den Bauwagen zu, dessen Eingang mit einem polizeilichen Absperrband versehen war. Matteo hatte es selbst dort angebracht, nachdem die Spurensicherung gegangen war.

»Weiß man schon Näheres über den Täter?«, fragte der Bürgermeister so beiläufig, dass Matteo sofort klar war, dass dies nicht der Grund war, warum sie sich hier trafen.

»Nein«, gestand er. »Die Auswertungen der Spurensicherung laufen noch. Und Sie wären natürlich die erste Person, die ich informieren würde.«

Der Bürgermeister schnaubte auf und setzte seinen Weg fort.

Matteo folgte ihm wie ein Hilfsdiener über die Wiese. »Sagen Sie, Lenzi. Warum treffen wir uns ausgerechnet hier unten am Fluss?«

Lenzi warf den Kopf herum. »Na, ist doch naheliegend. Ich war ohnehin vor Ort, um mir alles noch einmal anzuschauen und eine Dokumentation für den Gemeinderat anzufertigen. Und als Nina mir dann erzählt hat, dass Sie bei ihr sind, dachte ich, dass es doch die ideale Gelegenheit wäre, dass wir beide uns hier unten treffen.«

Und du mich von deiner Tochter wegholen konntest, dachte Matteo mit einem leichten Anflug von Wut im Bauch. Er wollte etwas Passendes erwidern, als ihn ein aufblinkender Sonnenfunken ablenkte. »Moment, Signore Lenzi! Warten Sie kurz!«

Er ging auf den Baum zu, der direkt vor dem Eingang des Bauwagens stand und suchte die Rinde ab.

»Was machen Sie da«, wollte der Bürgermeister wissen, der ihm zum Baum gefolgt war.

Hier hatte er den Lichtpunkt gesehen. Irgendwo hier musste die Stelle sein. Er fand sie und sah, dass etwas Metallisches im Baum steckte.

Er nahm das Taschenmesser von seinem Gürtel und stocherte so lange herum, bis er den Gegenstand aus der Rinde befreit hatte.

»Was ist das?«, fragte der Bürgermeister, der nun ganz dicht neben ihm stand.

Gemeinsam betrachteten sie das kleine Stück Metall in Matteos Handfläche. »Eine Gewehrkugel.«

»Was? Aber …« Lenzi blies die Backen auf, doch Matteo kümmerte sich nicht weiter um ihn. Auf einmal beschlich ihn eine Ahnung.

Er fuhr herum, stieg die wenigen Stufen zum Bauwagen hoch, riss das Flatterband vom Eingang weg und trat ein. Intensiv betrachtete er die Stelle, wo er Gaetano vor wenigen Tagen vorgefunden hatte. Obwohl sich alles in ihm dagegen auflehnte, nahm er tief durch die Nase Luft und roch. Schmauchspuren, hatte der Mann von der Spurensicherung gesagt. Und tatsächlich roch Matteo etwas, das womöglich Schießpulver sein konnte. Wenn hier in diesem Wagen erst kürzlich eine Waffe abgefeuert worden war, musste es einen Grund dafür gegeben haben. Er stellte sich aufrecht hin und drehte sich im Kreis.

»Silvestri!«, hörte er den dumpfen Bass des Bürgermeisters. »Alles okay da drinnen?«

Matteo antwortete nicht. Er dachte nach. Vielleicht wurde der Täter von Gaetano überrascht, als er den Wagen durchwühlte. Er könnte im hinteren Teil am Bett gestanden haben, als plötzlich die Tür aufging und Gaetano dastand. Also hatte der Täter das Gewehr gehoben und auf ihn geschossen. Aber er hatte ihn verfehlt. Oder …

Matteo hob die Hände, als würde er ein Gewehr greifen, und schloss ein Auge, um zu zielen. Er verstand nicht viel von Ballistik, aber dank des gefundenen Einschlagloches, ließ sich halbwegs bestimmen, von wo der Schütze den Schuss abgefeuert haben musste. Demnach hatte er nicht auf Augenhöhe gezielt, sondern viel tiefer. Beinahe so, als hatte er nicht Gaetano treffen wollen, sondern … einen Hund!

Das musste es sein. Matteo fiel die Verletzung ein, die Caesar am Kopf hatte. Es war ein Streifschuss.

Matteo spürte, dass er soeben einen großen Schritt in diesem Fall bewältigt hatte. Er wusste zwar immer noch nicht, wer der Täter war, hatte nun aber eine Ahnung davon, wie es vonstattengegangen war.

Den Kopf voller Gedanken trat er aus dem Bauwagen und hielt auf den Bürgermeister zu, der im Schatten des hohen Baumes wartete.

»Haben Sie was herausgefunden?«, fragte dieser.

Matteo ließ sich mit seiner Antwort Zeit. »Vielleicht, ja.« Er betrachtete noch einmal die gefundene Kugel. »Ich denke, dass sie für die Spurensicherung wichtig sein könnte, um die Tatwaffe zu bestimmen.« Er steckte sich die Kugel in die Brusttasche.

Lenzi zog anerkennend die Augenbraue hoch. »Gute Arbeit, Silvestri. Und wie weit sind Sie in unserer Sache vorangekommen? Wann kann endlich der Bauwagen weg? Haben Sie den Besitzer ermitteln können?«

Matteo seufzte. Darum ging es also. »Der Bauwagen gehört Lorenzo Bonucci, dem Schrotthändler.«

Der Bürgermeister reckte das Kinn nach vorn. »Ach, Bonucci? Gut. Und was hat er gesagt, war er einsichtig?«

»Nun«, erwiderte Matteo ausweichend, als ihm eine entscheidende Information einfiel, die er dem Bürgermeister noch gar nicht mitgeteilt hatte. »Womöglich könnte es da noch ein weiteres Problem geben, Signore Lenzi.«

Der Bürgermeister musterte ihn eindringlich. »Problem?«, fragte er. »Was für ein Problem?« Ruckartig hob Lenzi eine Hand und klatschte sich auf den Nacken. Das Aufgrinsen in seinem Gesicht verriet Matteo, dass er erfolgreich gewesen war.

»Es ist nicht nur der Bauwagen, der dem Schrotthändler gehört. Auch das Grundstück ist in seinem Besitz.«

Der Bürgermeister sah ihn an, als hätte Matteo gerade um die Hand seiner Tochter angehalten.

»Oh«, kam es holpernd aus ihm heraus. »Das ist … überraschend.« In seinem Gesicht arbeitete es. Matteo konnte sehen, wie ihm die Hitze hier draußen zu schaffen machte. Sollte er doch leiden. Innerlich schnaubte Matteo auf. Eigentlich wäre es die Aufgabe des Bürgermeisters gewesen, vorab die Rechtslage dieses Grundstücks zu prüfen, bevor er beim Gemeinderat großspurig einen Busparkplatz vorschlug.

Doch Lenzi schien sich schnell wieder im Griff zu haben. Die Sorgenfalten wichen einem breiten Lächeln. »Ach, na ja. Das wird kein Problem sein. Ich kenne den Schrotthändler.« Er nickte zuversichtlich. »Dieser Lorenzo ist immer chronisch pleite. Der wird uns das Grundstück für einen Apfel und ein Ei verkaufen.«

Matteo wollte etwas entgegnen, hielt aber alarmiert inne. »Moment, was sagten Sie da gerade?«

»Na, dass dieser Lorenzo stets chronisch pleite ist und sich bestimmt über jeden zusätzlichen Euro freut, den er einheimsen kann.«

»Nein, das danach.«

Der Bürgermeister neigte den Kopf. »Das mit dem Apfel

und dem Ei – oder was meinen Sie? Himmel, Silvestri! Worauf wollen Sie hinaus?«

Matteo blieb ihm die Antwort schuldig. Es war noch nicht oft in seinem Leben passiert, aber nun war es solch ein Moment. Ein leibhaftiger Geistesblitz, der ihn durchzuckte. Und plötzlich war alles so glasklar wie die frisch geputzten Fensterscheiben von Ninas Kunsthandlung.

Ohne ein weiteres Wort drehte er sich um und ging.

»Silvestri. Sie können mich doch hier nicht einfach so stehen lassen!«

War es wirklich so leicht? Zumindest war es einen Versuch wert. Da sie Caesar nach der ausgefallenen Laufeinheit eine ausgiebige Gassitour schuldete, beschloss sie, noch einmal mit dem Hund auf dem Schrottplatz vorbeizuschauen und sich zu erkundigen, ob es dort ein Motorgehäuse der VM1T gab. Immacolata hatte ihr große Hoffnungen gemacht.

Sie hatte versucht, Matteo zu erreichen, bekam aber nur die Mailbox zu sprechen. Vielleicht war es besser so, denn sie freute sich diebisch darauf, sein Gesicht zu sehen, wenn sie ihn mit dem Motorgehäuse überraschte.

Vom Kloster bis hinunter zum Schrottplatz war es ein Fußweg von rund einer halben Stunde. Isabella hätte das Fahrrad nehmen können, doch sie wollte es Caesar bei diesen warmen Temperaturen nicht antun, sich derart zu verausgaben. Wozu auch? In ihrem Lebensmodell gab es keine Eile. So genoss sie den ausgiebigen Spaziergang im warmen Schein der späten Nachmittagssonne und ließ sich den Wind um die Nase wehen, der den würzigen Duft der Zypressen mit sich trug, die wild und schief auf den unbewirtschafteten Feldern mit ihren verdorrten Wiesen standen. Sie liebte diese dünn besiedelte Landschaft, in der sie den Blick über die wie hingeworfenen Hügel schweifen lassen konnte.

In der Ferne hörte sie das Rauschen des Serchio, der nur wenige Hundert Meter vom Schrottplatz entfernt entlangfloss.

Caesar tapste gemütlichen Schrittes neben ihr her. Da sie ihn noch nicht recht einschätzen konnte, hatte sie ihm eine Leine um den Hals gebunden, mit der sie hin und wieder die Ziegen ausführten. Caesar schien weder die Leine noch der daran haftende Ziegengeruch zu stören. Eigentlich war das eine unnötige Vorsichtsmaßnahme, denn Isabella glaubte nicht, dass Caesar sich so ohne Weiteres von ihr losreißen würde. Bislang hatte sie bloß ihre Stimme erheben müssen, und schon war sie sich der ungeteilten Aufmerksamkeit des Hundes gewiss gewesen.

Beinahe kam es ihr so vor, als hätte der Bernhardiner sie bereits bedingungslos als neues Frauchen akzeptiert. Isabella hingegen wusste nicht so recht, ob sie sich in dieser Rolle wohlfühlte. Sie hatte großen Respekt davor, Verantwortung für ein anderes Lebewesen zu übernehmen. Wenngleich sie zugeben musste, dass sie es mochte, Caesar um sich zu wissen. Sie genoss den halbstündigen Fußweg hinunter zum Fluss in vollen Zügen. Es kam ihr vor, als hätte sie das Spazierengehen völlig neu für sich entdeckt. Ja, als würde sie den Weg durch die Augen eines Hundes erblicken. Überall wurde stehen geblieben und herumgeschnuppert, gebellt, wenn andere Hunde den Weg kreuzten, geknurrt, wenn eine Katze aus dem Gebüsch lugte. Völlig auf Caesar fixiert, hatte sie an überhaupt nichts anderes gedacht. Das war ein Zustand, den sie mit meditativen Gebeten nur schwer erreichte.

Als sie sich dem Schrottplatz näherten, war es ungewöhnlich still auf dem Hof. Ob hier heute niemand arbeitete? Jedoch stand das Tor sperrangelweit offen. Isabella versuchte, sich den Namen des Schrotthändlers in Erinnerung zu rufen.

Sie trat mit Caesar durch das Tor, und das Gelände glänzte im blassen Sonnenlicht silbrig. Es war zwar nur altes Eisen und Blech, doch funkelte es so schön, wie es nur Schätze konnten. Caesar erschnüffelte sich eine Spur zu einem provisorischen Grillplatz.

Der Hof schien verlassen. Nur das Gackern der Hühner im angrenzenden Verschlag war zu vernehmen.

»Lorenzo!«, rief sie laut, als ihr der Name wieder eingefallen war. »Sind Sie da?«

Caesar bellte.

Plötzlich öffnete sich die Tür des einstöckigen Gebäudes.

»Wer ist denn da?«

Isabella sah den Schrotthändler im Türrahmen stehen. Er schirmte seine Stirn mit der Hand ab und blinzelte gegen die Sonne an.

Ehe Isabella etwas erwidern konnte, spielte der Hund an der Leine verrückt. Er stemmte sich gegen ihren Griff und begann wüst zu bellen. Isabella vermochte ihn kaum zu beruhigen. Schon gar nicht, als sich der Schrotthändler näherte.

»Sie schon wieder!«, rief er über das Gebell hinweg.

Caesar fletschte wild die Zähne, als Lorenzo nun unmittelbar vor ihnen stand. Er gab ein grollendes Knurren von sich. Isabella konnte ihn gerade noch so an der Leine halten.

»Was hat der Hund denn?«, fragte Lorenzo über den Lärm hinweg, und dann weiteten sich seine Augen, und Erkenntnis trat in seinen Blick. »Mensch, das ist Caesar! Der Hund von Gaetano!« Seine Augen waren weit geöffnet.

Ganz kurz kam es Isabella so vor, als hätte dieser Mann einen Geist vor sich. Sie nickte angestrengt. »Er ist mir zugelaufen, und jetzt kümmern wir uns im Kloster um ihn. Aber so habe ich ihn bislang noch nie erlebt.«

Der Schrotthändler strich über seinen Overall. »Ich hab zwei Katzen, vermutlich riecht er die.« Doch dann sah er die Schwester unverwandt an. »Aber warum sind Sie überhaupt hier?«

»Ja. Ich hätte da noch ein paar Fragen, was das Vespa-Ersatzteil angeht.«

Der Schrotthändler betrachtete sie mit einem Blick, als

wäre Isabella ein Insekt, das lästig um ihn herumschwirrte. »Nun, das befindet sich noch immer nicht in meinem Besitz.«

Isabella lächelte über die Griesgrämigkeit hinweg. »Aber vielleicht habe ich eine andere Idee.«

Lorenzo musterte sie argwöhnisch, dann ächzte er kapitulierend auf. »Also«, fragte er. »Wie kann ich Ihnen helfen?«

»Nun, wie Sie ja wissen, sind wir noch immer auf der Suche nach einem Motorgehäuse für eine Vespa.«

»Das legendäre U-Modell. Ich erinnere mich. Lassen Sie mich raten: Sie sind nirgends fündig geworden.«

Isabella nickte knapp. »Das stimmt, aber vielleicht habe ich da eine andere Idee. Ich würde es gerne mal mit einem Gehäuse vom Typ VM1T versuchen.«

Der Mann schob die Brauen zusammen. »Ein Gehäuse vom Typ VM1T«, murmelte er vor sich hin. »Und Sie glauben, das könnte passen?«

Isabella grinste. »Nun, ich habe da so einen Tipp bekommen.«

Der Schrotthändler schien kurz darüber nachzudenken, dann gab er ein schnalzendes Geräusch von sich. »Wie Sie meinen. Vorstellbar wäre es schon. Ja, einen Versuch wäre es vielleicht wert. Ersatzteile für dieses Modell habe ich zigfach vorrätig. Da findet sich sicherlich noch ein intaktes Gehäuse darunter. Hinten im Lager. Wollen wir gemeinsam nachschauen?«

»Furchtbar gern!«

»Aber die Töle bleibt hier!«

»Die Töle hat einen Namen«. Doch Isabella willigte ein und band den Hund am Pfosten des Bungalowvordachs fest.

»Hinten in der Garage müsste es sein. Kommen Sie!«

Sie folgte dem Schrotthändler quer über den Hof und war froh, wieder in den Schatten der Halle treten zu können.

Nervös warf sie einen Blick zurück zu Caesar. Doch der hatte sich wieder beruhigt und schnüffelte die Umgebung ab. Sie hatte mal gelesen, dass Hunde zehnmal besser riechen können als Menschen. Sie sind in der Lage, über eine Million verschiedene Düfte voneinander zu unterscheiden. Vermutlich war der Schrottplatz für den Hund das reinste Eldorado an geruchlichen Eindrücken.

Der Schrotthändler wühlte in Sachen herum und räumte Gegenstände beiseite. »Hier stehen tatsächlich noch ein paar Vespas dieses Modells herum. Natürlich alle nicht mehr fahrtauglich und komplett ausgeweidet«, hörte sie ihn rufen. »Aber ich meine, dahinten wäre noch eine mit intaktem Motorgehäuse. Ah, da ist sie ja.«

Irgendetwas krachte scheppernd zu Boden, begleitet von einem wüsten Fluch des Schrotthändlers. Isabella wollte schon nachsehen, doch dann trat seine massige Gestalt aus dem Halbdunkel des Lagers – mit einem unförmigen Gegenstand in der Hand.

»Hier ist das Schmuckstück.« Breit grinsend hielt er ihr einen gusseisernen Block entgegen, der völlig mit Öl beschmiert war. »Der müsste natürlich mal gründlich sauber gemacht werden«, entschuldigte er sich und ließ die Arme sinken, als ihm klar wurde, dass Isabella dieses Teil so nicht anfassen würde. »Und irgendwo hab ich auch bestimmt noch die Gehäuseverschraubung herumliegen.«

Isabella betrachtete das Teil. Allerdings reichte ihr technisches Verständnis nicht dazu aus, um auf einen Blick erkennen zu können, ob dieses Modell passen würde. Ihr blieb nichts anderes übrig, als auf Immacolatas Fachkenntnis zu hoffen. »Also gut«, sagte sie. »Was möchten Sie für dieses Gehäuse haben?«

Lorenzo wiegte seinen Kopf hin und her. Er bedachte sie mit ernster Miene, dann lächelte er. »Wissen Sie was, ich schenke es Ihnen.«

Sie schob die Brauen zusammen. »Verdient man denn so gut als Schrotthändler?«

Der Mann schnaubte belustigt auf. »Sollte man meinen, was? Immerhin wäre die italienische Autoindustrie ohne Stahl-schrott nicht denkbar. Händler wie ich decken beinahe ein Drittel ihres Bedarfs.« Er seufzte verbittert auf. »Und trotzdem werden immer wieder die Preise gedrückt, sodass unsereins kaum noch über die Runden kommt. Aber ich kann einer Or-densschwester doch unmöglich das Geld aus der Tasche zie-hen.« Er lachte. Isabella wollte mit einstimmen, als von drau-ßen das aufgeregte Gackern von Hühnern erklang – gefolgt von Caesars unverkennbarem heiserem Gebell.

»Was zum …!« Lorenzo streckte sich und sah über sie hin-weg. Ins Gesicht war ihm das pure Entsetzen geschrieben. »Die verdammte Töle ist in den Hühnerstall eingebrochen!«

Er ließ das Gehäuse achtlos zu Boden fallen, schnappte sich einen Gegenstand, der unmittelbar neben der Tür des Lager-raumes lehnte, und jagte über den Hof auf den Hühnerstall zu.

Als Isabella klar wurde, was er da in den Händen hielt, eilte sie ihm hinterher. Es war ein Gewehr. »Lorenzo, kommen Sie bloß nicht auf dumme Gedanken«, schrie sie ihm nach. »Das ist ein friedliebender Hund.«

Sie legte einen Gang zu, doch es war alles andere als leicht, in ihrem schweren Habit einen Sprint einzulegen. »Caesar, komm raus da!« Sie schnaufte angestrengt. »Ich werde Ihnen die Hölle heißmachen, wenn Sie dem Hund etwas antun.« Isa-bella schrie sich die Seele aus dem Leib: »Caesar, bei Fuß!« *Mia Madre, was ist bloß in diesen Hund gefahren?*

Als sie mit brennenden Lungen den Hühnerstall erreichte, war das Gehegetor aus der Verankerung gerissen. Der Bernhar-diner war wohl mit voller Wucht dagegengesprungen. Isabella verstand die Welt nicht mehr. Im Kloster hatten sie auch einen Hühnerstall, und bislang hatte sich Caesar nie besonders dafür interessiert. Im Grunde war ihm dieses Federvieh sogar ziem-lich schnuppe.

»Bleiben Sie draußen!«, fuhr Lorenzo sie hart an.

Isabella dachte nicht im Traum daran. So, wie der Hund eben auf den Schrotthändler reagiert hatte, befürchtete sie das Schlimmste. Also hob sie ihren Rock an und betrat den Stall. Sie wurde von einer Schneise der Verwüstung empfangen. Caesar hatte ganze Arbeit geleistet und alles auf links gekrempelt. Keine Hühnerstange war mehr an ihrem Platz, überall flatterte das Federvieh wild umher. Kaputte Eier tropften den mit Stroh ausgelegten Boden voll. Tränken waren umgekippt.

Jäh blieb sie stehen, als sie den Schrotthändler erblickte. Er hatte das Gewehr angelegt.

»Aus!«, schrie er. »Geh da weg!«

Dann sah sie Caesar. Er hatte sich vor einen Nistplatz gehockt, in dem jedoch kein Ei lag, sondern eine vergilbte Holzschatulle.

»Weg da!«, schrie der Schrotthändler noch einmal. Als Caesar sich nicht vom Fleck bewegte, fasste er die Flinte fester und kniff ein Auge zu.

»Lorenzo!«, sagte Isabella scharf. »Was soll das?! Der Hund macht doch gar nichts!«

Er warf wütend den Kopf zurück, ohne die Waffe abzunehmen. »Er hat mein Eigentum zerstört.«

»Und das tut mir leid«, sagte sie beschwichtigend. »Aber es ist doch nur ein Hühnerstall. Kein Grund, derart durchzudrehen. Ich komme für den Schaden auf. Versprochen.« Ihr Blick richtete sich auf das Holzkästchen, das Caesar in dem Verschlag aufgespürt hatte. Er schien total unbeeindruckt von Lorenzo zu sein. Seine gesamte Aufmerksamkeit galt ihr allein. Er sah sie unschuldig aus seinen großen Knopfaugen an. Dabei ließ er die Zunge weit heraushängen und hechelte sie schwanzwedelnd an – beinahe so, als würde er eine Belohnung einfordern wollen. Aber wofür?

Und dann verstand Isabella endlich. »Dieses Kästchen da«, sie deutete nach vorn, »was ist da drin?«

Der Schrotthändler schwieg. Auch dann, als Caesar wie auf Kommando die Schatulle mit seiner Schnauze anstieß, sie nach vorn kippte, und ein grünlich schimmerndes Ei herauspurzelte.

Isabella hielt den Atem an, wollte etwas sagen, doch kein Ton verließ ihre Lippen. Sie schnappte nach Luft wie ein Fisch auf dem Trockenen. »Das … das Fabergé-Ei«, stotterte sie fassungslos.

Und dann drehte sich der Schrotthändler zu ihr um und richtete die Flinte auf sie.

Im Bruchteil einer Sekunde erkannte Matteo, was er da vor sich hatte. Ihm kam wieder in den Sinn, was die Leute sich im Dorf erzählten und was er selbst von Lorenzo gehört hatte. Dass Gaetano immer mal wieder auf dem Schrottplatz ausgeholfen hatte – damit er während seiner Zeit in Santa Caterina im Bauwagen hatte wohnen dürfen.

Demnach war die Wahrscheinlichkeit groß, dass Lorenzo Bonucci über den Inhalt der Schatulle Bescheid wusste.

Matteo saß in seinem Dienstwagen und fuhr viel zu schnell die Uferstraße hinunter, um dem Schrotthändler ein paar unangenehme Fragen zu stellen. Die Reifen hatten auf dem Schotter kaum Grip, und er musste mehrmals hart gegenlenken, um nicht von der Fahrbahn abzukommen. Er hätte langsamer fahren können, doch irgendetwas trieb ihn zur Eile an.

Als er auf den Hof des Schrottplatzes einfuhr, trat er scharf auf die Bremse, um nicht ein vorbeistreunendes Huhn zu überfahren. Es gackerte lautstark auf und flatterte hüpfend davon.

Obwohl er die Fenster geschlossen und die Klimaanlage voll aufgedreht hatte, hörte er von draußen einen Hund dunkel aufbellen. Die Stimme kannte er doch. War das Caesar?

Matteo drehte sich in Richtung des Geräuschs und sah, dass das Tor zum Hühnergehege aus den Angeln gerissen war. Nun erkannte er auch, dass der ganze Hof voll von herumflatterndem und gackerndem Federvieh war. *Was geht hier vor sich?*

Sich umblickend stieg er aus, suchte den verwinkelten Schrottplatz nach Lorenzo ab. Doch bis auf die Hühner schien der Hof verlassen zu sein.

»Lorenzo?«, rief Matteo und bewegte sich auf den Hühnerstall zu, um sich die Sache mit dem Tor genauer anzuschauen.

»Hier!«, ertönte es aus dem Gehege. Doch es war nicht die raue Stimme des Schrotthändlers. Diese war eindeutig weiblich. Und er kannte sie.

Auf seine auf Hochglanz polierten Dienstschuhe bedacht, betrat er das maschendrahtumzäunte Außengehege des Stalls, wich den größten Kotflecken auf dem Boden aus. »Schwester Isabella? Sind Sie das? Was machen Sie denn bloß hier?«

Als er in den Bretterverschlag eintrat, glaubte er seinen Augen nicht zu trauen. Vor ihm stand Schwester Isabella mit einem leibhaftigen Gewehr in der Hand, das sie auf den in der Ecke zusammengekauerten Lorenzo gerichtet hatte. Sein grüner Overall sah arg in Mitleidenschaft gezogen aus. Am Hosenbein klaffte ein ausgerissenes Loch, und Matteo glaubte, im schummrigen Licht des Stalls eine kleine Blutspur auf dem Bein des Schrotthändlers zu erkennen. Und unmittelbar vor Schwester Isabella hatte sich der schwere Bernhardiner aufgebaut.

Matteos Blick glitt zwischen dem Schrotthändler und der schwer bewaffneten Schwester hin und her. Behutsam nahm er ihr das Gewehr aus der Hand, woraufhin Bewegung in Lorenzo kam. Er wurde aber sofort wieder stockstarr, als Caesar bedrohlich knurrte und die Lefzen hob.

»Erklärt mir das hier vielleicht mal irgendjemand?«, forderte Matteo. Der Schweiß rann ihm den Rücken hinab. Der Hühnergestank im Stall war kaum zu ertragen.

»Das Ei«, sagte Isabella bloß. »Caesar hat es gefunden. Genial versteckt unter den echten Hühnereiern.« Er spürte ihren Blick auf sich ruhen. »Und was machen Sie hier?« Ihre Brauen hoben sich.

»Na, einen Fall lösen. Ich habe seine Spur bis zu einer Kunsthandlung in Lucca verfolgt.« Matteo nickte in Lorenzos Richtung. »Dort wollte er ein Gutachten über das Fabergè-Ei erstellen lassen.«

Dass er im Grunde einen Glückstreffer gelandet hatte, verschwieg er geflissentlich. Die ganze Zeit über war es ihm nur darum gegangen, einen Grund zu haben, Nina wiederzusehen. Dass er damit ermittlungstechnisch ins Schwarze getroffen hatte, hatte ihn selbst am meisten überrascht.

Doch auf die eigentliche Spur hatte der Bürgermeister ihn gebracht. Und dann wusste Matteo auch wieder, was es mit dem merkwürdigen Gitterkonstrukt im Hintergrund des Fotos auf sich hatte. Es war der herzförmige Kühlergrill eines alten Alfa Giulia.

Matteo wandte sich dem Schrotthändler zu. »Sie haben Gaetano getötet, um an das Fabergè-Ei zu kommen. Deshalb musste er sterben. Sie haben ihn hinterrücks erschlagen.«

Dieser schüttelte energisch den Kopf. »Dafür haben Sie keine Beweise.«

»Wir haben das Ei«, erwiderte Isabella.

»Das beweist gar nichts.«

»Nun«, räumte Matteo ein, »auf jeden Fall ist es ein handfestes Indiz, das Sie in den Fokus der Ermittlungen rückt. Aber ich bin mir ziemlich sicher, dass wir hier auf dem Schrottplatz auch die Tatwaffe finden werden, mit der Sie Gaetano erschlagen haben.«

Der Schrotthändler lachte souverän. »Und wie wollen Sie das anstellen, bei all dem Schrott?«

Nun war es Matteo, der ein überlegenes Grinsen aufsetzte. »Nun, mit der vielleicht besten Spürnase dies- und jenseits von Santa Caterina.«

Lorenzos Züge verhärteten sich.

»Den Schatz seines geliebten Herrchens hat er ja bereits gefunden.« Er senkte das Gewehr und rief Caesar herbei, der sich sofort daranmachte, eifrig am Kolben zu schnuppern. Dann tat er etwas, was Matteo geradezu das Herz zerriss. Der Hund setzte sich auf die Hinterbeine und begann jämmerlich zu jaulen.

Auf Isabellas verständnislosen Blick hin, nickte Matteo und hielt das Gewehr hoch. »Das hier ist die Tatwaffe«, erklärte er ihr und ließ Lorenzo nicht aus den Augen. Die entgleisten Züge verrieten ihm, dass er ins Schwarze getroffen hatte. Dazu brauchte es sein Geständnis überhaupt nicht. Er hatte sogleich die eingetrockneten Blutspuren auf dem Kolben erkannt. Lorenzo musste diese Waffe bei sich getragen haben, als er den Bauwagen durchwühlt hatte.

»Als Sie den Bauwagen durchsucht haben, wurden Sie von Gaetano und Caesar überrascht. Vermutlich wollte sich der Hund auf Sie stürzen, und Sie haben auf ihn geschossen. Doch Sie sind kein guter Schütze, nicht wahr? Sie haben ihn verfehlt und ihm einen Streifschuss am Schädel verpasst.« Er sah zu Isabella. »Das wird der Grund für Caesars Kopfverletzung gewesen sein.«

Sie presste sich die Hand auf den Mund. Matteo konnte nur erahnen, was in ihr vorging.

»Laut Spurensicherung gab es keinen Kampf. Wissen Sie, was ich vermute? Gaetano hat sich sogleich auf seinen Hund gestürzt, um zu schauen, wie es ihm geht. Und da haben Sie ihm hinterrücks mit dem Gewehrkolben den Schädel eingeschlagen.«

»Das … das wollte ich nicht«, stammelte der Schrotthändler. Tatsächlich war er den Tränen nah. »Ich habe auf den Hund geschossen, ja. Es war Notwehr, er wollte mich anfallen. Und Gaetano … ich wollte ihn nur bewusstlos schlagen, wie die das in den Filmen immer machen.«

Matteo sah ihn hart an. »Aber das hier ist kein Film. Das hier ist die brutale Realität.«

254

Nun liefen wirklich Tränen Lorenzos Wangen hinab. »Ich … ich habe meine Kraft unterschätzt.« Er ruderte hilflos mit den Händen herum. »Auf einmal … war da überall Blut, und Gaetano ist einfach zur Seite weggekippt. Ich habe versucht, erste Hilfe zu leisten, aber … ich wollte doch nur das Ei …« Er sprach nicht weiter. Es hatte keinen Sinn. Es gab nichts mehr, was seine Situation verbessern konnte.

»Lorenzo Bonucci, hiermit verhafte ich Sie wegen des Totschlags an Louis Giuliani.«

Er nestelte sich die Handschellen von seinem Gürtel, hielt aber kurz inne. Ohne Lorenzo aus dem Blick zu lassen, ging Matteo in die Hocke und strich dem nun winselnden Hund über das weiche Fell. »Alles wird gut, Caesar. Du hast jetzt ein neues Frauchen, das sich rührend um dich kümmern wird.«

Er zwinkerte Isabella liebevoll zu, die nun auch nicht mehr an sich halten konnte und ihren Tränen freien Lauf ließ.

Epilog

Die Hitze in der Garage war gnadenlos. Nur mit seinem Unterhemd bekleidet, griff Matteo in die neben dem Werkzeugkasten stehende Kühltasche und zog zwei eiskalte Coladosen hervor. Die eine für sich, die andere warf er Schwester Isabella zu, die sie gekonnt auffing. Den halben Nachmittag hatten sie nun an der Vespa herumgeschraubt und es endlich geschafft, das Motorgehäuse einzusetzen. Es passte wie angegossen, daran bestand kein Zweifel. Bloß lag es an Matteos jämmerlichen handwerklichen Fähigkeiten, dass er so lange gebraucht hatte, sämtliche Bestandteile des Motorblocks darin unterzubekommen. Aber nun war es so weit.

Matteo und Isabella prosteten sich zu, während Caesar zusammengerollt in der dunkelsten Ecke der Garage lag und vor sich hin döste.

»Schade nur, dass der Bürgermeister wieder mal sauer auf mich ist.«

»Was können Sie denn dafür, dass es mit dem Bau des Busparkplatzes nicht geklappt hat. Sie haben doch bloß Ihre Arbeit erledigt.«

»Ja, genau!« Matteo lachte auf und stellte die Dose ab, um sich der letzten beiden Schrauben anzunehmen.

»Nur dass der Bürgermeister schwerlich mit einem Mann ins Geschäft kommen kann, der wegen Totschlag hinter Gittern sitzt.«

Isabella zuckte gleichgültig mit den Schultern. »Ich fand das mit dem Busparkplatz von Anfang an eine Schnapsidee. So bleibt der Platz dort unten der Natur überlassen, das ist doch ohnehin viel schöner.«

Matteo raunte zustimmend. Während er sich der letzten Schraube widmete, dachte er an die zurückliegenden Tage. Nach einigem Hin und Her hatte sich Nina des Fabergé-Eis angenommen, um die Echtheit zu überprüfen. Nachdem er sie angerufen hatte und sie im Polizeipräsidium vorbeigekommen war, um sich das Ei anzuschauen, hatte er es förmlich in ihren Augen aufglänzen sehen. Matteo hätte sonst etwas dafür gegeben, wenn dieser Blick nicht dem Ei, sondern ihm gegolten hätte.

Unmittelbar darauf hatten sie Emma Giuliani kontaktiert, da sie die alleinige Erbin war. Doch sie hatte bereits klargemacht, dass sie das Ei nicht wollte, und sich dafür ausgesprochen, es dorthin zu geben, wo es schließlich hingehörte: in ein Museum in Sankt Petersburg, das sich auf die Kunstschätze von Carl Peter Fabergé spezialisiert hatte.

Matteo fand es ein wenig schade. Zu gerne hätte er das Ei für Santa Caterina behalten und es dem ortseigenen Museum überlassen. Doch selbst mit seinem rudimentären Kunstverständnis musste er einsehen, dass das wertvolle Kunstobjekt in der weltgrößten Fabergé-Sammlung weitaus besser aufgehoben war als in einem kleinen Dörfchen in der Toskana.

Unvermittelt stieß Matteo einen triumphierenden Freudenschrei aus, der Isabella und Caesar vor Schreck zusammenzucken ließ. Die letzte Schraube war, nun ja, verschraubt. Erschöpft und glücklich stand er auf und stellte sich neben die Schwester, um sein Werk zu betrachten. Nein, eigentlich nur ihr Werk.

Schließlich war dieses Ergebnis einzig und allein ihr zu verdanken. Ohne ihren Einfallsreichtum wären sie noch immer auf der Suche.

Vor Freude drückte er Isabella fest an sich, die die Umarmung lachend erwiderte.

»Nicht mehr lange, Schwester Isabella, und wir beide können gemeinsam mit dem Schätzchen eine Runde durch Santa Caterina drehen.«

Isabella kicherte ausgelassen. »Das klingt verlockend – aber hätten Sie nicht viel lieber die Tochter des Bürgermeisters dabei?«

»Nichts da, Schwester! Die erste Fahrt gehört Ihnen. Da hat sich selbst eine Frau vom Schlage Ninas hinten anzustellen.«

Ende

VALENTINA MORELLI

Ein geheimnisvoller Gast

Lübbe

Kapitel

1

»Hier sieht es aus wie im Saustall! Wenn ich dir schon die Verantwortung übertrage, möchte ich auch, dass du sie übernimmst.« Äbtissin Filomena war vollkommen außer sich. Die Hände fest in die Hüften gestemmt, stand sie mit wutverzerrtem Gesicht vor Schwester Isabella und ließ ihrem Unmut freien Lauf.

Dabei konnte Isabella am allerwenigsten dafür, dass der Steinboden des Kreuzgangs aussah, als wäre eine Rotte Wildschweine darübergewetzt.

»Wo gehobelt wird, da fallen Späne.« Isabella versuchte sich an einem gewinnenden Lächeln, das auf die Äbtissin jedoch keine Wirkung zeigte.

Dabei war es wirklich eine Sauerei. Der gesamte Boden war mit schlammigen Fußabdrücken beschmutzt. Und nicht nur der Boden, wie sie jäh erkannte. Rasch lehnte sie sich gegen die Steinbalustrade, um die Handabdrücke auf den ehemals elfenbeinweißen Handläufen zu verdecken, da die Äbtissin alles mit Argusaugen musterte. Innerlich schüttelte sie den Kopf. Wie konnten zwei Handwerker bloß solch ein Chaos veranstalten. Sie rang sich ein Lächeln ab. »Ich werde mir sogleich den Putzlappen nehmen und gemeinsam mit Donna gründlich durchwischen.«

Die Äbtissin brummte leise. »Ich bitte darum! Was soll schließlich unser Gast von uns denken.«

Schuldbewusst senkte Isabella den Blick. Mit der Erwähnung des Gastes hatte die Äbtissin einen wunden Punkt getroffen. Das Convento di Nostra Regina della Pace war ein Benediktinerkloster, und diese waren schließlich in aller Welt für ihre unvoreingenommene Gastfreundschaft bekannt. Gäste gab es in dieser Abtei jedoch selten, was weniger am Hang zur fehlenden Gastfreundschaft der Ordensschwestern lag, sondern schlichtweg daran, dass potenzielle Gäste viel lieber prächtigere Klosteranlagen aufsuchten, die es in der Region dank der Nähe zu Pisa, Lucca und Florenz zuhauf gab. Das Convento di Nostra Regina war hübsch, aber schmucklos. Und schon gar nicht pompös.

Nun wieder einen Gast im Kloster zu wissen war eine angenehme Abwechslung. Isabella hatte sich sehr darüber gefreut, bloß war dieser Gast alles andere als umgänglich und gesellig. Seit einer guten Woche hatten sie eine Frau in den Mittdreißigern aus Mailand unter sich, die sich jedoch die meiste Zeit über völlig von ihnen fernhielt. Die anderen Schwestern kommentierten dies nicht, doch Isabella empfand das als höchst ärgerlich. In ihrem alten Konvent in Kalabrien hatten sie oft Gäste zu Besuch. Diese hatten sich ausnahmslos am Klosterleben beteiligt und ihr meist Löcher in den Bauch gefragt. Die Mailänderin hingegen glänzte durch Abwesenheit. Isabella hätte nur zu gern gewusst, wo sie sich die ganze Zeit herumtrieb.

»Und dieser Hund«, echauffierte sich die Äbtissin mit schmalen Lippen.

Isabella hob den Kopf. »Was ist mit Caesar?«

Filomena griff in ihr Gewand und brachte einen Plastikbeutel zum Vorschein, in dem sie einen großen Knochen aufbewahrte. Er war abgenagt, doch an manchen Stellen konnte Isabella noch Fleischfetzen erkennen. Und er war über und über mit Erde verschmutzt. Sie zog die buschigen Augenbrauen hoch und sah sie an. »Er hat das Gemüsebeet zerstört, um diesen Knochen zu verbuddeln. Die ganzen Tomaten sind futsch.«

Schuldbewusst starrte Isabella den Knochen an. »Das … das tut mir leid. Dafür komme ich natürlich voll und ganz auf.« Doch dann hielt sie nachdenklich inne. »Wo steckt Caesar eigentlich? Ich habe ihn seit dem Frühstück gar nicht mehr gesehen.«

Filomena rümpfte die Nase: »Vermutlich in der Vorratskammer und frisst sich an unseren Hostien satt.«

Isabella schüttelte den Kopf. »Das würde Caesar niemals tun. Also … nicht mehr, seit ich es ihm verboten habe.«

Caesars Verfressenheit war in der Tat ein Problem und leider nicht das einzige, was den Riesenhund betraf. Er war einfach schlecht erzogen und dachte nicht im Traum daran, auf jemand anders zu hören als auf Schwester Isabella. Er hatte schlichtweg seinen eigenen Dickkopf und ließ sich nur ungern Vorschriften machen.

»Er braucht eben seine Zeit, um sich bei uns zurechtzufinden.« Isabella fühlte sich dazu verpflichtet, ihn vor der Äbtissin in Schutz zu nehmen.

Schließlich war Caesar das neueste Mitglied in der Klostergemeinschaft und musste sich erst einmal eingewöhnen. Der herrenlose Bernhardiner war Isabella beim Joggen durch die Weinberge geradezu ins Leben gesprungen und hatte ausgerechnet sie als neues Frauchen auserkoren. Zuvor hatte Caesar dem Landstreicher Gaetano gehört. Dieser war einem fürchterlichen Verbrechen zum Opfer gefallen, sodass aus dem Obdachlosenhund ein Waise wurde.

In einer einmaligen demokratischen Abstimmung hatte der gesamte Orden gegen den Willen der Äbtissin dafür gestimmt, den Hund im Konvent zu behalten.

Dies war ein klarer Sieg für Isabella, die diese Wahl durchgeboxt hatte. Doch die Äbtissin war nachtragend und schikanierte die Schwester seitdem, wo sie nur konnte. Nur zu gern bedachte Filomena sie mit unliebsamen Aufgaben, die sonst niemand erledigen wollte. So war Isabella neben ihrem dreiwöchentlichen Marktdienst obendrein die Aufgabe zuteilgeworden, sich der Oblatin anzunehmen, die seit wenigen Wochen das Kloster bewohnte. Das war in Ordnung, sie mochte Donna und empfand diese Aufgabe als sinnvoll und dem Konvent dienlich.

Gehörig gegen den Strich ging es ihr jedoch, die Handwerksarbeiten der Installateure zu überwachen. Vor einiger Zeit hatte die betagte Heizung des Klosters das Zeitliche gesegnet. Aufgefallen war es erst, als es kein warmes Wasser mehr gab. Ein leidvoller Umstand, der noch immer anhielt. Isabella konnte sich gar nicht mehr an ihre letzte warme Dusche erinnern. Bloß gut, dass ihnen der Schaden im Sommer aufgefallen war und nicht erst in den nasskalten Monaten des Winters.

In ihrer wöchentlichen Zusammenkunft in der Sakristei hatte die Äbtissin bemerkt, dass Isabella für dieses Projekt geradezu prädestiniert sei, da sie als Einzige von ihnen halbwegs über ein technisches Verständnis verfügte. Zu dieser Annahme war Filomena gekommen, weil Isabella hin und wieder mit dem Dorf-Carabiniere Matteo Silvestri an seiner Vespa herumschraubte. Also war es an ihr, Handwerker zu beauftragen, sich der maroden Heizung anzunehmen. Schnell hatte sich herausgestellt, dass dies ein hoffnungsloses Unterfangen war.

Die Heizungsinstallateure aus Santa Caterina und der näheren Umgebung, die ins Kloster eingeladen worden waren, hatten allesamt kapitulierend die Arme gehoben, als sie die Anlage aus der Vorkriegszeit zu Gesicht bekommen hatten. Allesamt waren sie der Meinung gewesen, dass das Kloster eine neue Heizung brauche, doch das konnten die Schwestern sich nicht leisten.

Also hatte Isabella weitersuchen müssen und hatte schließlich in allen umliegenden Geschäften Steckbriefe ausgehängt.

Dringend gesucht: Installateur für Heizungsreparatur im Kloster.

Einige Tage lang war nichts passiert, doch dann hatten sich endlich zwei Handwerker gemeldet, die vorgaben, sich mit dieser Anlage auszukennen. Eine glatte Lüge, wie Isabella leidvoll erfahren musste. Denn seit die beiden selbst ernannten Heizungsprofis am Werk waren, glichen weite Teile des Klosters einer Großbaustelle. Da der Kreuzgang den kürzesten Weg in alle Bereiche darstellte, wurde er als Hauptverkehrsroute der Handwerker genutzt. Eigentlich nicht tragisch, ärgerlich war nur, dass es die ganze Nacht in Sturzbächen geregnet hatte und die beiden mit ihren matschigen Schuhen keine Rücksicht auf Verluste nahmen.

Noch immer den Beutel mit dem Knochen in der Hand haltend, sah Filomena sich mit zusammengekniffenen Augen um. »Wann wird dieses Chaos endlich ein Ende haben?«, herrschte sie Isabella an. »Seit zwei Wochen sind die beiden mit der Arbeit dran.«

»Nun, es scheint komplizierter zu sein als gedacht«, gab Isabella das wieder, was die beiden ihr heute Morgen auf dieselbe Frage geantwortet hatten. »Die Heizungsanlage ist alt, es lassen sich kaum Ersatzteile auftreiben, und –«

Die Äbtissin brachte sie mit einer ruppigen Handbewegung zum Schweigen. Wieder war da dieses missmutige Brummen, als sie auf dem Absatz kehrtmachte und davonstampfte.

Isabella seufzte erbittert, während sie den völlig verschmutzten Boden betrachtete. Den wieder sauber zu bekommen würde Stunden dauern.

»Ach, da ist ja die Chefin!«, rief jemand hinter ihr gut gelaunt.

Sie drehte sich um und sah zwei Männer in grauen Overalls

auf sich zukommen. Es waren Carlo und Silvano, die beiden Handwerker. Das Duo Infernale. Die beiden Profis ohne Plan. Sie warf sogleich einen Blick auf die Schuhe der beiden, die beinahe bis zu den Knöcheln sowohl mit frischem als auch eingetrocknetem Matsch besudelt waren.

Isabella mochte sie, fand aber, dass sie durchaus ein wenig mehr Ordentlichkeit an den Tag legen könnten. Ihre Schneise der Verwüstung führte mittlerweile durch das ganze Kloster, und sie als Projektverantwortliche hatte dafür geradezustehen.

»Ein Mistwetter war das aber auch heute Nacht, was?« Carlo fuhr sich über seine angegrauten Bartstoppeln und grinste sie freundlich an. Er trug seine braunen, mit grauen Strähnen durchzogenen Haare bürstenkurz und füllte den Overall mit seinem stattlichen Bauchansatz komplett aus.

Silvano war genauso wie Carlo groß gewachsen, aber weitaus schmaler – ja, geradezu schlaksig. Der viel zu groß wirkende Overall flatterte an ihm wie an einer Vogelscheuche.

»Ja, in der Tat«, erwiderte Isabella zuvorkommend. »Ein Mistwetter war das.« Aber ein schönes. Mitten in der Nacht war sie von dem starken Regenschauer wach geworden, der wütend auf das Wellblechdach des Ziegenstalls geprasselt hatte. Mit dem kühlen Wind, den der Regen mitbrachte, hatte auch ihre Bettdecke endlich wieder eine Daseinsberechtigung. Und so war sie, fest in ihrer Decke eingekuschelt, im beruhigenden Rauschen des Unwetters wieder eingeschlafen. Weniger schön war, dass die sintflutartigen Regenschauer die trockene Erde um das Kloster herum geradezu in ein Sumpfgebiet verwandelt hatten. Es war sogar so schlimm, dass Isabella ihre morgendliche Laufeinheit hatte ausfallen lassen, um nicht ihre Sportschuhe einzusauen. Carlo und Silvano schien das bei ihren Arbeitsschuhen nicht weiter zu stören.

Der Kräftigere der beiden, Carlo, hatte einen schweren Werkzeugkasten in der Hand, und Silvano trug eine Klappleiter unter dem Arm. Carlo war eine wahrhaft imposante Erscheinung und besaß den Nacken eines Stiers. Die breite Nase war im oberen Teil leicht gebogen, was Isabellas Ansicht nach darauf hindeuten konnte, dass sie einmal gebrochen gewesen und nicht wieder gerade zusammengewachsen war. Nein, Carlo war kein Mann, dem man nachts in einer dunklen Gasse begegnen wollte. Wenn man sich aber erst einmal mit ihm unterhielt, wirkte er überhaupt nicht bedrohlich, sondern richtig lieb. Er hatte das Aussehen eines Preisboxers, aber das Gemüt eines freundlichen Kindes. Silvano hingegen wirkte in seiner ganzen Art unbeholfen, beinahe so, als wüsste er nicht, wohin mit seinen langen Gliedmaßen. Doch in seinem knochigen Gesicht ruhten wache Augen unter ausgeprägten Geheimratsecken.

»Wie kommen Sie voran?«

»Schleppend«, gestand Carlo.

»Mehr schlecht als recht«, fügte Silvano hinzu.

Carlo nickte eifrig. »Vor allem mehr schlecht als recht. Haben wir eine Baustelle abgeschlossen, tut sich eine neue auf.« Er grinste frech, wodurch die Nase noch breiter wirkte.

»Ja, ja«, raunte Silvano. Er fuhr sich mit seiner Hand durch das lichte Haar. »Das ist ein altes Gemäuer. Mit einer entsprechend alten Heizung, die alles andere als gut gewartet wurde in den letzten Jahren.«

Davon wusste Isabella nichts. Sie war erst seit wenigen Monaten im Convento di Nostra Regina della Pace. Doch sie glaubte den beiden aufs Wort. Bislang hatte die Äbtissin nicht den Eindruck bei ihr hinterlassen, bei solchen Dingen Sorgfalt walten zu lassen.

»Wir haben im Querschiff noch ein tropfendes Rohr entdeckt. Das wollen wir nun austauschen.« Er hob die Hand mit dem Werkzeugkasten an.

Isabella zog hoffnungsvoll die Brauen hoch. »Und danach wird alles wieder in Ordnung sein?«

Die beiden tauschten einen vielsagenden Blick aus und lachten rau auf.

Isabellas Hoffnung verabschiedete sich in die Sommerpause.

Carlo rückte die Kappe zurecht, die auf seinem Lockenkopf saß: »Es ist ja nicht nur die Heizungsanlage …«

»… es sind auch die Rohre«, führte Silvano weiter aus.

»Sie sind alt«, sprach Carlo weiter. »Sehr alt. Und teils so marode, dass man sie nur böse anschauen muss, damit sie auseinanderbröseln.« Er schnaubte missmutig auf, und Silvano schloss sich ihm an. »Vermutlich werden wir nicht drum herumkommen, Ihnen eine komplett neue Anlage einzubauen.«

Isabella schüttelte vehement den Kopf. »Das ist absolut indiskutabel, meine Herren. Das können wir uns nicht leisten. Eine gründliche Reparatur muss fürs Erste reichen.« Sie neigte ihren Kopf und sah die beiden abwechselnd an. »Das bekommen Sie doch hin?«

Carlo grinste sie überheblich an. »Wir bekommen alles hin, Chefin.«

»Aber das dauert eben«, gab Silvano zu bedenken. »Meist ist es eben zeitaufwendiger, auf Fehlersuche zu gehen und alles zu beheben, als einfach alles rauszureißen und die Anlage komplett neu aufzubauen.«

»Das können wir uns aber nicht leisten«, stellte Isabella noch einmal klar.

Carlo klopfte seinem Kollegen auf die Schulter. »Wir geben natürlich unser Bestes, damit die Kosten für Sie so gering wie möglich bleiben.«

»Schön.« Isabella nickte zufrieden. »Und bitte, meine Herren, wenn Sie es irgendwie einrichten könnten, nicht allzu viel Dreck zu hinterlassen …«

»Geht klar, Chefin.«

Sie nahm einen tiefen Atemzug und ließ die beiden ihres

Weges ziehen. Trotz des Ärgers, den die zwei ihr bereiteten, musste sie schmunzeln. Es gefiel ihr, dass die beiden sie ausschließlich mit »Chefin« ansprachen.

Mit gehobener Laune machte sie sich auf den Weg zur Waschküche, auf der Suche nach Donna, damit sie sich gemeinsam der Reinigung des Kreuzgangs annehmen konnten. Die Oblatin würde sicherlich nicht begeistert darüber sein, zumal sie den ganzen Morgen von ihr zum Wäschereidienst verdonnert worden war. Aber das gehörte nun einmal zu den Aufgaben in einer Klostergemeinschaft. Als sie in den Flur einbog, drang ein mitleiderregendes Winseln an ihr Ohr, das aus einer der beiden Abstellkammern zu ihrer Rechten zu kommen schien. Isabella hielt inne und horchte. Hatte sie sich das Geräusch nur eingebildet? Doch da war es wieder. Ein dumpfes Winseln und ein ruppiges Kratzen – als würden Krallen gegen das Holz einer Tür …

»Caesar!«

Sie zog die Tür der ersten kleinen Abstellkammer auf, und das fellige Ungetüm kam ihr so schwungvoll entgegengesprungen, dass es sie beinahe umgerissen hätte.

»Was machst du denn da drinnen?« Über den schweren Kopf des hechelnden Hundes hinweg warf sie einen Blick in die dunkle Kammer. »Du Armer.«

Sie überlegte, ob ihn womöglich jemand versehentlich dort eingesperrt hatte. *Nein!* Sie schüttelte den Kopf. *Das war ganz sicher kein Versehen.* Sofort hatte sie die Äbtissin im Verdacht. Sie war die Einzige im ganzen Kloster, die Caesar nicht ausstehen konnte. Ja, ihr würde sie es ohne Weiteres zutrauen. Vermutlich hatte sie ein Leckerli in die Kammer geworfen, darauf gewartet, dass Caesar hinterherhechtete, und dann die Tür geschlossen.

»Komm mit, mein Guter, ist ja alles wieder in Ordnung. Wir gehen Donna suchen.«

Der Hund bellte und wedelte freudig mit dem Schwanz. Den ganzen Weg zur Waschküche sprang er fröhlich neben ihr her. Allein die Gegenwart von Caesar reichte aus, damit Isabellas ohnehin gute Laune sich noch mehr steigerte. Vielleicht würde der Rest des Tages doch noch ganz passabel werden.

»Donna?«

Die Tür zur Waschküche war einen Spaltbreit geöffnet. Als sie sie weiter öffnete und ihren Kopf durchsteckte, schlug ihr eine feuchte Wärme entgegen, die ihr das Atmen schwer machte.

Sie wollte gerade eintreten, als Caesar ihr zuvorkam. Isabella konnte die Tür gar nicht so schnell aufziehen, wie er durch den Spalt hindurchhuschte.

Ein schriller Schrei erhob sich. »Du dämlicher Hund, musst du mich so erschrecken?!«

Grinsend trat Isabella auf die junge Oblatin zu. »Tut mir leid, wir wollten dich nicht erschrecken.« Es war eine aufrichtige Entschuldigung. Isabella wusste um Donnas Schreckhaftigkeit. Oft scherzten die Schwestern darüber, dass es wohl am besten wäre, sie würden sich allesamt Glöckchen um den Hals hängen, um Donnas Nervenkostüm zu schonen.

Isabella warf einen Blick auf den Wäscheberg, vor dem Donna saß. In ihren Händen hielt sie ihr Smartphone.

Isabella runzelte vorwurfsvoll die Stirn. Sie konnte es der Oblatin nicht verbieten. Aber die Schwestern hatten sich darauf geeinigt, die Nutzung der modernen Medien auf ein Minimum zu beschränken, um sich von ihren Aufgaben und der Nähe zu Gott nicht ablenken zu lassen. Donna schien dies reichlich schnuppe zu sein.

»Wie weit bist du mit der Wäsche?«, fragte sie, obwohl sie das Ergebnis selbst sah. Sie warf ihr einen mahnenden Blick zu.

»Bin gleich so weit.«

In Anbetracht des Wäscheberges war diese Behauptung eine glatte Lüge.

»Ich werde dir helfen.« Isabella raffte die Ärmel ihres Gewandes nach oben und trat auf die Wäsche zu.

»Das ist wirklich nicht nötig, Schwester Isabella.«

»Anscheinend doch.« Sie wollte es nicht, aber in ihrem Tonfall schwang ein großes Maß an Vorwurf mit.

Die Oblatin senkte den Kopf. »Ich habe dich enttäuscht, nicht wahr?«

Isabella hielt in der Bewegung inne und sah das junge Mädchen eindringlich an. Die blauen Augen blickten sie entschuldigend an. Geradezu weich.

Isabella seufzte. »Donna«, sagte sie. »Ich weiß nicht, aber ...« Sie hielt kurz inne, versuchte, ihre Worte mit Bedacht zu wählen, da sie sie nicht verletzen wollte. »Aber ... glaubst du wirklich, dass das Klosterleben der richtige Weg für dich ist?«

Die Antwort kam sehr schnell aus Donnas Mund: »Ja!«

Isabella lächelte milde und setzte sich neben sie. »Ich habe dich beobachtet«, begann sie zögerlich. Donna schaute sie von der Seite an. Die blauen Augen waren weit geöffnet. »Du bist noch zu sehr im Weltlichen und nicht im Hier und Jetzt.« Sie nickte in Richtung des Handys in der Hand der Oblatin. »Bei uns.«

»Aber ...«

Isabella schüttelte den Kopf. »Ich habe dich beobachtet«, sagte sie noch einmal. »Wenn du vorgibst zu beten, dann schläfst du.«

Donna schluckte trocken. So sehr, dass ihr Kehlkopf aufhüpfte. »Das ist vielleicht einmal passiert«.

Doch Isabellas Blick ruhte weiter mahnend auf ihr.

»Gut, vielleicht zweimal. Höchstens dreimal.« Sie lächelte unbeholfen. »Seitdem diese beiden Handwerker den ganzen Tag über herumbohren und -hämmern, komme ich überhaupt nicht mehr zur Entspannung. Selbst die Mittagsruhe ist ihnen nicht heilig.« Ihre Miene wirkte trotzig. »Zudem sind eure Gebetszeiten unmenschlich.«.

»Das ist unser Weg, um Gott nahe zu sein«, erwiderte Isabella nur. Sie hob die Hände. »Vielleicht hast du schon bemerkt, dass wir alles ablehnen, das uns zu sehr von Gott ablenkt.«

Donnas Miene blieb reglos.

Also sprach Isabella weiter: »Du musst deinen eigenen Weg zu Gott finden. Das ist die Aufgabe einer jeden Schwester.«

»Ich bin halt ständig müde«, gab Donna zu bedenken.

»Dann solltest du vielleicht tagsüber weniger Wein trinken.«

Denn auch das war eine Sache, die Isabella unangenehm aufgefallen war. Die junge Oblatin bediente sich am Klosterwein wie andere am Wasser. Und das schon weit vor der Mittagszeit. Obendrein bevorzugte sie auch noch einen Wein, um den alle anderen Schwestern einen großen Bogen machten. Sie trank ausschließlich den klostereigenen Vin Santo, den süßesten Wein, den der Weinkeller hergab.

Donna zuckte mit den zarten Schultern. »Du hast ja recht. Aber … er beruhigt meine Nerven«, gestand sie. »Außerdem schmeckt er einfach fantastisch. Eure Klosterweine sind preisverdächtig gut.«

Isabella lächelte und erhob sich. »Komm mit, es wartet Arbeit auf uns. Die Wäsche können wir noch im Anschluss gemeinsam erledigen.«

Als sie aufstand, kam auch Leben in Caesars Körper. Sein Kopf richtete sich auf, als hätte er etwas gehört, und dann schoss er geradezu aus der Waschküche.

»Ich möchte wirklich eine von euch werden«, erklärte die Oblatin im Rausgehen.

Isabella nickte einfühlsam, doch die Zweifel blieben.

»Aber es ist alles noch so neu für mich und ungewohnt.«

»Das wird sich ändern. Wenn du es wirklich willst, wird es dir bald schon vorkommen, als hättest du nie ein anderes Leben davor gehabt.«

Sie stöhnte leise auf. »Schön wär's.«

Als sie auf den Flur traten, war von Caesar keine Spur mehr zu sehen. Isabella rief nach ihm, und kurz darauf hörte sie das schnelle Pfotengetrappel auf dem Fliesenboden.

»Geh in die Küche, und bring Eimer und Wischmopp mit in den Kreuzgang.«

»Sehr wohl, Schwester.«

Isabella sah der Oblatin zu, wie sie sich nach links abwandte und fortgehen wollte. Sie schüttelte resigniert den Kopf. »Donna?«

Die Oblatin fuhr herum. »Ja, Schwester Isabella?«

»Zur Küche geht es in die andere Richtung.«

»Oh!« Die Augen der Oblatin wurden groß. »Entschuldigung! Ich kann mir das nie merken – aber hier sieht auch alles so gleich aus.«

Isabella setzte ein mühevolles Lächeln auf. »Na ja«, sagte sie ruhig zu sich selbst. »Zumindest kennst du den Weg zum Weinkeller bereits im Schlaf.« Ein dumpfes Gefühl sagte ihr, dass sie mit der Oblatin noch eine Menge Arbeit haben würde. »Caesar! Caesar, wo bist du?«

Als sie um die Ecke bog, saß der Hund auf seinen Hinterbeinen und hechelte sie erwartungsfroh an.

»Da ist ja mein Guter.« Sie bückte sich, um seinen Kopf zu kraulen, was er damit quittierte, dass er ihr über das ganze Gesicht lecken wollte. Doch im Laufe der Zeit hatte Isabella die Eigenheiten des Hundes verinnerlicht und zog den Kopf zurück. Doch dabei nahm sie einen verdächtigen Geruch aus seinem Maul wahr.

»Stopp, Caesar, hauch mich mal an!«

Der Hund verstand natürlich überhaupt nichts und hechelte munter weiter.

Isabella näherte sich seiner Schnauze und roch. Der Geruch war eindeutig.

Sie erhob sich und sah sich um. Tatsächlich. Nicht weit weg von dem Hund lag mitten auf dem Boden etwas Glänzendes. Das goldene Papier einer Trüffelpraline. Isabella hob es auf und schaute es sich an. Sie selbst konnte diesen Tartufos nichts abgewinnen. Und neben Caesar gab es nur eine Person, die diese Schokolade liebte. Sie musste diese Person zur Rede stellen. So konnte das einfach nicht weitergehen.

Kapitel

2

Isabella hinkte ihrem Zeitplan hoffnungslos hinterher. Geschlagene zwei Stunden hatten sie und Donna damit zugebracht, im Kreuzgang und in sämtlichen angrenzenden Fluren die Spuren der Handwerker zu beseitigen.

Nachdem Carlo und Silvano es noch ganze zwei Mal gewagt hatten, mit ihren Schuhen über den frisch geputzten Boden zu laufen und damit alles aufs Neue einzusauen, war es der Schwester zu bunt geworden, und sie hatte die beiden kurzerhand dazu aufgefordert, die Schuhe auszuziehen. Arbeitsschutzmaßnahmen hin oder her: Auch ihre Geduld hatte mal ein Ende.

Und dann hatte sie sich auch noch allein um den Wäscheberg kümmern müssen, da Donna einfach nicht mehr aufgetaucht war, als sie die Putzsachen zurückbringen sollte. Irgendetwas lief in letzter Zeit in ihrem Klosteralltag gehörig schief.

Beinahe hätte sie dabei völlig ihre Pflichten als Gastschwester vernachlässigt. Auch das war eine Idee der Äbtissin gewesen. Da im Kloster nun ein richtiger Gast anwesend war, brauchte es eben eine Schwester, die sich um ihn kümmerte.

Anscheinend war Filomena der Auffassung, dass Isabellas Tag noch nicht ausreichend gefüllt war. Natürlich wusste Isabella um den wahren Beweggrund der Äbtissin. Sie wollte sie mit Pflichten und Aufgaben überhäufen, damit Isabella gar nicht erst die Zeit für aufsässige Gedanken hatte. Vermutlich befürchtete die

Äbtissin eine Revolte in ihren eigenen Reihen. So trug Isabella es mit stoischer Gleichgültigkeit und einem Lächeln.

Nun stand sie mit einem Stapel frischer Handtücher vor der Gastzelle und klopfte an.

Etwas rumpelte und polterte hinter der Tür auf.

»Herein«, säuselte schließlich jemand gut gelaunt. Die Stimme klang dumpf durch das schwere Holz.

Als sie die Tür aufzog, saß der Gast im Meditationssitz auf dem kleinen Teppichläufer. Der Name der Frau war Gina Bellucci. Sie trug eine weite Jogginghose und ein enges Sportshirt. Das kastanienbraune Haar hatte sie zu einem Zopf nach hinten gebunden.

Isabella trat ein und bemerkte, dass der kleine Raum stark nach Parfüm roch. Ein schwerer Duft von Vanille und Erdbeeren – so süß, dass man davon Hunger auf ein Dessert bekommen konnte. Isabella war überwältigt von der Intensität der Duftwolke. Bei ihren Mitschwestern war ein Deoroller das Höchste der Gefühle.

Zudem war Gina, wie sie von allen angesprochen werden wollte, aufwendig geschminkt. Mit Make-up, Kajal und Lidschatten. Das sah zweifellos hübsch aus, aber Isabella fragte sich, warum sie diesen Aufwand betrieb, wenn sie ihre Zeit im Kloster verbrachte.

Nun ja, dachte sie. *Vielen fällt es eben schwer, aus ihren Gewohnheiten auszubrechen.*

Gina war erst vor wenigen Tagen eingetroffen. Doch allzu oft hatte sie die Frau noch nicht zu Gesicht bekommen. Bislang hatte sie kaum Fragen gestellt, und Isabella war es sogar so vorgekommen, als würde sie den Schwestern aus dem Weg gehen. Zudem hatte sie an keinem der gemeinsamen Gebete teilgenommen, die auch Gästen offenstanden.

»Ich bringe frische Handtücher«, erklärte Isabella ihrem Besuch, der sie freudig anstrahlte.

Sie hatte wirklich eine makellose Haut, die sie viel jünger wirken ließ, als sie eigentlich war. Isabella glaubte, sich zu erinnern, dass sie Mitte dreißig war. Zumindest hatte sie einen Gesprächsfetzen zwischen Gina und Donna aufgefangen, aus dem diese Information hervorging. Das Desinteresse, das Gina für sie und ihre Mitschwestern an den Tag legte, schien nicht für die junge Oblatin zu zählen. Mit Donna tauschte Gina sich rege aus.

»Vielen Dank! Ich bin gerade bei meinen Asanas.« Auf Isabelles fragenden Blick hin, fügte sie erklärend hinzu: »Das sind Yogastellungen.«

»Ach.« Dass Gina Sport liebte, war Isabella nicht entgangen. Bereits am ersten Tag hatte sie abends eine Joggingrunde gedreht. Kurz hatte sie mit dem Gedanken gespielt, sie zu fragen, ob sie nicht gemeinsam eine Runde laufen wollten. Doch irgendetwas am Wesen dieser Frau hielt Isabella davon ab. Auch kam es ihr überhaupt nicht vor, als würde diese Gina Sport zum Spaß betreiben. Sie war ein richtiger Süßigkeitenjunkie und versuchte wohl mit den vielen Sporteinheiten, möglichen Fettpölsterchen entgegenzuwirken. Überall sah sie sie mit Schokolade in der Hand. Sie liebte diese Tartufo-Pralinen. Genau jene, die mittlerweile oft genug Anlass für Isabellas Verärgerung waren.

Möglichst unauffällig ließ Isabella den Blick durch die Zelle schweifen und war überrascht, was die Menschen so alles mitbrachten, wenn sie sich im Kloster auf das Wesentliche konzentrieren wollten. Mit zwei riesigen Rollkoffern war Gina angereist. Und nun bekam Isabella einen Eindruck davon, was sich alles in den Koffern befand.

Auf der Kommode erblickte sie eine Espressomaschine. Auf dem eckigen Holztisch lagen ein Laptop, ein Tablet und ein Smartphone auf einer aktuellen Ausgabe der *Corriere della Sera*. Bei allen leuchtete der Bildschirm, also waren sie gerade noch in Betrieb gewesen.

Isabella machte sich nicht viel aus Tageszeitungen, aber diese kannte sie sehr gut, weil ihr Vater jeden Morgen am Frühstückstisch dahinter verschwunden war und sie somit jeden Morgen anstelle seines griesgrämigen Gesichts – er war ein ausgesprochener Morgenmuffel – die neuesten Schlagzeilen präsentiert bekommen hatte. Die Überschrift dieser Ausgabe lautete: *Mailänder Juwelenraub – Polizei identifiziert Fluchtwagen.*

Sie zuckte gleichgültig mit den Achseln. Nichts, was in ihrer kleinen Welt von Bedeutung war.

Der größere Koffer war zu einem Kleiderschrank umfunktioniert worden, in dem sich dicht an dicht so viele Kleider aneinanderreihten, wie Isabella sie noch nie in ihrem ganzen Leben besessen hatte. Zugegeben, die tägliche »Was soll ich anziehen?«-Frage stellte sich für sie nicht, da sie jeden Tag ihren Habit trug.

Auf dem Bett erkannte sie ein abnorm großes Seitenschläferkissen. Wie hatte das nur in den Koffer gepasst? Auf dem Nachttischschränkchen lag ein Stapel Bücher – mit Titeln wie »Fit trotz Job« und »Der Weg zur inneren Freiheit«. Daneben stand eine aufgerissene Großpackung Trüffelpralinen. Die Beweislage war erdrückend.

»Wir finden uns gleich zum nachmittäglichen Gebet zusammen.« Es fiel ihr schwer, ihren aufkeimenden Zorn zu unterdrücken. »Vielleicht haben Sie Lust, daran teilzuneh–«

»Schrecklich gern«, grätschte Gina ihr lächelnd ins Wort, setzte dann jedoch eine bedauernde Miene auf. »Aber ich bin noch nicht mit meinen Übungen durch.«

»Das verstehe ich. Aber wenn Sie es sich doch noch anders überlegen sollten … Sie finden uns in der Kirche.«

»Dann weiß ich Bescheid.« Sie verschränkte ihre Beine zu einer Art Schneidersitz, beugte sich ganz weit nach vorn und streckte die Arme aus.

Für Isabella sah das weder bequem noch gesund aus. Sie sah ihr noch eine Weile dabei zu, als ihr wieder die Pralinenfolie einfiel. »Das hier habe ich auf dem Boden gefunden.«

»Oh!« Zwei Reihen blitzblank weißer Zähne strahlten der Schwester entgegen. Ein Weiß, das unmöglich echt sein konnte. »Das können Sie getrost wegwerfen. Ich brauche es nicht mehr.«

Isabella verbiss sich einen Fluch, zerknüllte das Papier so fest in ihrer Faust, dass ein Schmerz in ihre Knöchel fuhr, und stopfte es zurück in die Tasche ihres Habits.

»Es geht auch eher darum, dass Sie den Müll einfach so irgendwo rumliegen lassen.«

»Oh!«, machte die Frau wieder. Sie zeigte ihr noch immer die Zähne. Diesmal jedoch nicht lachend, sondern angriffslustig. »Verzeihung. Vermutlich wird es mir versehentlich aus der Tasche gefallen sein.«

Isabella blinzelte. »Vor oder nachdem Sie Caesar damit gefüttert haben?«

Es war nur der winzige Bruchteil einer Sekunde, in dem Gina die Züge entglitten, doch es reichte aus, um Isabella erkennen zu lassen, dass sie ins Schwarze getroffen hatte.

Bevor sich Gina irgendeine Ausrede zurechtlegen konnte, sagte Isabella mit fester Stimme: »Schokolade ist Gift für Hunde. Sie tun Caesar damit keinen Gefallen. Sie schaden seiner Gesundheit.«

Sie winkte ab, als wäre das eine absurde Übertreibung. »Ach, Gottchen, das kleine Stückchen Schokolade.«

»Hier ein Tartufo, da ein Tartufo. Das macht in der Summe doch was aus.«

Gina legte eine Hand auf ihre Brust. »Also schön, ich verspreche Ihnen hoch und heilig, dass der Hund keine Trüffelpralinen mehr von mir bekommt.« Sie blinzelte ihr gut gelaunt zu. »Zufrieden?«

Isabella wusste nicht, inwiefern sie dem Schwur Glauben schenken konnte, aber die Bereitschaft zur Einsicht imponierte ihr. Also nickte sie zustimmend. »Nun, haben Sie sich denn schon gut bei uns eingelebt?«

»Oh ja«, sagte Gina begeistert. »Ich finde es wunderbar bei Ihnen. Diese Ruhe, und alle sind so nett hier.«

»Das freut mich zu hören. Heute Abend möchten wir eine kleine Kennenlernrunde mit einem gemeinsamen Gebet in der Sakristei veranstalten. Sie sind herzlich dazu eingeladen. Gegen achtzehn Uhr, passt Ihnen das? Dazu kommen Sie doch, oder?«

»Ich, ähm, eigentlich …«

»Die Äbtissin hat sie Ihnen zu Ehren einberufen, um sie als unseren Gast offiziell willkommen zu heißen.«

Das Lächeln im Gesicht der Frau versteinerte sich. Zumindest kam es Isabella so vor. Es war aber auch gut möglich, dass es an der dicken Schminke in ihrem Gesicht lag.

Mit einem freundlichen Nicken legte Isabella die Handtücher auf dem Bett ab und zog sich zurück.

Kapitel

3

Die Schwestern saßen im Halbkreis in der Chorapsis, dem wohl feierlichsten Platz der kleinen Klosterkirche, um das Abendgebet gemeinsam zu verrichten.

»Es ist mir eine Freude, dass wir uns heute Abend alle zu diesem Gebet eingefunden haben. Und ganz besonders möchte ich unseren Gast begrüßen, Gina Bellucci.« Die Äbtissin stand mit geöffneten Armen vor ihrem Stuhl und sonnte sich im farbenfrohen Kirchenlicht.

Sie hatte den Platz absichtlich so gewählt, dessen war Isabella sich sicher. Denn stets zum Abendgebet hatte die Sonne exakt den Stand erreicht, um ihre schwachen Strahlen durch das Buntglas der großen Spitzbogenfenster fallen zu lassen. Der farbenfrohe Strahl richtete sich dabei auf den Platz, wo der Stuhl der Äbtissin stand. Das erweckte den Anschein, als umhüllte sie eine leuchtende Aura. Filomena verstand es eindrucksvoll, sich in Szene zu setzen. Wie auch mit dem großen Kreuz an der grobgliedrigen Silberkette, das um ihren Hals baumelte, um ihre Sonderstellung als Äbtissin auch für Außenstehende klarzumachen. Isabella konnte all dem weltlichen Getue nichts abgewinnen. Schließlich waren vor Gott alle Menschen gleich.

»Schön, dass Sie bei uns sind, Gina«, sagte die Äbtissin mit einem wohlwollenden Lächeln auf den schmalen Lippen.

Sämtliche Blicke richteten sich auf die adrett gekleidete

Frau, die aus der Nonnengruppe herausstach wie eine Orchidee in einem Feld voll Gänseblümchen.

Diese wirkte sichtlich überrascht über die unverhoffte Ansprache der Äbtissin. Dabei war es geradezu lächerlich, sie erst jetzt offiziell willkommen zu heißen, wo sie bereits seit einer Woche in diesem Kloster ein und aus ging. Doch bislang hatte sie es immer wieder geschafft, den gemeinsamen Gebetsrunden fernzubleiben. Isabella war mittlerweile nicht mehr die Einzige, die sich fragte, was Gina eigentlich in einem Kloster wollte. Aber es stand ihr nicht zu, diese Frage laut zu äußern. Dieser Orden war bekannt für seine Gastfreundschaft, und dazu gehörte es auch, keine indiskreten Fragen zu stellen. Das Convento di Nostra Regina della Pace war ein offener Raum für alle Obdach suchenden Menschen. Der Grund spielte nie eine Rolle.

Also lächelte auch Isabella freundlich und verdrängte den Gedanken an die bunte Pralinenfolie, die sie vorhin im Refektorium gefunden hatte – ganz in Caesars Nähe.

Gina Bellucci schien zu spüren, dass man ein freundliches Wort von ihr erwartete. »Nun, es ist mir eine außerordentliche Ehre, auf ungewisse Zeit bei euch zu Gast sein zu dürfen.« Wieder zeigte sie ihre viel zu weißen Zähne. »Vielen Dank für die freundliche Aufnahme!«

Die Äbtissin nickte und ließ sich auf ihrem Stuhl nieder. Wie ein Heiligenschein umgaben die bunten Strahlen nun das Gesicht der Äbtissin. »Sag, Gina, was führt dich in unser Kloster?«

»Die Ruhe«, erwiderte diese sofort. »Mir ist sehr an der Konzentration auf das Wesentliche gelegen.«

Sich ein Aufkichern verkneifend, dachte Isabella an die überfüllte Zelle zurück.

»Ich habe einen sehr stressigen Beruf«, erklärte sie weiter. »Als Assistentin der Geschäftsleitung in einer Werbeagentur hat mein Tag gut und gerne mal zwölf Stunden.« Sie lachte unbeholfen. »Ehrlich, ich hatte das Gefühl, kurz vor einem Burnout zu stehen. Also musste ich die Reißleine ziehen, bevor es zu spät gewesen wäre.« Sie blickte in die Runde. »Und was läge da näher, als ein Kloster aufzusuchen, um wieder zu mir selbst zu finden.«

Isabella versuchte, eine verständnisvolle Miene aufzusetzen. Ihren Mitschwestern gelang das wunderbar. Tatsächlich war dies der Hauptbeweggrund, warum Menschen für eine Weile zu ihnen kamen. Sie fühlten sich erdrückt von dem Leben dort draußen, von all dem Stress und den Zwängen. Im Kloster fanden Sie die Ruhe, die sie brauchten, um wieder klar denken zu können.

»Und zu Gott?«, fragte die junge Novizin.

»Ganz genau.« Ihr spitzes Kinn bewegte sich rasch auf und ab, als sie nickte. »Zu Gott möchte ich natürlich auch finden. Außerdem gibt mir die Ruhe und Abgeschiedenheit dieses Klosters die Möglichkeit, mich voll und ganz meinem Yoga und der Meditation hinzugeben.«

Isabella sah die Frau forschend an. Sie war erst seit einer Woche hier, doch bislang hatte sie sie weder meditieren noch bei irgendwelchen Yogaübungen gesehen. Und auch beim heutigen Besuch in der Gastzelle, war es ihr so vorgekommen, als hätte diese Frau lediglich den Anschein erwecken wollen, irgendwelche Übungen gemacht zu haben. Stattdessen waren sämtliche Elektronikgeräte in Betrieb gewesen.

Nicht nur das. Immer wieder entdeckte Isabella sie an allen möglichen Orten, wo Gäste eigentlich nichts zu suchen hatten. In der Küche, in den Kellergewölben, im Glockenturm. Und gestern hatte sie gesehen, wie sie die Holzleiter vom Speicher hochgeklappt hatte. Anscheinend fand sie das Kloster selbst interessanter als ihre Bewohnerinnen. Und an Gebeten hatte sie bislang überhaupt noch nicht teilgenommen. Das war auch keine Pflicht, doch für jemanden, der die Nähe zu Gott suchte, war dieses Verhalten zumindest ungewöhnlich.

»Donna.« Die Äbtissin wandte sich an die junge Oblatin. Ihre Hände ruhten gefaltet auf dem Schoß. »Wie hast du dich denn bei uns eingelebt?« Ihre Stimme klang freundlich, doch ihr Blick lag streng auf Donna.

Diese nickte vorsichtig. »Gut, schätze ich?« Hilfesuchend blickte sie zu Isabella, die milde lächelte.

»Donna macht sich wirklich vorzüglich«, erklärte sie der Schwesternrunde. Eine Notlüge. Aber sie wollte sie der Äbtissin keinesfalls zum Fraß vorwerfen. Die Oblatin musste ihren Weg noch finden. Und wenn nicht in ihrer Gemeinschaft, wo sonst sollte sie alle Zeit der Welt dafür haben?

»Dem kann ich mich nur anschließen.« Schwester Hildegard nickte eifrig. »Sie backt Hostien wie keine Zweite.«

Isabella lächelte sie dankbar an und erntete ein Zwinkern von Hildegard. Sie waren selten einer Meinung, aber sie stimmten zumindest darin überein, der Äbtissin so wenig Nahrung wie möglich für ihre Wutausbrüche zu geben.

»Aber ich muss natürlich viel lernen«, fügte Donna demutsvoll an. »Die Abläufe der Gebete, das korrekte Ausstechen der Oblaten, die Arbeiten der Hauswirtschaft.«

Die ganz besonders, dachte Isabella. Wobei sie sich beim Backen der Hostien wirklich ziemlich gut anstellte, wie sie fand. An und für sich war es eine sehr monotone Arbeit, doch sie erforderte gerade zu Beginn ein wenig Fingerspitzengefühl, wenn man sich nicht in die Finger schneiden wollte. Denn der rasiermesserscharfe Ausstecher war wie geschaffen, um sich in einem Augenblick der Unachtsamkeit daran zu verletzen. Es war eine Tradition, wie sie seit beinahe hundert Jahren in diesem Kloster praktiziert wurde. Und seit einiger Zeit produzierte das Kloster die Hostien nicht nur zum Eigenbedarf, sondern belieferte auch die Kirchen der anliegenden Regionen mit den hauchdünn gebackenen Platten. Die Pfarrkirche San Giuseppe in Santa Caterina zählte ebenfalls zum Kundenkreis.

»Das freut mich sehr zu hören«, sagte die Äbtissin. »Deine Grundhaltung als Oblatin sollte es sein, in allen Dingen Gott zu suchen. Du musst den Weg des Herrn für dich erkennen und sein einforderndes Wort wahrnehmen können.«

Donna starrte Filomena mit großen Augen ehrfurchtsvoll an. »Sehr wohl, Äbtissin.«

»Und ich denke, es ist an der Zeit, dein Aufgabengebiet ein wenig auszuweiten.« Filomenas Blick ruhte eindringlich auf der jungen Oblatin, die sich an einem Lächeln versuchte. »Du hast dich für diesen Weg entschieden und möchtest bewusst als Katholikin in dieser Welt leben. Deshalb habe ich mir gedacht, dass es gut für dich wäre, das Kloster auch nach außen hin zu vertreten.«

Nun ruhten sämtliche Blicke auf Donna. Jede von ihnen wusste, was das bedeutete. Und sie alle waren froh, dass dieser Kelch an ihnen vorüberging. Bloß sie hatte noch keinen Schimmer.

»Du wirst morgen früh Schwester Isabella auf den Markt begleiten, wo sie dich in alle dortigen Aufgaben einweisen wird.«

Donna wirkte für einen Augenblick verdutzt. »Was? Wer? Ich?«, fragte sie mit aufgerissenen Augen. Hektische Flecken hatten sich von jetzt auf gleich auf ihrem Hals und Dekolleté ausgebreitet.

Die Äbtissin betrachtete sie argwöhnisch. »Der Dienst außerhalb des Klosters gehört zu den wichtigsten Aufgaben einer Ordensschwester. Neben den klösterlichen Tätigkeiten obliegt es uns, Präsenz zu zeigen.«

Sämtliche Schwestern außer Isabella blickten betreten zu Boden. Niemand von ihnen verließ gerne das Kloster.

»Ja, aber –« Donna schluckte angestrengt.

»Nichts aber, meine Liebe. Dieser Klosterbetrieb ist zu einem Teil darauf angelegt, wirtschaftlich zu arbeiten. Sieh es als Dienst für die Kirche.« Sie lächelte dezent. Es war ein Lächeln, das nicht ihre Augen erreichte. Vor allem war es eines, das keine Widerrede duldete.

Donna weilte bereits lange genug unter ihnen, um das zu begreifen. Auch wenn ihr Körper eine andere Sprache sprach, sagte sie mit einem tapferen Lächeln: »Sehr wohl, Äbtissin Filomena. Wenn das der Wunsch des Klosters ist, begleite ich Schwester Isabella morgen auf den Markt.«

Kapitel

4

Der Caterina-Markt war die Attraktion der nahen Region. Er trug zur Belebung des Dorfes bei wie nichts anderes. Im Grunde war Santa Caterina ein verschlafenes Nest – mit so wenigen Einwohnern, dass jeder jeden kannte. Doch im Laufe der Zeit hatte sich der Markt etabliert und über die Region hinaus Bekanntheit erlangt. Dreimal in der Woche lockte er nun Touristenscharen aus den umliegenden Urlaubsorten wie Viareggio und Tirrénia in großen Reisebussen an. Selbst in Lucca hatte sich die Exklusivität des Wochenmarktes herumgesprochen, sodass immer mehr mobile Städter die idyllische Abgeschiedenheit Santa Caterinas nutzten, um auf dem Wochenmarkt frisches Obst und Gemüse in Bioqualität einzukaufen.

Isabella hatte es lange nicht verstanden, warum Städter den Weg nach Santa Caterina auf sich nahmen. Märkte gab es schließlich auch in Lucca zur Genüge. Doch dann hatte sie eine ältere Frau kennengelernt, die einst in Santa Caterina gewohnt hatte und der Liebe wegen in die Stadt gezogen war. »Der Caterina-Markt ist ein Stück Heimat zum Mitnehmen«, hatte sie ihr mit strahlenden Augen erklärt. Und da hatte Isabella verstanden. Zudem war der Wochenmarkt nicht nur ein Kaufhaus unter freiem Himmel, sondern auch ein Kommunikationsort. Eben ein Treffpunkt für Jung und Alt, an dem der neueste Tratsch ausgetauscht wurde.

Während sich ihre Mitschwestern am liebsten hinter den

Klostergemäuern einigelten, liebte Isabella die Marktatmosphäre. All die Menschen, die bunten Farben und die herrlichen Gerüche. Es war so wie früher, als sie als kleines Kind mit ihrer Mutter einkaufen gegangen war.

An den Ständen gab es keine Massenware. Hier boten ausschließlich die umliegenden Fattorien landestypische Spezialitäten an wie Mandelbrot und Nudeln, Pecorino und natürlich Wein. Den besten der Welt, fand Schwester Isabella. Mit der Zeit wurde das Marktangebot erweitert. Nach und nach kamen Handwerksbetriebe wie die Keramikmanufaktur Mazza oder die Hippiekommune hinzu, die ihre selbst genähten Patchworkdecken anbot.

Alle profitierten vom Caterina-Markt: die örtlichen Gastronomiebetriebe, die Bauernhöfe, der Tourismusverband und natürlich das Kloster. Ihr selbst gepresstes Olivenöl, die Weine aus eigenem Anbau und ganz besonders der Kloster-Grappa fanden reißenden Absatz.

Doch der Erfolg hatte auch seine Schattenseiten.

So kam der Gemeinderat immer wieder auf abstruse Ideen, um mit Hilfe des Marktes die Gemeindekasse zu füllen. Bislang jedoch vergebens, da ganz besonders der Bürgermeister Duccio Lenzi zu gerne nach vorn preschte, ohne sämtliche Aspekte bedacht zu haben. Zum Beispiel bei der Errichtung eines gebührenpflichtigen Busparkplatzes am Ufer des Serchio. Bei all den Dollarzeichen in seinen Augen hatte er versäumt, die Besitzverhältnisse zu klären. Da der Eigentümer des Grundstücks nun im Gefängnis saß, waren ihm die Hände gebunden und das Projekt zum großen Unmut des Gemeinderats auf Eis gelegt worden.

Heute war der Markt verhältnismäßig schwach besucht, was an der schier unerträglichen Hitze lag, die nach dem nächtlichen Gewitter das Dörfchen heimsuchte. Jeder, der konnte, flüchtete sich in den Schatten oder verließ erst gar nicht das Haus. Gerade hatte ein Reisebus seine Touristen eingesammelt, sodass es angenehm ruhig auf dem Marktplatz wurde und Isabella endlich Zeit hatte, ihren Gedanken nachzuhängen.

Caesar lag zusammengerollt im Schatten eines dekorativen Weinfasses, auf dem die Kasse stand, und hechelte vor sich hin. Direkt vor seiner Schnauze hatte Isabella eine Schale mit frischem Wasser platziert, und bis eben hatten direkt daneben noch zwei Scheiben Fenchelsalami gelegen, die sich jedoch in Windeseile in Luft aufgelöst hatten.

Es war noch immer ungewohnt, den Hund bei sich zu wissen. Damals, als der Landstreicher Gaetano noch gelebt hatte, war er oft mit Caesar bei ihr am Stand vorbeigekommen, um sich über Gott und die Welt zu unterhalten. Allein beim Gedanken daran überfiel sie eine tiefe Trauer. Nun war Gaetano tot und sie für den Bernhardiner verantwortlich. Es war mitunter reichlich merkwürdig, welche Wege Gott für seine Schäflein vorsah. Zum Beispiel, dass sie nun doch alleine im Schatten des Pavillondaches stand.

Schwester Isabella hatte eine geschlagene halbe Stunde im Refektorium gewartet, doch die Oblatin war nicht gekommen. Sie hatte Donna schließlich in ihrer Zelle im Bett vorgefunden – angeblich mit einer üblen Magenverstimmung.

Also hatte sie sich gemeinsam mit Caesar auf den Weg zum Markt gemacht. Im Grunde war ihr das sogar recht. Die Arbeit am Stand war überschaubar. Zu zweit hätten sie sich ohnehin die Beine in den Bauch gestanden. Langweilig wurde ihr allein dabei nie. Sie mochte den Kontakt mit den Menschen und hatte bereits rege Freundschaften mit den anderen Ausstellern geschlossen.

Gerade war sie dabei, die Grappaflaschen neu zu arrangieren, als jemand vor den Stand trat.

»Buongiorno, Schwester.«

»Buongiorno, Signore.« Isabella schenkte dem kleingewachsenen Mann mit dem kantigen Gesicht, der vor ihr stand, ein freundliches Lächeln. »Wie darf ich Ihnen helfen?«

Er hatte stechend blaue Augen, zurückgekämmtes, mit Gel verstärktes Haar und auffallend kräftige Brauen. Er wirkte jung. Vielleicht Ende zwanzig. Höchstens Anfang dreißig. Der weit offen stehende Hemdkragen gab den Ansatz eines bunten Tattoos preis. Vielleicht eine Dornenkrone? Isabella war sich nicht sicher. Trotz der Hitze trug er einen Anzug aus dunkelgrauem Stoff, mit hochgekrempelten Armen, und auf Hochglanz polierte geschlossene Schuhe.

Der Mann schüttelte den Kopf und wirkte dabei beinahe belustigt. »Es geht nicht darum, wie Sie mir helfen können, ehrenwerte Schwester«, sagte er. »Vielmehr geht es darum, wie ich Ihnen helfen kann.«

»Mir?« Isabella sah ihn verdutzt an.

»Also, ich meine, dem Kloster.« Er kicherte und betrachtete die Waren auf dem Tresen und in den Regalen hinter Isabella. Er nahm eine Grappaflasche zur Hand, als wollte er das Gewicht erraten. »Das Kloster liegt alles andere als zentral, sondern am Rande des Pinienwaldes und der Weinberge, habe ich recht?«

Isabella nickte. Damit erzählte er ihr nichts Neues. »Warum fragen Sie?«, hakte sie nach.

»Nun.« Er neigte seinen Kopf ein wenig zur Seite. »Wie ist es denn da um die Sicherheit – Ihre und die Ihrer Mitschwestern – bestellt? So gänzlich allein … dort draußen.«

Isabella betrachtete den Mann eingehender. Santa Caterina war ein kleines Dorf, und sie war sich sicher, diesen Mann noch nie zuvor gesehen zu haben. Sie blickte ihn eindringlich an. »Sie meinen?«

Der Mann hob sogleich die Arme. »Gar nichts meine ich«, sagte er mit einem wohlwollenden Lächeln. »Aber es ist eine gefährliche Welt da draußen. Voll von schlechten Dingen. Diebstählen, Raubüberfällen, Unfällen …«

Er betonte das letzte Wort so umständlich, dass es in Isabellas Kopf nachhallte.

»Vielleicht ist es ratsam, eine … sagen wir, Art Versicherung zu haben.«

Isabella hob eine Braue. »Ah, Sie sind Versicherungsmakler?«

Das Lächeln im Gesicht des Mannes erstarb. »Nein«, sagte er trocken. »Das nun ganz und gar nicht.«

Isabella konnte sich nicht helfen, aber er wirkte so, als wäre sie ihm versehentlich auf den Schlips getreten.

»Ich bin lediglich um Ihre Sicherheit besorgt.«

»Ach wenn es darum geht.« Isabella winkte ab. »Da brauchen Sie sich wirklich keine Gedanken zu machen.«

»Vielleicht ja doch!« Seine Stimme erhob sich. Er wurde geradezu aufdringlich.

»Ehrlich gesagt, verstehe ich nicht, worauf sie hinausmöchten. Wie war noch gleich Ihr Name?«

»Pietro«, erwiderte der Mann – so souverän, als bräuchte es keinen Nachnamen, wenn man mit solch einem Vornamen gesegnet war.

Er sah sie an, und beim Lächeln blitzte ein Goldzahn anstelle eines Eckzahns auf. Kurz huschte sein Blick zur Seite. Als er sie wieder ansah, wurde das Lächeln noch eine Spur breiter. »Denken Sie einfach mal über das Angebot nach, Schwester …«

»Isabella. Ich bin Schwester Isabella.«

Er nickte ihr zu. »Schwester Isabella. Wir sehen uns bestimmt bald wieder.«

Ehe sie etwas erwidern konnte, schob sich eine schicke blaue Uniform in ihr Sichtfeld und lenkte sie ab. Der Carabiniere kam winkend auf sie zu.

»Ciao, Isabella.«

»Matteo! Wie schön.«

Über die Theke hinweg gab der Carabiniere ihr freudestrahlend zur Begrüßung ein Küsschen links und rechts.

»Gut sehen Sie aus«, sagte Isabella und meinte es genau so.

Der junge Carabiniere trug ein hellblaues kurzärmeliges Hemd, über das quer das weiße Bandelier verlief. Er hielt seine Schirmmütze in der Hand. Sein dunkles Haar stand ihm ein wenig wirr vom Kopf. Vermutlich hatte er die Mütze gerade erst abgenommen, weil es ihm darunter zu heiß geworden war.

»Einen Augenblick noch, ich muss gerade noch meinen Kunden …« Sie wollte sich dem mysteriösen Mann zuwenden, doch der war fort. Irritiert sah sie sich in alle Richtungen um, konnte ihn aber nirgends erblicken. Als hätte er sich in Luft aufgelöst.

»Alles in Ordnung mit Ihnen?« Der Carabiniere sah sie stirnrunzelnd an.

»Wie? Ach, ja. Es ist nur.« Sie schüttelte den Kopf. »Nicht so wichtig. Wie geht es Ihnen?«

Matteo legte beim Strahlen noch eine Schippe drauf. »Glänzend, Schwester Isabella. Einfach glänzend.«

Die Schwester sah ihn forschend an und musste gleich mitgrinsen. Matteos sonniges Gemüt hatte schon immer eine ansteckende Wirkung auf sie gehabt. »Warum so gut gelaunt?«

»Der Bürgermeister hat sich gestern in den Urlaub verabschiedet. Das bedeutet zwei Wochen Ruhe vor ihm. Keine sinnbefreiten Befehle, die er mir auferlegen kann. Keine unliebsamen Handlangerarbeiten, die er auf mich abwälzt. Einfach zwei Wochen Zeit, um ungestört meine Arbeit erledigen zu können.« Er grinste sie an. »Ist das nicht toll?«

Isabella konnte seine Ausgelassenheit nachvollziehen. »Das klingt in der Tat schön.« Kurz ertappte sie sich bei der Vorstellung, wie es wäre, wenn die Äbtissin sich für zwei Wochen in den Urlaub verabschieden würde.

Ein inbrünstiges Seufzen riss sie aus ihrem Tagtraum.

»Es ist wirklich perfekt«, sagte er. Doch auf einmal schoben sich seine Brauen dicht zusammen. »Wäre da nur nicht der Umstand, dass auch sie fort ist.«

»Wer ist fort?« Verständnislos sah sie ihn an.

»Na, Nina«, antwortete er wie aus der Pistole geschossen. »Die Lenzis machen einen Familienurlaub. Also ist Duccio mit seiner Frau und Nina für zwei Wochen fort.«

»Das ist ja wirklich dumm.« Sie wusste, wie viel ihm die Tochter des Bürgermeisters bedeutete.

Der Carabiniere seufzte erneut.

»Gerade jetzt, wo es so gut anlief zwischen uns beiden.«

Isabella strich über Matteos Arm. »Es sind doch bloß zwei Wochen.«

»Sie haben natürlich recht, Schwester. Aber wer weiß! Sie sind in Griechenland. Eine Woche Athen. Kunst und Kultur, Sie verstehen? Als Kunsthändlerin ist Nina da natürlich Feuer und Flamme und hat sich nicht zweimal bitten lassen, als ihr Vater sie einlud.«

»Freuen Sie sich doch für Nina«, entgegnete sie mit einem Schmunzeln. »Warum so missmutig?«

Er sah sie ernst an. »Weil ich den Bürgermeister durchschaue. Glauben Sie mir, Schwester. In den beiden Wochen wird er keine Gelegenheit auslassen, um Nina die griechischen Männer schmackhaft zu machen. Der würde seine Tochter doch viel lieber für immer auf einer griechischen Insel sehen als an der Seite eines Dorfcarabiniere.«

Isabella musste lachen. »Wie kann ein Mann allein nur von solch starken Minderwertigkeitskomplexen geplagt werden? Sie werden sehen, die zwei Wochen vergehen wie im Flug – und dann haben Sie Ihre Nina wieder. Wer weiß, vielleicht tut die kurze Pause ihnen beiden ganz gut. Genießen Sie einfach die ruhige Zeit ohne den Bürgermeister, und erholen Sie sich von den Strapazen der vergangenen Wochen.«

Denn die hatten es wirklich in sich gehabt. Zwei Mordfälle hatten sie und der Carabiniere lösen müssen. Hinzu kam die anstrengende Restauration einer alten Vespa, die zu ihrem gemeinsamen Projekt geworden war.

Matteo lächelte. »Sie haben natürlich recht, Schwester Isabella. Wobei …« Er schnaubte schwerfällig auf. »Etwas langweilig ist es in den Sommermonaten ja doch. Finden Sie nicht auch?« Er blickte umher, als wollte er verdeutlichen, wie wenig auf dem Markt los war.

»Ich genieße die Ruhe«, erklärte Isabella.

»Ich weiß nicht«, gestand Matteo. »So ein richtig großer Fall wäre toll.« Sein Gesicht erhellte sich. »Haben Sie von dem großen Juwelenraub in Mailand gehört?«

Isabella nickte knapp. »Ich habe davon gelesen, ja.«

Etwas schimmerte in seinen rehbraunen Augen auf. »Das wäre ein Fall ganz nach meinem Geschmack. Aber nein, ich darf mich mit einer Einbruchsserie herumschlagen. Und damit mir nicht langweilig wird, hat der werte Herr Bürgermeister eine Liste für mich hinterlassen, die ich während seines Urlaubs abzuarbeiten habe.«

Isabella horchte auf. »Und worum geht es da genau?«

»In der Liste?« Matteo blickte sie verwundert an. »Um frisierte Mofas, gültige Zulassungsbescheinigungen der Autos …«

»Nein! Ich meine bei den Diebstählen.«

»Ach so.« Der Carabiniere hob die Schultern kraftlos an, um sie gleich wieder nach unten sinken zu lassen. »Überhaupt nichts Aufregendes, Schwester. In einigen Schuppen und Lagerräumen wurde eingebrochen und Werkzeug entwendet. Ich tippe mal stark auf osteuropäische Diebesbanden, die das Zeug dann auf dem Schwarzmarkt verhökern.«

»Hm.« Isabella nickte nachdenklich. »Haben Sie denn schon eine Spur?«

Der Carabiniere lachte tonlos auf. »Nein. Natürlich nicht. Das sind absolute Profis. Die fahren durch das ganze Land und sind so schnell wieder verschwunden, wie sie aufgetaucht sind. Die Chance, diese Fälle aufzudecken, tendiert gegen null.« Er räusperte sich missmutig. »Aber erklären Sie das mal den Opfern. Die rennen mir das Präsidium ein oder machen Telefonterror.« Er schüttelte den Kopf. »Dabei sind die doch versichert.«

Versichert. Isabella kam das Gespräch mit diesem merkwürdigen Mann namens Pietro in den Sinn.

Sie betrachtete Matteo dabei, wie er sich mit seiner Schirmmütze Luft zufächerte. »Eine Affenhitze ist das.« Er beugte sich nach unten und kraulte Caesar hinter den Ohren, der freudig mit dem Schwanz wedelte. »Ich muss weiter. Da vorne steht ein Lieferwagen zu dicht an der Kreuzung. Vielleicht finde ich den Fahrer ja irgendwo, dann muss ich ihm keinen Strafzettel unter den Scheibenwischer klemmen.«

Isabella lächelte versonnen. Genau das war es, was sie an diesem Mann so sehr mochte. Er hatte das Herz am rechten Fleck und überhaupt nichts Bösartiges an sich. Im Gegenteil: Er half, wo er konnte. Sie wünschte ihm alles Glück der Welt und hoffte, dass diese Nina wusste, welchen Schatz sie an ihm hatte. Doch was den Bürgermeister anging, da musste sie Matteo recht geben. Dieser Duccio würde ganz sicher die zwei Wochen nutzen, um seiner Tochter den Carabiniere madig zu machen.

»Sagen Sie, kennen Sie einen Pietro? So eine kleinere Gestalt mit zurückgegelten Haaren, muskulösem Kreuz und einem Preisboxergesicht?«

Der Carabiniere hob kurz den Kopf. »Nein, nie gehört. Warum fragen Sie?«

Sie schüttelte belanglos den Kopf. »Ach, nur so.«

Kapitel

5

Es war zum Aus-der-Haut-Fahren! Kaum hatte sie Caesar aus den Augen gelassen, fand sie ihn in unmittelbarer Nähe einer dieser bunten Trüffelpralinen-Folien auf dem Flur. Wohin der Inhalt verschwunden war, konnte sich Isabella an einer Hand abzählen.

Sie wollte Gina zur Rede stellen. Sofort. Es konnte nicht angehen, dass sie sich trotz ihrer Aussprache nicht an das Versprechen hielt. Zudem war es ein Unding, dass sie überall diese Folien herumliegen ließ. Als sie mit wütenden Schritten den Flur entlang zum Korridor stampfte, wo sich die Gastzellen befanden, wurde sie von Donna gestoppt.

»Schwester Isabella!« Die junge Oblatin kam geradezu hinter ihr hergeeilt. »Gut, dass ich Sie hier treffe.«

Isabella blieb stehen. »Was ist denn los, Donna? Alles in Ordnung?«

»Nein.« Sie druckste herum, hatte ihre Hände tief in die Taschen ihres Habits geschoben. Ihr Velan saß schief, sodass eine dicke Strähne ihres rötlich blonden Haars herausguckte. Sie und Novizin Ortensia waren die Einzigen im Kloster, deren Schleier weiß war. Das Schwarz war ausschließlich den Ordensschwestern vorbehalten. Gott allein wusste, ob die Oblatin jemals den Weg der Ordensschwester einschlagen würde.

Isabella war nicht verwundert darüber, sie wohlauf auf den

296

Beinen zu sehen. Die Sache mit der Übelkeit hatte sie ihr keine Sekunde lang abgekauft. Dennoch wirkte Donna müde, als hätte sie die Nacht zuvor nur sehr wenig geschlafen. Das tat ihrer Schönheit jedoch keinen Abbruch. Die Oblatin hatte ein hübsches Gesicht, mit hohen Wangenknochen, zarten Zügen und freundlichen Augen.

»Ich muss mich bei Ihnen entschuldigen«, sagte sie mit dünner Stimme.

»Wofür?« Isabella musterte die Oblatin eindringlich.

»Wegen heute Morgen«, begann die Oblatin zaghaft. »Ich habe Sie angelogen, und das war nicht in Ordnung. Mir war gar nicht schlecht.« Sie schluckte angestrengt. »Man darf Schwestern nicht anlügen. Das gehört sich nicht.«

Isabella hatte nicht das Gefühl, dass die letzten beiden Sätze ihr galten. Vielmehr klang es so, als würde sie sich das selbst ins Gedächtnis rufen.

»Man sollte das Lügen generell auf ein Minimum reduzieren«, sagte Isabella, woraufhin beide sich in Schweigen übten. Anscheinend hatte Donna den Faden verloren. Doch Isabella ließ ihr die Zeit, sich wieder zu fangen. Zu neugierig war sie darauf, welche Richtung das Gespräch einschlagen würde.

»Das Problem ist vielmehr, dass ich mit Menschenmengen nicht so gut klarkomme. Ich merke selbst, wie gut es mir tut, meine Zeit in der Abgeschiedenheit des Klosters zu verbringen. Als mich die Äbtissin gestern mit diesem Vorschlag überfiel, wurde ich plötzlich nervös. Ich hätte Ihnen gegenüber ehrlich sein müssen. Sie waren immer gut zu mir.«

Isabella wusste vor Rührung gar nicht, was sie sagen sollte. Noch weniger, als die Oblatin ihre Arme um sie schlang und sie fest herzte. Als sie sich wieder von ihr löste, lag ein zaghaftes Lächeln in ihren Zügen. Ohne ein weiteres Wort drehte sich die Oblatin um und eilte den Flur entlang.

»Ach, Donna«, rief Isabella ihr hinterher.

Die Oblatin fuhr überrascht herum. »Ja?«

»Wissen Sie, ob unser Gast in seiner Zelle ist?«

Sie zuckte mit den Achseln. »Leider nein. Aber es würde mich wundern, da ich sie eben noch im Klostergarten gesehen habe, als ich die Blumen gegossen habe. Sie ist heute schon den ganzen Tag um mich herumgeschwänzelt. Keine Ahnung, was sie ständig von mir will.« Sie hielt kurz inne, als würde sie einem nach vorn drängenden Gedanken lauschen. »Tatsächlich kam es mir beinahe so vor, als würde sie mir absichtlich auflauern.« Sie lächelte gekünstelt. »Und das mir, wo ich doch so schreckhaft bin.«

Ehe Schwester Isabella dazu etwas sagen konnte, hatte Donna sich wieder umgedreht und ging eilig den Flur entlang.

Isabella sah ihr noch eine ganze Weile verwundert hinterher und versuchte aus diesem Verhalten schlau zu werden. Es gelang ihr nicht. Dafür aber war der Ärger um die Trüffelpralinen endgültig verflogen.

Sie hatte gerade darüber nachgedacht, etwas Sinnvolles mit dem Rest ihrer Freizeit vor dem Abendgebet anzustellen, als sie aus dem Augenwinkel eine Bewegung wahrnahm. Gleich hinter der Stola der doppelflügeligen Tür, die hinaus auf den Kreuzganghof führte. War es bloße Einbildung gewesen? Sie wollte sich vergewissern und bewegte sich horchend auf die Tür zu. Doch dann hörte sie, wie die Tür leise ins Schloss fiel. In der Luft hing ein süßlich-schwerer Geruch von Vanille und Erdbeeren, der Isabellas Magen aufknurren ließ.

Bevor sie sich für das Abendgebet frisch machte, beschloss sie, sich den Stand der Heizungsreparaturen anzuschauen. Wenn die beiden sie recht informiert hatten, waren sie heute den ganzen Tag über im Querschiff der Kirche zugange, um auch dort defekte Rohre auszutauschen. Sie konnte nur hoffen, dass sie ihre Weisungen befolgt hatten und nicht auch diesen

Teil des Klosters in Schutt und Asche gelegt hatten. Doch ein dumpfes Gefühl sagte ihr, dass dies ein Gebet war, das wohl keine Erhörung finden würde.

Ihr schwante bereits Übles, als sie aus der Südgalerie in den Kreuzganghof trat und zur Nordseite hin das Hauptschiff ansteuerte. Mit einem beherzten Ruck zog sie die schwergängige Holztür auf, die ächzend ihrem Zug nachgab. Hinter einer notdürftig aufgespannten Abdeckplane offenbarte sich ihr ein Chaos biblischen Ausmaßes. In der Kirchenwand klaffte ein tellergroßes Loch, das einen wunderschönen Blick auf den Klostergarten bot. Einen halben Meter weiter ragten kupferfarbene Rohre wie Skelette aus dem freiliegenden Mauerwerk. Zunächst verstand sie nicht, was es mit dem großen Loch auf sich hatte. Doch dann fiel es ihr wie Schuppen von den Augen. Carlo und Silvano mussten sich um einen halben Meter verbohrt und ihren Fehler erst bemerkt haben, als der Bohrer das dicke Gemäuer durchstoßen hatte.

Sie schob ihre Hände in die Taschen und ballte sie wütend zu Fäusten. Am liebsten hätte sie losgeschrien und laut geflucht, aber das hier war der völlig falsche Ort dafür. Plötzlich ertastete sie in ihrer rechten Tasche etwas, das dort eindeutig nicht hingehörte. Sie dachte kurz nach. Hatte sie sich eine dieser Pralinenfolien eingesteckt und in der Tasche vergessen? Als sie den Gegenstand herauszog, sah sie, dass es keine Pralinenfolie war, sondern ein akkurat zusammengefalteter Zettel von der Größe einer Streichholzschachtel. Neugierig und gleichermaßen verwundert faltete sie ihn auseinander, und ihr offenbarte sich die Botschaft: *Für den Fall der Fälle: In Vino Veritas.*

Sie stutzte. Was sollte das denn? Sie kannte die Bedeutung des lateinischen Satzes. Die alte Sprache hatte jahrelang zu ihrer Ausbildung als Ordensschwester gehört. Schließlich sangen und beteten sie tagein, tagaus auf Latein. Allerdings hätte sie

die Bedeutung dieses Satzes auch ohne Lateinunterricht gewusst:

Im Wein liegt die Wahrheit.

Doch was sollte das? Für welchen Fall der Fälle? Und vor
allem: Wie kam dieser Zettel in ihren Habit?

Kapitel

6

Als Ordensschwester war Isabella frühes Aufstehen gewohnt. So fiel es ihr nicht schwer, den neuen Tag noch ein bisschen früher zu beginnen, um der sengenden Hitze zu entgehen und einen angenehmen Lauf durch die Weinberge zu absolvieren. Sie verrichtete im Schnelldurchgang das Frühgebet und war schneller in ihre Laufsachen geschlüpft, als sich Caesar von ihrem Bett erhoben hatte. Dem Hund schien das frühe Aufstehen gar nicht zu gefallen. Aber da musste er durch. Denn zu seinem Leidwesen hatte Isabella es sich zur Gewohnheit gemacht, den Bernhardiner mit auf ihre Laufrunden zu nehmen. Er war ein großer Hund und brauchte entsprechenden Auslauf.

Außerdem hegte Isabella die Vermutung, dass er ein wenig aus dem Leim gegangen war, seit er ein offizielles Klostermitglied war. Sicher lag es daran, dass alle Schwestern ihn verhätschelten und ihm immer wieder etwas zu fressen zusteckten. Caesar liebte Schwester Hildegards reichhaltige Küche mit dem deutschen Einschlag. Die bestand vor allem aus Fleischgerichten und fleischlastigen, deftigen Eintöpfen. Caesars unangefochtene Leibspeise war Eisbein. Vielleicht war das auch der Grund, warum dieses Gericht in letzter Zeit auffallend häufig den Weg auf die Speisekarte gefunden hatte. Die Schwestern hassten es. Sie hatten ohnehin ein Problem mit Schwester Hildegards herzhafter Hausmannskost, die schwer im Magen lag und die Gartenarbeit zusätzlich erschwerte. Bei den hochsommerlichen Temperaturen grenzte die Nahrungsaufnahme in Form von Eisbein und Sauerkraut an Körperverletzung.

Doch davon abgesehen war es eine Freude, miterleben zu dürfen, was Caesar bei den Schwestern bewirkte. Er war ein wirklicher Gewinn für die Klostergemeinschaft. Es kam ihr sogar so vor, als brächte der Hund sie alle ein Stück näher zusammen, als wäre er das Bindeglied, das unbewusst in ihrer Mitte gefehlt hatte. Nur die Äbtissin schien sich mit der Fellnase einfach nicht anfreunden zu können.

Mit gebundenen Laufschuhen stand Isabella im Türrahmen und trieb den Hund an, endlich aus dem Bett zu steigen. Nur widerwillig beugte er sich seinem Schicksal und gab dabei klagende Laute von sich. Aber immerhin, er gehorchte.

Sie gab ihm einen auffordernden Klaps auf sein Hinterteil und manövrierte ihn durch die Tür nach draußen auf den Flur, wo sie die angenehme Kühle des Morgens empfing. Mittlerweile brauchte Isabella bei ihren Laufeinheiten keine Leine mehr für Caesar. Er blieb stets auf ihrer Höhe, und so früh, wie sie beide unterwegs waren, war die Wahrscheinlichkeit, einer anderen Menschenseele zu begegnen, verschwindend gering.

Der Korridor lag noch völlig im Dunkeln, doch Isabella kannte den Weg in- und auswendig, sodass sie kein Licht brauchte, um sicher durch den Flur zu wandeln. Als sie den Kreuzgang erreichte, war die Dämmerung gerade erst angebrochen. Die Mondsichel war noch blass am heller werdenden Himmel zu erkennen. Im Osten zeichnete sich über den Klostermauern das rote Band der aufgehenden Sonne ab. Sie streichelte Caesars Fell und atmete tief den frischen thymiangeschwängerten Morgenduft ein.

Es gab schlichtweg keine schönere Tageszeit. Isabella liebte es, wenn das ganze Kloster noch im Schlaf lag und sie, Caesar und die Lerchen die Einzigen waren, die den neuen Tag begrüßten.

Bereits im Gehen begann sie mit ihren Dehnübungen, lockerte ihre Muskeln.

»Bist du bereit, Caesar? Heute laufen wir eine extragroße Runde. Und zur Belohnung gibt es ein besonders großes Stück Fenchelsalami für dich.«

Der Hund hechelte und wedelte freudig mit dem Schwanz, dann blieb er plötzlich stehen und starrte mit erhobenen Ohren stur geradeaus.

Erstaunt über sein Verhalten, sah sie ihn an. »Alles in Ordnung mit dir?«

Der Hund bellte dumpf auf und knurrte unruhig. Seine Körperhaltung war starr, und er zwinkerte nicht einmal.

»Was hast du denn?« Mit wachsender Unruhe betrachtete sie den Hund, versuchte, aus seinem Verhalten schlau zu werden.

Er bellte noch einmal auf. Diesmal klang es rauer.

Isabella folgte dem Blick des Hundes und erkannte, was ihn störte.

In der Dunkelheit konnte sie es nicht genau erkennen, aber etwas lag auf dem Boden. Etwas ziemlich Großes. Mit unsicheren Schritten trat Isabella näher an das Objekt heran, das der Länge nach mitten auf dem Kreuzgang ausgebreitet war. Es war eine menschliche Silhouette – in einem Nonnengewand.

Ihre Gedanken überschlugen sich. War eine ihrer Schwestern gestürzt? Vielleicht ein Schwächeanfall? Dann erkannte sie die Person.

»Donna?«, fragte sie leise, erhielt aber keine Antwort.

Die dunklen Augen lagen tief in den Höhlen und starrten zu ihr auf.

Caesar war nun neben ihr und schnüffelte an Donna herum. Das Schwanzwedeln erstarb, die Rute sank herab.

Isabella beugte sich nieder und streckte die Hand nach dem Hals der Oblatin aus. Sie wollte ihren Puls fühlen. Doch da war nichts mehr, was sich ertasten ließ. Die junge Oblatin war tot.

»Donna ...« Ihre Stimme war nicht mehr als ein hilfloses Wispern.

Im schwachen Licht drangen die Einzelheiten nur langsam zu ihr durch. Die Oblatin lag auf dem Bauch. Das Gesicht zur Seite gedreht und die Arme dicht am Körper. Sie hatte ihren Schleier nicht auf. Das lange rotblonde Haar war wie ein Tuch um ihren Kopf ausgebreitet.

Isabella stieß einen heiseren Schrei aus.

Sie konnte es kaum glauben. Aber es war eindeutig.

Ein Messer ragte aus ihrem Rücken. Ungläubig starrte sie auf die Stelle und spürte ein unvorstellbares Entsetzen in sich aufsteigen. Einen Moment blieb Isabella reglos, unfähig, sich zu bewegen oder auch nur den Blick von der jungen Oblatin abzuwenden. Das Messer befand sich unter dem rechten Schulterblatt.

Die Augen der Oblatin starrten sie weiter an. Leer und geistlos. Isabella tat das Einzige, was ihr in dieser dramatischen Situation übrig blieb. Sie betete für Donnas Seele. »Aus der Tiefe rufe ich, Herr, zu Dir ...«

Kapitel

7

Matteo Silvestri inspizierte die am Boden liegende Oblatin aus allen Perspektiven, wobei sein Blick immer wieder am Kreuz haften blieb, das aus ihrem Rücken ragte. Zumindest in dieser Hinsicht hatte Isabella sich geirrt. In Donnas Rücken steckte kein Dolch und auch kein Messer, sondern ein prunkvolles Silberkreuz. Es war ihr beinahe bis zum Querbalken unterhalb des Schulterblatts hineingerammt worden.

In seiner Zeit als Polizist hatte Matteo sich an einiges gewöhnen müssen, aber dies war ein wirklich abscheulicher Anblick. Er versuchte sich den Schrecken, der von ihm Besitz ergriffen hatte, nicht allzu sehr anmerken zu lassen, während sie auf den Rettungsdienst warteten. Wieder einmal.

Unheilvolle Erinnerungen wurden bei Isabella daran wach, als sie dem Carabiniere zum ersten Mal begegnet war. So lange war das noch gar nicht her, und auch damals hatte Isabella eine tote Mitschwester vorgefunden. Damals hatte alles nach einem Unfall ausgesehen. Doch es war Mord gewesen. Auch die Oblatin war hinterrücks ermordet worden. Daran konnte es keinen Zweifel geben.

Im heller werdenden Morgenlicht hatte Isabella erkannt, dass es sich bei der Tatwaffe um ein Kreuz handelte, das der Täter aus der Klosterkirche entwendet haben musste. Normalerweise hing das spitz zulaufende Silberkreuz direkt am Eingangsbereich des Hauptschiffes. Jemand musste es von dort entfernt haben, um es der Oblatin in den Rücken zu stoßen. Isabella erschauderte bei dem Gedanken. Das war sogar noch viel schlimmer, als wenn es sich bei der Tatwaffe um ein Messer gehandelt hätte.

Unmittelbar nach dem Leichenfund hatte sie die Äbtissin aus dem Bett geholt und war dann ins Refektorium geeilt, um die Polizei zu verständigen. Selbstredend hatte sie Matteos private Nummer gewählt, und keine halbe Stunde später war er zu ihr in den Kreuzganghof geeilt, wo sie die Totenwache für die Oblatin gehalten und sich voll und ganz auf den Psalm 130 konzentriert hatte. Für Donna und für die Beruhigung ihrer eigenen Seele. Caesar war ihr dabei nicht von der Seite gewichen.

Ihr Blick verfing sich in Matteos falsch zugeknöpftem Hemd. Anscheinend hatte sie ihn mit ihrem Anruf geweckt. In der Eile hatte er wohl auch vergessen, sich das Bandelier anzulegen, was ihn irgendwie unvollständig erscheinen ließ.

Die Äbtissin hatte mit Geistesgegenwärtigkeit geglänzt und dafür gesorgt, dass niemand der Mitschwestern den Kreuzgang betrat. Ein Umstand, der den Klosterbetrieb nahezu lahmlegte, da der Innenhof den Mittelpunkt des großen Gebäudes darstellte, in dem alles zusammenlief.

»Was denken Sie?«, fragte Isabella nach einer Weile intensiven Schweigens.

Matteo zögerte lange, bis er antwortete. Unter seinen Augen erkannte sie dunkle Schatten. Ihn schien dieser Anblick ebenso sehr mitzunehmen wie sie selbst. »Nun, ich denke, dass uns die Art des Mordes womöglich etwas sagen soll.«

»Ja, darüber habe ich auch schon nachgedacht. Es muss einen Grund haben, warum sie auf diese Weise ermordet wurde.« Sie hielt kurz inne und zwang sich, Donna noch einmal anzuschauen. »Aber welchen?«

Mit nachdenklicher Miene fuhr sich der Carabiniere immer

wieder über seinen Bartschatten. Vor Kurzem hatte er die Idee gehabt, sich einen Bart wachsen zu lassen. Sie war froh, dass er den Versuch aufgegeben hatte. Ohne dieses Gefussel im Gesicht gefiel er ihr viel besser.

»Was wissen Sie von dieser Frau?«

Bei dieser Frage zuckten leicht ihre Achseln auf. »Nicht viel«, gestand sie. »Donna war noch nicht lange bei uns und eine in sich gekehrte Persönlichkeit.« Isabella dachte über sie nach, über die Momente, die sie mit ihr verbracht hatte. Sie hatte sie gemocht, war aber mit jedem Tag in dem Gefühl bestärkt worden, dass Donna nicht so recht in das Klosterleben gepasst hatte. »Sie hat kaum etwas von sich erzählt«, führte sie weiter aus. »Überhaupt nichts, wenn ich recht darüber nachdenke. Eigentlich hat sie die meiste Zeit ihrem Handy gewidmet oder geschlafen.« *Und Wein getrunken,* dachte sie insgeheim, behielt den Gedanken aber für sich. Man sprach nicht schlecht über Tote.

»Mhm.« Matteo summte sinnierend vor sich hin. »Das ist ja wirklich nicht viel. Hatten Sie denn das Gefühl, dass Sie Feinde hatte?«

Isabella hob die Brauen. »Innerhalb des Klosters?«

»Ja. Nein. Ich meine …« Er fuchtelte mit seinen Armen hilflos in der Gegend herum. »Ich weiß es ja auch nicht, Schwester. Aber es kann einfach nicht sein, dass es schon wieder eine tote Nonne gibt.«

»Sie war ja auch keine Ordensschwester, sondern eine Oblatin«, korrigierte Isabella und musterte ihn dabei. »Kennen Sie den Unterschied?«

Matteo zögerte mit seiner Erwiderung, doch seine Gesichtszüge sprachen Bände.

Also erklärte sie es ihm mit ihren eigenen Worten: »Donna war auf der Reise«, sagte sie. »Auf der Reise zu Gott und zu sich selbst. Aus diesem Grund hat sie unser Kloster aufgesucht, um

Antworten, aber vor allem ihren Weg zu finden, der sie ans Ziel bringt.«

Matteo betrachtete noch einmal den Leichnam. »Ein jäh endender Weg«, murmelte er. Dann sah er Isabella an. »Und woher kam sie? An welchem Ort begann ihre Reise?«

»Das spielt keine Rolle für uns«, stellte Isabella klar. »Das Kloster ist ein offener Raum. Jeder ist willkommen.«

»Also wissen Sie es nicht.«

Die Schwester schüttelte den Kopf. »Wir stellen keine Fragen.«

Matteo machte sich Notizen auf seinem Block. Er hatte jedoch eine zu unleserliche Handschrift, als dass Isabella irgendetwas von dem Gekritzel hätte entziffern können. »Also Donna«, sprach er laut zu sich selbst, während er schrieb. Er hob das Kinn. »Und wie weiter?«

»Mancini«, erwiderte Isabella. »Donna Mancini. Und bevor Sie fragen, wenn ich mich recht erinnere, stammte sie aus Pistoia.«

Matteo nickte. »Na, das ist doch etwas.« Er notierte sich alles auf dem Block.

»Wie gehen Sie nun weiter vor?« Sie sah dabei zu, wie der Carabiniere den Notizblock zurück in die Brusttasche beförderte und noch einmal ganz genau die aus dem Leib ragende Hälfte des Silberkreuzes betrachtete. Sie wandte sich schnell ab, wollte sich diesen Anblick nicht länger antun. Sie war sich ohnehin sicher, dass er sie in ihren Träumen verfolgen würde.

»Routinearbeit«, sagte er knapp. »Jetzt warten wir erst einmal auf den Notarzt. Dann werde ich versuchen, die Verwandten ausfindig zu machen, damit sie benachrichtigt werden können. Und dann werde ich schauen, ob es in ihrer Vergangenheit irgendetwas gegeben hat, was eine Spur zum Täter darstellen könnte.«

Isabella sah ihn nachdenklich an. »Glauben Sie, dass der Täter im Klosterumkreis zu suchen ist?«

Matteo schloss kurz die Augen. Als er sie wieder aufschlug, schüttelte er den Kopf. »Ich kann und will es mir nicht vorstellen. Aber wir dürfen nichts ausschließen.« Er sah die Schwester unvermittelt an. »Ist Ihnen denn irgendetwas Merkwürdiges aufgefallen? Vielleicht etwas am Verhalten der Oblatin? Haben Sie womöglich einen Streit beobachtet? Irgendwas?«

Isabella dachte angestrengt nach, und dann fiel ihr tatsächlich etwas ein. »Diese Frau«, sagte sie schließlich. »Gina Bellucci.«

Matteo neigte interessiert den Kopf, was die Schwester dazu veranlasste, die Hände abwehrend hochzuhalten.

»Ich bin mir da wirklich nicht sicher, und es ist bloß eine Vermutung. Aber ich hatte schon länger das Gefühl, dass sie Donna, nun ja, auflauerte.«

»Inwiefern?«

Isabella strich ihr Gewand glatt. »Ich kann das nicht besser erklären. Aber dort, wo Donna war, hielt sich in unmittelbarer Nähe auch stets Gina auf. Erst gestern war da etwas …« Sie dachte zurück an das Gespräch mit Donna, die sie auf dem Flur abgefangen hatte. Unmittelbar danach war die Tür nach draußen ins Schloss geschlagen worden, und sie hatte das unverkennbare Parfüm von Gina wahrgenommen. Das war ganz bestimmt keine Einbildung gewesen. Hatte sie der Oblatin möglicherweise aufgelauert?

»Und wer ist diese Gina Bellucci?«, wollte der Carabiniere nun wissen.

Isabella seufzte. »Ein Gast.«

Matteo öffnete den Mund, doch sie brachte ihn mit erhobener Hand zum Schweigen. »Bevor Sie mich jetzt über sie ausfragen. Ich weiß nichts über diese Person. Bloß, dass sie aus Mailand kommt und in einer Werbeagentur arbeitet.«

Der Polizist sah sie verblüfft an. »Und was macht sie dann im Kloster?«

»Zu sich selbst finden, eine Auszeit von ihrem Leben nehmen.«

»Aha. Und was halten Sie von ihr?«

»Meiner Meinung nach ist sie zu freigiebig mit Schokolade.«

»Bitte was?«

»Ach nichts.« Die Schwester winkte unwirsch ab. »Sie sagt, sie sei hier, um sich dem Yoga zu widmen. Aber wenn Sie mich fragen, hat sie von Yoga so wenig Ahnung wie ein Hund von Quantenphysik.«

»Yoga.« Matteo ließ sich das Wort auf seiner Zunge zergehen. »Kenn ich mich überhaupt nicht mit aus.«

Isabella grinste lustlos auf. »Dann sind wir schon zu zweit.«

Der Carabiniere zückte erneut den Notizblock und notierte sich den Namen des Klostergastes. »Dann werde ich mich mit der Dame wohl einmal unterhalten müssen.«

»Das können Sie gerne tun, aber da werden Sie momentan kein Glück haben.«

»Warum?«

»Weil sie nicht da ist. Sie wollte in die Stadt. Besorgungen erledigen.«

»Ach, und wenn schon.« Er steckte den Notizblock weg. »Wollen Sie meine persönliche Meinung wissen?«

»Bitte.«

»Ich glaube nicht, dass dieser Mord von einer Frau begangen wurde. So, wie ich das sehe, braucht es erhebliche Kraft, um solch einen doch relativ stumpfen Gegenstand derart tief in einen Körper zu rammen.« Er bereute seine Wortwahl sogleich, als er bemerkte, wie die Schwester das Gesicht verzog und angestrengt durch den Mund atmete. »Tut mir leid«, sagte er sofort. »Aber ich weiß nicht, wie ich es sonst beschreiben soll.«

Er beugte sich nach vorn und fuhr die Konturen von Donnas Schulterblatt nach. »Hier in diesem Bereich wimmelt es nur so von Rippenknochen. Man schafft es nur mit roher Gewalt da durch. Und ehrlich gesagt, traue ich diese Grobschlächtigkeit keiner Frau zu. Nein.« Er nickte. »Das ist nicht die Handschrift einer Frau.«

»Also ein Mann«, sprach Isabella seine Vermutung laut aus.

»Das ist meine Meinung.« Sein Kopf ging leicht vor und zurück, während er noch immer das herausragende Kreuz im Fokus hatte. »Aber die Art der Tötung …«, murmelte er leise, mehr zu sich selbst als zur Schwester.

»Was ist damit?« Sie sah ihn neugierig an, doch Matteo hatte das Kreuz fest im Visier.

»Diese ungewöhnliche Art der Tötung«, sagte er langsam.

»Ja?«

»Nun, sie könnte tatsächlich eine tiefere Bedeutung haben.«

Darum bemüht, nicht zu vorwitzig zu erscheinen, wartete sie geduldig darauf, dass Matteo weitersprach.

Er ließ die Katze endlich aus dem Sack: »Diese Art des Mordes ist typisch in Mafiakreisen«

Isabella riss die Augen auf. »Ist das Ihr Ernst?«

Der Polizist nickte freudlos. »Leider ja, meine liebe Isabella, und ich wünschte, es wäre nicht so. Ich möchte mir wirklich nicht ausmalen, dass die Mafia ihre Finger nun auch nach Santa Caterina ausstreckt.« Er nahm einen tiefen Atemzug und stieß die Luft ganz langsam wieder aus – ohne den Blick von ihr zu nehmen. »Ich wünschte, es wäre anders. Aber diese Tötungsart ist zu typisch.«

»Aber … was sollte Donna mit der Mafia am Hut haben?«

Matteo seufzte. »Das werde ich herausfinden müssen. Was glauben Sie, wird die Äbtissin mir erlauben, dass ich mich in der Zelle der Oblatin einmal umsehe?«

»Das weiß Gott allein«, sagte sie abwesend. Die Gedanken

der Schwester überschlugen sich. Sie hatte sich auch bereits ihren Kopf darüber zerbrochen, ob das Kreuz eine tiefere Botschaft haben könnte. Aber dass diese Tötungsart der Mafia zuzuordnen war, daran hätte sie nicht im Traum gedacht.

Sie horchte auf, als schnelle Schritte auf dem Steinboden des Kreuzgangs aufklangen.

»Schwester Isabella«, rief die Novizin aufgebracht. »Der Notarzt ist da.«

Matteo warf einen Blick auf seine Armbanduhr. »Na, das ging ja mal schnell.« Unvermittelt sah er Isabella an. »Gibt es denn sonst noch etwas, was ich wissen müsste?«

Isabella schüttelte den Kopf, doch dann hielt sie inne. »Vielleicht«, sagte sie leise, und sie fragte sich, wie sie das hatte vergessen können. »Ich glaube, Donna hat mir gestern eine geheime Botschaft zukommen lassen …«

Kapitel

8

Es brauchte seine Zeit, die Äbtissin davon zu überzeugen, dass sie ihm Zutritt zu Donnas Zelle gewährte. Das Recht war auf ihrer Seite. Ohne Durchsuchungsbefehl hatte Matteo keine Handhabe. Doch bei der Aufklärung eines Mordfalls zählte jede Sekunde. Die ersten vierundzwanzig Stunden waren die entscheidenden. Und noch konnte Matteo nicht einschätzen, wie lange das junge Mädchen bereits tot war und wie groß der Vorsprung war, den der Täter hatte. Oder waren es gar mehrere? Er hielt an seiner Theorie fest. Es war schlichtweg unvorstellbar für ihn, dass diese Tat auf das Konto einer Frau ging.

Für Matteo war es das erste Mal, dass er bewusst eine Klosterzelle betrat. Er versuchte, die Umgebung intensiv auf sich wirken zu lassen. So hatte er es neulich in einem Krimi gesehen. Der Kommissar war allein mit seinem analytischen Sachverstand und seiner schier unmenschlichen Auffassungsgabe in der Lage gewesen war, Zusammenhänge zu sehen, die kein anderer wahrgenommen hatte.

Das hatte ihm imponiert. Also stellte er sich in die Mitte des kleinen, rechteckigen Raumes und atmete tief durch die Nase ein. Er wollte eins werden mit seiner Umgebung. Den Geist von Donna einfangen. Sie verstehen. Er saugte die Atmosphäre geradezu auf. Was war das für ein Geruch, Holz? Er schnüffelte. Doch davon abgesehen roch er gar nichts. *Gut, dann eben mit den Augen.*

Er sah sich um. Das dauerte nicht lange, weil es ein ziemlich kleiner Raum war.

Seine Unterlippe schob sich wie von allein nach vorn. *Wie kann man nur so leben?*

Sein Lebensstil war alles andere als feudal. Die zusammengewürfelte Ausstattung in seiner winzigen Dachgeschosswohnung trug nicht gerade zu einer Wohlfühlatmosphäre bei, mit der er es in eine Einrichtungszeitschrift schaffen würde, aber das hier war Askese in Reinform. Ein schmales Bett mit dunklem Holzrahmen. Ein nüchterner Nachttisch aus demselben Holz. Ein ebenso nüchternes Sideboard und ein klobiger Wandschrank. Allmählich bekam er eine Idee, warum Nonnen ihre Zimmer Zellen nannten. Sie versprühten tatsächlich den Charme eines Gefängnisses.

Abgesehen von der Zahnbürste, die auf dem Waschbecken lag, sah er auf den ersten Blick kaum persönliche Habseligkeiten, die etwas über den Charakter der Schwester aussagen könnten. Die Sauberkeit des Raumes sprach dafür, dass diese Donna eine äußerst reinliche Frau gewesen war. Der Spiegel über dem Waschbecken war blitzblank poliert. Auf dem Nachttisch lagen eine ältere Frauenillustrierte sowie ein Apfel. Darüber hinaus sah er ein paar Pantoffeln vor dem Bett und einen beigefarbenen Cardigan aus dünnem Strick, der sorgfältig über den Stuhl gehängt worden war.

»Im Fernsehen sah das irgendwie einfacher aus«, murmelte er und zog die Nachttischschublade auf, in der sich eine zerlesene Bibel befand. Ob es die von Donna war? Er griff danach und blätterte halbherzig darin herum. Doch da war nichts. Weder Notizen noch irgendwelche Zettel, die in den dünnen Seiten versteckt waren.

Ein Zucken durchfuhr seine Glieder, als sich die Zellentür ruckartig öffnete.

»Isabella, Herrgott, haben Sie mich erschreckt!«

314

»Entschuldigen Sie bitte, aber ich dachte, ich könnte Ihnen vielleicht zur Hand gehen«, flüsterte sie und war flugs durch den Türspalt in die Zelle gehuscht.

Matteos Backen bliesen sich auf. »Aber Sie können doch nicht so einfach …«

»Was glauben Sie denn? Dass ich Sie hier alleine herumschnüffeln lasse?«

Beeindruckt von ihrer Hartnäckigkeit, schlug der Polizist einen sanfteren Ton an: »Schwester, wenn die Äbtissin Sie hier erwischt, macht Sie Ihnen die Hölle heiß – und mir vermutlich auch.« Er stieß einen tiefen Seufzer aus. »Entschuldigen Sie meine Wortwahl! Aber das meine ich völlig zu Recht. Sie haben hier absolut nichts zu suchen. Das ist Polizeiarbeit.«

»Ich möchte doch nur helfen«, rechtfertigte sie sich kleinlaut. »Und keine Sorge, sie wird nichts mitbekommen. Filomena kümmert sich gerade darum, die Mitschwestern zu beruhigen.« Sie räusperte sich künstlich. »Sie ist auch bestimmt genau die richtige Person dafür.« Ihre Stimme verkam zu einem leisen Murmeln.

Matteo musterte sie eindringlich und gab dann klein bei. »Also schön. Vielleicht können Sie mir wirklich helfen. Vier Augen sehen bekanntlich mehr als zwei.«

Sie rieb sich die Hände. »Also, wo fangen wir an?«

Würde es Matteo nicht besser wissen, würde er glatt denken, dass die Schwester einen ungesunden Fanatismus an den Tag legte, was seine Ermittlungsarbeit anging.

Matteo sah sich um. »Wir sollten hier schnell durch sein. Viel Stauraum gibt es ja nicht.«

»Wir leben eben ohne unnötigen Ballast. Haben Sie denn schon was gefunden?«

Matteo schüttelte den Kopf und sah fassungslos dabei zu, wie die Schwester an ihm vorbeischritt und schnurstracks auf den Wandschrank zuging. Mit einem beherzten Ruck riss sie beide Türen auf.

»Wonach suchen wir?«, fragte Isabella.

»Ich weiß es selbst nicht so genau«, gestand Matteo. »Vielleicht irgendetwas, das mehr über sie verrät als ihren Namen.«

Um nicht länger tatenlos herumzustehen, nahm er sich des Sideboards an und zog eine Schublade nach der anderen auf. In der obersten befand sich Unterwäsche. Slips, BHs und Socken. Es war ihm unangenehm, in den Habseligkeiten der verstorbenen Frau herumzuwühlen. Aber es war schließlich sein Job.

»Schon was gefunden?«, fragte er die Schwester nach einer Weile.

»Weinflaschen.« Sie trat zur Seite und offenbarte Matteo einen Blick auf ein halbes Dutzend Weinflaschen, die fein säuberlich aneinandergereiht auf dem Schrankboden standen. Sie waren alle leer. »Sie hat diesen Wein geliebt«, sagte Isabella. »Ein widerlich süßer Wein aus dem letzten Jahr.«

Im Wein liegt die Wahrheit, dachte Matteo unwillkürlich.

Isabella hatte ihm von der geheimen Botschaft erzählt, die ihr gestern jemand zugesteckt hatte – allem Anschein nach Donna. Doch so wirklich schlau wurden sie beide nicht daraus.

»Gut, sie trank gerne Wein«, gab Matteo zur Antwort. »Dann wissen wir das. Aber wo bewahrte sie ihre persönlichen Habseligkeiten auf. Fotos, Dokumente. Irgendwas?« Er schob Schublade um Schublade auf, stieß aber auf nichts anderes als Kleidungsstücke und Toilettenartikel. In der untersten Schublade fand Matteo schließlich die Geldbörse von Donna. Doch zu seiner Enttäuschung enthielt sie nichts weiter als ein paar Geldscheine und Münzen. Darüber hinaus kein einziges persönliches Dokument. Weder einen Ausweis noch einen Führerschein oder ein Krankenkassenkärtchen.

»Das ist doch echt merkwürdig.« Er fuhr sich über seinen Bartschatten und raunte missmutig auf. »Es wirkt ja beinahe so, als hätte sie ihre Identität absichtlich verschleiert.«

Isabella schwieg und wühlte sich weiter durch den Inhalt des Schranks. »Ich kann ihr Handy auch nirgends finden.«

Im hintersten Fach der Geldbörse stieß Matteo auf ein paar Kassenbelege. Er überflog sie kurz, konnte aber nichts Interessantes erkennen. Hauptsächlich waren es Quittungen von Einkäufen. Einer stammte von einem Café am Bahnhof von Lucca. Matteo zögerte nur kurz und steckte dann die Belege kurzerhand ein. Vielleicht konnte er mit ihnen noch etwas anfangen.

»Hinter den Kleidern ist ihr Reisetrolley.« Isabella zog einen pinkfarbenen kleinen Koffer aus dem Schrank und legte ihn auf den Zellenboden.

Sie ließ die Scharniere aufklappen und öffnete ihn. Doch bis auf zwei Paar Schuhe war der Koffer leer, was Matteo missmutig aufstöhnen ließ.

Irgendeine Spur wäre wirklich hilfreich. Zumal es ihm unter den Fingernägeln brannte, herauszufinden, was diese junge Frau mit der Mafia am Hut gehabt hatte.

Mit verschränkten Armen hatte er sich gegen die Wand gelehnt und sah Isabella dabei zu, wie sie noch einmal ihren Kopf tief ins Innere des Wandschranks steckte.

»Es muss doch hier etwas geben, das uns mehr über sie verrät«, murrte Matteo. »Ich meine, niemand verreist doch ohne einen Ausweis.«

»Matteo, ich glaube, ich habe da etwas gefunden, sehen Sie doch nur!«

»Was ist denn da?« Matteo stieß sich von der Wand ab und trat nahe an sie heran.

»Haben Sie mal Licht?«

Er nestelte die Stablampe von seinem Dienstgürtel und

leuchtete ihr in den Wandschrank hinein. »Da! Unter dem Ablagefach ist irgendetwas festgeklebt. Moment, ich versuche es zu lösen.«

Matteo hörte, wie ein Klebestreifen vom Holz gezogen wurde.

Isabella zog den Kopf aus dem Schrank und öffnete ihre Handfläche. »Das hatte jemand unter dem obersten Regalfach mit einem Klebeband fixiert.«

»Einen Schlüssel?«

Isabella nickte. »Sieht ganz danach aus.«

Matteo betrachtete den Gegenstand genauer. Es war ein kleiner zweibärtiger Schlüssel, auf dem eine dreistellige Nummer eingraviert war.

»Sechs, vier, zwei«, las Isabella laut vor. »Was es damit wohl auf sich hat?«

Matteo blieb lange stumm und konnte den Blick nicht abwenden. Irgendwo hatte er solch einen Schlüssel schon einmal gesehen, doch er konnte sich beim besten Willen nicht mehr daran erinnern, wo das gewesen war. »Keinen Schimmer«, gestand er letztlich. »Aber er sieht aus wie ein Schlüssel von einem Schließfach.«

Isabella nickte zustimmend. »Jetzt müssen wir bloß noch herausfinden, zu welchem Schloss dieser Schlüssel gehört.«

Matteo nahm den Schlüssel aus Isabellas Hand und steckte ihn sich in die Tasche zu den Kassenbelegen. Dann sah er noch einmal nach, ob sie nicht irgendetwas bei ihrer Inspektion übersehen hatten. Doch die Zelle war so winzig und kärglich eingerichtet, dass es nicht danach aussah.

»Ich glaube, mehr können wir hier nicht mehr tun. Lassen Sie uns gehen, bevor die Äbtissin dahinterkommt, dass Sie sich hier aufhalten. Auf das Donnerwetter habe ich wirklich keine Lust. Und wenn ich sie richtig einschätze, würde sie es sogleich an den Bürgermeister weitertragen, sobald er auch nur aus dem

Flieger gestiegen ist.« Er sah Isabella ernst an. »Und das können wir beide nicht wollen.«

Matteo saß im Präsidium hinter seinem Schreibtisch und dachte angestrengt nach, während der Deckenventilator über ihm ächzend kreiste. Mit zusammengekniffen Brauen dachte er sogar so intensiv nach, dass er nicht mal mehr die angestaute Hitze in seinem Büro bemerkte. Im Gegenteil: Die jüngsten Ereignisse ließen ihm eisige Schauer über den Rücken laufen.

Dieser Fall gestaltete sich gänzlich anders als der Turmsturz von Schwester Raffaela, der auf den ersten Blick nach einem Suizid ausgesehen hatte und auf den zweiten Blick zumindest den Charakter eines Unfalls gehabt hatte. Die Sache mit der Oblatin aber war kaltblütiger Mord. Daran bestand überhaupt kein Zweifel. Ebenso wenig wie daran, dass alle Angaben, die sie im Kloster hinterlassen hatte, falsch waren. Es gab schlichtweg keine Person mit dem Namen Donna Mancini, auf die die Beschreibung zutraf. Diese Frau schien ein Geist zu sein.

Doch das bereitete ihm nicht die größte Sorge.

War es wirklich so weit? Hatte die Mafia ihre gierigen Finger nach Santa Caterina ausgestreckt? Es sah ganz danach aus. Ein Messer im Rücken war eine typische Tötungsart des Verbrechersyndikats. Sie liebten diese theatralische Inszenierung mit Messern. In diesem Fall war es zwar ein Kreuz, aber das machte es umso dramatischer. Das hatte er nicht direkt auf der Polizeischule gelernt, aber in zahlreichen Filmen und Se-

320

rien gesehen. Dieser Tod galt jenen, die einen hintergingen und Verrat übten. Doch inwieweit konnte dies auf die Oblatin zutreffen? Was sollte eine potenzielle Klosterschwester mit der Mafia zu schaffen haben? Er hatte sich Hinweise in ihrer Zelle erhofft. Doch bis auf leere Weinflaschen und den mysteriösen Schlüssel war da nichts, was auf irgendwelche Verbindungen mit dieser Verbrecherorganisation hindeuten konnte.

Vielleicht irrte er sich ja doch.

Die wohl bekannteste Tötungsmethode der Mafia waren ferngezündete Autobomben, wie sie in den Achtzigerjahren des vergangenen Jahrhunderts für Angst und Schrecken in ganz Italien gesorgt hatten. Doch die Mafia war manchmal weitaus subtiler, wenn es darum ging, Exempel zu statuieren oder unliebsame Menschen zu beseitigen. Ertränkungen mit Schuhen aus Zement, durchgeschnittene Kehlen – oder eben ein Messer im Rücken.

Das Syndikat hatte seine eigenen Tötungsarten und auch seine speziellen Mordwerkzeuge. Und genau das machte Matteo stutzig.

Ein Kreuz als Mordwaffe war ungewöhnlich – selbst für Mafiaverhältnisse. Typischer wäre ein Messer oder eben ein Dolch gewesen. Aber ein Kreuz? Und warum sollte ausgerechnet eine junge Oblatin Opfer eine Mafiaverschwörung werden?

Was ihm ebenso merkwürdig vorkam: Er fand auch nichts über diese Gina Bellucci aus Mailand heraus. Dabei hatte er sämtliche Quellen angezapft, um etwas über diese Person in Erfahrung zu bringen. Das Ergebnis war niederschmetternd. In ganz Mailand gab es keine Person mit dem Namen Gina Bellucci, auf die Isabellas Beschreibung passte. Ob er sich den Namen schlicht falsch notiert hatte? Matteo würde wohl oder übel noch einmal ins Kloster fahren und ihr einen Besuch abstatten müssen. Denn das Rechercheergebnis ließ nur eine Schlussfolgerung zu: Beide Frauen hatten den Schwestern gegenüber einen falschen Namen angegeben. Aber warum? Da musste es doch einen Zusammenhang geben.

Mit seinen Gedanken bei all den Warums, die ihn seit dem Fund der Leiche quälten, spielte er mit dem Schlüssel in der Hand, fuhr die Zackenbärte ab und fragte sich noch immer, woher er diese Form kannte.

Ein von draußen kommendes Aufhupen riss ihn aus seinen Gedanken. Er stand auf und blickte aus dem Fenster und betrachtete die vor ihm liegende Straße. Ein Reisebus hatte sich festgefahren und blockierte die zu enge Kreuzung.

Achselzuckend ließ er sich zurück auf seinen Stuhl fallen. Die würden schon ohne ihn da draußen klarkommen.

Er grübelte und grübelte. Irgendwo in seinem Kopf, ganz weit nach hinten gedrängt, gab es eine vage Erinnerung. Doch er bekam diesen Fetzen einfach nicht zu greifen.

»Verzeihen Sie, Signore! Störe ich Sie?«

Matteo fuhr auf seinem Schreibtischstuhl ruckartig herum und stieß sich das Knie an der Tischplatte an. Schon wieder! Sein erster Gedanke galt dem Bürgermeister. War er schon zurück aus dem Urlaub? Er hoffte nicht. Andererseits würde das bedeuten, dass auch Nina wieder da wäre. Doch es war nicht das runde, schwitzige Gesicht von Lenzi, das ihm aus dem Türrahmen heraus unsicher entgegengrinste.

Dieses Gesicht war schmaler und kantiger.

»Si?«, fragte Matteo ungeduldig, während er den stechenden Schmerz aus seinem Knie rieb. Er musste sich unbedingt angewöhnen, die Tür zum Präsidium zuzuziehen. Anscheinend galt sie allen als Einladung, einfach einzutreten.

»Tut mir leid, dass ich einfach so hier reinplatze«, sagte der Mann, als hätte er auf eine unheimliche Weise Matteos Gedanken eingefangen. »Aber ich habe einen Diebstahl zu vermelden und dachte, dass ich das am besten persönlich mache. Antonio Spretto ist mein Name.«

»Einen Diebstahl?« Matteo betrachtete den Mann forschend.

Er hatte ein runzeliges Gesicht und lockiges graues Haar. Tiefe Falten umspielten seine mild dreinblickenden Augen, als er nickte. »In mein Lager wurde eingebrochen.« Zur Bestätigung hielt er ihm ein Vorhängeschloss mitsamt Kette entgegen, von der ein Glied aufgesprengt war.

Matteo rieb sich über die Stirn, spürte Kopfschmerzen aufziehen. »Und was wurde gestohlen?«

»Werkzeug«, entgegnete Antonio Spretto knapp. »Ich führe einen kleinen Elektroinstallationsbetrieb, müssen Sie wissen. Und weil meine Werkstatt zu klein ist, lagere ich einen Teil meiner Gerätschaften in einer angemieteten Garage im Gewerbegebiet, unten am Serchio.«

Matteo nickte langsam. »Ich kenne die Gegend.«

»Und als ich heute Morgen dorthin kam, fand ich die Garage aufgebrochen vor.«

»Und was fehlt alles?«

Der Mann antwortete nicht, sondern zog ein zusammengefaltetes Blatt Papier hervor, das er ihm entgegenhielt. »Steht alles hier drauf.«

Mit einem innerlichen Seufzer der Erschöpfung nahm er den Zettel in Empfang und überflog ihn. Er schlug die Augen nieder. Einmal mehr hasste er seinen Job. Das würde jede Menge Papierkram bedeuten.

»Also, Signore Spretto, nehmen Sie doch Platz.«

»Gern. Ach, ich habe Ihnen auch die Post von draußen mitgebracht, sie lag auf der Treppenstufe.«

Mit einem Dank nahm Matteo die Post entgegen. Es waren hauptsächlich Werbebriefe und Rechnungen. Aber auch eine Postkarte war darunter. Sein Herz schlug schneller, als er die Akropolis von Athen vor einem türkisblauen Himmel erkannte.

Nina!

Er schmiss den Rest der Post achtlos auf den Schreibtisch, bis er nur noch die Postkarte in der Hand hielt und hastig zu lesen begann:

Ciao, Matteo, sonnige Urlaubsgrüße aus Griechenland senden dir die Lenzis. Das Wetter ist fantastisch, und die Griechen sind supernett. Wir wohnen in einem richtigen Traumhotel mit Blick aufs Meer. Ich soll dich ganz lieb von Papa grüßen und dich an die Liste erinnern – welche Liste?
Arrivederci und bis ganz bald! Deine Nina.
PS: Wann können wir endlich mit deiner Vespa die Gegend unsicher machen?

Matteo starrte die Karte an. *Deine Nina,* las er noch einmal. Wie schön sich das las. Überhaupt hatte Nina eine wunderschöne Schreibschrift mit geschwungenen Linien und verspielten großen Buchstaben. Das gefiel ihm. Weniger gefiel ihm die Bemerkung zu den netten Griechen. Meinte sie damit die Griechen im Allgemeinen oder vor allem die männlichen Griechen? Vor seinem geistigen Auge sah er all die Dimitris und Vasilis, die um seine hübsche Nina herumschwänzelten. Ihn schauderte es, und er fühlte sich hilflos, gefangen hinter seinem mickrigen Schreibtisch. Und dann diese unsägliche Bemerkung zu der Liste. Dazu hatte der Bürgermeister sie getrieben, das war klar. Innerlich schüttelte es ihn. Dieser Duccio ließ aber auch wirklich keine Gelegenheit aus, ihm die Zeit mit seiner Tochter zu vermiesen.

Die Postkarte hatte nicht viel Text, enthielt aber doch unglaublich viele Botschaften zwischen den Zeilen. Wie das Postskriptum, in dem sie ihn indirekt zu einer gemeinsamen Spritztour aufforderte. Nur zu gern würde er das tun. Blöderweise aber kam er nach den anfänglichen Erfolgserlebnissen, die er

Schwester Isabella zu verdanken hatte, nicht mehr so recht mit dem Neuaufbau seiner Oldtimer-Vespa voran. Nicht nur, weil ihm die Zeit fehlte. Ihm war auch das nötige Kleingeld ausgegangen, sodass die Vespa noch immer halb fertig seine Garage versperrte, während sein Lancia auf der Straße parken musste. Und das bei diesem Wetter. Die Strahlen der Sonne waren Gift für den Lack seines Deltas.

»Signore Silvestri, hören Sie mir überhaupt zu?«

Matteo sah den ihm gegenübersitzenden Mann verdutzt an. »Bitte?«

»Ich habe Ihnen gerade erklärt, was das gestohlene Material alles für einen Wert hat. Wie soll ich denn nun weiterarbeiten – ohne Bohrhammer? Soll ich die Schlitze für die Stromleitungen etwa mit meinen bloßen Händen kloppen?« Er streckte ihm dieselben entgegen.

Er hatte starke Hände, fand Matteo. Wahrscheinlich würde er es mit ihnen tatsächlich schaffen.

Mit dem Anflug eines Grinsens auf den Lippen schüttelte er jedoch den Kopf. »Nein, natürlich nicht.« Behutsam, beinahe liebevoll, stellte er die Postkarte vor den Bildschirm, damit er sie stets im Blick hatte. »Ich werde alles zu Protokoll nehmen, und dann rate ich Ihnen, sich schnellstmöglich mit Ihrer Versicherung in Verbindung zu setzen, damit die Sache mit dem entstandenen Schaden geregelt werden kann.«

Der Mann beugte sich nach vorn und sah Matteo forsch an. »Und was gedenken Sie zu tun, damit ich mein Werkzeug wiederbekomme?«, fragte er. »Wie wollen Sie die Verbrecher fangen – etwa von hinter dem Schreibtisch aus? Wollen Sie sich nicht einmal den Tatort anschauen?«

»Doch, Signore Spretto. Natürlich. Sobald ich kann, werde ich vorbeikommen und mir alles … ansehen.«

»Aber sie werden die Verbrecher finden, habe ich Ihr Wort?«

Matteo verzog das Gesicht. »Nun, das dürfte sehr schwierig

werden«, entgegnete er ausweichend. »In letzter Zeit treiben osteuropäische Verbrecherbanden ihr Unwesen in dieser Gegend, und denen auf die Schliche zu kommen ist alles andere als ein leichtes Unterfangen.« Dass es sich um derartige Verbrecherbanden handelte, war eine bloße Mutmaßung. Aber was sollte denn sonst der Grund für die Häufung der Einbrüche sein. Er musste sich unbedingt mit den anderen Polizeipräsidien in der Region kurzschließen und in Erfahrung bringen, ob sie es mit vergleichbaren Einbrüchen zu tun hatten. Nur so würde man der Bande vielleicht das Handwerk legen können.

Während er das Protokollprogramm öffnete und alles für die Datenerfassung vorbereitete, fluchte er innerlich auf. *Warum ausgerechnet jetzt?* Warum zu solch einem Zeitpunkt, wo die Mafia an die Tore Santa Caterinas klopfte und seine gesamte Aufmerksamkeit verlangte?

Kapitel

10

Auf Knien wrang sie den Putzlumpen aus und scheuerte über die grob gehauenen Steinplatten des Kreuzgangs. Wer sollte es sonst tun, wenn nicht sie. Die Äbtissin hatte sie für die Handwerker verantwortlich gemacht, also war es ihre Aufgabe, hinter ihnen herzuwischen. Sie hoffte nur, dass dieser Albtraum ganz bald ein Ende nahm.

»Ich weiß einfach nicht, wo wir noch ansetzen sollen.« Carlo lehnte an der Balustrade und rauchte eine Zigarette. Mit weit von sich gestreckten Händen sah er auf Isabella hinab – eine Geste, die sie hauptsächlich von Fußballspielern kannte, wenn der Schiedsrichter sie zu Unrecht eines Fouls bezichtigte.

Sie gab ein wenig amüsiertes Zischen von sich.

Seit zwei Wochen waren die beiden nun schon zugange. Mit dem Ergebnis, dass die Heizung immer noch nicht lief und es im gesamten Kloster warmes Wasser nur stundenweise gab.

Obendrein hatte ihre Ansprache überhaupt nicht bei den beiden gefruchtet. Noch immer hinterließen sie auf Schritt und Tritt Chaos. Und der Kreuzgang stellte erst den Anfang dar. Sobald sie hier mit dem Wischen fertig war, durfte sie sich um die Flure kümmern. Leider stand auch keine der Schwestern zur Verfügung, um ihr zur Hand zu gehen. Schwester Hildegard war mit der Ausgabe des Mittagessens beschäftigt. Die anderen Schwestern waren im Garten tätig oder in den Weinbergen und bei den Tieren eingeteilt.

Novizin Ortensia war die Pflicht zuteilgeworden, die Aufgaben von Donna zu übernehmen, um die anstehende Oblatenlieferung für die Pfarrkirche in Santa Caterina fertigzubekommen. Isabella konnte für sie bloß hoffen, dass sie sich bei der Bedienung der altertümlichen Maschine nicht in den Finger bohrte. Aus eigener Erfahrung wusste sie, dass dieses Gerät so seine Tücken hatte.

Also blieb nur noch sie übrig, um sich um die Hinterlassenschaften der Handwerker zu kümmern, die den Platz für ihre Mittagspause ausgerechnet bei ihr gesucht hatten. Wüsste es Isabella nicht besser, hätte sie annehmen können, ihre Mitschwestern wurden von der Äbtissin absichtlich so arg eingespannt, damit ihr niemand helfen konnte.

War ihr das zuzutrauen? Bloß weil Isabella eine Abstimmung ins Leben gerufen und damit an der Autorität der Äbtissin gekratzt hatte? Dabei war Aufmüpfigkeit überhaupt nicht Isabellas Art. Aber hier war es um das Schicksal eines Lebewesens gegangen. Um Caesar. Was war ihr da für eine andere Wahl geblieben? Wo steckte der Hund eigentlich? Den ganzen Morgen hatte sie ihn nicht mehr gesehen.

»Wir brauchen einfach mehr Zeit«, befand Silvano. Den Rücken gegen die Steinmauer gelehnt, saß er auf dem Boden und sah ihr beim Putzen zu. Dabei drehte er einen Flummi in seinen Händen, den er immer wieder gegen die gegenüberliegende Wand springen ließ und mit spielerischer Leichtigkeit auffing.

»Sie werden aber auch nicht fertig, wenn Sie hier herumlungern«, befand die Schwester gereizt.

»Das ist unsere wohlverdiente Mittagspause, Chefin«, sagte Silvano.

»Außerdem sind wir nicht unhöflich. Wir möchten Ihren

328

Mitschwestern die wohlverdiente Mittagsruhe nicht vermiesen. Deswegen fangen wir erst jetzt im Speisesaal mit dem Bohren an.«

Isabella hielt in der Bewegung inne und sah den Mann mit großen Augen an. »Sie wollen nun auch noch im Refektorium herumwerkeln?«

Beide nickten simultan.

»Wir glauben, dass irgendwo dort die Hauptursache liegen muss, dass die Heizung sich immer wieder ausschaltet«, erklärte Carlo. »Vermutlich sind dort die Rohre undicht.«

Vor sich hin wischend rümpfte Isabella die Nase. »Das haben Sie auch schon vom Querschiff behauptet. Und von den Rohren in der Vorratskammer. Und von dem Keller will ich gar nicht erst anfangen.«

Silvano grinste. »Na ja, aber irgendwann müssen wir ja mal recht haben, nicht wahr?« Er ließ den Flummi gegen die Wand schnellen und fing ihn geschickt auf.

»Das ist ein altes Gemäuer, Chefin«, sagte Carlo, was Isabella lautstark zum Schnauben brachte.

»Das ist doch Ihre Ausrede für alles. Seitdem Sie hier sind, höre ich das von Ihnen. Überhaupt, ich verstehe es nicht. Die Heizung befindet sich im Keller. Den haben Sie bereits komplett verunstaltet und überall herumgebohrt, Böden und Wände eingerissen. Und nun machen Sie munter hier oben weiter.«

Sie putzte so hart über den Boden, dass Stofffetzen des Lappens auf dem rauen Stein hängen blieben. Sie war zornig und hätte die beiden am liebsten zur Rede gestellt und sie gefragt, was es mit dem Loch in der Kirchenmauer auf sich habe, das unmittelbar nach draußen ins Freie führte und einen Blick auf das Gemüsebeet gewährte. Aber was sollte das bringen. In den letzten Tagen war ihr endgültig klar geworden, dass sie die denkbar schlechtesten Handwerker auf diesen Auftrag angesetzt hatte, die es in der Toskana gab. Leider aber waren ausgerechnet sie die Einzigen, die sich dafür gemeldet hatten. Was blieb ihr also übrig, als die Ruhe zu bewahren und gute Miene zum bösen Spiel zu machen. Wenn sie es sich mit ihnen verscherzte, würden die beiden vermutlich das Weite suchen und sie womöglich auf einer Großbaustelle sitzen bleiben.

»Keine Sorge, wir bringen das alles wieder in Ordnung, sobald die Heizung läuft«, versprach Carlo.

Isabella konnte es nur hoffen. Sonst stand ihr eine wahrhaft unangenehme Zeit mit der Äbtissin ins Haus.

»Also nun auch das Refektorium.« Sie seufzte.

Carlo nickte eingehend. »Wenn das euer offizieller Klostername für den Speisesaal ist, dann ja, Chefin, dann auch das Reflektorium.«

Sie korrigierte ihn nicht und dachte an den Staub und an den Lärm, und dann war ihr nur noch zum Heulen zumute.

»Wirklich tragisch, das mit der Schwester«, platzte Carlo plötzlich heraus. »Diese Donna. Ich mochte sie ja.«

In ihrem Hals bildete sich ein dicker Kloß, den sie angestrengt hinunterzuschlucken versuchte.

»Hier hat man sie also gefunden.« Silvano fokussierte einen unbestimmten Punkt auf dem Boden, während er seinen Flummi wieder gegen die Wand prallen ließ. »Weiß man denn schon Näheres … über die Art, wie sie gestorben ist?«, fragte Silvano.

Isabella wich seinem Blick aus. Das Thema war noch zu frisch, und sie befürchtete, endgültig in Tränen auszubrechen, wenn sie zu sehr darüber nachdachte. Also schüttelte sie nur knapp den Kopf. Doch die Lust auf eine weitere Unterhaltung mit den beiden war ihr gründlich vergangen. Sie packte ihr Putzzeug zusammen und beschloss, dann mit dem Kreuzgang weiterzumachen, wenn sie wieder für sich allein war.

Außerdem war sie müde. Gestern Nacht hatte sie einfach

nicht in den Schlaf finden können. Zu viele Gedanken waren da in ihrem Kopf, zu dramatisch und bewegend die Ereignisse des vergangenen Tages. Sie und Donna hatten sich nicht sonderlich nahegestanden. Zumindest nicht, wie Freundinnen es taten. So wie sie und Schwester Agnieszka zum Beispiel. Dennoch war es ein totaler Schock gewesen, sie tot – ermordet auf derart brutale Weise – vorfinden zu müssen. Eine junge Frau mit Zielen und Idealen. Welch abscheuliche Kreatur war nur dazu in der Lage, sie einfach so aus dem Leben zu reißen? Nein, ihr war wirklich nicht danach, ausführlich mit den beiden über die vergangenen Geschehnisse zu sprechen. Vielmehr hatte sie das Bedürfnis, das mit sich allein auszumachen. Zumal ihr dieser mysteriöse Zettel nicht mehr aus dem Kopf gehen wollte.

Für den Fall der Fälle: In Vino Veritas.

Was sollte das bedeuten? Hatte es überhaupt eine Bedeutung? Und warum hatte die junge Frau ausgerechnet ihr eine Nachricht zukommen lassen? Sie hatten sich gut verstanden. Donna hatte keinen Hehl daraus gemacht, dass sie Isabella sehr schätzte. War mit dem Fall der Fälle ihr Tod gemeint? Hatte Donna geahnt, dass ihr Leben in Gefahr war? Isabella fühlte sich plötzlich hilflos, denn sie würde Donnas Beweggründe wohl nie erfahren.

Auf der Suche nach Antworten hatte sie in der Klosterbücherei nach dem Sinn hinter diesem lateinischen Spruch gesucht. Die Worte kannte sie und wusste auch, was damit gemeint war. Aber sie wollte es ganz genau erfahren und hatte es nachgeschlagen. Demnach hatte dieser Spruch in der Tat eine tiefere Bedeutung. In einem Lexikon fand sie die Information, dass dieser Satz aus der Feder des antiken Dichters Alkaios von Lesbos stammte. Ein Grieche. Natürlich. Der Satz sollte die These verdeutlichen, dass Betrunkene immer die Wahrheit sprachen. Gut, das wusste Isabella. Doch es half ihr nicht weiter. Auch hatte sie gelesen, dass aus diesem Grund die Germanen bei ihren Ratssitzungen immer Wein in rauen Mengen getrunken hatten, um ausschließen zu können, dass gelogen wurde. Darüber hatte sie trotz allem schmunzeln müssen. Die spinnen doch, die Germanen.

Bewaffnet mit ihrem Wischmopp und dem Putzeimer schritt sie bis zum Anfang des Korridors, um ihre Putzmaßnahmen außerhalb der Sichtweite von Carlo und Silvano fortzusetzen. Sie hatte gerade den Mopp in den Eimer getaucht, als die Novizin auf sie zugehastet kam. Mit schlimmen Befürchtungen starrte Isabella auf Ortensias Hände. Doch sie konnte keine blutenden Löcher entdecken. Wenigstens das.

»Schwester Isabella, da ist jemand am Haupteingang.«

»Ja und?«

»Na, er will eine Ordensschwester sprechen.« Sie senkte den Kopf so weit, dass nur noch ihr weißer Schleier zu sehen war. »Ich bin doch bloß eine Novizin. Eigentlich hatte er explizit nach der Äbtissin verlangt, aber die ist zu Tisch, und sie wird doch so ungern gestört beim Essen.« Die Novizin blickte langsam zu ihr auf. »Und da dachte ich, dass vielleicht Sie mal nachschauen und sich mit dem Mann unterhalten könnten? Er hat auf mich nämlich einen sehr fordernden Eindruck gemacht.«

Isabella seufzte und hielt Ortensia den Wischmopp entgegen. »Also schön, ich kümmere mich um ihn.«

In gemäßigtem Tempo schritt sie durch den Korridor auf das Eingangsportal zu. In der Empfangshalle hing der Geruch von Eisbein und Sauerkraut in der Luft. Damit war klar, wo sich Caesar die ganze Zeit über aufhielt. Sie zog die schwere Holztür einen Spaltbreit auf und staunte nicht schlecht, als sie den Mann vom Marktstand unmittelbar vor der Pforte des Klosters stehen sah. Sie erkannte sein markantes Gesicht sofort. Er war nicht viel größer als sie und schaute sie mit vorgeschobener Unterlippe an.

»Pietro, richtig?«, begrüßte Isabella ihn und konnte nicht verhindern, ihn argwöhnisch zu mustern.

Er war eine wirklich befremdliche Erscheinung. Heute trug er einen weiten grau melierten Anzug aus irgendeinem synthetischen Material, das stark in der Sonne glänzte.

»Verzeihen Sie bitte meine Störung«, sagte er freundlich. »Aber aufgrund der, sagen wir, jüngsten Ereignisse, wollte ich vorbeischauen und … nach dem Rechten sehen.«

Isabella sah ihn fragend an. »Ich verstehe nicht. Was meinen Sie konkret?«

»Nun, mir ist das mit der toten Schwester zu Ohren gekommen. Sie wissen, Santa Caterina ist klein, und da sprechen sich solche Sachen schnell herum.«

»Solche Sachen?«, fragte Isabella herausfordernd.

Der Mann trat einen Schritt näher an die Tür heran, sodass sein Gesicht komplett im Schatten lag. »Ich glaube, Sie sind in Gefahr, Schwester.«

Isabella riss ungläubig die Augen auf.

Der Blick des Mannes richtete sich nach oben. »Etwas Unheilvolles treibt in diesen Gemäuern sein Unwesen.«

»Wenn Sie damit auf den dramatischen Tod unserer Mitschwester anspielen«, sagte Isabella, »dann kann ich nur sagen, dass –«

»Ich möchte auf gar nichts anspielen. Vielmehr möchte ich Ihnen meine Dienste anbieten.« Er lächelte breit und entblößte einen auffällig glänzenden goldenen Eckzahn in der oberen Reihe.

»Ihre Dienste?« Ihre Stirn schob sich wie von selbst nach oben.

Mit einem Mal wurde der Mann ungehalten. Das Lächeln verschwand. »Ist das eine Marotte von Ihnen, dass sie alles wiederholen, was ich sage?«

Isabella schüttelte den wie aus dem Nichts kommenden

Gefühlsausbruch von sich ab. »Nun ja, junger Mann. Pietro. Im Grunde sagen Sie eigentlich nichts.« Sie hielt seinem strengen Blick stand. »Zumindest verstehe ich einfach nicht, was Sie mir sagen wollen.«

»Das sagte ich doch gerade«, erwiderte er noch eine Spur drängender. »Ich möchte Ihnen meine Dienste anbieten.«

Bevor sie irgendetwas Sinnvolles erwidern konnte, spürte sie einen Stups in der Seite, und kurz darauf steckte ihre betagte Mitschwester Immaculata ihren faltigen Kopf durch den Türspalt und musterte die Erscheinung davor. Sie roch nach Rosenwasser und Püree. Vermutlich war sie von Hildegard zum Kartoffelschälen eingeteilt worden.

»Haben wir Besuch?«, fragte sie neugierig. »Was möchte der Mann denn hier?«

Isabella hob die Schultern zunehmend verunsichert. »Eine Arbeit, glaube ich.«

Die alte Schwester lachte laut auf. »Die kann er haben. Im Garten könnten wir sofort eine helfende Hand brauchen. Bei dem Wetter kommt man mit dem Gießen ja überhaupt nicht mehr hinterher.«

Pietro blickte drein, als hätte er in eine Zitrone gebissen.

»Was ist denn hier los?«

Isabella zuckte kurz zusammen, als die Äbtissin die Tür ganz aufriss und sie böse anfunkelte. »Warum ist der Flur noch nicht sauber?«, fragte sie Isabella in barschem Ton. »Und wer ist dieser Mann?«

Isabella stellte ihn vor: »Das ist Pietro.«

»Er sucht einen Job«, erklärte Immaculata ihr.

»Nein, also … ich …«

»Einen Job?« Die buschigen Brauen der Äbtissin schossen nach oben.

»Hab ihm gesagt, dass er eine Anstellung als Gärtner haben kann«, sagte die alte Schwester.

Isabella sah, dass Filomena etwas Ruppiges erwidern wollte – von wegen, dass eine solche Entscheidung nicht in ihrem Ermessen lag. Doch dann erhellten sich ihre Züge. »In der Tat«, gab sie zu. »Einen Gärtner könnten wir wirklich gut brauchen.« Ihr Blick fiel auf den jungen Mann. »Haben Sie denn Qualifikationen vorzuweisen? Eine Ausbildung?«

Pietros Gesicht war starr wie eine Maske. »Nein«, sagte er leise. »Und das ist ein absolutes Missverständnis. Ich bin kein Gärtner, und ich bin auch nicht hier wegen eines Handlanger-jobs. Ganz im Gegenteil!«

Isabella war sich nicht sicher, doch sie glaubte, einen Hauch Verärgerung aus seiner Stimme herauszuhören.

»Verstehen Sie denn vielleicht etwas von Heizungen?«, fragte sie hoffnungsvoll.

»Heizungen.« Der Mann sah sie konsterniert an und schüttelte langsam den Kopf. Und dann tat er etwas, was Isabella völlig vor den Kopf stieß. Er drehte sich einfach um und ging.

»Das war jetzt aber mal echt merkwürdig«, befand die Äbtissin.

»Ja.« Die alte Schwester schloss sich der Meinung der Äbtissin an. »Wie ein Handwerker sieht er nicht gerade aus.«

»Nein«, stimmte Isabella zu. »Ich glaube, er macht irgendwas mit Versicherungen.«

Sie sah ihm noch eine ganze Weile hinterher, wie er den Weg zurück zum Parkplatz schlenderte, ohne auch nur einmal zurückzublicken, die Hände tief in die Taschen seines glänzenden Anzugs gesteckt. Irgendetwas an ihm war in der Tat äußerst sonderbar. Aber was wusste sie schon von Versicherungsagenten?

»Wo ist sie?« Matteo stand mit verschränkten Armen in der Empfangshalle und sah Isabella lauernd an.

»Wer?«, fragte diese verdattert zurück. Sie verstand überhaupt nichts mehr.

Es war nunmehr das zweite Mal gewesen, dass die Novizin sie bei der Arbeit unterbrochen hatte, weil sie am Empfang jemand sprechen wollte. Also hatte sie einmal mehr den Wischmopp in die Ecke gestellt und war ins Foyer geeilt, wo sie Matteo sah.

»Na, diese Gina Bellucci. Ich habe ihr ein paar Fragen zu stellen. Und es sind keine angenehmen Fragen.«

Verwundert musterte sie den jungen Carabiniere. Er wirkte richtiggehend aufgebracht. Derart beharrlich kannte sie ihn gar nicht. Das imponierte ihr.

»Ich habe keine Ahnung.«

Sie dachte angestrengt nach. Gina hatte sie seit einer ganzen Weile nicht mehr gesehen, was im Grunde auch nicht ungewöhnlich war. Eigentlich schloss sich Gina Bellucci ihnen nur zu den Essenszeiten an. Heute Mittag hatte sie beim Essen kurz mit ihr über Donnas Tod gesprochen. Da hatte sie richtiggehend bestürzt gewirkt.

Sie erinnerte sich schließlich: »Ich glaube, sie wollte in den Klostergarten. Ihre Yogaübungen machen. Zumindest hat sie das beim Mittagessen erwähnt.«

Matteo sah sie ernst an. »Bringen Sie mich zu ihr.«

»Sehr wohl, der Chef. Ihr Wunsch ist mir Befehl.«

Die Züge des Polizisten wurden augenblicklich weich. »Verzeihen Sie bitte, Schwester! So war das nicht gemeint. Aber mir steht gerade alles bis hier oben hin.« Er hob seine Hand bis über das Kinn. »Erst diese Einbruchserie, dann der grässliche Mord – und zur Liste des Bürgermeisters bin ich auch noch nicht gekommen.«

»Und nun erhoffen Sie sich Antworten von Gina.«

Matteo nickte, bremste aber Isabellas Enthusiasmus sogleich aus. »Vielleicht auch nicht. Ich bin immer noch davon überzeugt, dass wir einen Mann als Täter suchen. Aber dennoch … diese Bellucci hat etwas zu verbergen, da bin ich mir sicher. Und ich will wissen, was es ist. Vor allem, ob es etwas mit dem Mord zu tun hat.«

Die Schwester lächelte wohlwollend. »Kommen Sie, ich bringe Sie zu ihr.«

Sie fanden Gina Bellucci hinter der Klosterterrasse auf einer Wiese, die nahtlos in die Weinbergreihen überging. Sie hatte sich mit einer großen Picknickdecke im Schatten eines groß gewachsenen Apfelbaums ausgebreitet und bearbeitete gleichzeitig Handy, Laptop und Tablet.

Isabella war nicht allzu sehr mit der aus Indien stammenden philosophischen Lehre vertraut, doch nach Yoga sah das nicht aus. Wenigstens das Outfit stimmte. Sie trug bunte Leggings, bedruckt mit pastellfarbenen Blüten, ein langes weißes Shirt und hatte das kastanienbraune Haar zu einem strengen Pferdeschwanz nach hinten gebunden. Ihre Figur war makellos und das Gesicht perfekt geschminkt.

»Signora Bellucci«, sagte Matteo in hartem Tonfall und hielt schnurstracks auf sie zu.

Diese sah erschrocken von ihren kleinen Bildschirmen auf. »Ja?«

»Matteo Silvestri ist mein Name. Ich bin der Carabiniere von Santa Caterina«, stellte er sich vor.

»Wie unschwer zu erkennen ist«, stellte die Frau fest.

Matteo achtete nicht auf den Sarkasmus und kam ohne Umschweife zur Sache: »Ich habe Fragen, die Ihre Person betreffen.«

»Meine Person?« Sie klimperte langsam mit den Augen.

Matteo fand, dass sie ungewöhnlich lange Wimpern hatte. Und auch der Rest an ihr war durchaus ansehnlich. Der Blick, mit dem sie ihn bedachte, machte ihn nervös. Flirtete sie etwa mit ihm? Er gab ein Räuspern von sich, das eher nach einem nervösen Husten klang. »Aufgrund des tragischen Todesfalls von Donna Mancini habe ich in meiner Funktion als Carabiniere Nachforschungen über sämtliche Bewohner des Klosters angestellt.« Es war eine kleine Lüge, doch Matteo hoffte, dass es die Dringlichkeit dieses Gesprächs verdeutlichte. »Und bei meinen Ermittlungen hat sich herausgestellt, dass es keine Person mit dem Namen Gina Bellucci in Mailand gibt, auf die Ihre Beschreibung zutrifft.«

»Meine Beschreibung?«, fragte sie und gab ein gekünsteltes Kichern von sich. »Wie lautet denn meine Beschreibung?«

Matteos Blick blieb ernst, woraufhin sie unsicher die Brauen hob. Er bemerkte, dass ihre Stirn dabei nicht die kleinste Falte schlug.

»Wirklich?« Ihre Stimme nahm einen scharfen Ton an. »Sie ermitteln über mich in einem Mordfall?« Die Überraschung wirkte nicht gespielt, die Frage war geradezu aus ihr herausgeplatzt.

»Ja«, sagte Matteo knapp, betrachtete aber ganz kurz Isabella, als wollte er sich bei ihr rückversichern, die richtige Gangart eingelegt zu haben.

Sie nickte kaum merklich und lenkte ihren Fokus wieder auf die Reaktion von Gina.

Diese legte Smartphone und Tablet beiseite, richtete sich vom Schneidersitz auf und setzte sich auf ihre Fersen. Sie rieb mit den Handflächen über ihre Oberschenkel.

»Das ist eine sehr ernste Sache«, stellte Matteo klar.

Ginas Blick wechselte nervös zwischen Isabella und Matteo hin und her. Sie sah eingeschüchtert aus. »Es ist richtig«, sagte sie schließlich. »Mein Name ist nicht Gina Bellucci. Genauso wenig, wie der Name der ermordeten Frau Donna Mancini war.« Sie ließ den beiden die nötige Zeit, um diese Information sacken zu lassen. Als sie weitersprach, klang sie ruhig und selbstbewusster. »Es ist eine lange Geschichte. Am besten setzen Sie sich, dann werde ich sie Ihnen in Ruhe erzählen.«

Beinahe zeitgleich nahmen Isabella und Matteo auf der großen Decke Platz.

»Ich habe Sie angelogen, Schwester Isabella.« Sie blickte auf. »Sie und all die anderen hier im Kloster. Das bedaure ich aufrichtig, zumal ich hier mit offenen Armen empfangen wurde. Aber ich bin nicht hier, um meine innere Mitte zu finden oder mich dem Yoga hinzugeben.« Sie lachte kurz auf. »Himmelherrgott, ich bin mit Sicherheit die schlechteste Yogaschülerin, die diese Welt je gesehen hat und mache das, ehrlich gesagt, auch nur, weil das momentan alle tun.« Sie schenkte dem Carabiniere einen intensiven Blick. »Und irgendeinen Sport muss man in meinem Alter doch machen, wenn man fit bleiben will, nicht wahr?«

Matteo betrachtete die durchaus ansehnliche Figur der Frau. Er fand, dass sie außerordentlich gut in Form war. Und das Lächeln, mit dem sie ihn fortwährend bedachte, war wirklich phänomenal. Dennoch ließ er sich von ihr nicht um den Finger wickeln. »Bleiben Sie bitte beim Thema, Signora —«

»Carbone«, sagte sie. »Mein richtiger Name ist Camilla Carbone.« Sie seufzte offensichtlich erleichtert auf. »Ich bin froh, endlich ehrlich sein zu können. Der Grund, warum ich mich als Gast in diesem Kloster eingeschrieben habe, ist Donna Mancini.«

Isabella erblasste, und der Schock stand ihr ins Gesicht geschrieben. »Sie haben ihr nachgestellt! Ich ahnte es die ganze Zeit. Aber warum? Was hat Donna Ihnen getan?«

Matteo legte seine Hand auf ihre und sah sie beschwichtigend an.

»Ich möchte es Ihnen erklären, Schwester.« Sie hob die Hände. Ihre Züge waren durchzogen von aufrichtiger Freundlichkeit. »Ich habe Ihnen erzählt, dass ich die Assistentin der Geschäftsführung in einer Werbeagentur bin. Doch auch das war eine Lüge. In Wahrheit bin ich Journalistin und schreibe für die *Corriere della Sera.*«

»Die Tageszeitung?«, hakte Matteo nach.

»Genau die.«

Isabella dachte nach. Sie erinnerte sich daran, wie sie die Zelle dieser Frau betreten hatte, um die frischen Handtücher abzuliefern. Da hatte eine Ausgabe ebendieser Zeitung auf dem Tisch gelegen.

»Vielleicht haben Sie von dem spektakulären Juwelenraub in Mailand gehört.«

Matteo und Isabella tauschten einen kurzen Blick, ehe sie beide nickten.

»Nun, diese Story wurde mir zugeteilt. Man ist nämlich noch immer auf der Suche nach den Dieben, weiß aber mittlerweile, dass es drei Personen sind, die sich unmittelbar nach dem Raub abgesetzt haben. Mein Informant hat auch die Identität einer Person herausbekommen, eine Donatella Cardia. Und diese soll sich mit den erbeuteten Juwelen aus dem Staub gemacht haben und sich irgendwo versteckt halten.«

Matteo schüttelte den Kopf. »Wollen Sie damit sagen, dass sie eine Person ausfindig gemacht haben, die irgendwie in Zusammenhang mit dem Juwelenraub steht?«

Camilla lachte leise auf. »Nicht nur irgendwie, mein lieber Carabiniere, sondern unmittelbar. Diese Cardia hat mit ihren Komplizen den Raub begangen und sich auf der Flucht mit der Beute abgesetzt.« Sie betrachtete ihn forschend. »Was ist für Sie daran so schwer zu verstehen? Dass wir Journalisten mehr Erfolg bei unseren Recherchen haben als die Polizei?«

»Ja«, sagte Matteo. »Ich meine … nein!« Sein Mund klappte auf, als wollte er noch viel mehr sagen. Doch irgendwie kam da nichts mehr.

»Moment, Moment!« Isabella hob die Hände. Ihr ging das alles viel zu schnell. »Wenn ich das also richtig verstehe, glauben Sie, dass Donna Mancini in Wahrheit diese Donatella Cardia war?«

Matteo schloss den Mund.

Diese Camilla nickte entschieden. So stark, dass ihr Pferdeschwanz auf und ab wippte.

»Ja«, sagte sie. »Aber glauben ist nicht wissen, denn mir fehlt der letzte Beweis. Ich habe den Tipp bekommen, dass sich Donatella Cardia womöglich unter falschem Namen in diesem Kloster versteckt hält. Um abzuwarten, bis die Luft wieder rein ist. Also war es doch naheliegend, dass ich dieser Spur nachgegangen bin.«

»Aber diese Vermutung hat sich nicht bestätigt?«, wollte Matteo wissen.

Die Journalistin sah ihn kurz an, senkte dann den Blick. »Leider nein. Ich kam einfach nicht an sie heran. Sobald ich in ihrer Nähe war, hat sie komplett dichtgemacht und ist mir aus dem Weg gegangen. Es war unmöglich, irgendetwas aus ihr herauszukitzeln. Später ist sie so sogar regelrecht vor mir geflüchtet.«

»Donna war in der Tat sehr verschlossen«, stimmte Isabella zu. »Aber dass sie eine Juwelenräuberin sein soll …« Sie schüttelte den Kopf. Sie konnte es einfach nicht glauben.

»Und wie erklären Sie sich dann, dass sie auf solch dramatische Weise ermordet wurde?«, fragte die Journalistin in hartem Tonfall, der Isabella durch und durch ging.

»Bislang habe ich vermutet, dass die Mafia dahintersteckt«, meinte Matteo nachdenklich.

»Wegen der Art des Mordes«, bestätigte die Journalistin. Sie betrachtete Matteo eingehend. »Einerseits ist das eine einleuchtende Schlussfolgerung«, sagte sie. »Andererseits trägt ein Juwelenraub so ganz und gar nicht die Handschrift der Mafia.«

Matteo nickte nachdenklich. Dieser Gedanke war ihm auch bereits gekommen. So richtig passte das nicht zusammen. Schutzgelderpressungen, das ja. Aber Kunstdiebstähle? Das war wirklich mafiauntypisch. »Und Ihre Vermutung?« Er sah die Journalistin interessiert an.

Diese ließ sich jedoch Zeit mit ihrer Antwort, als wollte sie die Worte genauestens abwägen. »Nun …« Sie atmete tief ein. »Ich denke, dass ihre Komplizen ihr auf die Spur gekommen sind und sie schließlich gestellt haben. Darauf könnte auch die dramatische Todesart mit dem Dolch im Rücken hindeuten.«

»Kreuz«, korrigierte Isabella sie.

»Bitte?« Die Journalistin warf der Schwester einen verwirrten Blick zu.

»Es war kein Dolch, sondern ein Kreuz, das in ihrem Rücken steckte.«

»Oh!« Camilla war um Fassung bemüht. »Nun ja, das bestätigt meine Vermutung doch eigentlich nur. Dass ein Exempel statuiert werden sollte.«

Matteo sprach seine Gedankengänge laut aus: »Diese Donatella hat ihre Komplizen hintergangen. Sie ist den beiden in den Rücken gefallen, indem sie sich mit der Beute abgesetzt hat. Deshalb auch der Dolch im Rücken. Also, das Kreuz, meine ich.«

»So sieht's aus.« Camilla lächelte ihn auf eine vielschichtige

Weise an, wie er fand. »Der Stich in den Rücken ist die Symbolik dafür.«

»Und warum ein Kreuz und kein Dolch?« Isabella wirkte sichtlich unzufrieden, was die Theorie der beiden anging.

»Nun …« Matteo zuckte mit den Achseln.

»Vielleicht war gerade kein Dolch oder Messer zur Hand?«, vermutete Camilla. Als sie die unschlüssigen Blicke der beiden erntete, fügte sie hinzu: »Ich bin mir ziemlich sicher, dass Donatella gar nicht sterben sollte. Zumindest nicht so schnell. Wäre ich in der Rolle der Komplizen, würde ich wissen wollen, wo sie die Beute versteckt hat.«

»Und erst dann haben sie sie getötet.« Matteo zählte eins und eins zusammen.

»Zum Beispiel«, bestätigte Camilla.

Matteo kam nicht umhin, ihr Aufgrinsen zu erwidern. Er war beeindruckt von ihrem analytischen Verstand – und auch ein wenig von ihren tiefgründigen braunen Augen, die so wach wirkten. Sie war eine interessante Frau. Vielleicht ein paar Jahre älter als er. Aber sie war zweifellos hübsch. Nicht so hübsch wie seine Nina, aber durchaus ein Hingucker.

»Oder aber …« Isabella richtete mahnend den Zeigefinger auf Matteo. »Sie hat den Verbleib der Beute nicht verraten und musste deshalb sterben. Also womöglich ein Mord im Affekt.« Sie wandte sich Camilla zu. »Was weiß man über die Komplizen? Ist auch deren Identität bekannt?«

Diese nickte. »Es sind drei Männer. Anscheinend Kunststudenten, die Donatella während des Studiums kennengelernt hatte. Eigentlich ist man davon ausgegangen, dass sie sich bereits über die Grenzen Italiens nach Osteuropa abgesetzt haben.« Sie ließ den Kopf hängen. »Aber nach dem Mord müssen wir diese Theorie wohl überdenken.«

Matteo wusste nicht, ob er lachen oder weinen sollte. Wenn das alles stimmte, was die Journalistin ihnen erzählte, gab es gar keine Mafiagefahr für Santa Caterina. Dafür aber hielten sich hier drei Mörder auf, die offensichtlich vor nichts zurückschreckten, um an die Beute zu gelangen. Ihm wurde heiß und kalt zugleich.

Im Schatten des Apfelbaums tauschten die drei vielsagende Blicke aus. Matteo war der Erste, der seine Sprache wiederfand. »Wenn dem so ist, würde das bedeuten, dass die Beute noch immer irgendwo versteckt sein könnte.«

Isabella nickte zustimmend. »Aber wo?«

Kapitel 12

»Du musst treten, Agnieszka. Treten!« Isabella hatte die Hände zum Rufen an den Mund gesetzt, weil sie mit dem Laufen nicht mehr hinterherkam.

Schwester Agnieszka hatte durch den abschüssigen Schotterweg ordentlich Schwung bekommen, der aber ebenso rasant abebbte, als der Weg wieder anstieg. Sie zappelte so sehr am Lenker, dass die Räder Schlangenlinien beschrieben. Aber sie hielt sich auf dem Rad. Immerhin.

»Ich trete doch, herrgottverdammt! Niemand hat gesagt, dass das so anstrengend ist.«

Isabella lachte. Zum ersten Mal seit Tagen war es ein Lachen, das von Herzen kam. Niemand konnte so gut fluchen wie die Ordensschwestern des Convento di Nostra Regina della Pace. Daran gab es keinen Zweifel.

Um sich von den Geschehnissen der vergangenen Tage abzulenken, hatte Isabella beschlossen, endlich ihr Versprechen einzulösen und Schwester Agnieszka das Fahrradfahren beizubringen. Beherrschte diese das Radfahren, würde das ihren Einkaufsdienst ins Dorf erheblich erleichtern. Hätte Isabella jedoch gewusst, wie kräftezehrend dieses Unterfangen werden würde, hätte sie es vielleicht noch eine Weile aufgeschoben. Vielleicht sogar bis zum Herbstbeginn, wenn die Temperaturen halbwegs erträglich wurden.

Die Sonne stand tief über der Hügelkette und blendete

Isabella mit einem Band aus grellrotem Licht. Im schwachen Wind schirmte sie ihre Augen mit den Händen ab, während sie die zarten Fahrversuche von Agnieszka überwachte. Sie hatten bis zum Abend gewartet, als sich die erdrückende Nachmittagshitze gelegt hatte. Schweißtreibend war es dennoch.

Schwester Agnieszka war ihr die liebste Mitschwester im Kloster. Natürlich mochte sie alle, selbst Filomena auf eine gewisse Art und Weise, doch Agnieszka war am ehesten das, was einer Freundin gleichkam. Lediglich ihr starker Hang zum Aberglauben war etwas anstrengend. Isabella tat es in der Seele weh, dass ihre Mitschwester nie das Fahrradfahren gelernt hatte. Für sie war es schlichtweg ein unhaltbarer Zustand, dem dringend Abhilfe geschaffen werden musste.

Endlich hatte sie Schwester Agnieszka eingeholt und konnte gerade noch mit einem beherzten Griff helfend beiseitestehen, bevor diese das Gleichgewicht verlor und vom Rad fiel.

»Für den Anfang war das richtig gut«, lobte sie ihre Freundin. »Ich gebe dir jetzt Schwung, und dann trittst du gleichmäßig in die Pedale.«

»Alles klar.« Agnieszkas schrille Stimme klang ängstlich und entschlossen zugleich.

»Und halte den Lenker gerade.«

»Tue ich doch schon die ganze Zeit«, beschwerte sich die Schwester.

»Achte auf die notwendigen Ausgleichsbewegungen.«

Agnieszka warf ihren Kopf nach hinten. »Auf die was?«

»Guckst du gefälligst geradeaus«, herrschte Isabella sie mit gespielter Härte an. Sie nahm Anlauf, lief, so schnell es ihr Gewand erlaubte, und verhalf Agnieszka damit zur benötigten Starthilfe. Sie lief noch ein paar Schritte mit, ehe sie den Gepäckträger losließ.

Etwas weiter vorn sah sie jemanden auf einer Sitzbank. Es war die Bank, wo sie einst eine Aussprache mit Aurora Rossi gehabt hatte, der Rezeptionistin des Hotels *La Vetta* – unmittelbar bevor Isabella von deren Liebhaber in den Weinbergen bedroht worden war. Damals war es der Tod von Schwester Raffaela gewesen, der seine Aufklärung gefunden hatte. Ein äußerst unglückliches Versehen, wie sich herausgestellt hatte. Nun gab es einen neuen Todesfall in ihren Reihen. Sosehr sie versuchte, sich abzulenken, die Sache mit Donna – oder vielmehr Donatella, wie sie nunmehr wusste – ließ sie einfach nicht los.

Zunächst achtete sie nicht weiter auf die Gestalt auf der Bank. Doch schon bald fühlte sie sich von ihr beobachtet. Denn der Kopf war nicht auf das Tal gerichtet, auf die beeindruckende wellige Landschaft, die Chianti-Weinberge. Nein, die Person auf der Bank hatte die ganze Zeit den Blick auf sie geheftet.

Als sie näher herantrat, wusste sie auch, mit wem sie es da zu tun hatte.

Er winkte ihr zu.

Mit zusammengekniffenen Augen musterte sie den Mann. »Sie schon wieder, Pietro?«

»Ja.« Seine Hand ging zum Nacken, und er sah sie mit einem verschmitzten Lächeln an. »Ich glaube, da gab es gestern ein Missverständnis, was das Angebot meiner Dienste angeht.«

Er trug denselben glänzenden Anzug wie neulich vor der Klosterpforte. Diesmal hatte er aber das Jackett ausgezogen und offenbarte ein schwarzes ärmelloses Feinrippshirt. Seine gesamten Arme waren von bunten Tätowierungen überzogen. Isabella erkannte drachenartige Wesen, Totenköpfe, Kreuze und biblische Figuren. Auf dem rechten Oberarm prangte ein Mann, der eine Steintafel in den Händen hielt. Sie runzelte die Stirn. Sollte dies etwa Mose darstellen? Darunter, direkt auf dem Bizeps, erkannte sie eine Madonna mit gefalteten Händen und einem Heiligenschein. Nein, wie ein Versicherungsagent sah er eigentlich nicht aus.

»Verstehen Sie denn nicht, dass Sie sich in großer Gefahr befinden?«, raunte er ihr mit verschwörerisch gesenkter Stimme zu.

Isabella neigte den Kopf und sah diesem Mann zum ersten Mal richtig ins Gesicht. Etwas Ernstes, ja, geradezu Dringliches lag in seinen Zügen.

»Was wollen Sie genau von uns, Pietro. Wer sind Sie?«

Er antwortete nicht auf ihre Frage. Stattdessen sagte er: »Ich habe Grund zu der Annahme, dass in diesem Gotteshaus etwas vor sich geht. Finstere Kräfte bemächtigen sich der Herzen der Schwestern.«

Sie brachte ihn mit einer resoluten Handbewegung zum Schweigen. »Eine unserer Schwestern wurde ermordet. Ich denke, die Annahme ist berechtigt, aber …«

»Hören Sie mir doch zu! Was, wenn dieser eine Mord erst der Anfang einer möglichen Serie ist. Was, wenn ich Ihnen sage, dass Sie alle in großer Gefahr schweben, wenn Sie sich nicht schützen.«

»Aber wir sind geschützt. Wir haben die Polizei.«

»Diesen Silvestri.« Der Mann lachte verächtlich auf. »Auf den setzen Sie zu Ihrem Schutz?«

Sie nickte vorsichtig. »Nun, er ist schließlich Carabiniere und vertritt die Staatsgewalt.«

Er verzog das Gesicht zu einer verspannten Grimasse, die wohl ein Lächeln ausdrücken sollte. »Ihrer Mitschwester hat dies reichlich wenig genutzt. Nein, Schwester Isabella. Ich spreche hier von echtem Schutz. Einer Versicherung, die gewährleistet, dass Ihnen niemals etwas zustößt.«

Also doch ein Versicherungsagent?

»Wissen Sie«, sagte er. »Ich bin ein sehr gläubiger Mensch. Und mir ist wirklich daran gelegen, dass es Ihnen gut geht. Vor allem, dass Sie in aller Ruhe ungestört Ihren Glauben ausleben können.«

Gerade als Isabella etwas darauf erwidern wollte, schellte die Fahrradklingel auf.

»Ich habe jetzt den Dreh raus, Isabella. Sieh doch nur!«

Schwester Agnieszka rauschte förmlich an ihnen vorbei und bremste dann so arg, dass das Hinterrad auf dem Schotterweg wegrutschte und sie so eine driftende Drehung absolvierte. Mit breitem Grinsen radelte sie wieder auf die beiden zu und kam mit einer weiteren Vollbremsung unmittelbar vor Isabella zum Stehen.

»Das macht Spaß«, rief sie begeistert. »Und es ist gar nicht so schwer, wie ich mir das immer vorgestellt habe. Im Gegenteil, wenn man den Dreh erst einmal raushat, ist es sogar richtig leicht.« Sie jauchzte. »Erst habe ich ja gar nicht gemerkt, dass du mich losgelassen hast. Und als ich mich dann umgedreht habe und dich hier stehen sah, dachte ich, das war's, Agnieszka, jetzt fällst du. Aber von wegen. Beinahe war es so, als hätte der Heilige Christophorus höchstpersönlich seine schützenden Arme um mich gelegt, und dann ging es förmlich wie von selbst. Juhu, ich kann Fahrrad fahren!« Den letzten Satz schrie sie geradezu schrill vor sich hin.

Isabella gefiel es, ihre Augen vor Freude leuchten zu sehen. Allein dieser Anblick war die Strapazen wert gewesen.

Agnieszka legte ihre Hände auf die von Isabella. »Vielen Dank, dass du es mir beigebracht hast!«

Isabella lächelte. »Aber gerne doch.«

Die freundlichen Züge in Agnieszkas Gesicht wurden ernst. »Wer war denn dieser Mann, mit dem du dich unterhalten hast?«

Isabella drehte sich zu Pietro um, und da erkannte sie erst, dass er gar nicht mehr neben ihr stand, sondern bereits ein ganzes Stück weit die Straße entlanggeschlendert war, das Jackett lässig über der Schulter.

»Nun, das ist … Pietro.« Sie hielt inne, weil sie einfach nicht wusste, wie sie ihrer Freundin erklären sollte, was das für ein Mann war. Himmel, sie wusste es ja selbst nicht!

»Ich weiß nicht«, gestand Agnieszka. »Irgendwie ist er mir unheimlich. All diese Tätowierungen und diese Augen. Es kommt mir beinahe vor, als würde ihn eine düstere Aura umgeben.«

Isabella verkniff sich ein genervtes Augenrollen. Die Polin hatte einen Ruf als Mystikerin. Sie war nicht nur tiefgläubig, sondern auch sehr abergläubisch. Ständig rief sie obskure Heilige und Schutzpatronen an. Isabella erinnerte sich daran, wie sie einmal vom Tisch im Refektorium aufgesprungen war, als wäre sie von einem Skorpion gebissen worden – bloß weil gerade eine dreizehnte Nonne am langen Tisch Platz genommen hatte.

»War dieser Mann nicht neulich auch vor unseren Pforten und wollte die Äbtissin sprechen?« Sie betrachtete Isabella mit großen, beinahe furchtvollen Augen.

Isabella nickte zögerlich. Sie wollte Agnieszkas Verschwörungstheorien nur ungern anfachen.

»… und eine bedrohliche Kunde vernahmen sie«, begann Agnieszka zu murmeln. »Denn immer werfen unheilschwangere Ereignisse ihre Schatten voraus, um die Ankunft des gefallenen Engels zu verkünden.«

»Gefallener Engel?« Isabella lachte. »So ein Unsinn!«

Doch der Druck von Agnieszkas Händen verstärkte sich. Der bängliche Blick ruhte nun eindringlich auf Isabella: »Geliebte Schwester, ich befürchte, du befindest dich in großer Gefahr. Ich kann es spüren. Etwas wahrhaft Bedrohliches ist im Gange. Und dieser Mann steht in Verbindung zu allem. Ich empfange es klar und deutlich.«

»Nun, ich empfange da auch etwas klar und deutlich«, sagte Isabella, während sie sich aus dem Klammergriff befreite.

»Nämlich Hunger. Lass uns zurück ins Kloster gehen. Gleich ist Zeit für die Vesper.«

Ihre Mitschwester lachte so befreit auf, als hätte das gerade geführte Gespräch gar nicht stattgefunden. »Von wegen! Du kannst ja gehen. Ich werde fahren!«

»Es ist alles noch verrückter, als wir es bislang angenommen haben, Schwester Isabella.« Matteo saß hinter seinem Schreibtisch und fuhr sich über sein unrasiertes Gesicht.

Sie ließ es unkommentiert, aber er wollte sich doch wohl nicht schon wieder einen Bart wachsen lassen? Generell machte der Carabiniere einen ziemlich nachlässigen Eindruck auf sie. Sein Polizeihemd war stark zerknittert und könnte dringend die Pflege eines Bügeleisens vertragen.

»Ich bin ganz Ohr!« Sie war mehr als gespannt darauf, was Matteo so Wichtiges für sie hatte, das keinen weiteren Aufschub mehr duldete.

Sie war gerade mit dem Marktdienst fertig gewesen, als Matteos Anruf sie ereilt und er um ein schnellstmögliches Treffen gebeten hatte. Normalerweise trug sie ihr Handy nie bei sich, doch seitdem die Handwerker im Kloster waren, hatte die Äbtissin darauf bestanden, dass Isabella jederzeit erreichbar war, um sich möglichen auftretenden Problem sofort annehmen zu können – bevor es Filomena tun musste. Vom Marktplatz bis zur Dienststelle war es nur ein Katzensprung, sie war gerade einmal zwei Straßen entfernt.

Eine innere Unruhe hatte sie erfasst. Zum einen lag es an seiner dringlichen Stimme am Telefon. Und ihm jetzt gegenüberzusitzen und dieselbe Anspannung in seinen Zügen zu sehen beunruhigte sie erst recht.

»Ich habe endlich den Befund aus der Gerichtsmedizin erhalten.« Er deutete auf einen Papierbogen, der direkt vor seiner Brust auf dem Schreibtisch lag.

»Den von Donatella?« Isabellas Blick fiel auf den Bogen, und sie spürte, wie das Herz in ihrer Brust hart pochte.

Matteo nickte. »Und es ist alles ganz anders, als wir es uns zusammengereimt hatten.«

»Inwiefern?«

Er hob beschwichtigend die Hände. »Der Reihe nach. Zunächst habe ich die Angaben dieser Journalistin überprüft. Sie stimmen exakt. Mittlerweile wissen auch die Mailänder Kollegen, dass eine Donatella Cardia in direktem Zusammenhang mit dem Juwelenraub steht und sich allem Anschein nach mit der Beute abgesetzt hat. Es ist sogar eine internationale Fahndung ausgeschrieben worden. In dieser Hinsicht lag Camilla Carbone also goldrichtig.« Er nahm tief Luft, doch bevor Isabella etwas dazu sagen konnte, führte er den Stand seiner Ermittlungen auch schon weiter aus. »Diese arbeitet übrigens tatsächlich als Redakteurin bei der *Corriere della Sera*. Moment …« Er nahm die Maus zur Hand und fokussierte den Computerbildschirm. »Sie verantwortet dort unter anderem die Ressortleitung Kunst und Kultur.«

Isabella nickte ungeduldig. »Schön und gut. Aber was hat das nun mit dem Befund der Gerichtsmedizin zu tun?«

Matteo lächelte sie vielsagend an. »Dazu komme ich jetzt.« Er nahm den Papierbogen zur Hand und blätterte willkürlich darin herum. »Nun, Donatella Cardia, wie die Tote vermutlich richtig heißt, ist nicht an dem Kreuz im Rücken gestorben.«

Sie spürte, wie ihr Mund trocken wurde. »Nicht?«

Matteo schüttelte den Kopf. »Laut Untersuchungsergebnis muss sie sich eine schwere Kopfverletzung zugezogen haben, und das ist auch der Grund für ihren Tod.«

Isabella fuhr sich ungläubig über das Gesicht.

»Aber es kommt noch kurioser.« In vorgebeugter Haltung musterte er sie eindringlich. »Allem Anschein nach wurde ihr die Verletzung mit dem Kreuz postmortal zugefügt. Damit ist gemeint, dass …«

»Ich weiß, was das heißt«, fuhr sie ihn an. Ein wenig war sie pikiert. Schließlich war sie eine Ordensschwester und war als solche des Lateins mächtig. Dennoch konnte sie den eigentlichen Sinn dieser Worte nicht verstehen. »Sie meinen also, dass man ihr das Kreuz in den Rücken gestoßen hat, als sie schon tot war?«

Matteo nickte vorsichtig. »So sieht es aus.« Auch in seinen Zügen stand der Unglaube geschrieben. »Aufgrund der Prellungen und der Art der Kopfverletzung gehen meine Kollegen von der Gerichtsmedizin davon aus, dass Donna, oder eben Donatella, gestürzt ist und sich dabei die tödliche Verletzung zugezogen haben muss. Was jedoch noch merkwürdiger ist …« Er sah Isabella ernst an. »Am Fundort waren keine Blutspuren, und in der Umgebung passt auch nichts zu der Verletzung, die der Sturz verursacht haben muss.«

»Also hat jemand die Leiche absichtlich dorthin geschafft.«

Matteo nickte anerkennend. Obwohl er die Schwester nun schon seit einer ganzen Weile kannte, war er noch immer beeindruckt von ihrem Scharfsinn. Hin und wieder wünschte er sich auch eine derart schnelle Auffassungsgabe. »Genau so sieht es aus. In den Unterlagen gibt es Fotos der freigelegten Kopfverletzung, die von den langen Haaren verdeckt war.« Er hielt kurz inne. »Ich möchte Sie Ihnen nur ungern zeigen.«

Isabella schüttelte den Kopf. Sie wollte sie auch gar nicht sehen.

»Aber demnach sieht es so aus, dass sie mit dem Hinterkopf auf einen spitzen Gegenstand gestürzt ist. Vielleicht eine Tischkante oder eine Treppenstufe. Ich weiß es nicht. Und auch die Gerichtsmedizin kann hier nicht mehr Aufschluss geben.« Er klappte den Papierbogen zusammen und ließ ihn wieder auf den Schreibtisch fallen, während er angestrengt schnaubte. »Die Lage der Leiche wurde arrangiert.«

»Aber warum?«

»Das ist doch naheliegend. Weil jemand nicht wollte, dass wir ihm auf die Schliche kommen. Deshalb auch das Kreuz im Rücken. Jemand hat alles darangesetzt, um uns auf eine falsche Fährte zu locken. Es sollte der Eindruck entstehen, dass die Mafia dahintersteckt.« Matteo blickte zum Deckenventilator, der bei Isabella den Eindruck erweckte, als könnte er jeden Moment herunterstürzen. »Bloß warum?«

»Ob ein Messer im Rücken oder eine tödliche Kopfverletzung«, sagte sie. »Mord bleibt Mord. Man fällt schließlich nicht einfach so um und stirbt. Vermutlich wurde nachgeholfen.«

»Das ist wohl wahr.«

Isabella ging tief in sich und rief sich noch einmal den Augenblick ins Gedächtnis, als sie die Oblatin gefunden hatte. Sie hatte ihren Schleier nicht getragen, das war ungewöhnlich. Normalerweise hielten es alle Schwestern so, dass sie ihre Hauben erst dann ablegten, wenn sie in ihren Zellen waren. Bei der Oblatin war es zudem etwas ganz Besonderes. Ihr war das Tragen der Ordenskleidung freigestellt gewesen. Sie hatte sich bewusst dafür entschieden und damit auch für alle im Kloster geltenden Regeln, die die Schwestern ausnahmslos befolgten. Mit den neuen Erkenntnissen im Blick vermutete Isabella, dass ihre Haube beim Sturz womöglich verrutscht war. Wenn dem so war, musste sich der Schleier irgendwo befinden – vielleicht an der Stelle, wo Donatella tatsächlich gestorben war. Ein Gefühl sagte ihr, dass diese Erkenntnis wichtig sein konnte, und so teilte sie dem Carabiniere ihren Gedankengang mit.

»Tun Sie mir den Gefallen und suchen im Kloster nach dem Schleier?«

»Selbstverständlich«, versprach Isabella und presste ihre Lippen zusammen. »Ich werde alles tun, was nötig ist, um Donatellas Mörder ausfindig zu machen.« Sie betrachtete Matteo eingehend. »Wie wird es denn nun weitergehen?«

Dieser kratzte sich nachdenklich am stoppeligen Kinn. Lange und langsam. Irgendwann hatte er schließlich zu Ende gedacht und sah Isabella unvermittelt an. »Für einen Dorfpolizisten wie mich ist diese Angelegenheit mittlerweile eindeutig einige Nummern zu groß geworden. Da wir nun sicher davon ausgehen können, dass unsere Donna tatsächlich die gesuchte Donatella Cardia ist, werde ich Mailand einschalten müssen. Und dann wird der Fall an die oberen Instanzen übermittelt werden, womit ich wohl raus sein dürfte.« Er seufzte. »Nun ja, etwas Gutes hat es immerhin.« Sein Blick verfing sich im Ablageordner, der mit Mappen gefüllt war. »Dann kann ich mich endlich der Einbruchsserie widmen und alle Protokolle durcharbeiten.«

Isabella bemerkte, dass er alles andere als glücklich aussah.

»Und dann wäre da noch die Liste des Bürgermeisters. Er kommt ja auch schon nächste Woche aus dem Urlaub zurück. Er wird wohl wenig amüsiert sein, wenn ich die nicht bis dahin abgearbeitet habe.«

»Also war es das für Sie in diesem Fall?«, hakte sie nach.

Der Carabiniere lächelte sie tiefgründig an. »Fast. Einen Trumpf habe ich noch im Ärmel, und den möchte ich erst ausspielen, bevor ich meine Vorgesetzten kontaktiere.«

Er griff in die Brusttasche seines Hemds und zückte den Schlüssel, den sie versteckt im Wandschrank in der Zelle der Oblatin gefunden hatten.

»Ich weiß nämlich endlich, was es damit auf sich hat.«

»Wie das?« Sie beugte sich nach vorn und sah ihn erwartungsvoll an.

Matteo genoss für einen kurzen Augenblick die Neugierde

der Schwester. »Er gehört zu einem Gepäckschließfach, das sich wiederum im Bahnhofsgebäude von Lucca befindet.«

»Woher wissen Sie das?«

»Die Initialzündung haben mir die Belege gegeben, die ich in Donatellas Geldbörse gefunden habe. Sie stammten aus einem Cafè, einem Kiosk und einem Supermarkt. Allesamt in direkter Nähe zum Bahnhof. Aber eigentlich wusste ich es schon die ganze Zeit. Ich hatte es schlichtweg vergessen. Sie wissen doch, dass ich eine große Familie habe und ein nicht unerheblicher Teil davon rund um Lucca verteilt wohnt.«

Isabella nickte langsam. Die Familie hatte einen hohen Stellenwert für Matteo. Seine vielen Cousins und Cousinen waren überall in Italien verstreut, der Großteil seiner Verwandtschaft wohnte aber noch immer in Lucca. Sie verstand jedoch nicht so ganz den Zusammenhang in Bezug auf den Schlüssel.

»Es ist eigentlich eine sehr tragische Geschichte«, erklärte Matteo mit belegter Stimme. »Vor Jahren ist mein Großonkel Guiseppe bei einem Verkehrsunfall in Lucca ums Leben gekommen. Er hat einfach beim Überqueren der Straße nicht aufgepasst und wurde von einem Bus angefahren. Er war sofort tot.«

»Das tut mir leid«, sagte Isabella impulsiv.

»Danke, aber es ist wirklich schon einige Jahre her. Auf jeden Fall wurde bei den Habseligkeiten, die er bei sich trug, auch ein Schlüssel gefunden mit einem Beleg über die Anmietung des Schließfachs.« Er hielt der Schwester den kleinen Schlüssel entgegen. »Eben ein Schlüssel wie dieser. Niemand in unserer Familie hat das verstanden. Ich meine, warum sollte Guiseppe ein Schließfach in der Stadt anmieten, in der er wohnt.«

Isabella horchte interessiert auf.

»Und wissen Sie, was der Grund war?«

Sie schüttelte den Kopf. »Woher sollte ich?«

»Seine Ehefrau Alessandra war schon immer eine schrecklich neugierige Person. Es gibt wirklich nichts, in das sie nicht ihre Nase steckt. Sie zu überraschen war ein schieres Ding der Unmöglichkeit, da sie alles schon längst vorher herausbekam. Und da es Guiseppe dieses eine Mal verhindern wollte, hatte er ihr Geschenk zum Hochzeitstag in ebendiesem Schließfach versteckt. Es war die Sonderanfertigung einer Uhr von einem Juwelier aus Lucca, wie wir herausgefunden haben, als wir das Schließfach öffneten.« Matteo lachte tonlos auf. »Quasi ein letzter Gruß aus dem Jenseits. Alessandra trägt die Uhr noch heute.«

Isabella schluckte angestrengt. »Das ist eine wirklich tragische Geschichte.«

»Ich weiß.« Ein leichtes Lächeln umspielte seine Züge. »Aber irgendwie auch romantisch, finden Sie nicht? Man sagt den Männern unserer Familie einen starken Hang zur Romantik nach, müssen Sie wissen.« Als er ihr verschwörerisch zuzwinkerte, musste Isabella ein wenig schmunzeln.

»Also gehört dieser Schlüssel in ein Gepäckschließfach, das sich wiederum im Bahnhof von Lucca befindet.«

»Da verwette ich meinen Hintern drauf. Und ich werde sogleich nach Lucca fahren und mir den Inhalt des Schließfachs ansehen.« Sein ganzer Körper straffte sich vor Tatendrang, als er sich hinter dem Schreibtisch erhob und Isabella ansah. »Wer weiß, vielleicht hat sie dort die Beute versteckt. Das wäre doch eine nette Schlagzeile, wenn ausgerechnet ein Carabiniere aus einem kleinen, verschlafenen Nest wie Santa Caterina die Juwelen findet.« Er grinste. »Dann kann sich der Bürgermeister seine Liste sonst wo hinstecken und sich stattdessen Gedanken darüber machen, wie er mich gebührend honoriert.« Sein Blick senkte sich auf Isabella. »Möchten Sie nicht mitkommen? Dann kämen wir beide auf die Titelseiten der hiesigen Zeitungen.« Er zwinkerte ihr spitzbübisch zu.

Doch die Schwester lehnte ab. Viel lieber wollte sie zurück ins Kloster und sich auf die Suche nach dem vermissten Schleier der Oblatin begeben.

In ihrem Kopf überschlugen sich noch immer die Gedanken, als auch sie aufstand und ihn nach draußen begleitete. Bevor sie das Präsidium verließen, hielt sie den Carabiniere am Arm zurück.

»Ach, da fällt mir noch etwas ein. Ich wollte doch neulich wissen, ob sie einen Pietro kennen.«

Matteo schob nur die Lippen nach vorn. »Ich erinnere mich, wie kommen Sie jetzt darauf?«

»Nun, weil ich allmählich das Gefühl habe, dass er in irgendeiner Weise mit alldem in Verbindung steht.« Sie gab ihm noch einmal eine detaillierte Beschreibung.

Matteo betrachtete sie unschlüssig. »Das klingt aber nach einer äußerst zwielichtigen Person.«

Isabella lächelte nachdenklich. »Das sagt man mir nicht zum ersten Mal.«

»Ich höre mich da mal um, Schwester. Ein Mann mit solch einer Erscheinung dürfte ja nicht unsichtbar sein.« Er lachte leise. »In Santa Caterina fällt so jemand doch auf wie ein bunter Hund.«

»Chefin! Hier stecken Sie.«

Isabella war gerade damit beschäftigt, Caesar durchzukämmen und nach neuem Flohbefall zu untersuchen, als die beiden Handwerker schwungvoll auf sie zukamen.

Der Bernhardiner nutzte den Moment der Ablenkung, um ihrem Griff zu entkommen, und huschte mit eingezogenem Schwanz um die Ecke des großen Flurs. Sie wollte ihn noch zu fassen bekommen, griff aber ins Leere, wobei beinahe ihr Handy aus der Tasche gefallen wäre. Normalerweise trug sie es nie bei sich. Aber sie hatte mit Matteo vereinbart, dass er sich sogleich bei ihr melden würde, wenn er herausgefunden hatte, was sich in dem Schließfach befand.

Sie hatte die Hundepflege nach drinnen verlegt, weil es bei den Mittagstemperaturen kaum mehr im Freien auszuhalten war. Die Hitze machte allen zu schaffen, und sie konnte einfach nicht verstehen, dass es Urlauber gab, die sich extra diese Zeit für ihre Toskana-Reisen aussuchten, wenn der Hochsommer sich von seiner gnadenlosen Seite zeigte. Im Frühling und in den Herbstmonaten war diese Region viel entspannter und abwechslungsreicher.

Seufzend sah sie erst Caesar hinterher, dann den beiden Gestalten, die sich winkend näherten.

»Sie werden es nicht glauben!« Carlo sah sie mit strahlenden Augen an. »Wir haben das Problem gefunden!«

Der danebenstehende Silvano grinste unentwegt vor sich hin und nickte dabei eifrig. »Also, denken wir zumindest.«

Wie schon die ganze Zeit trugen sie ihre grauen Overalls, die mittlerweile nur so vor Schmutz und Staub standen. Bei jeder Bewegung stob eine kleine Staubwolke um sie herum auf. Isabella vermied es tunlichst, sich die Schuhe der beiden genauer anzuschauen. In den Händen hielten sie klobige Werkzeugkoffer, in denen sich vermutlich schweres Gerät befand, mit dem man ganz viel Dreck fabrizieren und große Löcher machen konnte.

Isabella befürchtete das Schlimmste, als Carlo einen Plan vor ihrer Nase ausbreitete, der die Größe einer Landkarte hatte. Er hielt ihn ihr so dicht vor das Gesicht, dass die vielen Linien nur so vor ihren Augen daherschwammen.

Mit seinem großen Finger tippte er auf irgendeine Stelle. »Da laufen die Hauptrohre zusammen. Und da muss die Ursache für den Druckabfall in den Leitungen sein.«

Nun erkannte sie, dass es sich um den Grundriss des Klosters handelte. Sie gab sich redlich Mühe, aus dem Plan schlau zu werden. Doch es gelang ihr nicht. »Und wo konkret soll das sein?«

»Na genau in dieser Zelle.« Der kleinere Handwerker streckte die Hand aus und zeigte den Flur entlang.

Isabella folgte mit ihrem Blick seiner Bewegung und runzelte überrascht die Stirn. »Das ist die ehemalige Zelle von Donna«, murmelte sie gedankenvoll.

»Oh«, machte Carlo. »Ich verstehe, das muss Ihnen natürlich reichlich pietätlos vorkommen ... nach all den Geschehnissen.« Er blickte zur Decke und schlug schnell ein Kreuz. »Aber hinter den Wänden dieser Zelle laufen die Hauptrohre zusammen. Wir sind uns sicher, dass wir exakt dort das Problem gelöst bekommen und das Kloster damit wieder eine auf Hochtouren laufende Heizung haben wird.«

Isabella sah den Mann abschätzend an. »Wie sicher?«

»Ganz sicher.« Carlo nickte ihr eindringlich zu.

»Absolut«, bestätigte Silvano. »Es kann nur noch diese Stelle sein. Allein vom Ausschlussverfahren her.«

Isabella dachte nach. Sie hatte überhaupt keine Lust mehr auf die Eröffnung einer weiteren Baustelle. Bereits ein halbes Dutzend Orte waren von den beiden verschandelt worden. Sie glaubte weder, dass sie das Heizungsproblem jemals in den Griff bekommen würden, noch, dass sich Carlo und Silvano wirklich des Chaos annehmen würden, das sie verursacht hatten.

Carlo schien die Zweifel der Schwester zu bemerken und fügte vorsichtig hinzu: »Wir könnten natürlich auch von der anderen Seite an die Wand.«

Isabella riss die Augen auf. »Ausgeschlossen, das ist die Zelle der Äbtissin. Wenn Sie dort ein Loch in die Wand reißen, kann ich für nichts garantieren.«

»Dann eben doch von dieser Seite«, befand Silvano.

»Wir müssen ja nicht gleich die ganze Wand einreißen«, fügte Carlo beschwichtigend hinzu. »Ein breiter Schlitz vom Boden bis zur Decke reicht völlig, um die Rohre freizulegen und sie auszutauschen.« Er lachte sie zuversichtlich an.

Isabella war sich nicht sicher, ob es ein An- oder ein Auslachen war. Doch was blieb ihr schon für eine Wahl. »Also schön.« Sie seufzte kapitulierend auf. »Folgen Sie mir!«

Es war ein merkwürdiges Gefühl, die Zelle der verstorbenen Frau noch einmal zu betreten. Isabella kam es vor, als würde sie nunmehr, mit ihrem neuen Hintergrundwissen, alles aus einem völlig anderen Blickwinkel wahrnehmen. Dieser Raum war nicht die letzte Aufenthaltsstätte einer jungen Frau, die dem Klosterorden hatte beitreten wollen. Es war womöglich das Räuberversteck einer Diebin, die in ganz Italien gesucht wurde. Für Isabella war es noch immer schwer vorstellbar, dass es sich bei der Oblatin tatsächlich um die gesuchte Donatella Cardia handeln sollte.

Dennoch kam sie nicht umhin, die Zelle noch einmal ganz genau zu betrachten, während die beiden Handwerker ihr martialisch aussehendes Werkzeug aus den Koffern befreiten. Carlo legte den riesigen Plan auf das Bett und betrachtete ihn genau. Er holte einen schwarzen Marker aus seinem Overall hervor und kritzelte überall Kreuze hin.

»Der Wandschrank muss weg«, sagte er zu Silvano, der nur nickte und sich daranmachte, ihn zur Seite zu schieben. Dabei klang es im Inneren des Schranks unheilvoll auf.

»Warten Sie!« Isabella stürmte auf Silvano zu und hielt ihn am Arm fest. »Er ist noch nicht ausgeräumt.« Ihr waren wieder die Weinflaschen eingefallen, die auf dem Schrankboden standen. Also öffnete sie eine Tür und stellte sie allesamt auf den Boden.

»Jetzt?«, fragte Silvano ungeduldig.

Isabella nickte und sah dabei zu, wie er den großen Schrank über den Steinboden schob, als wäre es nichts, und die dahinterliegende Wand freilegte.

Carlo stellte sich neben ihn, und gemeinsam starrten sie mit verschränkten Armen und fachmännischem Blick die Wand an, als könnten sie mit Röntgenaugen durch das Gemäuer schauen.

»Es ist wirklich nicht nötig, dass Sie uns zur Hand gehen«, befand Carlo schließlich. »Sie können sich gerne wieder ihren eigentlichen Arbeiten widmen, wir kommen hier gut allein zurecht.«

Silvano beugte sich über einen der Werkzeugkoffer und nahm einen ziemlich großen Schlagbohrer in die Hand. »Außerdem wird es jetzt laut und schmutzig. Das möchten wir Ihnen wirklich nicht antun.«

Isabella hatte verstanden. Die Profis wollten ihre Arbeit ungestört erledigen und dabei nicht von ihr beobachtet werden. Ihr war es recht, sie hatte ohnehin Besseres zu tun, als den beiden zuzuschauen, wie sie auch diese Zelle in Schutt und Asche legten. Innerlich machte sie sich auf das Donnerwetter gefasst, das über sie hereinbrechen würde, wenn die Äbtissin von der Eröffnung der neuen Baustelle Wind bekommen würde – und das direkt neben ihrer Zelle. Sie schickte ein Stoßgebet zum Himmel, dass die beiden Handwerker endlich recht behielten und sie hinter dieser Wand die Ursache des Heizungsproblems finden und – vor allem! – beseitigen würden. Dieser Albtraum musste endlich ein Ende haben.

Gerade als sie die Zelle verlassen und die beiden Handwerker allein lassen wollte, fiel ihr Blick auf die dunkelgrünen Weinflaschen. Sie entschied sich, sie mitzunehmen, um wenigstens ein bisschen Ordnung in der Zelle zu schaffen. Als sie sich zu ihnen hinunterbeugte, kam ihr wieder die Zettelbotschaft in den Sinn, die ihr die Oblatin so unmittelbar vor ihrem mehr als rätselhaften Tod zugesteckt hatte, um sie auf etwas hinzuweisen.

In Vino Veritas – Im Wein liegt die Wahrheit.

Nun, zumindest in diesem Wein liegt rein gar nichts, dachte sie missmutig, da die Flaschen bis auf den letzten Tropfen leer waren.

Sie dachte an Donna – für Isabella würde sie wohl ewig Donna bleiben und nicht Donatella, egal wie die Wahrheit ausfiel. Sie hatte Donna oftmals in den Weinkeller verschwinden sehen, um ihre Vorräte aufzufüllen. Das war überhaupt kein Problem gewesen. Sämtliche Weine, die im Gewölbekeller lagerten, durften von den Schwestern selbst verkostet werden. Niemand führte Buch darüber. Und bislang hatte sich die Eigenbedarfsmenge stets in überschaubaren Größenordnungen gehalten.

»Alles in Ordnung, Schwester Isabella?« Carlo sah sie mahnend von oben herab an. Irgendwie wirkte er ungeduldig. »Es wird jetzt wirklich laut und schmutzig. Es wäre besser, wenn Sie gehen würden, bevor sie sich noch vollkommen einstauben.«

»Ja, doch. Ich will nur schnell die Weinflaschen entsorgen, damit Sie mehr Platz zum Arbeiten haben und keine zu Bruch geht. Für den Fall der Fälle, dass …« Noch während sie sprach, fiel es ihr wie Schuppen von den Augen. Es war wie eine elektrische Entladung, als sie sich noch einmal die Flaschen ansah. Wie hatte sie nur so blind sein und das Offensichtliche nicht sehen können? Sie starrte Carlo und Silvano geistesabwesend an. Nein, im Grunde starrte sie geradewegs durch die beiden hindurch.

»Alles gut bei Ihnen, Schwester?«, fragte Silvano besorgt. »Sie sehen aus, als hätten Sie einen Geist gesehen.«

Isabella nickte bedächtig. »Jetzt weiß ich endlich, was sie mir mitteilen wollte.« Ihre Stimme war nichts weiter als ein heiseres Raunen.

Carlos legte den Kopf schief. »Mitteilen?«, fragte er irritiert. »Wer wollte Ihnen etwas mitteilen?«

»Na, Donna. Die Oblatin. Kurz vor ihrem Tod.«

Carlo wollte etwas erwidern. Die Fragezeichen waren ihm deutlich ins Gesicht geschrieben.

Doch Isabella hatte keine Zeit für Erklärungen. Sie brauchte Gewissheit. Und so stand sie ruckartig auf und rannte geradezu aus der ehemaligen Zelle der Oblatin, um ihren dringlichen Verdacht bestätigt zu bekommen. Vielleicht spielten ihre Gedankengänge ihr einen Streich. Aber sie glaubte es nicht. Nein, sie spürte geradezu, dass sie auf dem richtigen Weg war, um das Geheimnis der verstorbenen Oblatin ein für alle Mal zu lösen. Und die Antwort lag im Gewölbekeller.

Der Gewölbekeller des Klosters war mit einem Wort zu beschreiben: gruselig. Genau diese Empfindung hatte Schwester Isabella stets, wenn sie die Steintreppe mit den ausgetretenen Stufen hinunterstieg.

Sie lief an den Wirtschaftsräumen vorbei und betrat den Kellerabschnitt, wo die Weinfässer lagerten. Ein aromatischer Traubengeruch lag schwer und süß in der Luft. Es war so dunkel in dem Gewölbe, dass Isabellas Augen eine ganze Weile brauchten, um sich an die Lichtverhältnisse zu gewöhnen. Die Deckenleuchten waren beinahe vollständig mit einer dicken Schicht von Staubflusen und Spinnweben überzogen, die dafür sorgten, dass die Lampen nur noch ein schwach orangefarbenes Licht abgaben.

Es war ein verhältnismäßig kleiner Weinkeller, in etwa von der Größe des Refektoriums. Die Wände entlang waren jeweils in zwei Etagen dreißig hölzerne Weinfässer aneinandergereiht.

Die meisten Weingüter setzten auf moderne Tanks, doch das Kloster Convento di Nostra Regina della Pace erhielt bewusst die Tradition aufrecht, ihre Weine in den großen Barriquefässern zu lagern, wie es vermutlich bereits die alten Etrusker getan hatten. Auch wenn das mühsam war, weil die Fässer mit der Zeit immer wieder ausgetauscht werden mussten.

Isabella gefiel das sehr, weil es einen ganz besonderen Charme hatte, außerdem fand sie, dass ein Wein aus einem

echten Eichenfass eben besser schmeckte als aus einem Groß-
tank. Isabella hatte von ihren Mitschwestern gelernt, dass heutzutage für die besondere Note meist lediglich Eichenholzchips
in den seelenlosen Metalltank gelegt wurden.

Auf den Deckeln der Fässer waren mit ehemals weißer
Schrift die Namen der Rebsorten und das Jahr der Einlagerung
geschrieben. Im hinteren Bereich lagerten die Fässer mit den
fertigen Weinen.

Donnas Lieblingswein war der süßliche Vin Santo gewesen,
den im Grunde niemand von ihnen mochte und den Hildegard in der Hauptsache als Kochwein verwendete. Von diesem
Wein hatten sie nur ein einziges Fass im Gewölbekeller. Es befand sich am hinteren Ende der rechten Seite.

Bald schon würde die Lese in den umliegenden Weinbergen beginnen. Isabella freute sich schon jetzt darauf, endlich
dabei mitwirken zu können. Von Schwester Immaculata hatte
sie bereits viel über die Herstellung von Weinen erfahren – zumindest in der Theorie. So wusste sie, dass der süße Vin Santo
früher im Kloster auf dem Dachboden gelagert worden war,
wo er über die Jahre enormer Hitze und Kälte ausgesetzt gewesen war. Das Ergebnis war ein fast öliger Wein gewesen. Allerdings war dieser Herstellungsvorgang mit vielen Strapazen
verbunden.

Und seit dann irgendwann die Nachfrage nach diesem
Wein stark zurückgegangen war, machte man es auch im Kloster wie die meisten Weingüter und reduzierte den Reifungspro-
zess auf das Wesentliche.

Sie betrachtete das Eichenfass und überlegte, wonach sie
suchen sollte. Einer plötzlichen Eingebung folgend nahm sie
eines der Gläser aus dem gegenüberliegenden Regal und drehte
den Hahn am Fass auf. Doch es geschah nichts. Kein einziger
Tropfen löste sich. Sie drehte ihn zu und wieder auf und tat
dies noch einmal von vorn. Nichts geschah.

Als sie gegen die schweren Eichenbretter klopfte und horchte, wusste sie warum. Das Fass war leer.

»Im Wein liegt die Wahrheit«, sprach sie laut zu sich selbst. Ihre Stimme hallte unheimlich von den gewölbten Wänden wider. Sie war der Lösung ganz dicht auf der Spur.

Wenn hier doch nur mehr Licht wäre.

Suchend blickte sie sich um und sah in der Regalwand, wo Flaschen und Gläser standen, ein halbes Dutzend abgebrannter Kerzen. Sie nahm einen der Kerzenhalter zur Hand und entzündete den dicken Docht mit den bereitliegenden Streichhölzern. Das flackernde Licht warf sich auf das Fass. Es schien ein unglaublich altes Fass zu sein. Sie glaubte, sich daran zu erinnern, dass Schwester Hildegard ihr einmal erzählt hatte, dass manche Fässer, die hier lagerten, über zweihundert Jahre alt waren. Einfach weil sie im Laufe der Zeit vergessen worden waren.

Aus einer Intuition heraus klopfte sie die Dauben entlang. Dann betrachtete sie den Deckel mit der Aufschrift und dem Spundloch für die Entleerung des Weins. Sie klopfte fest das Holz ab und drückte dagegen. »Nanu?« Das mittlere Holzbrett gab nach und ließ sich nach innen biegen.

Ihr erster Gedanke war, dass das Fass womöglich kaputt war und sich das Holz aus der Befestigung gelöst hatte. *Oder aber jemand hatte das Fass absichtlich präpariert, um …*

Ohne länger zu zögern, steckte sie die Hand in die Öffnung, verschwand mit ihrem Arm tief im Fass und tastete den Boden ab. Sie fühlte eine klebrige Flüssigkeit, vermutlich die Reste des Weins, der sich auf dem Grund gesammelt hatte, doch dann fühlte sie noch etwas. Einen Beutel.

Mit der anderen Hand presste sie gegen das Holz, um es weiter nach hinten zu drücken. Nun bekam sie den Beutel zu fassen und konnte ihn vorsichtig herausziehen.

Er hatte die Größe eines kleinen Turnbeutels, allerdings war dieses Behältnis aus Leder. Im Verhältnis zu seiner Größe war er schwer. Isabella ertastete kleine, harte Gegenstände, die sich anfühlten, wie glatt geschliffene Steine. Ihr Herz schlug schneller, als ihr klar wurde, was sie da womöglich in den Händen hielt. Mit angehaltenem Atem und pochendem Puls zog sie die Schnur des Beutels auf und fasste hinein. Es waren abgerundete Steine, die sie ertastete. Als ihr bewusst wurde, dass sie noch immer den Atem anhielt, japste sie hektisch auf, während sie einen dieser Steine umschloss und ihn zum Vorschein brachte.

Das zitternde Licht der Kerze brach sich tausendfach in dem roten Juwel und glitzerte so aufregend, dass Isabella gar nicht mehr den Blick abwenden konnte. *Ein Rubin,* dachte sie ehrfürchtig. Der Edelstein fühlte sich glatt und kalt und dennoch angenehm in ihrer Hand an – als hätte er immer schon dort hingehört.

Es bestand kein Zweifel, sie hatte sie gefunden, die Beute des Juwelenraubs. Donna hatte sie in diesem Weinfass versteckt und wohl geahnt, dass sie in Gefahr war. Deshalb hatte sie ihr den Hinweis zugesteckt.

Isabella hielt in ihrem Gedankengang inne. Hatte Donna wirklich gewusst, dass ihr Leben in Gefahr gewesen war? Sie wollte gerade noch einmal in den Beutel greifen, um sich auch die anderen Steine anzuschauen, als plötzlich das Handy in ihrer Tasche klingelte. Sie erschrak so sehr, dass sie den Edelstein beinahe hätte fallen lassen. Doch die Schwester verfügte über hervorragende Reaktionen, die sie sich in ihrer Jugend als passionierte Volleyballspielerin angeeignet hatte.

»Matteo«, sagte sie erwartungsvoll, als sie das Gespräch entgegennahm.

»Ich war in Lucca am Bahnhof und bin gerade auf dem Rückweg«, sagte er ohne Umschweife. »Ich hatte recht mit dem Schlüssel, er gehörte tatsächlich zum Gepäckschließfach.«

Isabella hörte die Niedergeschlagenheit in seinem Tonfall. »Zumindest können wir nun eindeutig die Identität der jungen Frau bestätigen. Es handelt sich tatsächlich um Donatella Cardia. Im Schließfach habe ich ihren Personalausweis gefunden und noch ein paar persönliche Gegenstände, die aber nichts weiter zur Sache tun.« Er räusperte sich angestrengt. »Bloß die Beute, die war nicht da drin.«

Konnte sie auch nicht, dachte sie, während sie den Beutel in ihrer Hand fest umschloss.

»Dann bleibt mir jetzt wohl nichts anderes übrig, als die Mailänder Kollegen einzuschalten. Schade, ich hätte denen zu gerne die Beute serviert. Das wäre den hiesigen Zeitungen bestimmt eine fette Schlagzeile wert gewesen.« Er seufzte.

Isabellas Puls raste noch immer in Höchstgeschwindigkeit durch ihren Körper. »Das ist wirklich kein Grund, so bedrückt zu sein. Ich habe nämlich auch etwas gefunden, hier unten, im Kellergewölbe. Am besten schauen Sie sich das selbst an …«

Kapitel

16

Isabella hatte gerade das Gespräch beendet und das Handy zurück in die Tasche geschoben, als etwas hinter ihr knackste.

»Ich denke, Sie haben da etwas, das uns gehört, Schwester Isabella.« Ruckartig fuhr sie herum und sah im schummrigen Licht die beiden Handwerker auf sie zukommen. Carlo und Silvano.

»Ich denke, Sie wissen genauso gut wie ich, wer der Eigentümer davon ist.« Sie sprach mit fester Stimme. Keinesfalls wollte sie sich ihre Furcht anmerken lassen.

»Geben Sie uns den Beutel, und Ihnen wird nichts passieren.« Carlo streckte fordernd seinen Arm aus.

»Sind das dieselben Worte, die Sie auch an Donatella gerichtet haben, bevor sie ihr den Schädel eingeschlagen haben.«

»Das war ein Unfall«, sagte Silvano sofort. An seinem Tonfall erkannte Isabella, dass er es ernst meinte.

»Wir haben sie zur Rede gestellt«, fügte Carlo hinzu. »Wir haben sie aufgefordert, uns das Versteck der Juwelen zu verraten. Aber sie hat sich geweigert.« Er fasste sich an den Nacken und sah die Schwester von oben herab an. Seine ohnehin kleinen Augen hatten sich zu engen Schlitzen zusammengezogen. Aus dem sanften Riesen war eine bedrohliche Erscheinung geworden. »Vielleicht war ich ein wenig zu grob zu ihr. Hab sie geschubst, und sie ist nach hinten gefallen und mit dem Kopf gegen die Kirchenbank geknallt. Dummes Pech war das, nichts weiter.«

»Ein tödliches Pech«, sagte Isabella wütend. Sie war beinahe froh über den aufglimmenden Zorn, der ihre Angst unterdrückte. »Aber warum dann das Kreuz in ihrem Rücken?«

»Genialer Einfall, nicht wahr?« Carlo lachte rau auf. »Irgendwie mussten wir ja dafür sorgen, dass unsere Spuren nicht zu offensichtlich sind. Zumal diese Yogatussi die ganze Zeit um sie herumgeschwänzelt ist. Also kam Silvano auf die Idee, den Unfall wie einen kaltblütigen Mord aussehen zu lassen. Aber das tut nun nichts zur Sache.« Er machte einen Schritt auf sie zu. »Geben Sie uns den Beutel, und alles wird gut.«

Isabella dachte angestrengt nach. Bis Matteo es von Lucca aus ins Kloster schaffte, konnte gut und gerne eine Stunde vergehen. Mindestens. So lange konnte sie die beiden nicht hinhalten, und sie mochte sich nicht ausmalen, was sie erst mit ihr anstellen würden, wenn sie bekommen hatten, was sie wollten.

»Was zieren Sie sich so?«, fragte Silvano. »Wir sind hier unten ganz allein. Wir können uns den Beutel auch einfach nehmen, aber dann wird es nicht angenehm für Sie.« Er grinste sie verschlagen an, und in diesem Augenblick wusste Isabella, dass den beiden alles zuzutrauen war.

»Ihr zwei seid gar keine Handwerker, richtig?«

»Natürlich sind wir das«, sagte Carlo breit grinsend.

»Aber keine Heizungsinstallateure«, räumte Silvano entschuldigend ein. »Verzeihen Sie uns diese Notlüge, Schwester. Aber als wir den Aushang im Supermarkt gesehen haben, war das die perfekte Gelegenheit, um ganz nah bei Donatella Cardia zu sein.«

Isabella horchte auf. »Woher wussten Sie, dass sie die Juwelenräuberin war?«

»Wir sind im selben Zug gefahren und haben sie wiedererkannt. Die Zeitungen waren ja voll von den Fahndungsfotos. Ich hab's ja nicht so mit dem Lesen, aber der kleine Kerl hier.«

Er rieb Silvano, der sich halbherzig dagegen wehrte, hart über den Kopf. »Der ist die reinste Leseratte.«

»Ich habe sie gleich wiedererkannt, als sie uns im Abteil gegenübersaß«, erklärte er. »Von den Fahndungsfotos.« Seine Schultern zuckten dabei belanglos auf, als wäre es nicht eine international gesuchte Juwelendiebin gewesen, die er da im Zug gesichtet hatte, sondern eine alte Klassenkameradin, die er vor Jahren aus den Augen verloren und unverhofft wiedergetroffen hatte.

»Wir waren auf dem Weg nach Lucca, zu unserer Baustelle. Wir sind nämlich Montagearbeiter, müssen Sie wissen.« Carlos Finger richtete sich vorwurfsvoll auf. »So ganz fachfremd sind wir also nicht, was das Handwerkliche angeht.« Er gab ein schnarrendes Lachen von sich, das von der gewölbten Decke zurückgeworfen wurde. »Eigentlich mussten wir runter bis nach Pisa, aber als wir diese junge Dame so unverhofft getroffen haben, dachten wir, dass es nicht schaden könnte, gemeinsam mit ihr auszusteigen. Tja, und der Rest ist dann wohl Geschichte.«

Silvano schüttelte lachend den Kopf. »Ehrlich gesagt kann ich nicht verstehen, dass wir die Einzigen waren, die sie erkannt haben. Anscheinend schauen die Menschen nur noch auf ihre Handys und nehmen nicht mehr die Umgebung wahr.« Er grinste gut gelaunt. »Gut für uns.«

»Ja«, stimmte Carlo zu. »Gut für uns und schlecht für Sie.« Das Grinsen fiel von ihm ab, als er auf sie zuschritt und die Hände nach ihr ausstreckte.

Isabella wich zurück. »Sie haben sie verfolgt und gesehen, wie sie zu uns ins Kloster gegangen ist.«

Carlo nickte anerkennend. »So war es.«

»Wir haben uns auf die Lauer gelegt«, fügte Silvano hinzu. »Wollten sie beschatten. Doch sie hat überhaupt nicht daran gedacht, das Kloster wieder zu verlassen. Und dann war da der Aushang am Supermarkt, dass das Kloster händeringend

Heizungsinstallateure sucht. Nun ja …« In einer spielerischen Geste präsentierte er erst sich, dann seinen Partner. »Und da sind wir.« Silvano kicherte, hörte aber damit sofort auf, als er in Carlos hart gewordenes Gesicht sah.

Dieser hatte Isabella fest im Blick, als er sagte: »Und jetzt gib uns diesen verdammten Beutel, sonst kann ich für nichts garantieren.«

Isabella zuckte zusammen, als er seine Faust in die offene Hand klatschen ließ, einen großen Schritt auf sie zutrat und ihr den Lederbeutel mit den Juwelen aus der Hand riss. Doch damit gab er sich nicht zufrieden. Er baute sich geradezu vor ihr auf. »So, und jetzt zu Ihnen, Schwester …«

»Nicht so schnell, ihr beiden.«

»Was zum …?!«

Die beiden Handwerker fuhren überrascht herum und verdeckten Isabella damit die Sicht auf den Eingangsbereich des Gewölbekellers. Doch sie vernahm das Klackern von feinen Schuhen auf dem harten Steinboden.

»Was bist du denn für eine Witzfigur?« Carlo spuckte diese Worte wütend aus.

»Ich bin der, der euch zur Rechenschaft zieht.«

»Ist die Waffe geladen?«, fragte Silvano – weniger wütend, mehr ängstlich.

Ein ohrenbetäubender Knall jagte durch das Kellergewölbe. Reflexartig ging Isabella in die Hocke und hielt sich die Ohren zu.

»Auf die Knie mit euch und die Hände nach vorn ausstrecken!«, hörte sie die merkwürdig vertraut klingende Stimme. »Und schön sachte, keine schnellen Bewegungen. Ich habe einen verdammt nervösen Zeigefinger. Der nächste Schuss geht dann nicht an die Decke, das verspreche ich euch.«

Die dunkle Stimme klang wie das Zischen einer Klapperschlange.

Zögerlich gehorchten die beiden. Als sie sich niederknieten, war das Erste, was Isabella sah, das Mündungsloch einer geradezu riesig wirkenden Pistole, die nach vorn gerichtet war. Direkt auf Carlo und Silvano. Dahinter erblickte sie einen Mann, mit dem sie hier unten am allerwenigsten gerechnet hätte.

»Pietro?«, fragte sie fassungslos und ungläubig zugleich.

Dieser grinste sie verschlagen an. »Hab Ihnen doch gesagt, dass Sie Schutz brauchen könnten.« Ohne den Blick von ihr zu nehmen, griff er sich den Juwelenbeutel mit der einen und fasste sich mit der anderen Hand in die Hosentasche, um eine Art Plastikschnur hervorzuziehen. »Umdrehen und Arme hinter den Rücken!«

Nun erkannte Isabella, dass es Kabelbinder waren. Mit routinierten Bewegungen – das machte er keinesfalls zum ersten Mal in seinem Leben – band Pietro den beiden Männern in Windeseile die Handgelenke zusammen.

»Und jetzt auf den Bauch mit euch!«, befahl er mit absoluter Autorität. »Nein, nicht doch Sie, Schwester. Ich meine die beiden hier.«

»Bitte«, Carlo lachte verkrampft auf. »Das war doch alles bloß ein Scherz. Wir wollten der Schwester gar nichts Böses. Es war doch nur –«

»Isabella? Schwester Isabella? Sind Sie hier unten?«

Alle Blicke richteten sich auf den Eingang des Gewölbekellers, wo die Stimme herkam.

»Matteo«, rief Isabella überschwänglich. Nie war sie glücklicher gewesen, die Stimme des Carabiniere zu vernehmen.

»Was ihr vorhattet und was nicht, könnt ihr nun der Polizei erzählen«, zischte Pietro die beiden an. »Ich bin sicher, die interessieren sich brennend für eure Geschichte.«

Ohne Vorwarnung warf Pietro den Lederbeutel in Isabellas Richtung.

Sie fing ihn zu ihrer eigenen Verblüffung auf – dem Volleyballtraining sei Dank. Als sie wieder aufsah und fragend in Pietros Richtung schaute, war dieser nicht mehr da. Als hätte er sich buchstäblich in Luft aufgelöst.

»Isabella! Hier stecken Sie.«

Matteo kam durch den Rundbogen gerannt und hielt abrupt inne, als er sie sah. Dann fiel sein Blick auf die beiden auf dem Boden liegenden gefesselten Handwerker, und er sah sie fragend an.

»Das sind die Täter«, erklärte Isabella. »Sie haben Donna auf dem Gewissen, und sie wollten die Beute an sich reißen.« Sie sprach schnell und hektisch und vergaß dabei das Luftholen. »Ich habe sie nämlich gefunden, Matteo.« Triumphierend riss sie ihren Arm mit dem Lederbeutel in die Höhe. »Die Beute des Juwelenraubs, sie war die ganze Zeit hier unten versteckt.«

Matteo trat langsam auf sie zu und ließ dabei die beiden Männer nicht aus den Augen, deren Blicke übellaunig auf den Boden gerichtet waren.

»Und wer ist das?«, wollte er von Isabella wissen.

»Die beiden Handwerker, die sich um die Heizung kümmern sollten. Aber von wegen. Sie waren die ganze Zeit Donna auf der Spur.«

Matteo sah die Schwester verwundert an. »Und Sie haben die beiden hier unten gestellt und anschließend gefesselt.« In seinen Zügen lag absoluter Unglaube.

Isabella lachte. »Natürlich nicht. Es war völlig anders.« In knappen Sätzen erklärte sie ihm die Ereignisse der letzten halben Stunde und dass sie ihre Rettung diesem Pietro zu verdanken hatte. »Er müsste Ihnen doch eigentlich in die Arme gelaufen sein, als sie die Treppe herunterkamen. Gerade als Sie nach mir gerufen haben, ist er nämlich raus.«

Matteo schüttelte den Kopf. »Da war niemand. Das wäre mir doch aufgefallen.«

»L'Ombra«, raunte Carlo leise auf. Matteo und Silvano blickten ihn an. »Das war L'Ombra«, sagte er noch einmal und sah dem Polizisten tief in die Augen. »Der Schatten.«

Ohne darauf einzugehen, ging Matteo auf Isabella zu und nahm sie fest in die Arme. Erst jetzt bemerkte die Schwester, dass sie am ganzen Leib zitterte.

»Und das ist die Beute?«, fragte Matteo, den Blick auf den Beutel gerichtet. »Die Juwelen?«

»Ja.« Mit einem unablässigen Nicken öffnete sie ehrfürchtig den Beutel. »Sieht das nicht wunderschön aus?«, fragte sie.

Matteo war offenbar zu keiner Reaktion imstande. Er starrte stumm in den Beutel, und Isabella sah, wie seine Augen glänzten.

Isabella und Matteo saßen unter einem riesigen Sonnenschirm auf der Außenterrasse der Gelateria de' Bertazzoni und genossen den größten Eisbecher, den das Café am Marktplatz auf der Karte hatte: einen Coppa Grande, bestehend aus den Sorten Nougat, Vanille und Bergamotte-Dattel. Dazu eine riesige Sahnerosette, die in einem Eierlikörbad schwamm. Für Caesar gab es eine extragroße Schüssel mit frischem Wasser, das er jedoch mit Nichtachtung strafte. Er lugte mit seinem schweren Kopf sabbernd über die Tischkante – in der Hoffnung, etwas von dem Eis abzubekommen.

Beide waren sie der Meinung, dass sie sich dieses Eis hinlänglich verdient hatten.

Die Journalistin Camilla Carbone war gleich am nächsten Tag aus dem Kloster abgereist. Jedoch mit einer Story im Gepäck, die ihrer Zeitungskarriere bestimmt nicht schaden würde. Denn zuvor hatte sie die Schwester und Matteo ausführlich interviewt, hatten diese beiden doch gemeinschaftlich die Beute des großen Juwelenraubs von Mailand ausfindig gemacht.

Matteo war bester Laune. Morgen würde Nina aus ihrem Griechenlandurlaub zurückkommen. Zwar konnte er sie dann noch immer nicht auf eine Spritztour mit seiner Vespa einladen, ihr aber zumindest einen Zeitungsartikel präsentieren, der ihn und Schwester Isabella mit den erbeuteten Juwelen aus

Mailand zeigte. Die Liste des Bürgermeisters glänzte weiterhin durch Unfertigkeit, doch Matteo sah auch keinen Grund mehr, sich den zeitverschwendenden Maßnahmen des Duccio Lenzi zu widmen. Schließlich hatte er quasi im Alleingang den großen Fall gelöst. Gut, letztlich war es Isabella gewesen, die das Versteck der Beute aufgespürt hatte, weil sie den mysteriösen Hinweis der Oblatin richtig gedeutet hatte. Sie konnten nur vermuten, warum die junge Frau ausgerechnet Isabella den Hinweis übergeben hatte. Vielleicht sah sie es als letzte Möglichkeit, ihre Seele reinzuwaschen, bevor ihr etwas Schlimmes zustoßen würde. Matteo glaubte zwar nicht, dass sie mit ihrem Tod gerechnet hatte, wohl aber, dass sie in Gefahr war und eine Art Rückversicherung brauchte. Keinesfalls schien sie gewollt zu haben, dass die Juwelen in falsche Hände fielen.

Die beiden Handwerker waren leider auch nicht von Matteo, sondern von einem gewissen Pietro zur Strecke gebracht worden. Und sogar Donatellas drei Komplizen hatten seine Kollegen vom Grenzschutz am Hafen von Genua stellen und festnehmen können. Allem Anschein nach hatten sie eine Fähre nach Malta nehmen und sich von dort aus nach Tunesien absetzen wollen. Je länger Matteo darüber nachdachte, desto deutlicher wurde ihm bewusst, dass er eigentlich so gut wie nichts zu diesem Fall beigetragen hatte. Doch das tat seiner guten Laune keinen Abbruch. Gedankenverloren schob er sich einen gehäuften Eislöffel in den Mund und war kurz davor, den Qualen eines ausgewachsenen Gehirnfrosts zu erliegen.

Seine Laune hätte wirklich nicht besser sein können. Allein schon weil sich die Befürchtungen, die Mafia habe den Weg ins Dorf gefunden, nicht bewahrheitet hatten.

»Kurios nur, dass ein Stein gefehlt hat«, sagte er schließlich, als der Schmerz in seinem Hirn auf ein erträgliches Maß abebbte.

»Ja«, pflichtete Isabella ihm bei. Dass es ausgerechnet der

rote Rubin war, den sie zuvor ehrfürchtig betrachtet hatte, wollte sie ihm nicht unter die Nase reiben. Nicht, dass sie noch in Verdacht des Diebstahls geriet. »Ebenso kurios wie das plötzliche Auftauchen und Verschwinden von diesem Pietro.«

»L'Ombra«, murmelte Matteo. »Der Schatten.« Er sah Isabella über den großen Eisbecher hinweg an. »Glauben Sie, dass er den Stein an sich genommen hat, sozusagen als Entlohnung für seine, nun ja, Dienstleistung?«

Isabella nickte voller Überzeugung. Sie glaubte es nicht nur, sie war sich sogar ziemlich sicher. Er musste ihn herausgenommen haben, kurz bevor er ihr den Beutel zugeworfen hatte. Und wenn schon. Ihr stand es nicht zu, ihn dafür zu verurteilen. Nur eines wusste sie mittlerweile ganz sicher. Dieser Mann war alles, aber kein Versicherungsagent. Zumindest nicht auf die konventionelle Art.

»Na ja, sollen die Kollegen aus Mailand sich damit herumschlagen«, befand Matteo. »Den werden wir hier bestimmt nie mehr wiedersehen.«

»Da wäre ich mir nicht so sicher.« Ihr Blick richtete sich gedankenvoll ins Leere. »Ich habe da so ein unbestimmtes Gefühl in der Magengrube ...«

Ende